Os Maias

Episódios da vida romântica

Volume 2

TEXTO INTEGRAL

Eça de Queiroz

Os Maias

Episódios da vida romântica

Volume 2

Texto integral

www.lpm.com.br

L&PM POCKET

Coleção **L&PM** Pocket, vol. 443

Primeira edição na Coleção **L&PM** POCKET: junho de 2005

Capa: Ivan Pinheiro Machado
Revisão: Delza Menin e Renato Deitos
Introdução: Mário de Almeida Lima

ISBN: 85.254.1425-8

E17m   Eça de Queiroz, José Maria, 1845-1900
          Os Maias / José Maria Eça de Queiroz. -- Porto
    Alegre: L&PM, 2005.
          2 v. ; 18 cm. -- (Coleção L&PM Pocket)

          1. Literatura portuguesa-Romances. 2. Queiroz, José
    Maria Eça de, 1845-1900. I. Título. II. Série.

                        CDD 869.3
                        CDU 821.134.3-3

    Catalogação elaborada por Izabel A. Merlo, CRB 10/329.

© L&PM Editores, 2005

Todos os direitos desta edição reservados à L&PM Editores
PORTO ALEGRE: Rua Comendador Coruja 314, loja 9 - 90220-180
                Floresta - RS / Fone: 51.3225.5777
PEDIDOS & DEPTO. COMERCIAL: vendas@lpm.com.br
FALE CONOSCO: info@lpm.com.br
www.lpm.com.br

IMPRESSO NO BRASIL
Inverno de 2005

Sumário

Introdução / 7

Os Maias – Volume II / 13

Eça de Queiroz – Vida e obra / 360

Introdução

A trajetória atribulada de *Os Maias*

1. Nenhum livro de Eça de Queiroz (1845-1900) deu-lhe tanto trabalho e causou-lhe tantos dissabores: esboçado em 1880, ele só veio a publicar-se em 1888. *Os Maias* terão contribuído, e muito, para o agravamento de seus males de saúde, aliás sempre precária.

2. O livro foi referido pela primeira vez numa carta de 1878 ao editor Chardron, como parte de um ambicioso projeto denominado *Cenas Portuguesas* ou *Cenas da Vida Portuguesa*. Em 1880, estando em Portugal, em férias, Eça aquiesceu, depois de muita pressão, em ceder um original para o *Diário de Portugal*, para publicação em folhetins. A idéia originária é que *Os Maias* seria uma pequena novela, tendo entre 180 e 200 páginas.

3. Mas o projeto inicial sofreu uma grande alteração. Com o tempo, e à medida que Eça trabalhava, o livro foi adquirindo uma extensão que não fora prevista. Eça sentiu que o tema da novela comportava um grande desenvolvimento e que podia jogar, nela, todas as observações que acumulara ao longo dos anos sobre Portugal e particularmente Lisboa. Ia despejar naquele livro todo o seu alforje de experiências.

4. Como Malheiro lhe cobrasse os originais, em pagamento dos quais, aliás, já fizera um adiantamento de trinta libras ao romancista, este, para compensá-lo pela demora, entregou-lhe grátis, como brinde, o texto da novela *O Mandarim*, que assim apareceu no *Diário de Portugal* antes de aparecer em livro.

5. Mas não cessou a pressão de Malheiro, que terminou arrancando de Eça a promessa de confiar-lhe o texto completo de *Os Maias* para publicação numa gráfica de Lisboa. Cometida essa imprudência, Eça passa a viver a pior provação de sua vida de escritor. Mandava os originais e a tipografia não lhe

submetia as provas. Escrevia de Bristol, na Inglaterra, e não lhe respondiam. Conseqüência: *Os Maias* custaram-lhe oito anos de trabalho e de incomodação. Para escrevê-lo e levá-lo a termo, e porque não podia deixar de produzir, ele escreveu ainda, entrementes, *A Relíquia*.

6. Depois de penosíssimas e constrangedoras negociações, de que incumbiu seu amigo Ramalho Ortigão, conseguiu, finalmente, libertar-se daquele infeliz compromisso, recuperando parte dos originais – únicos, por sinal, que chegou a recear se tivessem extraviado. O grande painel da vida lisboeta, em que se transformara a novela, pôde assim aparecer em dois grossos volumes, em 1888. Eça, com 43 anos, contraíra matrimônio, dois anos antes, com Emília de Castro Pamplona, filha do Conde de Resende. Dessa forma, "o pobre bastardo da Póvoa de Varzim", como ele se autodenominava, passa a integrar, pelo casamento, o mundo da aristocracia portuguesa, em que ele tinha excelentes amigos.

7. Como a mostrar a incompreensão dos contemporâneos, o livro não teve uma recepção muito calorosa. Fialho de Almeida acentuou que o romance não trazia maior novidade. Eça, segundo ele, estaria a repetir-se, a glosar velhos temas e tipos já objetos de sua maledicência. Fialho acusava o romancista de não conhecer da vida portuguesa senão exterioridades, cenas de hotéis, artigos de jornal, de haver reaproveitado situações e idéias já exploradas nos romances precedentes. Em suma, o *déjà-vu*, nenhuma originalidade. No entanto, o crítico assinalava no romance "duas cenas soberbas, duas cenas cheias de veemência e grande fôlego, duas cenas reais e inolvidáveis": a entrevista de Castro Gomes com Carlos da Maia, na qual lhe diz que Maria Eduarda não é sua esposa, mas sua amante, e a cena de amor de Carlos com Maria Eduarda que se segue. Fialho termina seu artigo, cheio de reservas, admitindo ser *Os Maias* "um dos mais surpreendentes trabalhos de *humour* de que possa orgulhar-se uma literatura" e põe Eça no plano de Tackeray "pelo poder de observação e pelo poder de ironia".

8. Moniz Barreto, outro crítico de nomeada, não revelou

maior compreensão. Limitou-se a destacar o "maravilhoso estilo" do romancista. Outro, Carlos Lobo de Ávila, criticava a desnecessária extensão do livro, que no seu entender podia ser podado de inúmeros episódios e quadros, sem comprometimento de sua estrutura. Pelo contrário, para ele, Eça escrevera demais, se derramara em situações inúteis, em cenas que nada acrescentavam à trama principal. Mariano Pina, por sua vez, observou "que outro defeito de *Os Maias* é o leitor não ver senão os mesmos tipos que já viu em *O Primo Basílio*, a sua galeria não ser variada, e o seu campo de observação limitadíssimo". Só um crítico, parece, o jovem Manoel da Silva Gaio, percebeu a extraordinária significação de *Os Maias*. Escreveu ele "que o sr. Eça de Queiroz decerto não teve, ao escrever seu romance, intuitos de emendar o que achou mal. Quis simplesmente fazer arte, refletindo o que viu. Dirão que viu os ridículos por uma lente de aumento; mas o certo é que eles por cá existem".

9. Eça recebeu os reparos da crítica com naturalidade e modéstia. Chegou a dirigir-se a Fialho e a Mariano Pina agradecendo-lhes a atenção que tinham dispensado ao seu trabalho. Só ao poeta Bulhão Patos, que se sentindo retratado na figura de Alencar o ofendeu em escritos da maior grosseria, Eça deu uma resposta severa e contundente. Também a Pinheiro Chagas, o "homem fatídico", representante do pensamento conservador e retrógado, que explorou o incidente com Bulhão Patos para malquistar o escritor com a opinião pública. Talvez Pinheiro Chagas só seja lembrado hoje pelo artigo que lhe dedica Eça de Queiroz. É como se ele tivesse sobrevivido assim de carona na história literária, pelas farpas que Eça lhe pespegou.

10. Mas o tempo reparador corrige todos os excessos. Assim mudou a crítica. No Brasil, aliás, o livro teve desde o início excelente acolhida e leitores realmente entusiásticos. Chegou a estabelecer um modismo nos meios mais intelectualizados. João da Ega, por exemplo, em grande parte porta-voz do próprio Eça no romance, tornou-se figura popularíssima – e imitada – entre nós. Ele, suas irreverências, e até seu modo

de trajar. O livro de Eça influiu decisivamente na formação de alguns de nossos melhores autores. Está muito presente em *Menino de Engenho*, de José Lins do Rego, e foi lido mais de dez vezes por Graciliano Ramos, que nele fez como que o seu aprendizado literário. Eça de fato conquistou no Brasil, e ainda conserva, aumentando-lhes o número, leitores fiéis e autores que se especializaram na sua obra, a que dedicaram estudos da melhor qualidade: Viana Moog, Álvaro Lins, Clovis Ramalhete e Luiz Viana Filho, para só referirmos os mais notórios.

11. A crítica portuguesa faz hoje a respeito de *Os Maias* um juízo bem mais compreensivo. Assim, Machado da Rosa (em *Eça, Discípulo de Machado?*) reconhece ser "*Os Maias* uma tragédia clássica e sobreposta à subumanidade que gesticula através da vasta comédia de costumes que lhe serve de pano de fundo". Já João Medina considera *Os Maias* "um livro niilista, livro desesperado mesmo". *Os Maias*, para ele, "são o dobre de finados duma nação retratada com vitriólica ironia e vingativa sátira".

12. Contudo, o juízo mais consagrador vamos encontrar em João Gaspar Simões (*Eça de Queiroz. O Homem e o artista*, 1945, p. 544), que observou ser *Os Maias* "(...) a mais perfeita obra de arte literária que ainda se escreveu em Portugal depois de *Os Lusíadas*".

13. *Os Maias* conta a história de uma família reduzida a duas pessoas: o belo, elegante, inteligente, culto, generoso, viajado e civilizado Carlos da Maia, que vivia com seu riquíssimo e austero avô Afonso da Maia, que o criou e educou, depois da fuga de sua mãe com um aventureiro napolitano e do suicídio de seu pai. A história de seus projetos de vida depois que se formou em medicina, e das grandes coisas que pretendia realizar; de sua grande amizade com João da Ega, espécie de *alter-ego* do autor, irreverente e cabotino, dono de uma verve inimitável. São ainda, em grande parte, um painel da vida portuguesa, dos ridículos da sociedade lisboeta, de sua aristocracia ociosa e parasitária, dos políticos vazios e incompetentes, do meio literário e jornalístico. Um quadro completo e – pode-se dizer – devastador.

14. Mas o tema central são os amores de Carlos da Maia. Primeiro, os amores de ocasião que não lhe deixaram sinal. Depois o grande amor de sua vida: Maria Eduarda. Inexcedível na sua beleza sem rival, mais deusa que mulher. Quando a viu pela primeira vez, foi um momento de alumbramento. Ambos se apaixonaram perdidamente. Tinham, de fato, nascido um para o outro. Só que o destino os ia separar por um obstáculo único e intransponível. Nesse desencontro é que está a tragédia de *Os Maias*. Mas não antecipemos. O leitor terá de descobri-la no momento próprio.

15. "– A gente, Craft, nunca sabe se o que lhe sucede é, em definitivo, bom ou mau", observa Carlos da Maia conversando com aquele seu amigo.

"– Ordinariamente é mau – disse o outro friamente, aproximando-se do espelho a retocar com mais correção o nó da gravata branca."

16. Assim termina o primeiro volume de *Os Maias*. É no segundo propriamente que Carlos da Maia inicia o seu romance com Maria Eduarda. Craft nada sabia a respeito dos seus movimentos tentando aproximar-se de Maria Eduarda, mas suas palavras pareciam premonitórias. É o que se verá na continuação daquele romance tumultuoso e de fim tão imprevisível.

Mário de Almeida Lima

Mario de Almeida Lima (1924-2003) escritor e jornalista. Autor de *Só aos Domingos* (L&PM Editores, 1997).

Os Maias
Episódios da vida romântica
Volume 2

I

NA MANHÃ SEGUINTE, Carlos, que se erguera cedo, veio a pé do Ramalhete até a Rua de S. Francisco, a casa de *madame* Gomes. No patamar, onde morria em penumbra a luz distante da clarabóia, uma velha de lenço na cabeça, encolhida num xalezinho preto, esperava, sentada melancolicamente ao canto do banco de palhinha. A porta aberta mostrava uma parede feia de corredor, forrada de papel amarelo. Dentro um relógio ronceiro estava batendo dez horas.

– A senhora já tocou? – perguntou Carlos, erguendo o chapéu.

A velha murmurou, dentre a sombra do lenço que lhe caía para os olhos, num tom cansado e doente:

– Já, sim, meu senhor. Já fizeram o favor de me falar. O criado, o sr. Domingos, não tarda...

Carlos esperou, passeando lentamente no patamar. Do segundo andar vinha um barulho alegre de crianças brincando; por cima, o moço do Cruges esfregava a escada com estrondo, assobiando desesperadamente o fado. Um longo minuto arrastou-se, depois outro, infindável. A velha, dentre a negrura do lenço, deu um suspirozinho abatido. Lá ao fundo um canário rompera a cantar; e então Carlos, impaciente, puxou o cordão da campainha.

Um criado de suíças ruivas, corretamente abotoado num jaquetão de flanela, apareceu correndo, com uma travessa na mão, abafada num guardanapo; e ao ver Carlos ficou tão atarantado, bamboleando à porta, que um pouco de molho de assado escorregou, caiu sobre o soalho.

– Oh! sr. D. Carlos Eduardo, faz favor de entrar!... Ora esta! Tem a bondade de esperar um instantinho, que eu abro já a sala... Tome lá, sra. Augusta, tome lá; olhe, não entorne mais! A senhora diz que lá manda logo o vinho do Porto... Desculpe V. Exa. sr. D. Carlos... Por aqui, meu senhor...

Correu um reposteiro de *reps* vermelho, introduziu Carlos numa sala alta, espaçosa, com um papel de ramagens azuis, e duas varandas para a Rua de S. Francisco; e, erguendo à pressa os dois transparentes de paninho branco, perguntava a Carlos se S. Ex.ª não se lembrava já do Domingos. Quando ele se voltou, risonho, descendo precipitadamente os canhões das mangas, Carlos reconheceu-o pelas suíças ruivas. Era com efeito o Domingos, escudeiro excelente, que no começo do inverno estivera no Ramalhete, e se despedira por birras patrióticas, birras ciumentas, com o cozinheiro francês.

– Não o tinha visto bem, Domingos – disse Carlos. – O patamar é um pouco escuro... Lembro-me perfeitamente.. E então você agora aqui, hem? E está contente?

– Eu parece-me que estou muito contente, meu senhor... O sr. Cruges também mora cá por cima...

– Bem sei, bem sei...

– Tenha V. Ex.ª a paciência de esperar um instantinho que eu vou dar parte à sra. D. Maria Eduarda...

Maria Eduarda! Era a primeira vez que Carlos ouvia o nome dela; e pareceu-lhe perfeito, condizendo bem com a sua beleza serena. Maria Eduarda, Carlos Eduardo... Havia uma similitude nos seus nomes. Quem sabe se não pressagiava a concordância dos seus destinos!

Domingos, no entanto, já à porta da sala, com a mão no reposteiro, parou ainda, para dizer num tom de confiança e sorrindo:

– É a governanta inglesa que está doente...

– Ah! é a governanta?

– Sim, meu senhor, tem uma febrezita desde ontem, peso no peito...

– Ah!...

O Domingos deu outro movimento lento ao reposteiro, sem se apressar, contemplando Carlos com admiração:

– E o avozinho de V. Ex.ª passa bem?

– Obrigado, Domingos, passa bem.

– Aquilo é que é um grande senhor!... Não há, não há outro assim em Lisboa!

– Obrigado, Domingos, obrigado...

Quando ele finalmente saiu, Carlos, tirando as luvas, deu uma volta curiosa e lenta pela sala. O soalho fora esteirado de novo. Ao pé da porta havia um piano antigo de cauda, coberto com um pano alvadio; sobre uma estante ao lado, cheia de partituras, de músicas, de jornais ilustrados, pousava um vaso do Japão onde murchavam três belos lírios brancos; todas as cadeiras eram forradas de *reps* vermelho; e aos pés do sofá estirava-se uma velha pele de tigre. Como no Hotel Central, esta instalação sumária de casa alugada recebera retoques de conforto e de gosto: cortinas novas de cretone, combinando com o papel azul da parede, tinham substituído as clássicas bambinelas de cassa; um pequeno contador árabe, que Carlos se lembrava de ter visto havia dias no tio Abraão, viera encher um lado mais desguarnecido da parede; o tapete de pelúcia duma mesa oval, colocada ao centro, desaparecia sob lindas encadernações de livros, álbuns, duas taças japonesas de bronze, um cesto para flores de porcelana de Dresde, objetos delicados de arte que não pertenciam decerto à mãe Cruges. E parecia errar ali, acariciando a ordem das coisas e marcando-as com um encanto particular, aquele indefinido perfume que Carlos já sentira nos quartos do Hotel Central, e em que dominava o jasmim.

Mas o que atraiu Carlos foi um bonito biombo de linho cru, com ramalhetes bordados, desdobrado ao pé da janela, fazendo um recanto mais resguardado e mais íntimo. Havia lá uma cadeirinha baixa de cetim escarlate, uma grande almofada para os pés, uma mesa de costura com todo um trabalho de mulher interrompido, números de jornais de modas, um bordado enrolado, molhos de lã de cores transbordando de um açafate. E, confortavelmente enroscada no macio da cadeira, achava-se aí, nesse momento, a famosa cadelinha escocesa, que tantas vezes passara nos sonhos de Carlos, trotando ligeiramente atrás de uma radiante figura pelo Aterro fora, ou aninhada e adormecida num doce regaço...

– *Bonjour, mademoiselle* – disse-lhe ele, baixinho, querendo captar-lhe as simpatias.

A cadelinha erguera-se logo bruscamente na cadeira, de orelhas fitas, dardejando para aquele estranho, por entre as repas esguedelhadas, dois belos olhos de azeviche, desconfiados, duma penetração quase humana. Um instante Carlos receou que ela rompesse a ladrar. Mas a cadelinha, de repente, namorara-se dele, deitada já na cadeira, de patas ao ar, descomposta, abandonando o ventrezinho às suas carícias. Carlos ia coçá-la e amimá-la, quando um passo leve pisou a esteira. Voltou-se, viu Maria Eduarda diante de si.

Foi como uma inesperada aparição – e vergou profundamente os ombros, menos a saudá-la, que a esconder a tumultuosa onda de sangue que sentia abrasar-lhe o rosto. Ela, com um vestido simples e justo de sarja preta, um colarinho direito de homem, um botão de rosa e duas folhas verdes no peito, alta e branca, sentou-se logo junto da mesa oval, acabando de desdobrar um pequeno lenço de renda. Obedecendo ao seu gesto risonho, Carlos pousou-se embaraçadamente à borda do sofá de *reps*. E depois de um instante de silêncio, que lhe pareceu profundo, quase solene, a voz de Maria Eduarda ergueu-se, uma voz rica e lenta, dum tom de ouro que acariciava.

Através do seu enleio, Carlos percebia vagamente que ela lhe agradecia os cuidados que ele tivera com Rosa; e, de cada vez que o seu olhar se demorava nela um instante mais, descobria logo um encanto novo e outra forma de sua perfeição. Os cabelos não eram louros, como julgara de longe à claridade do sol, mas de dois tons, castanho-claro e castanho-escuro, espessos e ondeando ligeiramente sobre a testa. Na grande luz escura dos seus olhos havia ao mesmo tempo alguma coisa de muito grave e de muito doce. Por um jeito familiar cruzava às vezes, ao falar, as mãos sobre os joelhos. E através da manga justa de sarja, terminando num punho branco, ele sentia a beleza, a brancura, o macio, quase o calor dos seus braços.

Ela calara-se. Carlos, ao levantar a voz, sentiu outra vez o sangue abrasar-lhe o rosto. E, apesar de saber já pelo Domingos que a doente era a governanta, só achou, na sua perturbação, esta pergunta tímida:

– Não é a sua filha que está doente, minha senhora?

– Oh! não! graças a Deus!

E Maria Eduarda contou-lhe, justamente como o Domingos, que a governanta inglesa havia dois dias se achava incomodada, com dificuldade de respirar, tosse, uma ponta de febre...

– Imaginamos a princípio que era uma constipação passageira; mas ontem à tarde estava pior, e estou agora impaciente que a veja...

Ergueu-se, foi puxar um enorme cordão de campainha que pendia ao lado do piano. O seu cabelo, por trás, repuxado para o alto da cabeça, deixava uma penugem de ouro frisar-se delicadamente sobre a brancura láctea do pescoço. Entre aqueles móveis de *reps*, sob o teto banal de estuque enxovalhado, toda a sua pessoa parecia a Carlos mais radiante, duma beleza mais nobre, e quase inacessível; e pensava que nunca ali ousaria olhá-la tão francamente, com uma tão clara adoração, como quando a encontrava na rua.

– Que linda cadelinha V. Ex.ª tem, minha senhora! – disse ele, quando Maria Eduarda se tornou a sentar, e pondo já nestas palavras simples, ditas a sorrir, um acento de ternura.

Ela sorriu também com um lindo sorriso, que lhe fazia uma covinha no queixo, dava uma doçura mais mimosa às suas feições sérias. E alegremente, batendo as palmas, chamando para dentro do biombo:

– *Niniche!* estão-te a fazer elogios, vem agradecer!

Niniche apareceu a bocejar. Carlos achava lindo este nome de *Niniche*. E era curioso, tinha tido também uma galguinha italiana que se chamava *Niniche*...

Nesse instante a criada entrou – a rapariga magra e sardenta, de olhar petulante, que Carlos vira já no Hotel Central.

– Melanie vai-lhe ensinar o quarto de *miss* Sarah – disse Maria Eduarda. – Eu não o acompanho, porque ela é tão tímida, tem tanto escrúpulo em incomodar, que diante de mim é capaz de negar tudo, dizer que não tem nada...

– Perfeitamente, perfeitamente – murmurava Carlos, sorrindo, num encanto de tudo.

E pareceu-lhe então que no olhar dela alguma coisa brilhara, fugira para ele, de mais vivo, de mais doce.

Com o seu chapéu na mão, pisando familiarmente aquele corredor íntimo, surpreendendo detalhes de vida doméstica,

Carlos sentia como a alegria duma posse. Por uma porta meio aberta pôde entrever uma banheira, e ao lado dependurados grandes roupões turcos de banho. Adiante, sobre uma mesa, estavam alinhadas, e como desencaixotadas recentemente, garrafas de águas minerais de Saint-Galmier e de Vals. Ele deduzia logo destas coisas tão simples, tão banais, evidências de vida delicada.

Melanie correu um reposteiro de linho cru, fê-lo entrar num quarto claro e fresco; aí foi encontrar a pobre *miss* Sarah num leitozinho de ferro, sentada, com um laço de seda azul ao pescoço, e os bandós tão lisos, tão acamados pela escova, como se fosse sair num domingo para a capela presbiteriana. Na mesinha-de-cabeceira os seus jornais ingleses estavam escrupulosamente dobrados, junto dum copo com duas belas rosas; e tudo no quarto resplandecia de severo arranjo, desde os retratos da família real da Inglaterra, expostos sobre a toalha de renda que cobria a cômoda, até as suas botinhas bem engraxadas, classificadas, perfiladas numa prateleira de pinho.

Apenas Carlos se sentou, ela imediatamente, com duas rosetas de vergonha na face, entre frouxos de tosse, declarou que não tinha nada. Era a senhora, tão boa, tão cautelosa, que a forçara a meter-se na cama... E para ela era um desgosto ver-se ali ociosa, inútil, agora que *madame* estava tão só, numa casa sem jardim. Onde havia a menina de brincar? Quem havia de sair com ela? Ah! Era uma prisão para *madame!*...

Carlos consolava-a, tomando-lhe o pulso. Depois, quando ele se ergueu para a auscultar, a pobre *miss* cobriu-se toda dum rubor aflito, apertando mais a roupa contra o peito, querendo saber se era *absolutamente* necessário... Sim, decerto, era necessário... Achou-lhe o pulmão direito um pouco tomado; e, enquanto a agasalhava, fez-lhe algumas perguntas sobre a sua família. Ela contou que era de Iorque, filha dum *clergyman,* e tinha catorze irmãos; os rapazes estavam na Nova Zelândia, e todos eram duma robustez de atletas. Ela saíra a mais fraca; tanto que o pai, vendo que ela aos 17 anos pesava só três arrobas, ensinou-lhe logo latim, destinando-a para governanta.

Em todo o caso, dizia Carlos, nunca houvera na sua família doenças de peito? Ela sorriu. Oh! nunca! A mamã ainda vivia. O papá, já muito velho, morrera dum coice de uma égua.

Carlos, no entanto, já de pé, com o chapéu na mão, continuava a observá-la, refletindo. Então, de repente, sem motivo, ela enterneceu-se, os seus olhos pequeninos enevoaram-se de água. E quando ouviu que eram precisos tantos agasalhos, que teria de estar ali no quarto ainda quinze dias, perturbou-se mais, duas lagrimazinhas tímidas quase lhe fugiram das pestanas. Carlos terminou por lhe afagar paternalmente a mão.

— Oh! *Thank you, sir!* — murmurou ela, comovida de todo.

Na sala, Carlos veio encontrar Maria Eduarda sentada junto da mesa arranjando ramos, com uma grande cesta de flores pousada ao lado numa cadeira, e o regaço cheio de cravos. Uma bela réstia de sol, estendida na esteira, vinha morrer-lhe aos pés; e *Niniche,* deitada ali, reluzia como se fosse feita de fios de prata. Na rua, sob as janelas, um realejo ia tocando, na alegria da linda manhã de sol, a valsa da *Madame Angot.* Pelo andar de cima tinham recomeçado as correrias de crianças brincando.

— Então? — exclamou ela, voltando-se logo, com um molho de cravos na mão.

Carlos tranquilizou-a. A pobre *miss* Sarah tinha uma bronquite ligeira, com pouca febre. Em todo o caso necessitava resguardo, toda a cautela...

— Certamente! E há de tomar algum remédio, não é verdade?

Atirou logo o resto dos cravos do regaço para o cesto, foi abrir uma secretariazinha de pau-preto colocada entre as janelas. Ela mesma arranjou o papel para ele receitar, meteu um bico novo na pena. E estes cuidados perturbavam Carlos como carícias.

— Oh! minha senhora!... — murmurava ele — um lápis basta...

Quando se sentou, os seus olhos demoraram-se com uma curiosidade enternecida nesses objetos familiares, onde pousava a doçura das mãos dela — um sinete de ágata sobre um velho livro de contas, uma faca de marfim com monograma de prata, ao lado duma taçazinha de Saxe cheia de estampilhas; e em tudo havia a ordem clara que tão bem condizia com o seu puro perfil. Na rua o realejo calara-se, por cima do teto já não cavalavam as crianças. E, enquanto escrevia devagar, Carlos sentia-a abafar sobre a esteira o som dos seus passos, mover os seus vasos mais de leve.

— Que bonitas flores V. Ex.ª tem, minha senhora! — disse ele, voltando a cabeça, enquanto ia secando distraída e lentamente a receita.

De pé, junto do contador árabe, onde pousava um vaso amarelo da Índia, ela arranjava folhas em volta de duas rosas.

— Dão frescura — disse ela. — Mas imaginei que em Lisboa havia mais bonitas flores. Não há nada que se compare às flores de França... Pois não é verdade?

Ele não respondeu logo, esquecido a olhar para ela, pensando na doçura de ficar ali eternamente naquela sala de *reps* vermelho, cheia de claridade e cheia de silêncio, a vê-la pôr folhas verdes em torno de pés de rosas!

— Em Sintra há lindas flores — murmurou por fim.

— Oh, Sintra é um encanto! — disse ela, sem erguer os olhos do seu ramo. — Vale a pena vir a Portugal só por causa de Sintra.

Nesse momento, o reposteiro de *reps* esvoaçou, e Rosa entrou de dentro, correndo, vestida de branco, com meiazinhas de seda preta, uma onda negra de cabelo a bater-lhe as costas, e trazendo ao colo a sua grande boneca. Ao ver Carlos parou bruscamente, com os belos olhos muito abertos para ele, toda encantada, e apertando mais nos braços Cricri que vinha em camisa.

— Não conheces? — perguntou-lhe a mãe, indo sentar-se outra vez diante do seu cesto de flores.

Rosa começava já a sorrir, o seu rostozinho cobria-se duma linda cor. E assim, toda de alvo e negro como uma andorinha, tinha um encanto raro, com o seu doce mimo de forma, a sua graça ligeira, os seus grandes olhos cheios de azul, e um ruborzinho de mulher na face. Quando Carlos se adiantou com a mão estendida para renovar o antigo conhecimento, ela ergueu-se na ponta dos pés, estendeu-lhe vivamente a boquinha, fresca como um botão de rosa. Carlos ousou apenas tocar-lhe de leve na testa.

Depois quis apertar a mão à sua velha amiga Cricri. E então, de repente, Rosa recordou-se do que a trouxera ali a correr.

— É o *robe-de-chambre*, mamã! Não posso achar o *robe-de-chambre* de Cricri... Ainda a não pude vestir... Dize, sabes onde é que está o *robe-de-chambre?*

— Vejam esta desarranjada! — murmurou a mãe olhando-a com um sorriso lento e terno. — Se Cricri tem uma cômoda particular, o seu guarda-vestidos, não se lhe deviam perder as coisas... Pois não é verdade, sr. Carlos da Maia?

Ele, ainda com a sua receita na mão, sorria também, sem dizer nada, todo no enternecimento daquela intimidade em que se sentia penetrar docemente.

A pequena então veio encostar-se à mãe, roçando-se pelo seu braço com uma vozinha lânguida, lenta, e de mimo:

— Anda, dize... Não sejas má... Anda... Onde está o *robe-de-chambre?* Dize...

Levemente, com a ponta dos dedos, Maria Eduarda arranjou-lhe o pequenino laço de seda branca que lhe prendia no alto o cabelo. Depois ficou mais séria:

— Está bem, está quieta... Tu sabes que não sou eu que trato dos arranjos da Cricri. Devias ter mais ordem... Vai perguntar a Melanie.

E Rosa obedeceu logo, séria também, cumprimentando agora Carlos ao passar, com um arzinho senhoril:

— *Bonjour, monsieur...*

— É encantadora! — murmurou ele.

A mãe sorriu. Tinha acabado de compor o seu ramo de cravos; e imediatamente atendeu a Carlos, que pousara a receita sobre a mesa, e sem se apressar, instalando-se numa poltrona, lhe foi falando da dieta que devia ter *miss* Sarah, das colheres de xarope de codeína que se lhe deviam dar de três em três horas...

– Pobre Sarah! – dizia ela. – E é curioso, não é verdade? Veio com o pressentimento, quase com a certeza, que havia de adoecer em Portugal...

– Então vem a detestar Portugal!

– Oh! tem-lhe já horror! Acha muito calor, por toda a parte maus cheiros, a gente hedionda... Tem medo de ser insultada na rua... Enfim é infelicíssima, está ardendo por se ir embora...

Carlos ria daquelas antipatias saxônias. De resto em muitas coisas a boa *miss* Sarah tinha talvez razão...

– E V. Ex.ª tem-se dado bem em Portugal, minha senhora?

Ela encolheu os ombros, indecisa.

– Sim... Devo dar-me bem... É o meu país.

O *seu* país!... E ele que a julgava brasileira!

– Não, sou portuguesa.

E, durante um momento, houve um silêncio. Ela tomara de sobre a mesa, abria lentamente um grande leque negro pintado de flores vermelhas. E Carlos sentia, sem saber por quê, uma doçura nova penetrar-lhe no coração. Depois ela falou da sua viagem que fora muito agradável; adorava andar no mar; tinha sido um encanto a manhã da chegada a Lisboa, com um céu azul-ferrete, o mar todo azul também, e já um calorzinho de clima doce... Mas depois, apenas desembarcados, tudo correra desagradavelmente. Tinham ficado mal alojados no Central. *Niniche,* uma noite, assustara-os muito com uma indigestão. Em seguida, no Porto, viera aquele desastre...

– Sim – disse Carlos –, o marido de V. Ex.ª, na Praça Nova...

Ela pareceu surpreendida. Como sabia ele? Ah, sim, sabia decerto pelo Dâmaso...

– São muito amigos, creio eu.

Depois duma leve hesitação, que ela compreendeu, Carlos murmurou:

– Sim... O Dâmaso vai bastante ao Ramalhete... É de resto um rapaz que eu conheço apenas há meses...

Ela abriu os olhos, pasmada.

– O Dâmaso? Mas ele disse-me que se conheciam desde pequeninos, que eram até parentes...

Carlos encolheu simplesmente os ombros, sorrindo.

– É uma bela ilusão... E se isso o faz feliz!...

Ela sorriu também, encolhendo também ligeiramente os ombros.

– E V. Ex.ª, minha senhora – continuou logo Carlos não querendo falar mais do Dâmaso –, como acha Lisboa?

Gostava bastante, achava muito bonito este tom azul e branco de cidade meridional... Mas havia tão poucos confortos!... A vida tinha aqui um ar que ela não pudera perceber ainda – se era de simplicidade ou de pobreza.

– Simplicidade, minha senhora. Temos a simplicidade dos selvagens...

Ela riu.

– Não direi isso. Mas suponho que são como os gregos: contentam-se em comer uma azeitona, olhando o céu que é bonito...

Isto pareceu adorável a Carlos, todo o seu coração fugiu para ela.

Maria Eduarda queixava-se sobretudo das casas, tão faltas de comodidade, tão despidas de gosto, tão desleixadas. Aquela em que vivia fazia a sua desgraça. A cozinha era atroz, as portas não fechavam. Na sala de jantar havia sobre a parede umas pinturas de barquinhos e colinas que lhe tiravam o apetite...

– Além disso – acrescentou –, é um horror não ter um quintal, um jardim, onde a pequena possa correr, ir brincar...

– Não é fácil encontrar assim uma casa nas condições desta e com jardim – disse Carlos.

Deu um olhar às paredes, ao estuque enxovalhado do teto – e lembrou-lhe de repente a quinta do Craft, com a sua vista de rio, o ar largo, as frescas ruas de acácias.

Felizmente, Maria Eduarda tomara a casa apenas ao mês, e estava pensando em ir passar à beira-mar o tempo que tivesse de ficar ainda em Portugal.

– De resto – disse ela –, foi o que me aconselhou o meu médico em Paris, o dr. Chaplain.

O dr. Chaplain? Justamente, Carlos conhecia muito o dr. Chaplain. Ouvira-lhe as lições, visitara-o até intimamente na sua propriedade de Maisonnettes, ao pé de Saint-Germain. Era um grande mestre, era um espírito bem superior!

– E tão bom coração! – disse ela com um claro sorriso, um olhar que brilhou.

E este sentimento comum pareceu de repente aproximá-los mais docemente; cada um nesse instante adorou o dr. Chaplain; e continuaram ainda falando dele prolongadamente, gozando, através dessa trivial simpatia por um velho clínico, a nascente concordância dos seus corações.

O bom dr. Chaplain! Que fisionomia tão amável, tão fina!... Sempre com o seu barretinho de seda... E sempre com a sua grande flor na casaca... De resto, o prático maior que saíra da geração de Trousseau.

– E *madame* Chaplain – acrescentou Carlos – é uma pessoa encantadora... Não é verdade?

Mas Maria Eduarda não conhecia *madame* Chaplain.

Dentro o relógio ronceiro começara a bater onze horas. E Carlos então ergueu-se, findando a sua fugitiva, inolvidável, deliciosa visita...

Quando ela lhe estendeu a mão, um pouco de sangue subiu-lhe de novo à face ao tocar aquela palma tão macia e tão fresca. Pediu os seus cumprimentos para *mademoiselle* Rosa. Depois, à porta, já com o reposteiro na mão, voltou-se ainda, uma vez mais, numa última saudação, a receber o olhar suave com que ela o seguia...

– Até amanhã, está claro! – exclamou ela de repente, com o seu lindo sorriso.

– Até amanhã, decerto!

O Domingos estava já no patamar, de casaca, risonho e bem penteado.

– É coisa de cuidado, meu senhor?

– Não é nada, Domingos... Estimei vê-lo por aqui.

– E eu muito a V. Ex.ª. Até amanhã, meu senhor.

– Até amanhã.

Niniche apareceu também no patamar. Ele abaixou-se ternamente a afagá-la, e disse-lhe também, radiante:

– Até amanhã, *Niniche!*

Até amanhã! Voltando para o Ramalhete, era esta a única idéia que ele sentia distintamente através da névoa luminosa que lhe afogava a alma. Agora o seu dia estava findo; mas, passadas as longas horas, terminada a longa noite, ele penetraria outra vez naquela sala de *reps* vermelho, onde ela o esperava, com o mesmo vestido de sarja, enrolando ainda as folhas verdes em torno de pés de rosa...

Pelo Aterro, por entre a poeira de verão e o ruído das carroças, o que ele via era essa sala, esteirada de novo, fresca, silenciosa e clara; por vezes uma frase que ela dissera cantava-lhe na memória, com o tom de ouro da sua voz; ou luziam-lhe diante dos olhos as pedras dos seus anéis, entremetidos pelos pêlos de *Niniche*. Parecia-lhe mais linda, agora que conhecia o seu sorriso duma graça tão delicada; era cheia de inteligência, era cheia de gosto; e a pobre velha à porta, essa doente a quem ela mandava vinho do Porto, revelava a sua bondade... E o que o encantava é que não tornaria mais a farejar a cidade como um rafeiro perdido, à busca dos seus olhos negros; agora bastava-lhe subir alguns degraus, abria-se diante dele a porta da sua casa; e tudo de repente na vida parecia tornar-se fácil, equilibrado, sem dúvidas e sem impaciências.

No seu quarto, no Ramalhete, Batista entregou-lhe uma carta.

– Trouxe-a a escocesa, já V. Ex.ª tinha saído.

Era da Gouvarinho! Meia folha de papel, tendo simplesmente escrito a lápis – *all right*. Carlos amarrotou-a, furioso. A Gouvarinho!... Não se tornara quase a lembrar dela, desde a véspera, no radiante tumulto em que andara o seu coração. E era no comboio dessa noite, daí a horas, que deviam ambos partir para Santarém, a amarem-se, escondidos numa estalagem! Ele prometera-lho, a sério; já ela se preparara, decerto, com a atroz cabeleira postiça, com o *waterproof* de grande roda; tudo estava *all right*... Achou-a nesse instante ridícula, reles, estúpida... Oh, era claro como a luz que não ia, que nunca iria, jamais! Mas tinha de aparecer na estação de Santa Apolônia, balbuciar uma desculpa tosca, assistir à sua desconsolação, ver-lhe os olhos marejados de lágrimas. Que maçada!... Teve-lhe ódio.

Quando chegou à mesa do almoço, Craft e Afonso, já sentados, falavam justamente do Gouvarinho, e dos artigos que ele continuava gravemente a publicar no *Jornal do Comércio*.

– Que besta essa! – exclamou Carlos numa voz que sibilava, desabafando sobre a literatura política do marido a cólera que lhe davam as importunidades amorosas da mulher.

Afonso e Craft olharam-no, pasmados de tanta violência. E Craft censurou-lhe a ingratidão. Porque, realmente, não havia em toda a Terra um entusiasmo como o que aquele desventuroso homem de Estado tinha por Carlos...

– V. Ex.ª não faz idéia, sr. Afonso da Maia. É um culto. É uma idolatria.

Carlos encolhia os ombros, impaciente. E Afonso, já bem-disposto para com o homem que assim admirava tão prodigamente o seu neto, murmurou com bondade:

– Coitado, suponho que é inofensivo...

Craft fez uma ovação ao velho:

– *Inofensivo!* Admirável, sr. Afonso da Maia! *Inofensivo*, aplicado a um homem de Estado, a um par, a um ministro, a um legislador, é um achado! E é com efeito o que ele é, *inofensivo*... E é o que eles são...

– Chablis? – murmurou o escudeiro.

– Não, tomo chá.

E acrescentou:

– Aquele *champagne* que ontem bebemos nas corridas, por patriotismo, arrasou-me... Tenho de me pôr uma semana a regime de leite.

Então falou-se ainda das corridas, dos ganhos de Carlos, do Clifford, e do véu azul do Dâmaso.

– Ora quem estava ontem muito bem-vestida era a Gouvarinho – disse Craft remexendo o seu chá. – Ficava-lhe admiravelmente aquele branco-creme, tocado de tons negros. Uma verdadeira *toilette* de corridas... *C'etait un œillet blanc panaché de noir*... Você não achou, Carlos?

— Sim — rosnou Carlos —, estava bem.

Outra vez a Gouvarinho! Parecia-lhe agora que não haveria na sua vida conversa em que não surgisse a Gouvarinho, e que não haveria caminho na sua vida que o não atravancasse a Gouvarinho! E ali mesmo, à mesa, decidiu consigo não a tornar a ver, escrever-lhe um bilhete curto, polido, recusando-se a ir a Santarém, sem razões...

Mas no seu quarto, diante da folha de papel, fumou uma longa *cigarette,* sem achar frase que não fosse pueril ou brutal. Nem tinha a simpatia precisa para lhe dar o banal tratamento de *querida.* Vinha-lhe até por ela uma indefinida repulsão física: devia ser intolerável toda uma noite o seu cheiro exagerado de verbena; e lembrava-se que aquela pele do seu pescoço, que se lhe afigurava outrora um cetim, tinha um tom pegajoso, um tom amarelado, para além da linha de pós-de-arroz. Decidiu não lhe escrever. Iria à noite a Santa Apolônia, e no momento do comboio partir correria à portinhola, a balbuciar fugitivamente uma desculpa; não lhe daria tempo de choramingar nem de recriminar; um rápido aperto de mão, e adeus, para nunca mais...

À noite, porém, à hora de ir à estação, que sacrifício em se arrancar aos confortos da sua poltrona, e do seu charuto!... Atirou-se para o *coupé* desesperado, maldizendo essa tarde no *boudoir* azul em que, por causa duma rosa e dum certo vestido cor de folha morta que lhe ficava bem, ele se achara caído com ela num sofá...

Ao chegar a Santa Apolônia faltavam, para a partida do expresso, dois minutos. Precipitou-se para a extremidade da sala, já quase vazia àquela hora, a comprar uma *admissão;* e ainda aí esperou uma eternidade, vendo dentro do postigo duas mãos lentas e moles arranjar laboriosamente os patacos dum troco.

Penetrava enfim na sala de espera, quando esbarrou com o Dâmaso, de chapéu desabado e sacola de viagem a tiracolo. Dâmaso agarrou-lhe as mãos, enternecido:

— Oh menino! Pois tiveste o incômodo?... E como soubeste tu que eu partia?

Carlos não o desiludiu, balbuciando que lho dissera o Taveira, que encontrara o Taveira...

– Pois eu estava mais longe duma destas! – exclamou o Dâmaso. – Esta manhã, muito regalado na cama, quando me vem o telegrama... Fiquei furioso! Isto é, imagina tu como eu fiquei, um desgosto assim!...

Foi então que Carlos reparou que ele estava carregado de luto, com fumo no chapéu, luvas pretas, polainas pretas, barra preta no lenço... Murmurou, embaraçado:

– O Taveira disse-me que ias, mas não me disse mais nada... Morreu-te alguém?

– Meu tio Guimarães.

– O comunista? O de Paris?

– Não, o irmão dele, o mais velho, o de Penafiel... Espera aí que eu volto já, vou ali ao café encher o frasco de *cognac*. Com a aflição esquecia-me o *cognac*...

Ainda estavam chegando passageiros, esbaforidos, de guarda-pó, com chapeleiras na mão. Os guardas rolavam pachorrentamente as bagagens. Duma portinhola, onde se exibia um cavalheiro barrigudo, com um boné bordado a retrós, pendia todo um cacho de amigos políticos, respeitosamente e em silêncio. A um canto uma senhora soluçava por baixo do véu.

Carlos, vendo um vagão com a papeleta de *reservado*, imaginou lá a condessa. Um guarda precipitou-se, furioso, como se visse a profanação dum santuário. Que queria ele, que queria ele dali? Não sabia que era o *reservado* do sr. Carneiro?

– Não sabia.

– Perguntasse, devia saber! – ficou o outro a resmungar, ainda trêmulo.

Carlos correu ainda outros vagões, onde a gente se apinhava, atabafadamente, na amontoação dos embrulhos; num, dois sujeitos, a propósito de lugares, tratavam-se de *malcriados;* adiante, uma criança espernava no colo da ama, aos gritos.

– Oh menino, quem diabo andas tu a procurar? – exclamou Dâmaso alegremente, surgindo por trás dele, e passando-lhe o braço pela cinta.

– Ninguém... Imaginei que tinha visto o marquês.

Imediatamente Dâmaso queixou-se daquela lúgubre maçada de ter de ir a Penafiel!

– E então agora que eu precisava tanto estar em Lisboa! Que tenho andado com uma sorte para mulheres, menino!... Uma sorte danada!

Uma sineta badalou. Dâmaso deu logo um abraço terno a Carlos, saltou para o seu vagão, enterrou na cabeça um barretinho de seda – e depois, debruçado da portinhola, continuou ainda as confidências. O que mais o contrariava era deixar aquele arranjinho da Rua de S. Francisco. Que ferro! Agora que aquilo ia tão bem, o gajo no Brasil, e ela ali, à mão, a dois passos do Grêmio!...

Carlos mal o escutava, distraído, olhando o grande relógio transparente. De repente Dâmaso, à portinhola, deu um salto de surpresa:

– Olha os Gouvarinhos!

Carlos deu um salto também. O conde, de coco de viagem, de paletó alvadio, sem se apressar, como competia a um diretor da Companhia, vinha conversando com um empregado superior da estação, agaloado de ouro, que se encarregara da chapeleira de papelão de S. Ex.ª. E a condessa, com um rico guarda-pó *de foulard* cor de castanho, um véu cinzento que lhe cobria a face e o chapéu, seguia atrás, com a criada escocesa, trazendo na mão um ramo de rosas.

Carlos correu para eles, foi todo um assombro.

– Por aqui, Maia?

– De viagem, conde?

É verdade. Decidira acompanhar a condessa ao Porto, aos anos do papá... Resolução da última hora, quase iam perdendo o comboio.

– Então temo-lo por companheiro, Maia? Teremos esse grande prazer, Maia?

Carlos contou rapidamente que viera apenas apertar a mão ao pobre Dâmaso, de jornada para Penafiel, por causa da morte do tio.

Debruçado da portinhola, com as mãos de fora calçadas

de negro, o pobre Dâmaso estava saudando a senhora condessa, gravemente, funebremente. E o bom Gouvarinho não quis deixar de lhe ir dar logo o seu *shake-hands* e o seu pêsame.

Sozinho nesse curto instante com a condessa, Carlos murmurou apenas:

– Que ferro!

– Este maldito homem! – exclamou ela, entre dentes, com um olhar que fuzilou através do véu. – Tudo tão bem arranjado, e à última hora teima em vir!...

Carlos acompanhou-os até o *reservado,* num outro vagão que se estivera metendo de novo para S. Ex.ª A condessa tomou o lugar do canto junto da portinhola. E como o conde, num tom de polidez ácida, a aconselhava a que se sentasse antes com o rosto para a máquina, ela teve um gesto de aborrecimento, atirou o ramo para o lado desabridamente, enterrou-se com mais força na almofada; e um duro olhar de cólera passou entre ambos. Carlos, embaraçado, perguntava:

– Então vão com demora?

O conde respondeu, sorrindo, disfarçando o seu mau humor:

– Sim, talvez duas semanas, umas pequeninas férias.

– Três dias, o mais – replicou ela numa voz fria e afiada como uma navalha.

O conde não respondeu, lívido.

Todas as portinholas agora estavam fechadas, um silêncio caíra sobre a plataforma. O apito da máquina varou o ar; e o comprido trem, num ruído seco de freios retesados, começou a rolar, com gente às portinholas, que ainda se debruçava, estendendo a mão para um último aperto. Aqui e além esvoaçava um lenço branco. O olhar da condessa para o lado de Carlos teve a doçura de um beijo. O Dâmaso gritou saudades para o Ramalhete. O compartimento do correio resvalou, alumiado; e, com outro dilacerante silvo, o comboio mergulhou na noite...

Carlos, só, dentro do *coupé,* voltando à Baixa, sentia uma alegria triunfante com aquela partida da condessa e a inesperada jornada do Dâmaso. Era como uma dispersão providencial de todos os importunos; e assim se fazia em torno da Rua de S. Francisco uma solidão – com todos os seus encantos, e todas as suas cumplicidades.

No Cais de Sodré deixou a carruagem, subiu a pé pelo Ferregial, veio passar diante das janelas na Rua de S. Francisco. Só pôde ver uma vaga tira de claridade entre as portadas meio cerradas. Mas isto bastava-lhe. Podia agora imaginar com precisão o serão calmo que ela estava passando na larga sala de *reps* vermelho. Sabia o nome dos livros que ela lia, e as partituras que tinha sobre o piano; e as flores que espalhavam ali o seu aroma vira-as ele arranjar nessa manhã. Poria ela um instante o seu pensamento nele? Decerto; a doença em casa forçava-a a lembrar as horas do remédio, as explicações que ele lhe dera, e o som da sua voz; e falando com *miss* Sarah pronunciaria decerto o seu nome. Duas vezes percorreu a Rua de S. Francisco; e recolheu para casa, sob a noite estrelada, devagar, ruminando a doçura daquele grande amor.

Então todos os dias, durante semanas, teve essa hora deliciosa esplêndida, perfeita, "a visita à inglesa".

Saltava do leito, cantando como um canário, e penetrava no seu dia como numa ação triunfal. O correio chegava; e invariavelmente lhe trazia uma carta da Gouvarinho, três folhas de papel de onde caía sempre alguma pequena flor meio murcha. Ele deixava ficar a flor no tapete; e mal podia dizer o que havia naquelas longas linhas cruzadas. Sabia apenas vagamente que, três dias depois de ela chegar ao Porto, o pai, o velho Thompson, tivera uma apoplexia. Ela lá estava, de enfermeira. Depois, levando duas ou três belas flores do jardim embrulhadas num papel de seda, partia para a Rua de S. Francisco, sempre no seu *coupé* – porque o tempo mudara, e os dias seguiam-se, tristonhos, cheios de sudoeste e de chuva.

À porta o Domingos acolhia-o com um sorriso cada vez mais enternecido. *Niniche* corria de dentro, a pular de amizade;

ele erguia-a nos braços para a beijar. Esperava um instante na sala, de pé, saudando com o olhar os móveis, os ramos, a clara ordem das coisas; ia examinar no piano a música que ela tocara essa manhã, ou o livro que deixara interrompido, com a faca de marfim entre as folhas.

Ela entrava. O seu sorriso ao dar-lhe os bons-dias, a sua voz de ouro tinham cada dia para Carlos um encanto novo e mais penetrante. Trazia ordinariamente um vestido escuro e simples; apenas às vezes uma gravata de rica renda antiga, ou um cinto cuja fivela era cravejada de pedras avivavam este traje sóbrio, quase severo, que parecia a Carlos o mais belo, e como uma expressão do seu espírito.

Começavam por falar de *miss* Sarah, daquele tempo agreste e úmido que lhe era tão desfavorável. Conversando, ainda de pé, ela dava aqui e além um arranjo melhor a um livro, ou ia mover uma cadeira que não estava no seu alinho; tinha o hábito inquieto de recompor constantemente a simetria das coisas; e, maquinalmente, ao passar, sacudia a superfície de móveis já perfeitamente espanejados com as magníficas rendas do seu lenço.

Agora acompanhava-o sempre ao quarto de *miss* Sarah. Pelo corredor amarelo, caminhando ao seu lado, Carlos perturbava-se sentindo a carícia desse íntimo perfume em que havia jasmim, e que parecia sair do movimento das suas saias. Ela às vezes abria familiarmente a porta de um quarto, apenas mobilado com um velho sofá; era ali que Rosa brincava, e que tinha os arranjos de Cricri, as carruagens de Cricri, a cozinha de Cricri. Encontravam-na vestindo e conversando profundamente com a boneca; ou então, ao canto do sofá, com os pezinhos cruzados, imóvel, perdida na admiração de algum livro de estampas aberto sobre os joelhos. Ela corria, estendia a boquinha a Carlos; e toda a sua pessoa tinha a frescura de uma linda flor.

No quarto da governanta, Maria Eduarda sentava-se aos pés do leito branco; e logo a pobre *miss* Sarah, ainda cheia de tosse, confusa, verificando a cada instante se o lenço de seda lhe cobria corretamente o pescoço, afirmava que estava boa. Carlos gracejava com ela, provando-lhe que nesse feio tempo de inverno, a felicidade era estar ali na cama, com bons cuidados em redor, alguns romances patéticos, e apetitosa dieta portuguesa. Ela voltava os olhos gratos para *madame,* com um suspiro. Depois murmurava:

— *Oh yes, I am very confortable!*

E enternecia-se.

Logo nos primeiros dias, ao voltar à sala, Maria Eduarda tinha-se sentado na sua cadeira escarlate, e, conversando com Carlos, retomara muito naturalmente o seu bordado, como na presença familiar de um velho amigo. Com que felicidade profunda ele viu desdobrar-se essa talagarça! Devia ser um faisão de plumagens rutilantes; mas por ora só estava bordado o galho de macieira em que ele pousava, galho fresco de primavera, coberto de florzinhas brancas, como num pomar da Normandia.

Carlos, junto da linda secretariazinha de pau-preto, ocupava a mais velha, a mais cômoda das poltronas de *reps* vermelho, cujas molas rangiam de leve. Entre eles ficava a mesa de costura com as *Ilustrações* ou algum jornal de modas; às vezes, um instante calado, ele folheava as gravuras, enquanto as lindas mãos de Maria, com brilhos de jóias, iam puxando os fios de lã. Aos pés dela *Niniche* dormitava, espreitando-os a espaços, através das repas do focinho, com o seu belo olho grave e negro. E nesses escuros dias de chuva, cheios de friagem lá fora e do rumor das goteiras, aquele canto da janela, com a paz do vagaroso trabalho na talagarça, as vozes lentas e amigas, e às vezes um doce silêncio, tinham um ar íntimo e carinhoso...

Mas no que diziam não havia intimidades. Falavam de Paris e do seu encanto, de Londres onde ela estivera durante quatro lúgubres meses de inverno, da Itália que era o seu sonho ver, de livros, de coisas de arte. Os romances que preferia eram os de Dickens; e agradava-lhe menos Feuillet, por cobrir tudo de pó-de-arroz, mesmo as feridas do coração. Apesar de educada num convento severo de Orleans, lera Michelet e lera Renan. De resto não era católica praticante; as igrejas apenas a atraíam pelos lados graciosos e artísticos do culto, a música, as luzes, ou os lindos meses de Maria, em França, na doçura das flores de maio. Tinha um pensar muito reto e muito são – com um fundo de ternura que a inclinava para tudo o que sofre e é fraco. Assim gostava da República, por lhe parecer o regime em que há mais solicitude pelos humildes. Carlos provava-lhe rindo que ela era socialista.

– Socialista, legitimista, orleanista – dizia ela –, qualquer coisa, contanto que não haja gente que tenha fome!

Mas era isso possível? Já Jesus, mesmo, que tinha tão doces ilusões, declarara que pobres sempre os haveria...

– Jesus viveu há muito tempo, Jesus não sabia tudo... Hoje sabe-se mais, os senhores sabem muito mais... É necessário arranjar-se outra sociedade, e depressa, em que não haja miséria. Em Londres, às vezes, por aquelas grandes neves, há criancinhas pelos portais a tiritar, a gemer de fome... É um horror! E em Paris então! É que se não vê senão o *boulevard;* mas quanta pobreza, quanta necessidade...

Os seus belos olhos quase se enchiam de lágrimas. E cada uma destas palavras trazia todas as complexas bondades da sua alma – como num só sopro podem vir todos os aromas esparsos de um jardim.

Foi um encanto para Carlos quando Maria o associou às suas caridades, pedindo-lhe para ir ver a irmã da sua engomadeira que tinha reumatismo, e o filho da sra. Augusta, a velha do patamar, que estava tísico. Carlos cumpria esses encargos com o fervor de ações religiosas. E nestas piedades achava-lhe semelhanças com o avô. Como Afonso, todo o sofrimento dos animais a consternava. Um dia viera indignada da Praça da Figueira, quase com idéias de vingança, por ter visto nas tendas dos galinheiros aves e coelhos apinhados em cestos, sofrendo durante dias as torturas da imobilidade e a ansiedade da fome. Carlos levava estas belas cóleras para o Ramalhete, increpava violentamente o marquês, que era membro da Sociedade Protetora dos Animais. O marquês, indignado também, jurava justiça, falava em cadeias, em costa de África... E Carlos, comovido, ficava a pensar quanta larga e distante influência pode ter, mesmo isolado de tudo, um coração que é justo.

Uma tarde falaram do Dâmaso. Ela achava-o insuportável com a sua petulância, os olhos bugalhudos, as perguntas néscias. V. Ex.ª acha Nice elegante? V. Ex.ª prefere a capela de S. João Batista a *Notre-Dame*?...

— E então a insistência de falar de pessoas que eu não conheço! A sra. condessa de Gouvarinho, e os chás da sra. condessa de Gouvarinho, e a frisa da sra. condessa de Gouvarinho, e a preferência que a sra. condessa de Gouvarinho tem por ele... E isto horas! Eu às vezes tinha medo de adormecer...

Carlos fez-se escarlate. Por que trouxera ela, entre todos, o nome da Gouvarinho? Tranqüilizou-se, vendo-a rir simples e limpidamente. Decerto não sabia quem era a Gouvarinho. Mas, para sacudir logo de entre eles esse nome, começou a falar de Mr. Guimarães, o famoso tio do Dâmaso, o amigo de Gambetta, o influente da República...

— O Dâmaso tem-me dito que V. Ex.ª o conhece muito...

Ela erguera os olhos, com um fugitivo rubor no rosto.

— Mr. Guimarães?... Sim, conheço muito... Ultimamente víamo-nos menos, mas ele era muito amigo da mamã.

E depois dum silêncio, dum curto sorriso, recomeçando a puxar o seu longo fio de lã:

— Pobre Guimarães, coitado! A sua influência na República é traduzir notícias dos jornais espanhóis e italianos para o *Rappel,* que disso é que vive... Se é amigo de Gambetta, não sei; Gambetta tem amigos tão extraordinários... Mas o Guimarães, aliás bom homem e homem honrado, é um grotesco, uma espécie de Calino republicano. E tão pobre, coitado! O Dâmaso, que é rico, se tivesse decência, ou o menor sentimento, não o deixava viver assim tão miseravelmente.

— Mas então essas carruagens do tio, esse luxo do tio, de que fala o Dâmaso?...

Ela encolheu mudamente os ombros; e Carlos sentiu pelo Dâmaso um asco intolerável.

Pouco a pouco, nas suas conversas, foi havendo uma intimidade mais penetrante. Ela quis saber a idade de Carlos, ele falou-lhe do avô. E durante essas horas suaves em que ela, silenciosa, ia picando a talagarça, ele contou-lhe a sua vida passada, os planos de carreira, os amigos e as viagens... Agora ela conhecia a paisagem de Santa Olávia, o reverendo Bonifácio, as excentricidades do Ega. Um dia quis que Carlos lhe explicasse longamente a idéia do seu livro. *A Medicina Antiga e Moderna.* Aprovou, com simpatia, que ele pintasse as figuras dos grandes médicos, benfeitores da humanidade. Por que se glorificariam só guerreiros e fortes? A vida salva a uma criança parecia-lhe coisa bem mais bela que a batalha de Austerlitz. E estas palavras, que dizia com simplicidade, sem mesmo erguer os olhos do seu bordado, caíam no coração de Carlos e ficavam lá muito tempo, palpitando e brilhando...

Ele tinha-lhe feito assim largamente todas as confissões; e ainda não sabia nada do seu passado, nem mesmo a terra em que nascera, nem sequer a rua que habitava em Paris. Não lhe ouvira murmurar jamais o nome do marido, nem falar dum amigo ou duma alegria da sua casa. Parecia não ter em França, onde vivia, nem interesses nem lar; e era realmente como a deusa que ele ideara, sem contatos anteriores com a Terra, descida da sua nuvem de ouro, para vir ter ali, naquele andar alugado da Rua de S. Francisco, o seu primeiro estremecimento humano.

Logo na primeira semana das visitas de Carlos tinham falado de afeições. Ela acreditava candidamente que pudesse haver, entre uma mulher e um homem, uma amizade pura, imaterial, feita da concordância amável de dois espíritos delicados. Carlos jurou que também tinha fé nessas belas uniões, todas de estima, todas de razão – contanto que se lhes misturasse, ao de leve que fosse, uma ponta de ternura... Isso perfumava-as dum grande encanto – e não lhes diminuía a sinceridade. E, sob estas palavras um pouco difusas, murmuradas por entre as malhas do bordado e com lentos sorrisos, ficara sutilmente estabelecido que entre eles só deveria haver um sentimento assim, casto, legítimo, cheio de suavidade e sem tormentos.

Que importava a Carlos? Contanto que pudesse passar aquela hora na poltrona de cretone, contemplando-a a bordar, e conversando em coisas interessantes, ou tornadas interessantes pela graça da sua pessoa; contanto que visse o seu rosto, ligeiramente corado, baixar-se, com a lenta atração duma carícia, sobre as flores que lhe trazia; contanto que lhe afagasse a alma a certeza de que o pensamento dela o ficava seguindo simpaticamente através do seu dia, mal ele deixava aquela adorada sala de *reps* vermelho – o seu coração estava satisfeito, esplendidamente.

Não pensava mesmo que aquela ideal amizade, de intenção casta, era o caminho mais seguro para a trazer, brandamente enganada, aos seus braços ardentes de homem. No deslumbramento que o tomara, ao ver-se de repente admitido a uma intimidade que julgara impenetrável, os seus desejos desapareciam; longe dela, às vezes, ainda ousavam ir temerariamente até a esperança dum beijo, ou duma fugitiva carícia com a ponta dos dedos; mas apenas transpunha a sua porta, e recebia o calmo raio do seu olhar negro, caía em devoção, e julgaria um ultraje bestial roçar sequer as pregas do seu vestido.

Foi aquele decerto o período mais delicado da sua vida. Sentia em si mil coisas finas, novas, duma tocante frescura. Nunca imaginara que houvesse tanta felicidade em olhar para as estrelas, quando o céu está limpo; ou em descer de manhã ao jardim, para escolher uma rosa mais aberta. Tinha na alma um constante sorriso – que os seus lábios repetiam. O marquês achava-lhe o ar baboso e abençoador...

Às vezes, passeando só no seu quarto, perguntava a si mesmo onde o levaria aquele grande amor. Não sabia. Tinha diante de si os três meses em que ela estaria em Lisboa, e em que ninguém mais senão ele ocuparia a velha cadeira ao lado do seu bordado. O marido andava longe, separado por léguas de mar incerto. Depois ele era rico, e o mundo era largo...

Conservava sempre as suas grandes idéias de trabalho, querendo que no seu dia só houvesse horas nobres, e que aquelas que não pertenciam às puras felicidades do amor, pertencessem às alegrias fortes do estudo. Ia ao laboratório, ajuntava algumas linhas ao seu manuscrito. Mas, antes da visita à Rua de S. Francisco, não podia disciplinar o espírito, inquieto, num tumulto de esperanças; e, depois de voltar de lá, passava o dia a recapitular o que ela dissera, o que ele respondera, os seus gestos, a graça de certo sorriso... Fumava então *cigarettes,* lia os poetas.

Todas as noites, no escritório de Afonso, se formava a partida de *whist.* O marquês batia-se ao dominó com o Taveira, enfronhados ambos naquele vício, com um rancor crescente que os levava a injúrias. Depois das corridas, o secretário de Steinbroken começara a vir ao Ramalhete; mas era um inútil, nem cantava sequer como o seu chefe as baladas da Finlândia; caído no fundo duma poltrona, de casaca, de vidro no olho, bamboleando a perna, cofiava silenciosamente os seus longos bigodes tristes.

O amigo que Carlos gostava de ver entrar era o Cruges – que vinha da Rua de S. Francisco, trazia alguma coisa do ar que Maria Eduarda respirava. O maestro sabia que Carlos ia todas as manhãs ao prédio ver a *"miss* inglesa"; e muitas vezes, inocentemente, ignorando o interesse de coração com que Carlos o escutava, dava-lhe as últimas notícias da vizinha...

– A vizinha lá ficou agora a tocar Mendelssohn... Tem execução, tem expressão a vizinha... Há ali estofo... E entende o seu Chopin.

Se ele não aparecia no Ramalhete, Carlos ia a casa buscá-lo; entravam no Grêmio, fumavam um charuto nalguma sala isolada, falando da vizinha; Cruges achava-lhe "um verdadeiro tipo de *grande dame".*

Quase sempre encontravam o conde de Gouvarinho, que vinha ver (como ele dizia a faiscar de ironia) o que se passava "no país do sr. Gambetta". Parecera remoçar ultimamente, mais ligeiro nos modos, com uma claridade de esperança nas lunetas, na fronte erguida. Carlos perguntava-lhe pela condessa. Lá estava no Porto, nos seus deveres de filha...

– E seu sogro?

O conde baixava a face radiante, para murmurar cava e resignadamente:

– Mal.

Uma tarde, Carlos conversava com Maria Eduarda, acariciando *Niniche* que se lhe viera sentar nos joelhos, quando

Romão entreabriu discretamente o reposteiro, e baixando a voz, com um ar embaraçado, um ar de cumplicidade, murmurou:

– É o sr. Dâmaso!...

Ela olhou o Romão, surpreendida daqueles modos, e quase escandalizada.

– Pois bem, mande entrar!

E Dâmaso rompeu pela sala, carregado de luto, de flor ao peito, gorducho, risonho, familiar, com o chapéu na mão, trazendo dependurado por um barbante um grande embrulho de papel pardo... Mas ao ver Carlos ali, intimamente, de cadelinha no colo, estacou assombrado, com o olho esbugalhado, como tonto. Enfim desembaraçou as mãos, veio cumprimentar Maria Eduarda quase de leve, e voltando-se logo para Carlos, de braços abertos, todo o seu espanto transbordou ruidosamente:

– Então tu aqui, homem? Isto é que é uma surpresa! Ora quem me diria!... Eu estava mais longe...

Maria Eduarda, incomodada com aquele alarido, indicou-lhe vivamente uma cadeira, interrompeu um instante o bordado, quis saber como ele tinha chegado.

– Perfeitamente, minha senhora... Um bocado cansado, como é natural... Venho direitinho de Penafiel... Como V. Ex.ª vê – e mostrou o seu luto pesado –, acabo de passar por um grande desgosto.

Maria Eduarda murmurou uma palavra de sentimento, vaga e fria. Dâmaso pousara os olhos no tapete. Vinha da província cheio de cor, cheio de sangue; e, como cortara a barba (que havia meses deixara crescer para imitar Carlos), parecia agora mais bochechudo e mais nédio. As coxas roliças estalavam-lhe de gordura dentro da calça de casimira preta.

– E então – perguntou Maria Eduarda –, temo-lo por cá algum tempo?

Ele deu um puxãozinho à cadeira, mais para junto dela, e outra vez risonho:

– Agora, minha senhora, ninguém me arranca de Lisboa! Podem-me morrer... Isto é, credo! teria grande ferro se me morresse alguém. O que quero dizer é que há de custar a arrancar-me daqui!

Carlos continuava muito sossegadamente a acariciar os pêlos da *Niniche*. E houve então um pequeno silêncio. Maria Eduarda retomara o bordado. E Dâmaso, depois de sorrir, de tossir, de dar um jeito ao bigode, estendeu a mão para acariciar também *Niniche* sobre os joelhos de Carlos. Mas a cadelinha, que havia momentos o espreitava com o olho desconfiado, ergueu-se, rompeu a ladrar furiosa.

– *C'est moi, Niniche!* – dizia Dâmaso, recuando a cadeira. – *C'est moi, ami... Alors, Niniche...*

Foi necessário que Maria Eduarda repreendesse severamente *Niniche*. E, aninhada de novo no colo de Carlos, ela continuou a espreitar Dâmaso, rosnando, e com rancor.

– Já me não conhece – dizia ele embaçado –, é curioso...

– Conhece-o perfeitamente – acudiu Maria Eduarda muito séria. – Mas não sei o que o sr. Dâmaso lhe fez, que ela tem-lhe ódio. É sempre este escândalo.

Dâmaso balbuciava, escarlate:

– Ora essa, minha senhora! O que lhe fiz?... Carícias, sempre carícias...

E então não se conteve, falou com ironia, amargamente, das amizades novas de *mademoiselle Niniche*. Ali estava nos braços doutro, enquanto que ele, o amigo velho, era deitado ao canto...

Carlos ria.

– Oh Dâmaso, não a acuses de ingratidão... Pois se a sra. D. Maria Eduarda está a dizer que ela sempre te teve ódio!...

– Sempre! – exclamou Maria.

Dâmaso sorria também, lividamente. Depois, tirando um lenço de barra negra, limpando os beiços e mesmo o suor do pescoço, lembrou a Maria Eduarda como ela o tinha desapontado no dia das corridas... Ele toda a tarde à espera...

– Eram vésperas de partida – disse ela.

– Sim, bem sei, o marido de V. Ex.ª... E como vai o sr. Castro Gomes? V. Ex.ª já recebeu notícias?

– Não – respondeu ela com o rosto sobre o bordado.

Dâmaso cumpriu ainda outros deveres. Perguntou por

mademoiselle Rosa. Depois por Cricri. Era necessário não esquecer Cricri...

— Pois V. Ex.ª — continuou ele, cheio subitamente de loquacidade — perdeu, que as corridas estiveram esplêndidas... Nós ainda não nos vimos depois das corridas, Carlos. Ah, sim, vimo-nos na estação... Pois não é verdade que estiveram muito *chics?* Olhe, minha senhora, duma coisa pode V. Ex.ª estar certa, é que hipódromo mais bonito não há lá fora. Uma vista até a barra, que é de apetite... Até se vêem entrar os navios... Pois não é assim, Carlos?

— Sim — disse Carlos, sorrindo. — Não é propriamente um campo de corridas... É verdade que não há também propriamente cavalos de corridas... Verdade seja que não há jóqueis... Ora é verdade que não há apostas... Mas é verdade também que não há público...

Maria Eduarda ria, alegremente.

— Mas então?

— Vêem-se entrar os navios, minha senhora...

Dâmaso protestava, com as orelhas vermelhas. Era realmente querer dizer mal à força... Não senhor, não senhor!... Eram muito boas corridas. Tal qual como lá fora, as mesmas regras, tudo.

— Até na pesagem — acrescentou ele muito sério — falamos sempre inglês!

Repetiu ainda que as corridas eram *chics*. Depois não achou mais nada; e falou de Penafiel, onde chovera sempre tanto que ele vira-se forçado a ficar em casa, estupidamente, a ler...

— Uma maçada! Ainda se houvesse ali umas mulheres para ir dar um bocado de cavaco... Mas qual! Uns monstros. E eu, lavradeiras, raparigas de pé descalço, não tolero... Há gente que gosta... Mas eu, acredite V. Ex.ª, não tolero...

Carlos corara; mas Maria Eduarda parecia não ter ouvido, ocupada a contar atentamente as malhas do seu bordado.

De repente Dâmaso recordou-se que tinha ali um presentinho para a sra. D. Maria Eduarda. Mas não imaginasse que era alguma preciosidade... Verdadeiramente até o presente era para *mademoiselle* Rosa.

– Olhe, para não estar com mistérios, sabe o que é? Tenho-o ali no embrulhozinho de papel pardo... São seis barrilinhos de ovos moles de Aveiro. É um doce muito célebre, mesmo lá fora. Só o de Aveiro é que tem *chic*... Pergunte V. Ex.ª ao Carlos. Pois não é verdade, Carlos, que é uma delícia, até conhecido lá fora?

– Ah, certamente – murmurou Carlos –, certamente...

Pousara *Niniche* no chão, erguera-se, fora buscar o seu chapéu.

– Já?... – perguntou-lhe Maria Eduarda com um sorriso que era só para ele. – Até amanhã, então!

E voltou-se logo para o Dâmaso esperando vê-lo erguer-se também. Ele conservou-se instalado com um ar de demora familiar e bamboleando a perna. Carlos estendeu-lhe dois dedos

– *Au revoir* – disse o outro. – Recados lá no Ramalhete, hei de aparecer!...

Carlos desceu as escadas, furioso.

Ali ficava, pois, aquele imbecil, impondo a sua pessoa, grosseiramente, tão obtuso que não percebia o enfado dela, a sua regelada secura! E para que ficava? Que outras crassas banalidades tinha ainda a soltar, em calão, e de perna traçada? E de repente lembrou-lhe o que ele lhe dissera na noite do jantar do Ega, à porta do Hotel Central, a respeito da própria Maria Eduarda, e do seu sistema com mulheres "que era o *atracão*". Se aquele idiota, de repente, abrasado e bestial, ousasse um ultraje? A suposição era insensata, talvez – mas reteve-o no pátio, aplicando o ouvido para cima, com idéias ferozes de esperar ali o Dâmaso, proibir-lhe de tornar a subir aquela escada, e, à menor reflexão dele, esmagar-lhe o crânio nas lajes...

Mas sentiu em cima a porta a abrir-se, e saiu vivamente, no receio de ser assim surpreendido à escuta. O *coupé* do Dâmaso estacionava na rua. Então veio-lhe uma curiosidade mordente de saber quanto tempo ele ficaria ali com Maria

Eduarda. Correu ao Grêmio; e apenas abrira uma vidraça viu logo o Dâmaso sair do portão, saltar para o *coupé,* bater com força a portinhola. Pareceu-lhe que trazia o ar escorraçado, e subitamente teve dó daquele grotesco...

Nessa noite, depois de jantar, Carlos, só no seu quarto, fumava, enterrado numa poltrona, relendo uma carta do Ega recebida nessa manhã, quando apareceu o Dâmaso. E, sem pousar mesmo o chapéu, logo da porta, exclamou, com o mesmo espanto da manhã:

— Então dize-me cá! Como diabo te vou eu encontrar hoje com a brasileira?... Como a conheceste tu? Como foi isso?

Sem mover a cabeça do espaldar da poltrona, cruzando as mãos sobre os joelhos em cima da carta do Ega, Carlos, agora cheio de bom humor, disse, com uma doce repreensão paternal:

— Pois então tu vais expor a uma senhora as tuas opiniões lúbricas sobre as lavradeiras de Penafiel!

— Não se trata disso, sei muito bem o que hei de expor! — exclamou o outro, vermelho. — Conta lá, anda... Que diabo! Parece-me que tenho direito a saber... Como a conheceste tu?

Carlos, imperturbável, cerrando os olhos como para se recordar, começou, num tom lento e solene de recitativo:

— Por uma tépida tarde de primavera, quando o sol se afundava em nuvens de ouro, um mensageiro esfalfado pendurava-se da campainha do Ramalhete. Via-se-lhe na mão uma carta, lacrada com selo heráldico; e a expressão do seu semblante...

Dâmaso, já zangado, atirou com o chapéu para cima da mesa.

— Parece-me que era mais decente deixar-te desses mistérios!

— Mistérios? Tu vens obtuso, Dâmaso. Pois tu entras numa casa onde existe há quase um mês uma pessoa gravemente doente e ficas assombrado, petrificado, ao encontrar lá o médico! Quem esperavas tu ver lá? Um fotógrafo?

— Então quem está doente?

Carlos, em poucas palavras, disse-lhe a bronquite da

inglesa, enquanto o Dâmaso, sentado à beira do sofá, mordendo o charuto sem lume, olhava para ele desconfiado.

– E como soube ela onde tu moravas?

– Como se sabe onde mora o rei; onde é a alfândega; de que lado luz a estrela da tarde; os campos onde foi Tróia... Estas coisas que se aprendem nas aulas de instrução primária...

O pobre Dâmaso deu alguns passos pela sala, embezerrado, com as mãos nos bolsos.

– Ela tem agora lá o Romão, o que foi meu criado – murmurou depois dum silêncio. – Eu tinha-lho recomendado... Ela leva-se muito pelo que eu lhe digo.

– Sim, tem, por uns dias, enquanto o Domingos foi à terra. Vai mandá-lo embora, é um imbecil, e tu tinhas-lhe ensinado más maneiras...

Então Dâmaso atirou-se para o canto do sofá e confessou que ao entrar na sala, quando dera com os olhos em Carlos, de cadelinha no colo, ficara furioso... Enfim, agora que sabia que era por doença, bem, tudo se explicava... Mas primeiro parecera-lhe que andava ali tramóia... Só com ela, ainda pensou em lhe perguntar; depois receou que não fosse delicado; e além disso ela estava de mau humor...

E acrescentou logo, acendendo o charuto:

– Que apenas tu saíste, pôs-se melhor, mais à vontade... Rimos muito... Eu fiquei ainda até tarde, quase duas horas mais; era perto das cinco quando saí. Outra coisa, ela falou-te alguma vez de mim?

– Não. É uma pessoa de bom gosto; e, sabendo que nos conhecemos, não se atreveria a dizer-me mal de ti.

Dâmaso olhou-o, esgazeado:

– Ora essa!... Mas podia ter dito bem!

– Não; é uma pessoa de bom senso, não se atreveria também.

E, erguendo-se vivamente, Carlos abraçou Dâmaso pela cinta, acariciando-o, perguntando-lhe pela herança do titi, e em que amores, em que viagens, em que cavalos de luxo ia gastar os milhões...

Dâmaso, sob aquelas festas alegres, permanecia frio, amuado, olhando-o de revés.

– Olha que tu – disse ele – parece-me que me vais saindo também um traste... Não há a gente fiar-se em ninguém!

– Tudo na Terra, meu Dâmaso, é aparência e engano!

Seguiram dali à sala do bilhar fazer "a partida de reconciliação". E pouco a pouco, sob a influência que exerca sempre sobre ele o Ramalhete, Dâmaso foi sossegando, risonho já, gozando de novo a sua intimidade com Carlos no meio daquele luxo sério, e tratando-o outra vez por "menino". Perguntou pelo sr. Afonso da Maia. Quis saber se o belo marquês tinha aparecido. E o Ega, o grande Ega?

– Recebi carta dele – disse Carlos. – Vem aí, temo-lo talvez cá no sábado.

Foi um espanto para o Dâmaso.

– Homem! Essa é curiosa! E eu encontrei os Cohens, hoje!... Vieram há dois dias de Southampton... Jogo eu?

Jogou, falhou a carambola.

– Pois é verdade, encontrei-os hoje, falei-lhes um instante... E a Raquel vem melhor, vem mais gorda... Trazia uma *toilette* inglesa com coisas brancas, coisas cor-de-rosa... *Chic* a valer, parecia um moranguinho! E então o Ega de volta?... Pois, menino, ainda temos escândalo!

II

NO SÁBADO, COM EFEITO, Carlos, recolhendo ao Ramalhete de volta da Rua de S. Francisco, encontrou o Ega no seu quarto, metido num fato de cheviote claro, e com o cabelo muito crescido.

– Não faças espalhafato – gritou-lhe ele – que eu estou em Lisboa *incógnito!*

E em seguida aos primeiros abraços declarou que vinha a Lisboa, só por alguns dias, unicamente para comer bem e para conversar bem. E contava com Carlos para lhe fornecer esses requintes, ali, no Ramalhete...

— Há cá um quarto para mim? Eu por ora estou no Hotel Espanhol, mas ainda nem mesmo abri a mala... Basta-me uma alcova, com uma mesa de pinho, larga bastante para se escrever uma obra sublime.

Decerto! Havia o quarto em cima, onde ele estivera depois de deixar a "Vila Balzac". E mais suntuoso agora, com um belo leito da Renascença, e uma cópia dos *Borrachos* de Velásquez.

— Ótimo covil para a arte! Velásquez é um dos Santos Padres do Naturalismo... A propósito, sabes com quem eu vim? Com a Gouvarinho. O pai Thompson esteve à morte, arribou, depois o conde foi buscá-la. Achei-a magra; mas com um ar ardente; e falou-me constantemente de ti.

— Ah! — murmurou Carlos.

Ega, de monóculo no olho e mãos nos bolsos, contemplava Carlos.

— É verdade. Falou de ti constantemente, irresistivelmente, imoderadamente! Não me tinhas mandado contar isso... Sempre seguiste o meu conselho, hem? Muito bem-feita de corpo, não é verdade? E que tal, no ato de amor?

Carlos corou, chamou-lhe grosseiro, jurou que nunca tivera com a Gouvarinho senão relações superficiais. Ia lá às vezes tomar uma chávena de chá; e à hora do Chiado acontecia-lhe, como a todo o mundo, conversar com o conde sobre as misérias públicas, à esquina do Loreto. Nada mais.

— Tu estás-me a mentir, devasso! — dizia o Ega. — Mas não importa. Eu hei de descobrir tudo isso com o meu olho de Balzac na segunda-feira... Porque nós vamos lá jantar na segunda-feira.

— Nós... Nós, quem?

— Nós. Eu e tu, tu e eu. A condessa convidou-me no comboio. E o Gouvarinho, como compete ao indivíduo daquela espécie, acrescentou logo que havíamos de ter também "o nosso Maia". O Maia dele, e o Maia dela... Santo acordo! Suavíssimo arranjo!

Carlos olhou-o com severidade.

— Tu vens obsceno de Celorico, Ega.

– É o que se aprende no seio da Santa Madre Igreja.

Mas também Carlos tinha uma novidade que o devia fazer estremecer. O Ega, porém, já sabia. A chegada dos Cohens, não é verdade? Lera-o logo nessa manhã, na *Gazeta Ilustrada,* no *high-life*. Lá se dizia respeitosamente que SS. Ex.ªˢ tinham regressado do seu passeio pelo estrangeiro.

– E que impressão te fez? – perguntou Carlos rindo.

O outro encolheu brutalmente os ombros:

– Fez-me o efeito de haver um cabrão mais na cidade.

E, como Carlos o acusava outra vez de trazer de Celorico uma língua imunda, o Ega, um pouco corado, arrependido talvez, lançou-se em considerações críticas, clamando pela necessidade social de dar às coisas o nome exato. Para que servia então o grande movimento naturalista do século? Se o vício se perpetuava, é porque a sociedade, indulgente e romanesca, lhe dava nomes que o embelezavam, que o idealizavam... Que escrúpulo pode ter uma mulher em beijocar um terceiro entre os lençóis conjugais, se o mundo chama a isso sentimentalmente um romance, e os poetas o cantam em estrofes de ouro?

– E a propósito, a tua comédia, o *Lodaçal?* – perguntou Carlos, que entrara um instante para a alcova de banho.

– Abandonei-a – disse o Ega. – Era feroz demais... E além disso fazia-me remexer na podridão lisboeta, mergulhar outra vez na sarjeta humana... Aflígia-me...

Parou diante do grande espelho, deu um olhar descontente ao seu jaquetão claro e às botas com mau verniz.

– Preciso enfardelar-me de novo, Carlinhos... O Poole naturalmente mandou-te fato de verão, hei de querer examinar esses cortes da alta civilização... Não há negá-lo, diabo, esta minha linha está chinfrim!

Passou uma escova pelo bigode, e continuou falando para dentro, para a alcova de banho:

– Pois, menino, eu agora o que necessito é o regime da Quimera. Vou-me atirar outra vez às *Memórias*. Há de se fazer aí uma quantidade de arte colossal, nesse quarto que me destinas, diante de Velásquez... E, a propósito, é necessário ir cumprimentar o velho Afonso, uma vez que ele me vai dar o pão, o teto e a enxerga...

Foram encontrar Afonso da Maia no escritório, na sua velha poltrona, com um antigo volume da *Ilustração Francesa* aberto sobre os joelhos, mostrando as estampas a um pequeno bonito, muito moreno, de olho vivo, e cabelo encarapinhado. O velho ficou contentíssimo ao saber que o Ega vinha, por algum tempo, alegrar o Ramalhete com a sua bela fantasia.

– Já não tenho fantasia, sr. Afonso da Maia!

– Então esclarecê-lo com a tua clara razão – disse o velho rindo. – Estamos cá precisando de ambas as coisas, John.

Depois apresentou-lhe aquele pequeno cavalheiro, o sr. Manuelinho, rapazinho amável da vizinhança, filho do Vicente, mestre-de-obras; o Manuelinho vinha às vezes animar a solidão de Afonso – e ali folheavam ambos livros de estampas e tinham conversas filosóficas. Agora, justamente, estava ele muito embaraçado, por não lhe saber explicar como é que o general Canrobert (de quem estavam admirando o garbo sobre o seu cavalo empinado), tendo mandado matar gente, muita gente, em batalhas, não era metido na cadeia...

– Está visto! – exclamou o pequeno, esperto e desembaraçado, com as mãos cruzadas atrás das costas. – Se mandou matar gente deviam-no ferrar na cadeia!

– Hem, amigo Ega! – dizia Afonso rindo. – Que se há de responder a esta bela lógica? Olha, filho, agora que estão aqui estes dois senhores que são formados em Coimbra, eu vou estudar esse caso... Vai tu ver os bonecos ali para cima da mesa... E depois vão sendo horas de ires lá dentro à Joana, para merendares.

Carlos, ajudando o pequeno a acomodar-se à mesa com o seu grande volume de estampas, pensava quanto o avô, com aquele seu amor por crianças, gostaria de conhecer Rosa!

Afonso, no entanto, perguntava também ao Ega pela comédia. O quê! Já abandonada? Quando acabaria então o bravo John de fazer bocados incompletos de obras-primas?...

– Ega queixou-se do país, da sua indiferença pela arte. Que

espírito original não esmoreceria, vendo em torno de si esta espessa massa de burgueses, amodorrada e crassa, desdenhando a inteligência, incapaz de se interessar por uma idéia nobre, por uma frase bem-feita?

– Não vale a pena, sr. Afonso da Maia. Neste país, no meio desta prodigiosa imbecilidade nacional, o homem de senso e de gosto deve limitar-se a plantar com cuidado os seus legumes. Olhe o Herculano...

– Pois então – acudiu o velho –, planta os teus legumes. É um serviço à alimentação pública. Mas tu nem isso fazes.

Carlos, muito sério, apoiava o Ega.

– A única coisa a fazer em Portugal – dizia ele – é plantar legumes, enquanto não há uma revolução que faça subir à superfície alguns dos elementos originais, fortes, vivos, que isto ainda encerre lá no fundo. E se se vir então que não encerra nada, demitamo-nos logo voluntariamente da nossa posição de *país* para que não temos elementos, passemos a ser uma fértil e estúpida província espanhola, e plantemos mais legumes!

O velho escutava com melancolia estas palavras do neto, em que sentia como uma decomposição da vontade, e que lhe pareciam ser apenas a glorificação da sua inércia. Terminou por dizer:

– Pois então façam vocês essa revolução. Mas, pelo amor de Deus, façam alguma coisa!

– O Carlos já não faz pouco – exclamou Ega, rindo. – Passeia a sua pessoa, a sua *toilette* e o seu *phaeton,* e por esse fato educa o gosto!

O relógio Luís XV interrompeu-os – lembrando ao Ega que devia ainda, antes de jantar, ir buscar a sua mala ao Hotel Espanhol. Depois, no corredor, confessou a Carlos que, antes de ir ao Espanhol, queria correr ao Fillon, ao fotógrafo, ver se podia tirar um bonito retrato.

– Um retrato?

– Uma surpresa que tem de ir daqui a três dias para Celorico, para o dia de anos duma criaturinha que me adoçou o exílio.

– Oh, Ega!
– É horroroso, mas então? É a filha do padre Correia, filha conhecida como tal; além disso casada com um proprietário rico da vizinhança, reacionário odioso... De modo que, bem vês, esta dupla peça a pregar à Religião e à Propriedade...
– Ah! nesse caso...
– Ninguém se deve eximir, amigo, aos seus grandes deveres democráticos!

Na segunda-feira seguinte chuviscava quando Carlos e Ega, no *coupé* fechado, partiram para o jantar dos Gouvarinhos. Desde a chegada da condessa, Carlos vira-a só uma vez, em casa dela; e fora uma meia hora desagradável, cheia de mal-estar, com um ou outro beijo frio, e recriminações infindáveis. Ela queixara-se das cartas dele, tão raras, tão secas. Não se puderam entender sobre os planos desse verão, ela devendo ir para Sintra onde já alugara casa, Carlos falando no dever de acompanhar o avô a Santa Olávia. A condessa achava-o distraído; ele achou-a exigente. Depois ela sentou-se um instante sobre os seus joelhos – e aquele leve e delicado corpo pareceu a Carlos de um fastidioso peso de bronze.

Por fim a condessa arrancara-lhe a promessa de a ir encontrar, justamente nessa segunda-feira de manhã, à casa da titi, que estava em Santarém – porque tinha sempre o apetite perverso e requintado de o apertar nos braços nus, em dias que o devesse receber na sua sala, mais tarde, e com cerimônia. Mas Carlos faltara, e agora, rodando para casa dela, impacientavam-no já as queixas que teria de ouvir nos vãos de janela, e as mentiras chochas que teria de balbuciar...

De repente o Ega, que fumava em silêncio, abotoado no seu paletó de verão, bateu no joelho de Carlos, e entre risonho e sério:
– Dize-me uma coisa, se não é segredo sacrossanto... Quem é essa brasileira com quem tu agora passas todas as tuas manhãs?

Carlos ficou um instante aturdido, com os olhos no Ega.
– Quem te falou nisso?

– Foi o Dâmaso que mo disse. Isto é, o Dâmaso que mo rugiu... Porque foi de dentes rilhados, a dar murros surdos num sofá do Grêmio, e com uma cor de apoplexia, que ele me contou tudo...

– Tudo o quê?

– Tudo. Que te apresentara a uma brasileira a quem se atirava, e que tu, aproveitando a sua ausência, te meteras lá, não saías de lá...

– Tudo isso é mentira! – exclamou o outro, já impaciente.

E Ega, sempre risonho:

– Então "que é a verdade", como perguntava o velho Pilatos ao chamado Jesus Cristo?

– É que há uma senhora a quem Dâmaso supunha ter inspirado uma paixão, como supõe sempre, e que, tendo-lhe adoecido a governanta inglesa com uma bronquite, me mandou chamar para eu a tratar. Ainda não está melhor, eu vou vê-la todos os dias. E *madame* Gomes, que é o nome da senhora, que nem brasileira é, não podendo tolerar o Dâmaso, como ninguém o tolera, tem-lhe fechado a sua porta. Esta é a verdade; mas talvez eu arranque as orelhas ao Dâmaso!

Ega contentou-se em murmurar:

– E aí está como se escreve a história... Vá-se lá a gente fiar em Guizot!

Em silêncio, até casa da Gouvarinho, Carlos foi ruminando a sua cólera contra o Dâmaso. Aí estava pois rasgada por aquele imbecil a penumbra suave e favorável em que se abrigara o seu amor! Agora já se pronunciava o nome de Maria Eduarda no Grêmio; o que o Dâmaso dissera ao Ega, repeti-lo-ia a outros, na Casa Havanesa, no restaurante Silva, talvez nos lupanares; e assim o interesse supremo da sua vida seria daí por diante constantemente perturbado, estragado, sujo pela tagarelice reles do Dâmaso!

– Parece-me que temos cá mais gente – disse o Ega, ao penetrarem na antecâmara dos Gouvarinhos, vendo sobre o canapé um paletó cinzento e capas de senhora.

A condessa esperava-os na salinha ao fundo, chamada "do busto", vestida de preto, com uma tira de veludo em volta do pescoço, picada de três estrelas de diamantes. Uma cesta de esplêndidas flores quase enchia a mesa, onde se acumulavam também romances ingleses, e uma *Revista dos Dois Mundos* em evidência, com a faca de marfim entre as folhas. Além da boa D. Maria da Cunha e da baronesa de Alvim, havia uma outra senhora, que nem Carlos nem Ega conheciam, gorda e vestida de escarlate; e de pé, conversando baixo com o conde, de mãos atrás das costas, um cavalheiro alto, escaveirado, grave, com uma barba rala, e a comenda da Conceição.

A condessa, um pouco corada, estendeu a Carlos a mão amuada e frouxa; todos os seus sorrisos foram para o Ega. E o conde apoderou-se logo do querido Maia, para o apresentar ao seu amigo, o sr. Sousa Neto. O sr. Sousa Neto já tinha o prazer de conhecer muito Carlos da Maia, como um médico distinto, uma honra da Universidade... E era esta a vantagem de Lisboa, disse logo o conde, o conhecerem-se todos de reputação, o poder-se ter assim uma apreciação mais justa dos caracteres. Em Paris, por exemplo, era impossível; por isso havia tanta imoralidade, tanta relaxação...

– Nunca sabe a gente quem mete em casa.

O Ega, entre a condessa e D. Maria, enterrado no divã, mostrando as estrelinhas bordadas das meias, fazia-as rir com a história do seu exílio em Celorico, onde se distraía compondo sermões para o abade; o abade recitava-os; e os sermões, sob uma forma mística, eram de fato afirmações revolucionárias que o santo varão lançava com fervor, esmurrando o púlpito... A senhora de vermelho, sentada defronte, de mãos no regaço, escutava o Ega, com o olhar espantado.

– Imaginei que V. Ex.ª tinha ido já para Sintra – veio dizer Carlos à senhora baronesa, sentando-se junto dela. – V. Ex.ª é sempre a primeira...

– Como quer o senhor que se vá para Sintra com um tempo destes?

– Com efeito, está infernal...

– E que conta de novo? – perguntou ela, abrindo lentamente o seu grande leque preto.

– Creio que não há nada de novo em Lisboa, minha senhora, desde a morte do sr. D. João VI.

– Agora há o seu amigo Ega, por exemplo.

– É verdade, há o Ega... Como o acha V. Ex.ª, senhora baronesa?

Ela nem baixou a voz para dizer:

– Olhe, eu, como o achei sempre um grande presumido e não gosto dele, não posso dizer nada...

– Oh! senhora baronesa, que falta de caridade!

O escudeiro anunciara o jantar. A condessa tomou o braço de Carlos, e, ao atravessar o salão, entre o frouxo murmúrio de vozes e o rumor lento das caudas de seda, pôde dizer-lhe asperamente:

– Esperei meia hora; mas compreendi logo que estaria entretido com a brasileira...

Na sala de jantar, um pouco sombria, forrada de papel cor de vinho, escurecida ainda por dois antigos painéis de paisagem tristonha, a mesa oval, cercada de cadeiras de carvalho lavrado, ressaltava alva e fresca, com um esplêndido cesto de rosas entre duas serpentinas douradas. Carlos ficou à direita da condessa, tendo ao lado D. Maria da Cunha, que nesse dia parecia um pouco mais velha e sorria com um ar cansado.

– Que tem feito todo este tempo, que ninguém o tem visto? – perguntou-lhe ela, desdobrando o guardanapo.

– Por esse mundo, minha senhora, vagamente...

Defronte de Carlos, o sr. Sousa Neto, que tinha três enormes corais no peitilho da camisa, estava já observando, enquanto remexia a sopa, que a senhora condessa, na sua viagem ao Porto, devia ter encontrado nas ruas e nos edifícios grandes mudanças... A condessa, infelizmente, mal tinha saído durante o tempo que estivera no Porto. O conde, esse, é que admirara os progressos da cidade. E especificou-os: elogiou a vista do Palácio de Cristal; lembrou o fecundo antagonismo que existe entre Lisboa e Porto; mais uma vez o comparou ao dualismo da Áustria e da Hungria. E, através destas coisas graves, lançadas de alto, com superioridade e com peso, a baronesa e a senhora de escarlate, aos dois lados dele, falavam do convento das Salésias.

Carlos, no entanto, comendo em silêncio a sua sopa, ruminava as palavras da condessa. Também ela conhecia já a sua intimidade com a "brasileira". Era evidente pois que já andava ali, difamante e torpe, a tagarelice do Dâmaso. E, quando o criado lhe ofereceu *Sauterne*, estava decidido a bater no Dâmaso.

De repente ouviu o seu nome. Do fim da mesa uma voz dizia, pachorrenta e cantada:

– O sr. Maia é que deve saber... O sr. Maia já lá esteve.

Carlos pousou vivamente o copo. Era a senhora de escarlate que lhe falava, sorrindo, mostrando uns bonitos dentes sob o buço forte de quarentona pálida. Ninguém lha apresentara, ele não sabia quem era. Sorriu também, perguntou:

– Onde, minha senhora?

– Na Rússia.

– Na Rússia?... Não, minha senhora, nunca estive na Rússia.

Ela pareceu um pouco desapontada.

– Ah, é que me tinham dito... Não sei já quem me disse, mas era pessoa que sabia...

O conde, ao fundo, explicava-lhe amavelmente que o amigo Maia estivera apenas na Holanda.

– País de grande prosperidade, a Holanda!... Em nada inferior ao nosso... Já conheci mesmo um holandês que era excessivamente instruído...

A condessa baixara os olhos, partindo vagamente um bocadinho de pão, mais séria de repente, mais seca, como se a voz de Carlos, erguendo-se tão tranqüila ao seu lado, tivesse avivado os seus despeitos. Ele, então, depois de provar devagar o seu *Sauterne*, voltou-se para ela muito naturalmente e risonho:

– Veja a senhora condessa! Eu nem tive mesmo idéia de ir à Rússia. Há assim uma infinidade de coisas que se dizem e que não são exatas... E se se faz uma alusão irônica a elas, ninguém compreende a alusão, nem a ironia...

A condessa não respondeu logo, dando com o olhar uma ordem muda ao escudeiro. Depois, com um sorriso pálido:

– No fundo de tudo que se diz há sempre um fato, ou um bocado de fato que é verdadeiro. E isso basta... Pelo menos a mim basta-me...

– A senhora condessa tem então uma credulidade infantil. Estou vendo que acredita que era uma vez uma filha dum rei que tinha uma estrela na testa...

Mas o conde interpelava-o, o conde queria a opinião do seu amigo Maia. Tratava-se do livro de um inglês, o major Bratt, que atravessara a África, e dizia coisas perfidamente desagradáveis para Portugal. O conde via ali só inveja – a inveja que nos têm todas as nações por causa da importância das nossas colônias e da nossa vasta influência na África...

– Está claro – dizia o conde – que não temos nem os milhões nem a marinha dos ingleses. Mas temos grandes glórias; o infante D. Henrique é de primeira ordem; e a tomada de Ormuz é um primor... E eu, que conheço alguma coisa de sistemas coloniais, posso afirmar que não há hoje colônias nem mais suscetíveis de riqueza, nem mais crentes no progresso, nem mais liberais que as nossas! Não lhe parece, Maia?

– Sim, talvez, é possível... Há muita verdade nisso...

Mas Ega, que estivera um pouco silencioso, entalando de vez em quando o monóculo no olho e sorrindo para a baronesa, pronunciou-se alegremente contra todas essas explorações da África, e essas longas missões geográficas... Por que não se deixaria o preto sossegado, na calma posse dos seus manipansos? Que mal fazia à ordem das coisas que houvesse selvagens? Pelo contrário, davam ao Universo uma deliciosa quantidade de pitoresco! Com a mania francesa e burguesa de reduzir todas as regiões e todas as raças ao mesmo tipo de civilização, o mundo ia tornar-se duma monotonia abominável. Dentro em breve um *touriste* faria enormes sacrifícios, despesas sem fim, para ir a Tombuctu – para quê? – Para encontrar lá pretos de chapéu alto, a ler o *Jornal dos Debates*.

O conde sorria com superioridade. E a boa D. Maria,

saindo do seu vago abatimento, movia o leque, dizia a Carlos, deleitada:

– Este Ega! Este Ega! Que graça! Que *chic*!

Então Sousa Neto, pousando gravemente o talher, fez ao Ega esta pergunta grave:

– V. Ex.ª pois é em favor da escravatura?

Ega declarou muito decididamente ao sr. Sousa Neto que era pela escravatura. Os desconfortos da vida, segundo ele, tinham começado com a libertação dos negros. Só podia ser seriamente obedecido quem era seriamente temido... Por isso ninguém agora lograva ter seus sapatos bem envernizados, o seu arroz bem cozido, a sua escada bem lavada, desde que não tinha criados pretos em quem fosse lícito dar vergastadas... Só houvera duas civilizações em que o homem conseguira viver com razoável comodidade: a civilização romana e a civilização especial dos plantadores da Nova Orleães. Por quê? Porque numa e noutra existira a escravatura absoluta, a sério com o direito de morte!...

Durante um momento o sr. Sousa Neto ficou como desorganizado. Depois passou o guardanapo sobre os beiços, preparou-se, encarou o Ega:

– Então V. Ex.ª, nessa idade, com a sua inteligência, não acredita no progresso?

– Eu não, senhor.

O conde interveio, afável e risonho:

– O nosso Ega quer fazer simplesmente um paradoxo. E tem razão, tem realmente razão, porque os faz brilhantes...

Estava-se servindo *Jambon aux épinards*. Durante um momento falou-se de paradoxos. Segundo o conde, quem os fazia também brilhantes e difíceis de sustentar, excessivamente difíceis, era o Barros, o ministro do reino...

– Talento robusto – murmurou respeitosamente Sousa Neto.

– Sim, pujante – disse o conde.

Mas ele agora não falava tanto do talento do Barros como parlamentar, como homem de Estado. Falava do seu espírito de sociedade, do seu *esprit*...

– Ainda este inverno nós lhe ouvimos um paradoxo brilhante! Até foi em casa da sra. D. Maria da Cunha... V. Ex.ª não se lembra, sra. D. Maria? Esta minha desgraçada memória! Oh Teresa, lembras-te daquele paradoxo do Barros? Ora sobre que era, meu Deus?... Enfim, um paradoxo muito difícil de sustentar... Esta minha memória!... Pois não te lembras, Teresa?

A condessa não se lembrava. E, enquanto o conde ficava remexendo ansiosamente, com a mão na testa, as suas recordações, a senhora de escarlate voltou a falar de pretos, e de escudeiros pretos, e duma cozinheira preta que tivera uma tia dela, a tia Vilar... Depois queixou-se amargamente dos criados modernos: desde que lhe morrera a Joana, que estava em casa havia quinze anos, não sabia que fazer, andava como tonta, tinha só desgostos. Em seis meses já vira quatro caras novas. E umas desleixadas, umas pretensiosas, uma imoralidade! Quase lhe fugiu um suspiro do peito, e trincando desconsoladamente uma migalhinha de pão:

– Oh baronesa, ainda tens a Vicenta?

– Pois então não havia de ter a Vicenta?... Sempre a Vicenta... A sra. D. Vicenta, se faz favor.

A outra contemplou-a um instante, com inveja daquela felicidade.

– E é a Vicenta que te penteia?

Sim, era a Vicenta que a penteava. Ia-se fazendo velha, coitada... Mas sempre caturra. Agora andava com a mania de aprender francês. Já sabia verbos. Era de morrer, a Vicenta a dizer *j'aime, tu aimes.*

– E a senhora baronesa – acudiu o Ega – começou por lhe mandar ensinar os verbos mais necessários.

Está claro, dizia a baronesa, que aquele era o mais necessário. Mas na idade da Vicenta já de pouco lhe poderia servir!

– Ah! – gritou de repente o conde, deixando quase cair o talher. – Agora me lembro.

Tinha-se lembrado enfim do soberbo paradoxo do Barros. Dizia o Barros que os cães, quanto mais ensinados... Pois, não, não era isto!

– Esta minha desgraçada memória!... E era sobre cães. Uma coisa brilhante, filosófica até!

E, por se falar de cães, a baronesa lembrou-se do *Tommy,* o galgo da condessa; perguntou por *Tommy.* Já o não via há que tempos, esse bravo *Tommy*! A condessa nem queria que se falasse no *Tommy,* coitado! Tinham-lhe nascido umas coisas nos ouvidos, um horror... Mandara-o para o Instituto, lá morrera.

– Está deliciosa esta *galantine* – disse D. Maria da Cunha, inclinando-se para Carlos.

– Deliciosa.

E a baronesa, do lado, declarou também a *galantine* uma perfeição. Com um olhar ao escudeiro, a condessa fez servir de novo a *galantine*; e apressou-se a responder ao sr. Sousa Neto, que, a propósito de cães, lhe estava falando da Sociedade Protetora dos Animais. O sr. Sousa Neto aprovava-a, considerava-a como um progresso... E, segundo ele, não seria mesmo demais que o governo lhe desse um subsídio.

– Que eu creio que ela vai prosperando... E merece-o, acredite, a senhora condessa que o merece... Estudei essa questão, e de todas as sociedades que ultimamente se têm fundado entre nós, à imitação do que se faz lá fora, como a Sociedade de Geografia e outras, a Protetora dos Animais parece-me decerto uma das mais úteis.

Voltou-se para o lado, para o Ega:

– V. Ex.ª pertence?

– À Sociedade Protetora dos Animais?... Não, senhor, pertenço à outra, à de Geografia. Sou dos protegidos.

A baronesa teve uma das suas alegres risadas. E o conde fez-se extremamente sério: pertencia à Sociedade de Geografia, considerava-a um pilar do Estado, acreditava na sua missão civilizadora, detestava aquelas irreverências. Mas a condessa e Carlos tinham rido também; e de repente a frialdade que até aí os conservara ao lado um do outro reservados, numa cerimônia afetada, pareceu dissipar-se ao calor desse riso trocado, no brilho dos dois olhares encontrando-se irresistivelmente. Servira-se o *champagne,* ela tinha uma corzinha no rosto. O seu pé, sem ela saber como, roçou no pé de Carlos; sorriram ainda outra vez; e, como no resto da mesa se conversava sobre uns concertos clássicos que ia haver no Price, Carlos perguntou-lhe, baixo, com uma repreensão amável:

– Que tolice foi essa da *brasileira?*... Quem lhe disse isso?

Ela confessou-lhe logo que fora o Dâmaso... O Dâmaso viera contar-lhe o entusiasmo de Carlos por essa senhora, e as manhãs inteiras que lá passava, todos os dias, à mesma hora... Enfim o Dâmaso fizera-lhe claramente entrever uma *liaison*.

Carlos encolheu os ombros. Como podia ela acreditar no Dâmaso? Devia conhecer-lhe bem a tagarelice, a imbecilidade...

– É perfeitamente verdade que eu vou à casa dessa senhora, que nem brasileira é, que é tão portuguesa como eu; mas é porque ela tem a governanta muito doente com uma bronquite, e eu sou o médico da casa. Foi o Dâmaso, ele próprio, que lá me levou como médico!

No rosto da condessa espalhava-se um riso, uma claridade vinda do doce alívio que se fazia no seu coração.

– Mas o Dâmaso disse-me que era tão linda!...

Sim, era muito linda. E então? Um médico, por fidelidade às suas afeições, e para as não inquietar, não podia realmente, antes de penetrar na casa duma doente, exigir-lhe um certificado de hediondez!

– Mas que está ela cá a fazer?...

– Está à espera do marido que foi a negócios ao Brasil, e vem aí... É uma gente muito distinta, e creio que muito rica... Vão-se brevemente embora, de resto, e eu pouco sei deles. As minhas visitas são de médico; tenho apenas conversado com ela sobre Paris, sobre Londres, sobre as suas impressões de Portugal...

A condessa bebia estas palavras, deliciosamente, dominada pelo belo olhar com que ele lhas murmurava; e o seu pé apertava o de Carlos numa reconciliação apaixonada, com a força que desejaria pôr num abraço – se ali lho pudesse dar.

A senhora de escarlate, no entanto, recomeçara a falar da Rússia. O que a assustava é que o país era tão caro, corriam-se tantos perigos por causa da dinamite, e uma constituição fraca devia sofrer muito com a neve nas ruas. E foi então que Carlos percebeu que ela era a esposa de Sousa Neto, e que se tratava dum filho deles, filho único, despachado segundo secretário para a legação de S. Petersburgo.

— O menino conhece-o? — perguntou D. Maria ao ouvido de Carlos, por trás do leque. — É um horror de estupidez... Nem francês sabe! De resto não é pior que os outros... Que a quantidade de monos, de sensaborões e de tolos que nos representam lá fora até nos faz chorar... Pois o menino não acha? Isto é um país desgraçado.

— Pior, minha cara senhora, muito pior. Isto é um país *cursi*.

Tinha findado a sobremesa. D. Maria olhou para a condessa com o seu sorriso cansado; a senhora de escarlate calara-se, já preparada, tendo mesmo afastado um pouco a cadeira; e as senhoras ergueram-se, no momento em que o Ega, ainda acerca da Rússia, acabava de contar uma história ouvida a um polaco, e em que se provava que o czar era um estúpido...

— Liberal todavia, gostando bastante do progresso! — murmurou ainda o conde, já de pé.

Os homens, sós, acenderam os seus charutos; o escudeiro serviu o café. Então o sr. Sousa Neto, com a sua chávena na mão, aproximou-se de Carlos para lhe exprimir de novo o prazer que tivera em fazer o seu conhecimento...

— Eu tive também em tempos o prazer de conhecer o pai de V. Ex.ª... Pedro, creio que era justamente o sr. Pedro da Maia. Começava eu então a minha carreira pública... E o avô de V. Ex.ª, bom?

— Muito agradecido a V. Ex.ª

— Pessoa muito respeitável... O pai de V. Ex.ª era... Enfim, era o que se chama "um elegante". Tive também o prazer de conhecer a mãe de V. Ex.ª...

E de repente calou-se, embaraçado, levando a chávena aos lábios. Depois, lentamente, voltou-se para escutar melhor o Ega, que ao lado discutia com o Gouvarinho sobre mulheres. Era a propósito da secretária da Legação da Rússia, com quem ele encontrara nessa manhã o conde conversando ao Calhariz. O Ega achava-a deliciosa, com o seu corpinho nervoso e ondeado, os seus grandes olhos garços... E o conde, que a admirava também, gabava-lhe sobretudo o espírito, a instrução. Isso, segundo o Ega, prejudicava-a; porque o dever da mulher era primeiro ser bela, e depois ser estúpida... O conde afirmou logo com exuberância que não gostava também de literatas; sim, decerto o lugar da mulher era junto do berço, não na biblioteca...

— No entanto é agradável que uma senhora possa conversar sobre coisas amenas, sobre o artigo duma revista, sobre... Por exemplo, quando se publica um livro... Enfim, não direi quando se trata dum Guizot, ou dum Jules Simon... Mas, por exemplo, quando se trata dum Feuillet, dum... Enfim, uma senhora deve ser prendada. Não lhe parece, Neto?

Neto, grave, murmurou:

— Uma senhora, sobretudo quando ainda é nova, deve ter algumas prendas...

Ega protestou, com calor. Uma mulher com prendas, sobretudo com prendas literárias, sabendo dizer coisas sobre o sr. Thiers, ou sobre o sr. Zola, é um monstro, um fenômeno que cumpria recolher a uma companhia de cavalinhos, como se soubesse trabalhar nas argolas. A mulher só devia ter duas prendas: cozinhar bem e amar bem.

— V. Ex.ª decerto, sr. Sousa Neto, sabe o que diz Proudhon?

— Não me recordo textualmente, mas...

— Em todo o caso V. Ex.ª conhece perfeitamente o seu Proudhon?

O outro, muito secamente, não gostando decerto daquele interrogatório, murmurou que Proudhon era um autor de muita nomeada.

Mas o Ega insistia, com uma impertinência pérfida:

— V. Ex.ª leu evidentemente, como nós todos, as grandes páginas de Proudhon sobre o amor?

O sr. Neto, já vermelho, pousou a chávena sobre a mesa. E quis ser sarcástico, esmagar aquele moço tão literário, tão audaz.

— Não sabia — disse ele com um sorriso infinitamente superior — que esse filósofo tivesse escrito sobre assuntos escabrosos!

Ega atirou os braços ao ar, consternado:

— Oh! sr. Sousa Neto! Então V. Ex.ª, um chefe de família, acha o amor um assunto escabroso?!

O sr. Neto encordoou. E muito direito, muito digno, falando do alto da sua considerável posição burocrática:

— É meu costume, sr. Ega, não entrar nunca em discussões, e acatar todas as opiniões alheias, mesmo quando elas sejam absurdas...

E quase voltou as costas ao Ega, dirigindo-se outra vez a Carlos, desejando saber, numa voz ainda um pouco alterada, se ele agora se fixava algum tempo mais em Portugal. Então, durante um momento, acabando os charutos, os dois falaram de viagens. O sr. Neto lamentava que os seus muitos deveres não lhe permitissem percorrer a Europa. Em pequeno fora esse o seu ideal; mas agora, com tantas ocupações públicas, via-se forçado a não deixar a carteira. E ali estava, sem ter visto sequer Badajoz...

— E V. Ex.ª de que gostou mais, de Paris ou de Londres?

Carlos realmente não sabia, nem se podia comparar... Duas cidades tão diferentes, duas civilizações tão originais...

— Em Londres — observou o conselheiro — tudo carvão...

Sim, dizia Carlos sorrindo, bastante carvão, sobretudo nos fogões, quando havia frio...

O sr. Sousa Neto murmurou:

— E o frio ali deve ser sempre considerável... Clima tão ao Norte!...

Esteve um momento mamando o charuto, de pálpebra cerrada. Depois, fez esta observação sagaz e profunda:

— Povo prático, povo essencialmente prático.

— Sim, bastante prático — disse vagamente Carlos, dando um passo para a sala, onde se sentiam as risadas cantantes da baronesa.

— E diga-me outra coisa — prosseguiu o sr. Sousa Neto, com interesse, cheio de curiosidade inteligente. — Encontra-se por lá, em Inglaterra, desta literatura amena, como entre nós, folhetinistas, poetas de pulso?...

Carlos deitou a ponta do charuto para o cinzeiro, e respondeu, com descaro:

– Não, não há disso.

– Logo vi – murmurou Sousa Neto. – Tudo gente de negócio.

E penetraram na sala. Era o Ega que assim fazia rir a baronesa, sentado defronte dela, falando outra vez de Celorico, contando-lhe uma *soirée* de Celorico, com detalhes picarescos sobre as autoridades, e sobre um abade que tinha morto um homem e cantava fados sentimentais ao piano. A senhora de escarlate, no sofá ao lado, com os braços caídos no regaço, pasmava para aquela veia do Ega como para as destrezas dum palhaço. D. Maria, junto da mesa, folheava com o seu ar cansado uma *Ilustração*, e vendo que Carlos ao entrar procurara com o olhar a condessa, chamou-o, disse-lhe baixo que ela fora dentro ver Charlie, o pequeno...

– É verdade – perguntou Carlos, sentando-se ao lado dela –, que é feito dele, desse lindo Charlie?

– Diz que tem estado hoje constipado, e um pouco murcho...

– A sra. D. Maria também me parece hoje um pouco murcha.

– É do tempo. Eu já estou na idade em que o bom humor ou o aborrecimento vêm só das influências do tempo... Na sua idade vêm doutras coisas. E a propósito doutras coisas: então a Cohen também chegou?

– Chegou – disse Carlos – mas não *também*. O *também* implica combinação... E a Cohen e o Ega chegaram realmente ambos por acaso... De resto isso é história antiga, é como os amores de Helena e de Páris.

Nesse instante a condessa voltava de dentro, um pouco afogueada, e trazendo aberto um grande leque negro. Sem se sentar, falando sobretudo para a mulher do sr. Sousa Neto, queixou-se logo de não ter achado Charlie bem... Estava tão quente, tão inquieto... Tinha quase medo que fosse sarampo. E voltando-se vivamente para Carlos, com um sorriso.

– Eu estou com vergonha... Mas se o sr. Carlos da Maia quisesse ter o incômodo de o vir ver um instante... É odioso, realmente, pedir-lhe logo depois de jantar para examinar um doente...

– Oh! senhora condessa! – exclamou ele, já de pé.

Seguiu-a. Numa saleta, ao lado, o conde e o sr. Sousa Neto, enterrados num sofá, conversavam fumando.

– Levo o sr. Carlos da Maia para ver o pequeno...

O conde erguera-se um pouco do sofá, sem compreender bem. Já ela passara. Carlos seguiu em silêncio a sua longa cauda de seda preta através do bilhar, deserto, com o gás aceso, ornado de quatro retratos de damas, da família dos Gouvarinhos, empoadas e sorumbáticas. Ao lado, por trás de um pesado reposteiro de fazenda verde, era um gabinete, com uma velha poltrona, alguns livros numa estante envidraçada, e uma escrivaninha onde pousava um candeeiro sob o *abat-jour* de renda cor-de-rosa. E aí, bruscamente, ela parou, atirou os braços ao pescoço de Carlos, os seus lábios prenderam-se aos dele num beijo sôfrego, penetrante, completo, findando num soluço de desmaio... Ele sentia aquele lindo corpo estremecer, escorregar-lhe entre os braços, sobre os joelhos sem força.

– Amanhã, em casa da titi, às onze – murmurou ela, quando pôde falar.

– Pois sim.

Desprendida dele, a condessa ficou um momento com as mãos sobre os olhos, deixando desvanecer aquela lânguida vertigem que a fizera cor de cera. Depois, cansada e sorrindo:

– Que doida que eu sou... Vamos ver Charlie.

O quarto do pequeno era ao fundo do corredor. E aí, numa caminha de ferro, junto do leito maior da criada, Charlie dormia, sereno, fresco, com um bracinho caído para o lado, os seus lindos caracóis louros espalhados no travesseiro como uma auréola de anjo. Carlos tocou-lhe apenas no pulso; e a criada escocesa, que trouxera uma luz de sobre a cômoda, disse, sorrindo tranqüilamente:

– O menino nestes últimos dias tem andado muitíssimo bem...

Voltaram. No gabinete, antes de penetrar no bilhar, a condessa, já com a mão no reposteiro, estendeu ainda a Carlos os seus lábios insaciáveis. Ele colheu um rápido beijo. E, ao passar na antecâmara, onde Sousa Neto e o conde continuavam enfronhados numa conversa grave, ela disse ao marido:

– O pequeno está a dormir... O sr. Carlos da Maia achou-o bem.

O conde de Gouvarinho bateu no ombro de Carlos, carinhosamente. E durante um momento a condessa ficou ali conversando, de pé, a deixar-se serenar, pouco a pouco, naquela penumbra favorável, antes de afrontar a luz forte da sala. Depois, por se falar em higiene, convidou o sr. Sousa Neto para uma partida de bilhar; mas o sr. Neto, desde Coimbra, desde a Universidade, não pegara num taco. E ia-se chamar o Ega quando apareceu Teles da Gama, que chegava do Price. Logo atrás dele entrou o conde de Steinbroken. Então o resto da noite passou-se no salão, em redor do piano. O ministro cantou melodias da Finlândia. Teles da Gama tocou fados.

Carlos e Ega foram os derradeiros a sair, depois de um *brandy and soda,* de que a condessa partilhou, como inglesa forte. E embaixo, no pátio, acabando de abotoar o paletó, Carlos pôde enfim soltar a pergunta que lhe faiscara nos lábios toda a noite:

– Oh Ega, quem é aquele homem, aquele Sousa Neto, que quis saber se em Inglaterra havia também literatura?

Ega olhou-o com espanto:

– Pois não adivinhaste? Não deduziste logo? Não viste imediatamente quem neste país é capaz de fazer essa pergunta?

– Não sei... Há tanta gente capaz...

E o Ega radiante:

– Oficial superior duma grande repartição do Estado!

– De qual?

– Ora de qual! De qual há de ser?... Da Instrução Pública!

Na tarde seguinte às cinco horas, Carlos, que se demorara

demais em casa da titi com a condessa, retido pelos seus beijos intermináveis, fez voar o *coupé* até a Rua de S. Francisco, olhando a cada momento o relógio, num receio de que Maria Eduarda tivesse saído por aquele lindo dia de verão, luminoso e sem calor. Com efeito, à porta dela estava a carruagem da Companhia; e Carlos galgou as escadas, desesperado com a condessa, sobretudo consigo mesmo, tão fraco, tão passivo, que assim se deixara retomar por aqueles braços exigentes, cada vez mais pesados, e já incapazes de o comover...

– A senhora chegou agora mesmo – disse-lhe o Domingos, que voltara da terra havia três dias, e ainda não cessara de lhe sorrir.

Sentada no sofá, de chapéu, tirando as luvas, ela acolheu-o com uma doce cor no rosto, e uma carinhosa repreensão:

– Estive à espera mais de meia hora antes de sair... É uma ingratidão! Imaginei que nos tinha abandonado!

– Por quê? Está pior *miss* Sarah?

Ela olhou-o, risonhamente escandalizada. Ora, *miss* Sarah! *Miss* Sarah ia seguindo perfeitamente na sua convalescença... Mas agora já não eram as visitas de médico que se esperavam, eram as de amigo; e essa tinha-lhe faltado.

Carlos, sem responder, perturbado, voltou-se para Rosa, que folheava junto da mesa um livro novo de estampas; e a ternura, a gratidão infinita do seu coração, que não ousava mostrar à mãe, pô-la toda na longa carícia em que envolveu a filha.

– São histórias que a mamã agora comprou – dizia Rosa, séria e presa ao seu livro. – Hei de tas contar depois... São histórias de bichos.

Maria Eduarda erguera-se desapertando lentamente as fitas do chapéu.

– Quer tomar uma chávena de chá conosco, sr. Carlos da Maia? Eu vinha morrendo por uma chávena de chá... Que lindo dia, não é verdade? Rosa, fica tu a contar o nosso passeio enquanto eu vou tirar o chapéu...

Carlos, só com Rosa, sentou-se junto dela, desviando-a do livro, tomando-lhe ambas as mãos.

— Fomos ao passeio da Estrela — dizia a pequena. — Mas a mamã não se queria demorar, porque tu podias ter vindo!

Carlos beijou, uma depois da outra, as duas mãozinhas de Rosa.

— E então que fizeste no passeio? — perguntou ele, depois dum leve suspiro de felicidade que lhe fugira do peito.

— Andei a correr, havia uns patinhos novos...

— Bonitos?...

A pequena encolheu os ombros:

— Chinfrinzitos.

Chinfrinzitos! Quem lhe tinha ensinado a dizer uma coisa tão feia?

Rosa sorriu. Fora o Domingos. E o Domingos dizia ainda outras coisas assim, engraçadas... Dizia que a Melanie era uma *gaja*... O Domingos tinha muita graça.

Então Carlos advertiu-a que uma menina bonita, com tão bonitos vestidos, não devia dizer aquelas palavras... Assim falava a gente rota.

— O Domingos não anda roto — disse Rosa muito séria.

E subitamente, com outra idéia, bateu as palmas, pulou-lhe entre os joelhos, radiante:

— E trouxe-me uns grilos da Praça! O Domingos trouxe-me uns grilos... Se tu soubesses! *Niniche* tem medo dos grilos! Parece incrível, hem? Eu nunca vi ninguém mais medrosa...

Esteve um momento a olhar Carlos, e acrescentou, com um ar grave:

— É a mamã que lhe dá tanto mimo. É uma pena!

Maria Eduarda entrava, ajeitando ainda de leve o ondeado do cabelo; e, ouvindo assim falar de mimo, quis saber quem é que ela estragava com mimo... *Niniche?* Pobre *Niniche,* coitada, ainda essa manhã fora castigada!

Então Rosa rompeu a rir, batendo outra vez as mãos:

— Sabes como a mamã a castiga? — exclamava ela, puxando a manga de Carlos. — Sabes?... Faz-lhe voz grossa... Diz-lhe em inglês: *Bad dog! dreadful dog!*

Era encantadora assim, imitando a voz severa da mamã, com o dedinho erguido, a ameaçar *Niniche*. A pobre *Niniche,* imaginando com efeito que a estavam a repreender, arrastou-se, vexada, para debaixo do sofá. E foi necessário que Rosa a tranqüilizasse de joelhos sobre a pele de tigre, jurando-lhe, por entre abraços, que ela nem era mau cão nem feio cão; fora só para contar como fazia a mamã...

– Vai-lhe dar água, que ela deve estar com sede – disse então Maria Eduarda, indo sentar-se na sua cadeira escarlate.
– E dize ao Domingos que nos traga o chá.

Rosa e *Niniche* partiram correndo. Carlos veio ocupar, junto da janela, a costumada poltrona de *reps*. Mas pela primeira vez, desde a sua intimidade, houve entre eles um silêncio difícil. Depois ela queixou-se de calor, desenrolando distraidamente o bordado; e Carlos permanecia mudo, como se para ele, nesse dia, apenas houvesse encanto, apenas houvesse significação numa certa palavra de que os seus lábios estavam cheios e que não ousavam murmurar, que quase receava que fosse adivinhada, apesar de ela sufocar o seu coração.

– Parece que nunca se acaba, esse bordado! – disse ele por fim, impaciente de a ver, tão serena, a ocupar-se das suas lãs.

Com a talagarça desdobrada sobre os joelhos, ela respondeu, sem erguer os olhos:

– E para que se há de acabar? O grande prazer é andá-lo a fazer, pois não acha? Uma malha hoje, outra malha amanhã, torna-se assim uma companhia... Para que se há de querer chegar logo ao fim das coisas?

Uma sombra passou no rosto de Carlos. Nestas palavras, ditas de leve acerca do bordado, ele sentia uma desanimadora alusão ao seu amor – esse amor que lhe fora enchendo o coração à maneira que a lã cobria aquela talagarça, e que era obra simultânea das mesmas brancas mãos. Queria ela pois conservá-lo ali, arrastado como o bordado, sempre acrescentado e sempre incompleto, guardado também no cesto da costura, para ser o desafogo da sua solidão?

Disse-lhe então, comovido:

– Não é assim. Há coisas que só existem quando se completam, e que só então dão a felicidade que se procurava nelas.

– É muito complicado isso – murmurou ela, corando. – É muito sutil...

– Quer que lho diga mais claramente?

Nesse instante Domingos, erguendo o reposteiro, anunciou que estava ali o sr. Dâmaso...

Maria Eduarda teve um movimento brusco de impaciência:

– Diga que não recebo!

Fora, no silêncio, sentiram bater a porta. E Carlos ficou inquieto, lembrando-se que o Dâmaso devia ter visto embaixo, passeando na rua, o seu *coupé*. Santo Deus! O que ele iria tagarelar agora, com os seus pequeninos rancores, assim humilhado! Quase lhe pareceu nesse instante a existência do Dâmaso incompatível com a tranqüilidade do seu amor.

– Aí está outro inconveniente desta casa – dizia no entanto Maria Eduarda. – Aqui ao lado desse Grêmio, a dois passos do Chiado, é demasiadamente acessível aos importunos. Tenho agora de repelir quase todos os dias este assalto à minha porta! É intolerável!

E com uma súbita idéia, atirando o bordado para o açafate, cruzando as mãos sobre os joelhos:

– Diga-me uma coisa que lhe tenho querido perguntar... Não me seria possível arranjar por aí uma casinhola, um *cottage,* onde eu fosse passar os meses de verão?... Era tão bom para a pequena! Mas não conheço ninguém, não sei a quem me hei de dirigir...

Carlos lembrou-se logo da bonita casa do Craft, nos Olivais – como já noutra ocasião em que ela mostrara desejos de ir para o campo. Justamente, nesses últimos tempos, Craft voltara a falar, e mais decidido, no antigo plano de vender a quinta, e desfazer-se das suas coleções. Que deliciosa vivenda para ela, artística e campestre, condizendo tão bem com os seus gostos! Uma tentação atravessou-o, irresistível.

– Eu sei com efeito de uma casa... E tão bem situada, que lhe convinha tanto!...

– Que se aluga?

Carlos não hesitou:

— Sim, é possível arranjar-se...

— Isso era um encanto!

Ela tinha dito – "era um encanto". E isto decidiu-o logo, parecendo-lhe desamorável e mesquinho o ter-lhe sugerido uma esperança, e não lha realizar com fervor.

O Domingos entrara com o tabuleiro do chá. E, enquanto o colocava sobre uma pequena mesa, defronte de Maria Eduarda, ao pé da janela, Carlos, erguendo-se, dando alguns passos pela sala, pensava em começar imediatamente negociações com o Craft, comprar-lhe as coleções, alugar-lhe a casa por um ano, e oferecê-la a Maria Eduarda para os meses de verão. E não considerava, nesse instante, nem as dificuldades nem o dinheiro. Via só a alegria dela passeando com a pequena, entre as belas árvores do jardim. E como Maria Eduarda deveria ser mais grandemente formosa no meio desses móveis da Renascença, severos e nobres!

— Muito açúcar? – perguntou ela.

— Não... Perfeitamente, basta.

Viera sentar-se na sua velha poltrona; e, recebendo a chávena de porcelana ordinária com um filetezinho azul, recordava o magnífico serviço que tinha o Craft, de velho Wedgewood, ouro e cor de fogo. Pobre senhora! tão delicada, e ali enterrada entre aqueles *reps*, maculando a graça das suas mãos nas coisas reles da mãe Cruges!

— E onde é essa casa? – perguntou Maria Eduarda.

— Nos Olivais, muito perto daqui, vai-se lá numa hora de carruagem...

Explicou-lhe detalhadamente o sítio, acrescentando, com os olhos nela, e com um sorriso inquieto:

— Estou aqui a preparar lenha para me queimar!... Porque se for para lá instalar-se, e depois vier o calor, quem é que a torna a ver?

Ela pareceu surpreendida:

— Mas que lhe custa, a si, que tem cavalos, que tem carruagens, que não tem quase nada que fazer?...

Assim ela achava natural que ele continuasse nos Olivais as suas visitas de Lisboa! E pareceu-lhe logo impossível renunciar ao encanto desta intimidade, tão largamente oferecida, e decerto mais doce na solidão de aldeia. Quando acabou a sua chávena de chá – era como se a casa, os móveis, as árvores fossem já seus, fossem já dela. E teve ali um momento delicioso, descrevendo-lhe a quietação da quinta, a entrada por uma rua de acácias, e a beleza da sala de jantar com duas janelas abrindo sobre o rio...

Ela escutava-o, encantada:

– Oh! Isso era o meu sonho! Vou ficar agora toda alterada, cheia de esperanças... Quando poderei ter uma resposta?

Carlos olhou o relógio. Era já tarde para ir aos Olivais. Mas logo na manhã seguinte, cedo, ia falar com o dono da casa, seu amigo...

– Quanto incômodo por minha causa! – disse ela. – Realmente! Como lhe hei de eu agradecer!...

Calou-se; mas os seus belos olhos ficaram um instante pousados nos de Carlos, como esquecidos, e deixando fugir irresistivelmente um pouco do segredo que ela retinha no seu coração.

Ele murmurou:

– Por mais que eu fizesse, ficaria bem pago de tudo se me olhasse outra vez assim.

Uma onda de sangue cobriu toda a face de Maria Eduarda.

– Não diga isso...

– E que necessidade há que eu lho diga? Pois não sabe perfeitamente que a adoro, que a adoro, que a adoro!

Ela ergueu-se bruscamente, ele também; e assim ficaram, mudos, cheios de ansiedade, trespassando-se com os olhos, como se se tivesse feito uma grande alteração no Universo, e eles esperassem, suspensos, o desfecho supremo dos seus destinos... E foi ela que falou, a custo, quase desfalecida, estendendo para ele, como se o quisesse afastar, as mãos inquietas e trêmulas:

– Escute! Sabe bem o que eu sinto por si, mas escute... Antes que seja tarde há uma coisa que lhe quero dizer...

Carlos via-a assim tremer, via-a toda pálida... E nem a escutara nem a compreendera. Sentia apenas, num deslumbramento, que o amor comprimido até aí no seu coração irrompera por fim, triunfante, e embatendo no coração dela, através do aparente mármore do seu peito, fizera de lá ressaltar uma chama igual... Só via que ela tremia, só via que ela o amava... E, com a gravidade forte dum ato de posse, tomou-lhe lentamente as mãos, que ela lhe abandonou submissa de repente, já sem força, e vencida. E beijava-as ora uma ora outra, e as palmas, e os dedos, devagar, murmurando apenas:

– Meu amor! meu amor! meu amor!

Maria Eduarda caíra pouco a pouco sobre a cadeira; e, sem retirar as mãos, erguendo para ele os olhos cheios de paixão, enevoados de lágrimas, balbuciou ainda, debilmente, numa derradeira suplicação:

– Há uma coisa que eu lhe queria dizer!...

Carlos estava já ajoelhado aos seus pés.

– Eu sei o que é! – exclamou, ardentemente, junto do rosto dela, sem a deixar falar mais, certo de que adivinhara o seu pensamento. – Escusa de dizer, sei perfeitamente. É o que eu tenho pensado tantas vezes! É que um amor como o nosso não pode viver nas condições em que vivem outros amores vulgares... É que, desde que eu lhe digo que a amo, é como lhe pedisse para ser minha esposa diante de Deus...

Ela recuava o rosto, olhando-o angustiosamente, e como se não compreendesse. E Carlos continuava mais baixo, com as mãos dela presas, penetrando-a toda da emoção que o fazia tremer:

– Sempre que pensava em si, era já com esta esperança duma existência toda nossa, longe daqui, longe de todos, tendo quebrado todos os laços presentes, pondo a nossa paixão acima de todas as ficções humanas, indo ser felizes para algum canto do mundo, solitariamente e para sempre... Levamos Rosa, está claro, sei que se não pode separar dela... E assim viveríamos sós, todos três, num encanto!

– Meu Deus! Fugirmos? – murmurou ela, assombrada.

Carlos erguera-se.

– E que podemos fazer? Que outra coisa podemos nós fazer, digna do nosso amor?

Maria não respondeu, imóvel, a face erguida para ele, branca de cera. E pouco a pouco uma idéia parecia surgir nela, inesperada e perturbadora, revolvendo todo o seu ser. Os seus olhos alargavam-se ansiosos e refulgentes.

Carlos ia falar-lhe... Um leve rumor de passos na esteira da sala deteve-o. Era o Domingos que vinha recolher a bandeja do chá; e durante um momento, quase interminável, houve entre aqueles dois seres, sacudidos por um ardente vendaval de paixão, a caseira passagem dum criado arrumando chávenas vazias. Maria Eduarda, bruscamente, refugiou-se detrás das bambinelas de cretone com o rosto contra a vidraça. Carlos foi sentar-se no sofá, a folhear ao acaso uma *Ilustração,* que lhe tremia nas mãos. E não pensava em nada, nem sabia onde estava... Ainda na véspera, havia ainda instantes, conversando com ela, dizia cerimoniosamente "minha cara senhora"; depois houvera um olhar; e agora deviam fugir ambos, e ela tornara-se o cuidado supremo da sua vida, e a esposa secreta do seu coração.

– V. Ex.ª quer mais alguma coisa? – perguntou o Domingos.

Maria Eduarda respondeu sem se voltar:

– Não.

O Domingos saiu, a porta ficou cerrada. Ela então atravessou a sala, veio para Carlos, que a esperava no sofá, com os braços estendidos. E era como se obedecesse só ao impulso da sua ternura, calmadas já todas as incertezas. Mas hesitou de novo diante daquela paixão, tão pronta a apoderar-se de todo o seu ser, e murmurou, quase triste:

– Mas conhece-me tão pouco!... Conhece-me tão pouco, para irmos assim ambos, quebrando por tudo, criar um destino que é irreparável...

Carlos tomou-lhe as mãos, fazendo-a sentar ao seu lado, brandamente:

– O bastante para a adorar acima de tudo, e sem querer mais nada na vida!

Um instante Maria Eduarda ficou pensativa, como recolhida no fundo do seu coração, escutando-lhe as derradeiras agitações. Depois soltou um longo suspiro.

– Pois seja assim! Seja assim... Havia uma coisa que eu lhe queria dizer, mas não importa... É melhor assim!...

E que outra coisa podiam fazer? – perguntava Carlos radiante. Era a única solução digna, séria... E nada os podia embaraçar; amavam-se, confiavam absolutamente um no outro; ele era rico, o mundo era largo...

E ela repetia, mais firme agora, já decidida, e como se aquela resolução a cada momento se cravasse mais fundo na sua alma, penetrando-a toda e para sempre:

– Pois seja assim! É melhor assim!

Um momento ficaram calados, olhando-se arrebatadamente.

– Dize-me ao menos que és feliz – murmurou Carlos.

Ela lançou-lhe os braços ao pescoço; e os seus lábios uniram-se num beijo profundo, infinito, quase imaterial pelo seu êxtase. Depois Maria Eduarda descerrou lentamente as pálpebras, e disse-lhe, muito baixo:

– Adeus, deixa-me só, vai.

Ele tomou o chapéu, e saiu.

No dia seguinte Craft, que havia uma semana não ia ao Ramalhete, passeava na quinta antes de almoço – quando apareceu Carlos. Apertaram as mãos, falaram um instante do Ega, da chegada dos Cohens. Depois, Carlos, fazendo um gesto largo que abrangia a quinta, a casa, todo o horizonte, perguntou rindo:

– Você quer-me vender tudo isto, Craft?

O outro respondeu, sem pestanejar, e com as mãos nas algibeiras:

– *A la disposición de usted...*

E ali mesmo concluíram a negociação, passeando numa ruazinha de buxo por entre os gerânios em flor.

Craft cedia a Carlos todos os seus móveis antigos e modernos por duas mil e quinhentas libras, pagas em prestações; só reservava algumas raras peças do tempo de Luís XV, que deviam fazer parte dessa nova coleção que planeava, homogênea, e toda do século XVIII. E, como Carlos não tinha no

Ramalhete lugar para este vasto *bric-à-brac,* Craft alugava-lhe por um ano a casa dos Olivais, com a quinta.

Depois foram almoçar. Carlos nem por um momento pensou na larga despesa que fazia, só para oferecer uma residência de verão, por dois curtos meses – a quem se contentaria com um simples *cottage,* entre árvores de quintal. Pelo contrário! quando repercorreu as salas do Craft, já com olhos de dono, achou tudo mesquinho, pensou em obras, em retoques de gosto.

Com que alegria, ao deixar os Olivais, correu à Rua de S. Francisco, a anunciar a Maria Eduarda que lhe arranjara enfim efetivamente uma linda casa no campo! Rosa, que da varanda o vira apear-se, veio ao seu encontro no patamar; ele ergueu-a nos braços, entrou assim na sala, com ela ao colo, em triunfo. E não se conteve: foi à pequena que deu logo "a grande novidade", anunciando-lhe que ia ter duas vacas, e uma cabra, e flores, e árvores para se balançar...

– Onde é? Dize, onde é? – exclamava Rosa, com os lindos olhos resplandecentes, e a facezinha cheia de riso.

– Daqui muito longe... Vai-se numa carruagem... Vêem-se passar os barcos no rio... E entra-se por um grande portão, onde há um cão de fila.

Maria Eduarda apareceu, com *Niniche* ao colo.

– Mamã, mamã! – gritou Rosa correndo para ela, dependurando-se-lhe do vestido. – Diz que vou ter duas cabrinhas, e um balanço... É verdade? Dize, deixa ver, onde é? Dize... E vamos já para lá?

Maria e Carlos apertaram a mão, com um longo olhar, sem uma palavra. E logo junto da mesa, com Rosa encostada aos seus joelhos, Carlos contou a sua ida aos Olivais... O dono da casa estava pronto a alugar, já, numa semana... E assim se achava ela de repente com uma vivenda pitoresca, mobiliada num belo estilo, deliciosamente saudável...

Maria Eduarda parecia surpreendida, quase desconfiada.

– Há de ser necessário levar roupas de cama, roupas de mesa...

– Mas há tudo! – exclamou Carlos alegremente – há

quase tudo! É tal qual como num conto de fadas... As luzes estão acesas, as jarras estão cheias de flores... É só tomar uma carruagem e chegar.

– Somente, é necessário saber o que esse paraíso me vai custar...

Carlos fez-se vermelho. Não previra que se falasse em dinheiro – e que ela quereria decerto pagar a casa que habitasse... Então preferiu confessar-lhe tudo. Disse-lhe como o Craft, havia quase um ano, andava desejando desfazer-se das suas coleções, e alugar a quinta; o avô e ele tinham repetidamente pensado em adquirir grande parte dos móveis e das faianças, para acabar de mobiliar o Ramalhete, e ornamentar mais Santa Olávia; e ele enfim decidira-se a fazer essa compra desde que entrevira a felicidade de lhe poder oferecer, por alguns meses de verão, uma residência tão graciosa e tão confortável...

– Rosa, vai lá para dentro – disse Maria Eduarda, depois de um momento de silêncio... – *Miss* Sarah está à tua espera.

Depois, olhando para Carlos, muito séria:

– De sorte que, se eu não mostrasse desejos de ir para o campo, não tinha feito essa despesa...

– Tinha feito a mesma despesa... Tinha também alugado a casa por seis meses ou por um ano... Onde possuía eu agora de repente um sítio para meter as coisas do Craft? O que não fazia talvez era comprar conjuntamente roupas de cama, roupas de mesa, mobílias dos quartos dos criados etc.

E acrescentou, rindo:

– Ora, se me quiser indenizar disso, podemos debater esse negócio...

Ela baixou os olhos, refletindo, lentamente.

– Em todo o caso seu avô e os seus amigos devem saber daqui a dias que me vou instalar nessa casa... E devem compreender que a comprou para que eu lá me instalasse...

Carlos procurou o seu olhar que permanecia pensativo, desviado dele. E isto inquietou-o – o vê-la assim retrair-se àquela absoluta comunhão de interesses em que a queria envolver, como esposa do seu coração.

– Não aprova então o que fiz? Seja franca...

– Decerto... Como não hei de eu aprovar tudo quanto faz, tudo quanto vem de si? Mas...

Ele acudiu, apoderando-se das suas mãos, sentindo-se triunfar:

– Não há *mas*! O avô e os meus amigos sabem que eu tenho uma casa no campo, inútil por algum tempo, e que a aluguei a uma senhora. De resto, se quiser, meteremos nisto tudo o meu procurador... Minha cara amiga, se fosse possível que a nossa afeição se passasse fora do mundo, distante de todos os olhares, ao abrigo de todas as suspeitas, seria delicioso... Mas não pode ser!... Alguém tem de saber sempre alguma coisa; quando não seja senão o cocheiro que me leva todos os dias a sua casa, quando não seja senão o criado que me abre todos os dias a sua porta... Há sempre alguém que surpreende o encontro de dois olhares; há sempre alguém que adivinha donde se vem a certas horas... Os deuses antigamente arranjavam essas coisas melhor, tinham uma nuvem que os tornava invisíveis. Nós não somos deuses, infelizmente...

Ela sorriu.

– Quantas palavras para converter uma convertida!

E tudo ficou harmonizado num grande beijo.

Afonso da Maia aprovou plenamente a compra das coleções do Craft. "É um valor", disse ele ao Vilaça, "e acabamos de encher com boa arte Santa Olávia e o Ramalhete."

Mas o Ega indignou-se, chegou a falar em "desvario", despeitado por essa transação secreta para que não fora consultado. O que o irritava sobretudo era ver, nesta aquisição inesperada de uma casa de campo, outro sintoma do grave e do fundo segredo que pressentia na vida de Carlos; e havia já duas semanas que ele habitava o Ramalhete e Carlos ainda não lhe fizera uma confidência!... Desde a sua ligação de rapazes em Coimbra, nos Paços de Celas, fora ele o confessor secular de Carlos; mesmo em viagem, Carlos não tinha uma aventura banal de hotel de que não mandasse ao Ega "um relatório". O romance com a Gouvarinho, de que Carlos a princípio tentara, frouxamente, guardar um mistério delicado, já o conhecia todo, já lera as cartas da Gouvarinho, já passara pela casa da titi...

Mas do outro segredo não sabia nada – e considerava-se ultrajado. Via todas as manhãs Carlos partir para a Rua de S. Francisco, levando flores; via-o chegar de lá, como ele dizia, "besuntado de êxtase"; via-lhe os silêncios repassados de felicidade, e esse indefinido ar, ao mesmo tempo sério e ligeiro, risonho e superior, do homem profundamente amado... E não sabia nada.

Justamente alguns dias depois, estando ambos sós, a falar de planos de verão, Carlos aludiu aos Olivais, com entusiasmo, relembrando algumas das preciosidades do Craft, o doce sossego da casa, a clara vista do Tejo. Aquilo realmente fora obter por uma mão cheia de libras um pedaço do paraíso...

Era à noite, no quarto de Carlos, já tarde. E o Ega, que passeava com as mãos nas algibeiras do *robe-de-chambre*, encolheu os ombros, impaciente, farto daqueles louvores eternos à casinhola do Craft.

– Essa concepção do paraíso – exclamou ele – parece-me dum estofador da Rua Augusta! Como natureza, couves galegas; como decoração, os velhos cretones do gabinete, desbotados já por três barrelas... Um quarto de dormir lúgubre como uma capela de santuário... Um salão confuso como o armazém dum cara-de-pau, e onde não é possível conversar... A não ser o armário holandês, e um ou outro prato, tudo aquilo é um lixo arqueológico... Jesus! o que eu odeio *bric-à-brac!*

Carlos, no fundo da sua poltrona, disse tranqüilamente e como refletindo:

– Com efeito, esses cretones são medonhos... Mas eu vou mandar remobiliar, tornar aquilo mais habitável.

Ega estacou no meio do quarto, com o monóculo a faiscar sobre Carlos.

– Habitável? Vais ter hóspedes?
– Vou alugar.
– Vais alugar! A quem?

E o silêncio de Carlos, que soprava o fumo da *cigarette*

com os olhos no teto, enfureceu Ega. Cumprimentou quase até o chão, disse sarcasticamente:

– Peço perdão. A pergunta foi brutal. Tive agora o ar de querer arrombar uma gaveta fechada... O aluguel dum prédio é sempre um desses delicados segredos de sentimento e de honra em que não deve roçar nem a asa da imaginação... Fui rude... Irra! Fui bestialmente rude!

Carlos continuava calado. Compreendia bem o Ega – e quase sentia um remorso daquela sua rígida reserva. Mas era como um pudor que o enleava, lhe impedia de pronunciar sequer o nome de Maria Eduarda. Todas as suas outras aventuras as contara ao Ega; e essas confidências constituíam talvez mesmo o prazer mais sólido que elas lhe davam. Isto, porém, não era "uma aventura". Ao seu amor misturava-se alguma coisa de religioso; e, como os verdadeiros devotos, repugnava-lhe conversar sobre a sua fé... Todavia, ao mesmo tempo, sentia uma tentação de falar *dela* ao Ega, e de tornar vivas, e como visíveis aos seus próprios olhos, dando-lhes o contorno das palavras e o seu relevo, as coisas divinas e confusas que lhe enchiam o coração. Além disso, Ega não saberia tudo, mais tarde ou mais cedo, pela tagarelice alheia? Antes lho dissesse ele, fraternalmente. Mas hesitou ainda, acendeu outra *cigarette*. Justamente o Ega tomara o seu castiçal, e começava a acendê-lo a uma serpentina, devagar e com um ar amuado.

– Não sejas tolo, não te vás deitar, senta-te aí – disse Carlos.

E contou-lhe tudo miudamente, difusamente, desde o primeiro encontro, à entrada do Hotel Central, no dia do jantar ao Cohen.

Ega escutava-o, sem uma palavra, enterrado no fundo do sofá. Supusera um romancezinho, desses que nascem e morrem entre um beijo e um bocejo; e agora, só pelo modo como Carlos falava daquele grande amor, ele sentia-o profundo, absorvente, eterno, e para bem ou para mal tornando-se daí por diante, e para sempre, o seu irreparável destino. Imaginara uma brasileira polida por Paris, bonita e fútil, que tendo o marido longe, no Brasil, e um formoso rapaz ao lado, no sofá, obedecia simplesmente e alegremente à disposição das coisas; e saía-lhe uma criatura cheia de caráter, cheia de paixão, capaz de sacrifícios, capaz de heroísmo. Como sempre, diante destas coisas patéticas, murchava-lhe a veia, faltava-lhe a frase; e, quando Carlos se calou, o bom Ega teve esta pergunta chocha:

– Então estás decidido a safar-te com ela?

– A *safar-me,* não; a ir viver com ela longe daqui; decididíssimo!

Ega ficou um momento a olhar para Carlos como para um fenômeno prodigioso, e murmurou:

– É de arromba!

Mas que outra coisa podiam eles fazer? Daí a três meses, talvez, Castro Gomes chegava do Brasil. Ora nem Carlos nem ela aceitariam nunca uma dessas situações atrozes e reles em que a mulher é do amante e do marido, a horas diversas... Só lhes restava uma solução digna, decente, séria – fugir.

Ega, depois de um silêncio, disse pensativamente:

– Para o marido é que não é talvez divertido perder assim, de uma vez, a mulher, a filha e a cadelinha...

Carlos ergueu-se, deu alguns passos pelo quarto. Sim, também ele já pensara nisso... E não sentia remorsos – mesmo quando os pudesse haver no absoluto egoísmo da paixão... Ele não conhecia intimamente Castro Gomes; mas tinha podido adivinhar o tipo, reconstruí-lo, pelo que lhe dissera o Dâmaso, e por algumas conversas com *miss* Sarah. Castro Gomes não era um esposo a sério; era um dândi, um fútil, um *gommeux,* um homem de *sport* e de *cocottes*... Casara com uma mulher bela, saciara a paixão, e recomeçara a sua vida de clube e de bastidores... Bastava olhar para ele, para a sua *toilette,* para os seus modos – e compreendia-se logo a trivialidade daquele caráter...

– Que tal é como homem? – perguntou Ega.

– Um brasileirito trigueiro, com um ar espartilhado... Um *rastaquouère,* o verdadeiro tipozinho do *Café de la Paix*... É possível que sinta, quando isto vier a suceder, um certo ardor na vaidade ferida... Mas é um coração que se há de consolar facilmente nas *Folies Bergères.*

Ega não dizia nada. Mas pensava que um homem de clube, e mesmo consolável nas *Folies Bergères,* pode não se importar muito com sua mulher, mas pode todavia amar muito sua filha... Depois, atravessado por uma outra idéia, acrescentou:

– E teu avô?

Carlos encolheu os ombros:

– O avô tem de se afligir um pouco para eu poder ser profundamente feliz; como eu teria de ser desgraçado toda a minha vida se quisesse poupar ao avô essa contrariedade... O mundo é assim, Ega... E eu, nesse ponto, não estou decidido a fazer sacrifícios.

Ega esfregou lentamente as mãos, com os olhos no chão, repetindo a mesma palavra, a única que lhe sugeria todo o seu espírito, perante aquelas coisas veementes:

– É de arromba!

III

CARLOS, QUE ALMOÇARA CEDO, estava para sair no *coupé,* e já de chapéu, quando Batista veio dizer que o sr. Ega, desejando falar-lhe numa coisa grave, lhe pedia para esperar um instante. O sr. Ega ficara a fazer a barba.

Carlos pensou logo que se tratava da Cohen. Havia duas semanas que ela chegara a Lisboa, Ega ainda a não vira, e falava dela raramente. Mas Carlos sentia-o nervoso e desassossegado. Todas as manhãs o pobre Ega mostrava um desapontamento ao receber o correio, que só lhe trazia algum jornal cintado, ou cartas de Celorico. À noite percorria dois, três teatros, já quase vazios naquele começo de verão; e ao recolher era outra desconsolação, quando os criados lhe afirmavam, com certeza, que não viera carta alguma para S. Ex.ª Decerto Ega não se resignava a perder Raquel, ansiava por a encontrar; e roía-o o despeito de que ela, de qualquer modo, lhe não tivesse mostrado que no seu coração permanecia, ao menos, a saudade das antigas felicidades... Justamente na véspera Ega aparecera à hora do jantar, transtornado; cruzara-se com o

Cohen na Rua do Ouro, e parecera-lhe que "esse canalha" lhe atirara de lado um olhar atrevido, sacudindo a bengala; o Ega jurava que se "esse canalha" ousasse outra vez fitá-lo, espedaçava-o, sem piedade, publicamente, a uma esquina da Baixa.

Na antecâmara o relógio bateu dez horas. Carlos, impaciente, ia a subir ao quarto do Ega. Mas nesse instante o correio chegava, com a *Revista dos Dois Mundos,* e uma carta para Carlos. Era da Gouvarinho.

Carlos acabava de a ler, quando Ega apareceu, de jaquetão, e em chinelas.

– Tenho a falar-te numa coisa grave, menino.

– Lê isto primeiro – disse o outro, passando-lhe a carta da Gouvarinho.

A Gouvarinho, num tom amargo, queixava-se que, já por duas vezes, Carlos faltara ao *rendez-vous* em casa da titi sem lhe ter sequer escrito uma palavra; ela vira nisto uma ofensa, uma brutalidade; e vinha agora intimá-lo, "em nome de todos os sacrifícios que por ele fizera", a que aparecesse na Rua de S. Marçal domingo ao meio-dia para terem uma explicação definitiva antes de ela partir para Sintra.

– Excelente ocasião de acabar! – exclamou Ega entregando a carta a Carlos, depois de respirar o perfume do papel. – Não vás nem respondas... Ela parte para Sintra, tu para Santa Olávia, não vos vedes mais, e assim finda o romance. Finda como todas as coisas grandes, como o Império Romano, e como o Reno, por dispersão, insensivelmente...

– É o que eu vou fazer – disse Carlos, começando a calçar as luvas. – Jesus! Que mulher maçadora!

"E que desavergonhada! Chamar a essas coisas – sacrifícios"!... Arrasta-te duas vezes por semana à casa da titi, regala-se lá de extravagâncias, bebe *champagne,* fuma *cigarettes,* sobe ao sétimo céu, delira, e depois põe dolorosamente os olhos no chão, e chama a isso "sacrifícios"... Só com um chicote!...

Carlos encolheu os ombros, com resignação, como se nas condessas de Gouvarinho, e no mundo, só houvesse incoerência e dolo.

– E que é isso que tu me tinhas a dizer?

Ega então tomou um ar grave. Escolheu lentamente na caixa uma *cigarette,* abotoou devagar o jaquetão.

– Tu não tens visto o Dâmaso?

– Nunca mais me apareceu – disse Carlos. – Creio que está amuado... Eu, sempre que o encontro, aceno-lhe de longe amigavelmente com dois dedos...

– Devia ser antes com a bengala. O Dâmaso anda aí, por toda a parte, falando de ti e dessa senhora, tua amiga... A ti, chama-te *pulha,* a ela pior ainda. É a velha história: diz que te apresentou, que te meteste de dentro, e como para essa senhora é uma questão de dinheiro, e tu és o mais rico, ela lhe passou o pé... Vês daí a infamiazinha. E isto tagarelado pelo Grêmio, pela Casa Havanesa, com detalhes torpes, envolvendo sempre a questão de dinheiro. Tudo isto é atroz. Trata de lhe pôr cobro.

Carlos, muito pálido, disse simplesmente:

– Há de se fazer justiça.

Desceu indignado. Aquela torpe insinuação sobre "dinheiro" parecia-lhe poder ser castigada só com a morte. E um instante mesmo, com a mão no fecho da portinhola do *coupé,* pensou em correr à casa do Dâmaso, tomar um desforço brutal.

Mas eram quase onze horas, e ele tinha de ir aos Olivais. No dia seguinte, sábado, dia belo entre todos e solene para o seu coração, Maria Eduarda devia enfim visitar a quinta do Craft; e ficara combinado, na véspera, que passariam lá as horas do calor, até tarde, sós, naquela casa solitária e sem criados, escondida entre as árvores. Ele pedira-lhe assim, hesitante e a tremer; ela consentira logo, sorrindo e naturalmente. Nessa manhã ele mandara aos Olivais dois criados para arejar as salas, espanejar, encher tudo de flores. Agora ia lá, como um devoto, ver se estava bem enfeitado o sacrário da sua deusa... E era através destes deliciosos cuidados, em plena ventura, que lhe aparecia outra vez, suja e empanando o brilho do seu amor, a tagarelice do Dâmaso!

Até os Olivais, não cessou de ruminar coisas vagas e violentas que faria para aniquilar o Dâmaso. No seu amor não haveria paz, enquanto aquele vilão o andasse comentando sordidamente pelas esquinas das ruas. Era necessário enxovalhá-lo de tal modo, com tal publicidade, que ele não ousasse mais mostrar em Lisboa a face bochechuda, a face vil... Quando o *coupé* parou à porta da quinta, Carlos decidira dar bengaladas no Dâmaso, uma tarde, no Chiado, com aparato...

Mas depois, ao regressar da quinta, vinha já mais calmo. Pisara a linda rua de acácias que os pés dela pisariam na manhã seguinte; dera um longo olhar ao leito que seria o leito dela, rico, alçado sobre um estrado, envolto em cortinados de brocatel cor de ouro com um esplendor sério de altar profano... Daí a poucas horas encontrar-se-iam sós naquela casa muda e ignorada do mundo; depois todo o verão os seus amores viveriam escondidos nesse fresco retiro de aldeia e daí a três meses estariam longe, na Itália, à beira dum claro lago, entre as flores de Isola Bela... No meio destas voluptuosidades magníficas, que lhe podia importar o Dâmaso, gorducho e reles, palrando em calão nos bilhares do Grêmio! Quando chegou à Rua de S. Francisco resolvera, se visse o Dâmaso, continuar a acenar-lhe, de leve, com a ponta dos dedos.

Maria Eduarda fora passear a Belém com Rosa, deixando-lhe um bilhete, em que lhe pedia para vir à noite *faire un bout de causerie*. Carlos desceu as escadas, devagar, guardando esse bocadinho de papel na carteira, como uma doce relíquia; e saía o portão, no momento em que o Alencar desembocava defronte, da Travessa da Parreirinha, todo de preto, moroso e pensativo. Ao avistar Carlos, parou de braços abertos; depois vivamente, como recordando-se, ergueu os olhos para o primeiro andar.

Não se tinham visto desde as corridas, o poeta abraçou com efusão o seu Carlos. E falou logo de si, copiosamente. Estivera outra vez em Sintra, em Colares, com o seu velho Carvalhosa; e o que se lembrara do rico dia passado com Carlos e com o maestro em Seteais!... Sintra uma beleza. Ele, um pouco constipado. E, apesar da companhia do Carvalhosa, tão erudito e tão profundo, apesar da excelente música da mulher, da Julinha (que para ele era como uma irmã), tinha-se aborrecido. Questão de velhice...

— Com efeito – disse Carlos –, pareces-me um pouco murcho... Falta-te o teu ar aureolado.

O poeta encolheu os ombros.

— O Evangelho lá o diz bem claro... Ou é a Bíblia que o diz...? Não; é S. Paulo... S. Paulo ou Santo Agostinho?... Enfim a autoridade não faz ao caso. Num desses santos livros se afirma que este mundo é um vale de lágrimas...

— Em que a gente se ri bastante – disse Carlos alegremente.

O poeta tornou a encolher os ombros. Lágrimas ou risos, que importava?... Tudo era sentir, tudo era viver! Ainda na véspera ele dissera isso mesmo em casa dos Cohens,..

E de repente, estacando no meio da rua, tocando no braço de Carlos:

— E agora, por falar nos Cohens, dize-me uma coisa com franqueza, meu rapaz. Eu sei que tu és íntimo do Ega, e, que diabo, ninguém lhe admira mais o talento do que eu!... Mas, realmente, tu aprovas que ele, apenas soube da chegada dos Cohens, se viesse meter em Lisboa? Depois do que houve!...

Carlos afiançou ao poeta que o Ega só no dia mesmo da chegada, horas depois, soubera pela *Gazeta Ilustrada* a vinda dos Cohens... E, de resto, se não pudessem habitar, conjuntas na mesma cidade, as pessoas entre as quais tivesse havido atritos desagradáveis, as sociedades humanas tinham de se desfazer.

Alencar não respondeu, caminhando ao lado de Carlos, com a cabeça baixa. Depois parou de novo, franzindo a testa:

— Outra coisa em que te quero falar. Houve entre ti e o Dâmaso alguma pega? Eu pergunto-te isto porque noutro dia, lá em casa dos Cohens, ele veio com uns ditos, umas insinuações... Eu declarei-lhe logo: "Dâmaso, Carlos da Maia, filho de Pedro da Maia, é como se fosse meu irmão". E o Dâmaso calou-se... Calou-se, porque me conhece, e sabe que eu nestas coisas de lealdade e de coração sou uma fera!

Carlos disse simplesmente:

— Não, não há nada, não sei nada... Nem sequer tenho visto o Dâmaso.

– Pois é verdade – continuou Alencar tomando o braço de Carlos –, lembrei-me muito de ti em Sintra. Até fiz lá uma coisita que me não saiu má, e que te dediquei... Um simples soneto, uma paisagem, um quadrozinho de Sintra ao pôr-do-sol. Quis provar aí a esses da Idéia Nova, que, sendo necessário, também por cá se sabe cinzelar o verso moderno e dar o traço realista. Ora espera aí, eu te digo, se me lembrar. A coisa chama-se: *Na Estrada dos Capuchos*...

Tinham parado à esquina do Seixas; e o poeta tossira já de leve, antes de recitar, quando justamente lhes apareceu o Ega, vindo de baixo, vestido de campo, com uma bela rosa branca no jaquetão de flanela azul.

Alencar e ele não se encontravam desde a fatal *soirée* dos Cohens. E ao passo que o Ega conservava um ressentimento feroz contra o poeta, vendo nele o inventor dessa pérfida lenda da "carta obscena" – Alencar odiava-o pela certeza secreta de que ele fora o amante amado da sua divina Raquel. Ambos se fizeram pálidos; o aperto de mão que deram foi incerto e regelado; e ficaram calados, todos três, enquanto Ega, nervoso, levava uma eternidade a acender o charuto no lume de Carlos. Mas foi ele que falou, por entre uma fumaça, afetando uma superioridade amável:

– Acho-te com boa cor, Alencar!

O poeta foi amável também, um pouco de alto, passando os dedos no bigode:

– Vai-se andando. E tu que fazes? Quando nos dás essas *Memórias,* homem?

– Estou à espera que o país aprenda a ler.

– Tens que esperar! Pede ao teu amigo Gouvarinho que apresse isso, ele ocupa-se da Instrução Pública... Olha, ali o tens tu, grave e oco como uma coluna do *Diário do Governo*...

O poeta apontava com a bengala para o outro lado da rua, por onde o Gouvarinho descia, muito devagar, a conversar com o Cohen; e ao lado deles, de chapéu branco, de colete branco, o Dâmaso deitava olhares pelo Chiado, risonho, ovante, barrigudo, como um conquistador nos seus domínios. Já aquele arzinho gordo de tranqüilo triunfo irritou Carlos. Mas quando o Dâmaso parou defronte, no outro passeio, todo de costas para ele, ostentando rir alto com o Gouvarinho, não se conteve, atravessou a rua.

Foi breve, e foi cruel: sacudiu a mão do Gouvarinho, saudou de leve o Cohen; e sem baixar a voz, disse ao Dâmaso friamente:

– Ouve lá. Se continuas a falar de mim e de pessoas das minhas relações, do modo como tens falado, e que não me convém, arranco-te as orelhas.

O conde acudiu, metendo-se entre eles:

– Maia, por quem é! Aqui no Chiado...

– Não é nada, Gouvarinho – disse Carlos detendo-o, muito sério e muito sereno. – É apenas um aviso a este imbecil.

– Eu não quero questões, eu não quero questões!... – balbuciou o Dâmaso, lívido, enfiando para dentro duma tabacaria.

E Carlos voltou, com sossego, para junto dos seus amigos, depois de ter saudado o Cohen e sacudir a mão ao Gouvarinho.

Vinha apenas um pouco pálido; mais perturbado estava o Ega, que julgara ver de novo, num olhar do Cohen, uma provocação intolerável. Só o Alencar não reparara em nada; continuava a discursar sobre coisas literárias, explicando ao Ega as concessões que se podiam fazer ao Naturalismo...

– Fiquei aqui a dizer ao Ega... É evidente que, quando se trata de paisagem, é necessário copiar a realidade. Não se pode descrever um castanheiro *a priori,* como se descreveria uma alma... E lá isso faço eu... Aí está esse soneto de Sintra que eu te dediquei, Carlos. É realista, está claro que é realista... Pudera, se é paisagem! Ora, eu vo-lo digo... Ia justamente dizê-lo, quando tu apareceste, Ega... Mas vejam lá vocês se isto os maça...

Qual maçava! E até, para o escutarem melhor, penetraram na Rua de S. Francisco, mais silenciosa. Aí, dando um passo lento, depois outro, o poeta murmurou a sua écloga. Era em Sintra, ao pôr-do-sol: uma inglesa, de cabelos soltos, toda de branco, desce num burrinho por uma vereda que domina um vale; as aves cantam de leve, há borboletas em torno das madressilvas; então a inglesa pára, deixa o burrinho, olha enlevada o céu, os arvoredos, a paz das casas; e aí, no último terceto, vinha "a nota realista" de que se ufanava o Alencar:

> Ela olha a flor dormente, a nuvem casta,
> Enquanto o fumo dos casais se eleva
> E ao lado o burro, pensativo, pasta.

– Aí têm vocês o traço, a nota naturalista... *Ao lado, o burro, pensativo, pasta...* Eis aí a realidade, está-se a ver o burro pensativo... Não há nada mais pensativo que um burro... E são estas pequeninas coisas da natureza que é necessário observar... Já vêem vocês que se pode fazer Realismo, e do bom, sem vir logo com obscenidades... Vocês, que lhes parece o sonetito?

Ambos o elogiaram profundamente – Carlos arrependido de não ter completado a humilhação do Dâmaso, dando-lhe bengaladas; Ega pensando que, decerto, numa dessas tardes, no Chiado, teria de esbofetear o Cohen. Como eles recolhiam ao Ramalhete, Alencar, já desanuviado, foi acompanhá-los pelo Aterro. E falou sempre, contando o plano de um romance histórico, em que ele queria pintar a grande figura de Afonso de Albuquerque, mas por um lado mais humano, mais íntimo; Afonso de Albuquerque namorado; Afonso de Albuquerque, só, de noite, na popa do seu galeão, diante de Ormuz incendiada, beijando uma flor seca, entre soluços. Alencar achava isto sublime.

Depois de jantar, Carlos vestia-se para ir à Rua de S. Francisco, quando o Batista veio dizer que o sr. Teles da Gama lhe desejava *falar* com urgência. Não o querendo receber, ali, em mangas de camisa, mandou-o entrar para o gabinete escarlate e preto. E veio daí a um instante encontrar Teles da Gama admirando as belas faianças holandesas.

– Você, Maia, tem isto lindíssimo – exclamou ele logo. – Eu pélo-me por porcelanas... Hei de voltar um dia destes, com mais vagar, ver tudo isto, de dia... Mas hoje venho com pressa, venho com uma missão... Você não adivinha?

Carlos não adivinhava.

E o outro, recuando um passo, com uma gravidade em que transparecia um sorriso:

— Eu venho aqui perguntar-lhe da parte do Dâmaso se você hoje, naquilo que lhe disse, tinha intenção de o ofender. É só isto... A minha missão é apenas esta: perguntar-lhe se você tinha intenção de o ofender.

Carlos olhou-o, muito sério:

— O quê!? Se tinha tenção de ofender o Dâmaso, quando o ameacei de lhe arrancar as orelhas? De modo nenhum, tinha só intenção de lhe arrancar as orelhas!

Teles da Gama saudou, rasgadamente:

— Foi isso mesmo o que eu respondi ao Dâmaso: que você não tinha senão essa intenção. Em todo o caso, desde este momento, a minha missão está finda... Como você tem isto bonito!... O que é aquele prato grande, majólica?

— Não, um velho Nevers. Veja você ao pé... É Tétis conduzindo as armas de Aquiles... É esplêndido; e é muito raro... Veja você esse Delft, com as duas tulipas amarelas... É um encanto!

Teles da Gama dava um olhar lento a todas estas preciosidades, tomando o chapéu de sobre o sofá.

— Lindíssimo tudo isto!... Então só intenção de lhe arrancar as orelhas? Nenhuma de o ofender?...

— Nenhuma de o ofender, toda de lhe arrancar as orelhas... Fume você um charuto.

— Não, obrigado...

— Cálice de *cognac?*

— Não! Abstenção total de bebidas e aguardentes... Pois adeus, meu bom Maia!

— Adeus, meu bom Teles...

Ao outro dia, por uma radiante manhã de julho, Carlos saltava do *coupé,* com um molho de chaves diante do portão da quinta do Craft. Maria Eduarda devia chegar às dez horas, só, na sua carruagem da Companhia. O hortelão, dispensado por dois dias, fora a Vila Franca; não havia ainda criados na casa; as janelas estavam fechadas. E pesava ali, envolvendo a estrada e a vivenda, um desses altos e graves silêncios de aldeia, em que se sente, dormente no ar, o zumbir dos moscardos.

Logo depois do portão, penetrava-se numa fresca rua de acácias onde cheirava bem. A um lado, por entre a ramagem, aparecia o quiosque, com teto de madeira, pintado de vermelho, que fora o capricho de Craft, e que ele mobiliara à japonesa. E ao fundo era a casa caiada de novo, com janelas de peitoril, persianas verdes, e a portinha ao centro sobre três degraus, flanqueados por vasos de louça azul cheios de cravos.

Só o meter a chave devagar e com uma inútil cautela na fechadura daquela morada discreta foi para Carlos um prazer. Abriu as janelas: e a larga luz que entrava pareceu-lhe trazer uma doçura rara e uma alegria maior que a dos outros dias, como preparada especialmente pelo bom Deus para alumiar a festa do seu coração. Correu logo à sala de jantar, a verificar se, na mesa posta para o lanche, se conservavam ainda viçosas as flores que lá deixara na véspera. Depois voltou ao *coupé,* a tirar o caixote de gelo, que trouxera de Lisboa, embrulhado em flanela, entre serradura. Na estrada, silenciosa por ora, ia só passando uma saloia montada na sua égua.

Mas, apenas acomodara o gelo, sentiu fora o ruído lento da carruagem. Veio para o gabinete forrado de cretones, que abria sobre o corredor; e ficou ali, espreitando da porta, mas escondido, por causa do cocheiro da Companhia. Daí a um instante viu-a enfim chegar, pela rua de acácias, alta e bela, vestida de preto, e com um meio véu espesso como uma máscara. Os seus pezinhos subiram os três degraus de pedra. Ele sentiu a sua voz inquieta perguntar de leve:

– *Êtes-vous là?*

Apareceu – e ficaram um instante, à porta do gabinete, apertando sofregamente as mãos, sem falar, comovidos, deslumbrados.

– Que linda manhã! – disse ela por fim, rindo e toda vermelha.

– Linda manhã, linda! – repetia Carlos, contemplando-a, enlevado.

Maria Eduarda resvalara sobre uma cadeira, junto da

porta, num cansaço delicioso, deixando calmar o alvoroço do seu coração.

— É muito confortável, é encantador tudo isto — dizia ela olhando lentamente em redor os cretones do gabinete, o divã turco coberto com um tapete de Brousse, a estante envidraçada cheia de livros. — Vou ficar aqui adoravelmente...

— Mas ainda nem lhe agradeci o ter vindo — murmurou Carlos, esquecido a olhar para ela. — Ainda nem lhe beijei a mão...

Maria Eduarda começou a tirar o véu, depois as luvas, falando da estrada. Achara-a longa, fatigante. Mas que lhe importava? Apenas se acomodasse naquele fresco ninho nunca mais voltava a Lisboa!

Atirou o chapéu para cima do divã — ergueu-se, toda alegre e luminosa.

— Vamos ver a casa, estou morta por ver essas maravilhas do seu amigo Craft!... É Craft que se chama? *Craft* quer dizer indústria!

— Mas ainda nem sequer lhe beijei a mão! — tornou Carlos, sorrindo e suplicante.

Ela estendeu-lhe os lábios, e ficou presa nos seus braços.

E Carlos, beijando-lhe devagar os olhos, o cabelo, dizia-lhe quanto era feliz e quanto a sentia agora mais sua entre estes velhos muros de quinta, que a separavam do resto do mundo...

Ela deixava-se beijar, séria e grave:

— E é verdade isso? É realmente verdade?...

Se era verdade! Carlos teve um suspiro quase triste:

— Que lhe hei de eu responder? Tenho de lhe repetir essa coisa antiga que já Hamlet disse: que duvide de tudo, que duvide do sol, mas que não duvide de mim...

Maria Eduarda desprendeu-se, lentamente e perturbada.

— Vamos ver a casa — disse ela.

Começaram pelo segundo andar. A escada era escura e feia; mas os quartos em cima, alegres, esteirados de novo, forrados de papéis claros, abriam sobre o rio e sobre os campos.

— Os seus aposentos — disse Carlos — hão de ser embaixo,

está visto, entre as coisas ricas... Mas Rosa e *miss* Sarah ficam aqui esplendidamente. Não lhe parece?

E ela percorria os quartos, devagar, examinando a acomodação dos armários, palpando a elasticidade dos colchões, atenta, cuidadosa, toda no desvelo de alojar bem a sua gente. Por vezes mesmo exigia uma alteração. E era realmente como se aquele homem que a seguia, enternecido e radiante, fosse apenas um velho senhorio.

– O quarto com as duas janelas, ao fundo do corredor, seria o melhor para Rosa. Mas a pequena não pode dormir naquele enorme leito de pau-preto...

– Muda-se!

– Sim, pode mudar-se... E falta uma sala larga para ela brincar, às horas do calor... Se não houvesse o tabique entre os dois quartos pequenos...

– Deita-se abaixo!

Ele esfregava as mãos, encantado, pronto a refundir toda a casa; e ela não recusava nada, para conforto mais perfeito dos seus.

Desceram à sala de jantar. E aí, diante da famosa chaminé de carvalho lavrado, flanqueada à maneira de cariátides, pelas duas negras figuras de núbios, com os olhos rutilantes de cristal, Maria Eduarda começou a achar o gosto do Craft excêntrico, quase exótico... Também Carlos não lhe dizia que Craft tivesse o gosto correto dum ateniense. Era um saxônio batido de um raio de sol meridional; mas havia muito talento na sua excentricidade...

– Oh, a vista é que é deliciosa! – exclamou ela, chegando-se à janela.

Junto do peitoril crescia um pé de margaridas, e ao lado outro de baunilha que perfumava o ar. Adiante estendia-se um tapete de relva, mal-aparada, um pouco amarelada já pelo calor de julho; e entre duas grandes árvores que lhe faziam sombra, havia ali, para os vagares da sesta, um largo banco de cortiça. Um renque de arbustos cerrados parecia fechar a quinta, daquele lado, como uma sebe. Depois a colina descia, com outras quintarolas, casas que se não viam, e uma chaminé de fábrica; e lá no fundo o rio rebrilhava, vidrado de azul, mudo e cheio de sol, até as montanhas de além-Tejo, azuladas, também, na faiscação clara do céu de verão.

– Isto é encantador! – repetia ela.

– É um paraíso! Pois não lhe dizia eu? É necessário pôr um nome a esta casa... Como se há de chamar? *Villa-Marie?* Não. *Château-Rose*... Também não, credo! Parece o nome dum vinho. O melhor é batizá-la definitivamente com o nome que nós lhe dávamos. Nós chamávamos-lhe a *Toca*.

Maria Eduarda achou originalíssimo o nome de *Toca*. Devia-se até pintar em letras vermelhas sobre o portão.

– Justamente, e com uma divisa de bicho – disse Carlos rindo. – Uma divisa de bicho egoísta na sua felicidade e no seu buraco: *Não me mexam!*

Mas ela parara, com um lindo riso de surpresa, diante da mesa posta, cheia de fruta, com as duas cadeiras já chegadas, e os cristais brilhando entre as flores.

– São as bodas de Canaã!

Os olhos de Carlos resplandeceram.

– São as nossas!

Maria Eduarda fez-se muito vermelha; e baixou o rosto a escolher um morango, depois a escolher uma rosa.

– Quer uma gota de *champagne*? – exclamou Carlos. – Com um pouco de gelo? Nós temos gelo, temos tudo! Não nos falta nada, nem a bênção de Deus... Uma gotinha de *champagne*, vá!

Ela aceitou; beberam pelo mesmo copo; outra vez os seus lábios se encontraram, apaixonadamente.

Carlos acendeu uma *cigarette*, continuaram a percorrer a casa. A cozinha agradou-lhe muito, arranjada à inglesa toda em azulejos. No corredor Maria Eduarda demorou-se diante de uma panóplia de tourada, com uma cabeça negra de touro, espadas e garrochas, mantos de seda vermelha, conservando nas suas pregas uma graça ligeira, e ao lado o cartaz amarelo de *la corrida,* com o nome de Lagartijo. Isto encantou-a, como um quente lampejo de festa e de sol peninsular...

Mas depois o quarto que devia ser o seu, quando Carlos

lhe foi mostrar, desagradou-lhe com o seu luxo estridente e sensual. Era uma alcova, recebendo a claridade duma sala forrada de tapeçarias, onde desmaiavam, na trama de lã, os amores de Vênus e Marte; da porta de comunicação, arredondada em arco de capela, pendia uma pesada lâmpada da Renascença, de ferro forjado; e àquela hora, batida por uma larga faixa de sol, a alcova resplandecia como o interior de um tabernáculo profanado, convertido em retiro lascivo de serralho... Era toda forrada, paredes e teto, de um brocado amarelo, cor de botão de ouro; um tapete de veludo, do mesmo tom rico, fazia um pavimento de ouro vivo sobre que poderiam correr nus os pés ardentes duma deusa amorosa – e o leito de docel, alçado sobre um estrado coberto com uma colcha de cetim amarelo bordada a flores de ouro, envolto em solenes cortinas também amarelas de velho brocatel, enchia a alcova, esplêndido e severo, e como erguido para as voluptuosidades grandiosas de uma paixão trágica do tempo de Lucrécia ou de Romeu. E era ali que o bom Craft, com um lenço de seda da Índia amarrado na cabeça, ressonava as suas sete horas, pacata e solitariamente.

Mas Maria Eduarda não gostou destes amarelos excessivos. Depois impressionou-se, ao reparar num painel antigo, defumado, ressaltando em negro do fundo de todo aquele ouro – onde apenas se distinguia uma cabeça degolada, lívida, gelada no seu sangue, dentro dum prato de cobre. E para maior excentricidade, a um canto, de cima de uma coluna de carvalho, uma enorme coruja empalhada fixava no leito de amor, com um ar de meditação sinistra, os seus dois olhos redondos e agourentos... Maria Eduarda achava impossível ter ali sonhos suaves.

Carlos agarrou logo na coluna e no mocho, atirou-os para um canto do corredor; e propôs-lhe mudar aqueles brocados, forrar a alcova de um cetim cor-de-rosa e risonho.

– Não, venho-me a acostumar a todos esses ouros... Somente aquele quadro, com a cabeça e com o sangue... Jesus, que horror!

– Reparando bem – disse Carlos – creio que é o nosso velho amigo S. João Batista.

Para desfazer essa impressão desconsolada, levou-a ao salão nobre, onde Craft concentrara as suas preciosidades. Maria Eduarda, porém, ainda descontente, achou-lhe um ar atulhado e frio de museu.

– É para ver de pé, e de passagem... Não se pode ficar aqui sentado, a conversar.

– Mas esta é a matéria-prima! – exclamou Carlos. – Com isto, depois, faz-se uma sala adorável... Para que serve o nosso gênio decorativo?... Olhe o armário, veja que centro! Que beleza!

Enchendo quase a parede do fundo, o famoso armário, o "móvel divino" do Craft, obra de talha do tempo da Liga Hanseática, luxuoso e sombrio, tinha uma majestade arquitetural: na base quatro guerreiros, armados como Marte, flanqueavam as portas, mostrando cada uma em baixo-relevo o assalto de uma cidade ou as tendas de um acampamento; a peça superior era guardada aos quatro cantos pelos quatro evangelistas, João, Marcos, Lucas e Mateus, imagens rígidas, envolvidas nessas roupagens violentas que um vento de profecia parece agitar; depois, na cornija, erguia-se um troféu agrícola com molhos de espigas, foices, cachos de uvas e rabiças de arados; e, à sombra destas coisas de labor e fartura, dois faunos, recostados em simetria, indiferentes aos heróis e aos santos, tocavam, num desafio bucólico, a flauta de quatro tubos.

– Então, hem? – dizia Carlos. – Que móvel! É todo um poema da Renascença, faunos e apóstolos, guerras e geórgicas... Que se pode meter dentro deste armário? Eu, se tivesse cartas suas, era aqui que eu as depositava, como num altar-mor.

Ela não respondeu, sorrindo, caminhando devagar entre essas coisas do passado, duma beleza fria e exalando a indefinida tristeza de um luxo morto: finos móveis da Renascença italiana, exilados dos seus palácios de mármore, com embutidos de cornalina e ágata, que punham um brilho suave, de jóia, sobre a negrura dos ébanos ou o cetim das madeiras cor-de-rosa; cofres nupciais, longos como baús, onde se guardavam os presentes dos papas e dos príncipes, pintados a púrpura e ouro, com graças de miniatura; contadores espanhóis empertigados, revestidos de ferro brunido e de veludo vermelho, e com interiores misteriosos, em forma de capela, cheios de nichos, de claustros de tartaruga... Aqui e além, sobre a pintura verde-escura das paredes, resplandecia uma colcha de cetim, toda recamada de flores e de aves de ouro; ou sobre um bocado de tapete do Oriente, de tons severos com versículos do Alcorão, desdobrava-se a pastoral gentil dum minueto em Citera sobre a seda de um leque aberto...

Maria Eduarda terminou por se sentar, cansada, numa poltrona Luís XV, ampla e nobre, feita para a majestade das anquinhas, recoberta de tapeçarias de Beauvais, de onde parecia exalar-se ainda um vago aroma de empoado.

Carlos triunfava, vendo a admiração de Maria. Então, ainda considerava uma extravagância aquela compra, feita num rasgo de entusiasmo?

– Não, há aqui coisas adoráveis... Nem eu sei se me atreveria a viver uma vida pacata de aldeia no meio de todas estas raridades...

– Não diga isso – exclamava Carlos rindo –, que eu pego fogo a tudo!

Mas o que lhe agradou mais foram as belas faianças, toda uma arte imortal e frágil espalhada por sobre o mármore das consolas. Uma sobretudo atraiu-a, uma esplêndida taça persa, de um desenho raro, com um renque de negros ciprestes, cada um abrigando uma flor de cor viva; e aquilo fazia lembrar breves sorrisos, reaparecendo entre longas tristezas. Depois eram as aparatosas majólicas, de tons estridentes e desencontrados, cheias de grandes personagens: Carlos V passando o Elba, Alexandre coroando Roxane; os lindos Nevers, ingênuos e sérios; os Marselhas, onde se abre voluptuosamente, como uma nudez que se mostra, uma grossa rosa vermelha; os Derby, com as suas rendas de ouro sobre o azul-ferrete de céu tropical; os Wedgewood, cor de leite e cor-de-rosa, com transparências fugitivas de conchas na água...

– Só um instante mais – exclamou Carlos vendo-a outra vez sentar-se –, é necessário saudar o gênio tutelar da casa!

Era ao centro, sobre uma larga peanha, um ídolo japonês

de bronze, um deus bestial, nu, pelado, obeso, de papeira, faceto e banhado de riso, com o ventre ovante, distendido na indigestão de todo um universo – e as duas perninhas bambas, moles e flácidas como as peles mortas dum feto. E este monstro triunfava, encanchado sobre um animal fabuloso, de pés humanos, que dobrava para a terra o pescoço submisso, mostrando no focinho e no olho oblíquo todo o surdo ressentimento da sua humilhação...

– E pensarmos – dizia Carlos – que gerações inteiras vieram ajoelhar-se diante deste ratão, rezar-lhe, beijar-lhe o umbigo, oferecer-lhe riquezas, morrer por ele...

– O amor que se tem por um monstro – disse Maria – é mais meritório, não é verdade?

– Por isso não acha talvez meritório o amor que se tem por si...

Sentaram-se ao pé da janela, num divã baixo e largo, cheio de almofadas, cercado por um biombo de seda branca, que fazia entre aquele luxo do passado um fofo recanto de conforto moderno; e, como ela se queixava um pouco de calor, Carlos abriu a janela. Junto do peitoril crescia também um grande pé de margaridas; adiante, num velho vaso de pedra, pousado sobre a relva, vermelhejava a flor dum cacto, e dos ramos de uma nogueira caía uma fina frescura.

Maria Eduarda veio encostar-se à janela, Carlos seguiu-a; e ficaram ali juntos, calados, profundamente felizes, penetrados pela doçura daquela solidão. Um pássaro cantou de leve no ramo da árvore; depois calou-se. Ela quis saber o nome de uma povoação que branquejava ao longe, ao sol, na colina azulada. Carlos não se lembrava. Depois brincando, colheu uma margarida, para a interrogar: *Elle m'aime, un peu, beaucoup...* Ela arrancou-lha das mãos.

– Para que precisa perguntar às flores?

– Porque ainda me não disse claramente, absolutamente, como eu quero que me diga...

Abraçou-a pela cinta, sorriam um ao outro. Então Carlos, com os olhos mergulhados nos dela, disse-lhe baixinho e implorando:

— Ainda não vimos a saleta de banho...

Maria Eduarda deixou-se levar assim enlaçada pelo salão, depois através da sala de tapeçarias, onde Marte e Vênus se amavam entre os bosques. Os banhos eram ao lado, com um pavimento de azulejo, avivado por um velho tapete vermelho da Caramânia. Ele, tendo-a sempre abraçada, pousou-lhe no pescoço um beijo longo e lento. Ela abandonou-se mais, os seus olhos cerraram-se, pesados e vencidos. Penetraram na alcova quente e cor de ouro; Carlos, ao passar, desprendeu as cortinas do arco de capela, feitas de uma seda leve que coava para dentro uma claridade loura; e um instante ficaram imóveis, sós enfim, desatado o abraço, sem se tocarem, como suspensos e sufocados pela abundância da sua felicidade.

— Aquela horrível cabeça! — murmurou ela.

Carlos arrancou a coberta do leito, escondeu a tela sinistra. E então todo o rumor se extinguiu, a solitária casa ficou adormecida entre as árvores, numa demorada sesta, sob a calma de julho...

Os anos de Afonso da Maia foram justamente no dia seguinte, domingo. Quase todos os amigos da casa tinham jantado no Ramalhete; e tomara-se o café no escritório de Afonso, onde as janelas se conservavam abertas. A noite estava tépida, estrelada e sereníssima. Craft, Sequeira e o Taveira passeavam fumando no terraço. Ao canto dum sofá, Cruges escutava religiosamente Steinbroken, que lhe contava, com gravidade, os progressos da música na Finlândia. E em redor de Afonso, estendido na sua velha poltrona, de cachimbo na mão, falava-se do campo.

Ao jantar, Afonso anunciara a intenção de ir visitar, para o meado do mês, as velhas árvores de Santa Olávia; e combinara-se logo uma grande romaria de amizade às margens do Douro. Craft e Sequeira acompanhavam Afonso. O marquês prometera uma visita para agosto "na companhia melodiosa", dizia ele, do amigo Steinbroken. D. Diogo hesitava, com receio da longa jornada, da umidade da aldeia. E agora tratava-se de persuadir Ega a ir também, com Carlos — quando Carlos acabasse enfim de reunir esses materiais do seu livro, que o retinham em Lisboa "à banca do labor". Mas o Ega resistia. O campo, dizia ele, era bom para os selvagens. O homem, à maneira que se civiliza, afasta-se da natureza; e a realização do progresso, o paraíso na Terra, que pressagiam os idealistas, concebia-o ele como uma vasta cidade ocupando totalmente o globo, toda de casas, toda de pedra, e tendo apenas aqui e além um bosquezinho sagrado de roseiras, onde se fossem colher os ramalhetes para perfumar o altar da Justiça...

– E o milho? A bela fruta? A hortaliçazinha? – perguntava Vilaça, rindo com malícia.

Imaginava então o Vilaça, replicava o outro, que daqui a séculos ainda se comeriam hortaliças? O hábito dos vegetais era um resto de rude animalidade do homem. Com os tempos o ser civilizado e completo vinha a alimentar-se unicamente de produtos artificiais, em frasquinhos e em pílulas, feito nos laboratórios do Estado...

– O campo – disse então D. Diogo, passando gravemente os dedos pelos bigodes – tem certa vantagem para a sociedade, para se fazer um bonito piquenique, para uma burricada, para uma partida de *croquet*... Sem campo não há sociedade.

– Sim – rosnou o Ega –, como uma sala em que também há árvores, ainda se admite...

Enterrado numa poltrona, fumando languidamente, Carlos sorria em silêncio. Todo o jantar estivera assim calado, sorrindo esparsamente a tudo, com um ar luminoso e de deliciosa lassidão. E então o marquês, que já duas vezes, dirigindo-se a ele, encontrara a mesma abstração radiosa, impacientou-se:

– Homem, fale, diga alguma coisa!... Você está hoje com um ar extraordinário, um arzinho de beato que se regalou de papar o Santíssimo!

Todos em redor, com simpatia, se afirmaram em Carlos; Vilaça achava-lhe agora melhor cara, cor de alegria; D. Diogo, com um ar entendido, sentindo mulher, invejou-lhe os anos, invejou-lhe o vigor. E Afonso, reenchendo o cachimbo, olhava o neto, enternecido.

Carlos ergueu-se imediatamente, fugindo àquele exame afetuoso.

– Com efeito – disse ele, espreguiçando-se de leve –, tenho estado hoje lânguido e mono... É o começo do verão... Mas é necessário sacudir-me... Quer você fazer uma partida de bilhar, ó marquês?

– Vá lá, homem. Se isso o ressuscita...

Foram, Ega seguiu-os. E apenas no corredor, o marquês parando, e como recordando-se, perguntou sem rebuço ao Ega notícias dos Cohens. Tinham-se encontrado? Estava tudo acabado? Para o marquês, uma flor de lealdade, não havia segredos; Ega contou-lhe que o romance findara, e agora o Cohen, quando o cruzava, baixava prudentemente os olhos...

– Eu perguntei isto – disse o marquês – porque já vi a Cohen duas vezes...

– Onde? – foi a exclamação sôfrega do Ega.

– No Price, e sempre com o Dâmaso. A última vez foi já esta semana. E lá estava o Dâmaso, muito chegadinho, palrando muito... Depois veio sentar-se um bocado ao pé de mim, e sempre de olho nela... E ela de lá, com aquele ar de lambisgóia, de luneta nele... Não havia que duvidar, era um namoro... Aquele Cohen é um predestinado.

Ega fez-se lívido, torceu nervosamente o bigode, terminou por dizer:

– O Dâmaso é muito íntimo deles... Mas talvez se atire, não duvido... São dignos um do outro.

No bilhar, enquanto os dois carambolavam preguiçosamente, ele não cessou de passear, numa agitação, trincando o charuto apagado. De repente estacou em frente do marquês, com os olhos chamejantes:

– Quando é que você a viu ultimamente no Price, essa torpe filha de Israel?

– Terça-feira, creio eu.

O Ega recomeçou a passear, sombrio.

Neste instante Batista, aparecendo à porta do bilhar, chamou Carlos em silêncio, com um leve olhar. Carlos veio, surpreendido.

– É um cocheiro de praça – murmurou Batista. – Diz que está ali uma senhora dentro de uma carruagem que lhe quer falar.

– Que senhora?

Batista encolheu os ombros. Carlos, de taco na mão, olhava para ele aterrado. Uma senhora! Era decerto Maria... Que teria sucedido, santo Deus, para ela vir numa tipóia, às nove da noite, ao Ramalhete!

Mandou Batista, a correr, buscar-lhe um chapéu baixo; e assim mesmo, de casaca, sem paletó, desceu numa grande ansiedade. No peristilo topou com Eusebiozinho que chegava, e sacudia cuidadosamente com o lenço a poeira dos botins. Nem falou ao Eusebiozinho. Correu ao *coupé,* parado à porta particular dos seus quartos, mudo, fechado, misterioso, aterrador...

Abriu a portinhola. Do canto da velha traquitana, um vulto negro, abafado numa mantilha de renda, debruçou-se, perturbado, balbuciou:

– É só um instante! Quero-lhe falar!

Que alívio! Era a Gouvarinho! Então, na sua indignação, Carlos foi brutal.

– Que diabo de tolice é esta? Que quer?

Ia bater com a portinhola; ela empurrou-a para fora, desesperada; e não se conteve, desabafou logo ali, diante do cocheiro, que mexia tranqüilamente na fivela dum tirante.

– De quem é a culpa? Para que me trata deste modo?... É só um instante, entre, tenho de lhe falar!...

Carlos saltou para dentro, furioso:

– Dá uma volta pelo Aterro – gritou ao cocheiro. – Devagar!

O velho calhambeque desceu a calçada; e durante um momento, na escuridão, recuando um do outro no assento estreito, tiveram as mesmas palavras, bruscas e coléricas, através do barulho das vidraças.

– Que imprudência! que tolice!...

– E de quem é a culpa? De quem é a culpa?

Depois, na rampa de Santos, o *coupé* rolou mais silenciosamente no macadame. Carlos então, arrependido da sua dureza, voltou-se para ela, e com brandura, quase no tom carinhoso de outrora, repreendeu-a por aquela imprudência... Pois não era melhor ter-lhe escrito?

– Para quê? – exclamou ela. – Para não me responder? Para não fazer caso das minhas cartas, como se fossem as de um importuno a pedir-lhe uma esmola!...

Sufocava, arrancou a mantilha da cabeça. No vagaroso rolar do *coupé,* sem ruído, ao longo do rio, Carlos sentiu a respiração dela, tumultuosa e cheia de angústia. E não dizia nada, imóvel, num infinito mal-estar, entrevendo confusamente, através do vidro embaciado, na sombra triste do rio adormecido, as mastreações vagas de faluas. A parelha parecia ir adormecendo; e as queixas dela desenrolavam-se profundas, mordentes, repassadas de amargura.

– Peço-lhe que venha a Santa Isabel, não vem... Escrevo-lhe, não me responde... Quero ter uma explicação franca consigo, não aparece... Nada, nem um bilhete, nem uma palavra, nem um aceno... Um desprezo brutal, um desprezo grosseiro... Eu nem devia ter vindo... Mas não pude, não pude!... Quis saber o que lhe tinha feito. O que é isto? Que lhe fiz eu?

Carlos percebia os olhos dela, faiscantes sob a névoa de lágrimas retidas, suplicando e procurando os seus. E, sem coragem sequer de a fitar, murmurou, turturado:

– Realmente, minha amiga... As coisas falam bem por si, não são necessárias explicações.

– São. É necessário saber se isto é uma coisa passageira, um amuo, ou se é uma coisa definitiva, um rompimento!

Ele agitava-se no seu canto, sem achar uma maneira suave, afetuosa ainda, de lhe dizer que todo o seu desejo dela findara. Terminou por afirmar que não era um amuo. Os seus sentimentos tinham sido sempre elevados, não cairia agora na pieguice de ter um amuo.

– Então é um rompimento?...

– Não, também não... Um rompimento absoluto, para sempre, não...

– Então é um amuo? Por quê?

Carlos não respondeu. Ela, perdida, sacudiu-o pelo braço.

– Mas fale! Diga alguma coisa, santo Deus! Não seja covarde, tenha a coragem de dizer o que é!

Sim, ela tinha razão... Era uma covardia, era uma indignidade, continuar ali, *gauchemente*, dissimulado na sombra, a balbuciar coisas mesquinhas. Quis ser claro, quis ser forte.

– Pois bem, aí está. Eu entendi que as nossas relações deviam ser alteradas...

E outra vez hesitou, a verdade amoleceu-lhe nos lábios, sentindo aquela mulher ao seu lado a tremer de agonia.

– Alteradas, quero dizer... Podíamos transformar um capricho apaixonado, que não podia durar, numa amizade agradável e mais nobre...

E pouco a pouco as palavras voltavam-lhe fáceis, hábeis, persuasivas, através do rumor lento das rodas. Onde os podia levar aquela ligação? Ao resultado costumado. A que um dia se descobrisse tudo, e o seu belo romance acabasse no escândalo e na vergonha; ou a que, envolvendo-os por muito tempo o segredo, ele viesse a descair na banalidade duma união quase conjugal, sem interesse e sem requinte. De resto era certo que, continuando a encontrarem-se, aqui, em Sintra, noutros sítios, a sociedadezinha curiosa e mexeriqueira viria a perceber a sua afeição. E havia por acaso nada mais horroroso, para quem tem orgulho e delicadeza de alma, do que uns amores que todo o público conhece, até os cocheiros de praça? Não... O bom senso, o bom gosto mesmo, tudo indicava a necessidade duma separação. Ela mesma mais tarde lhe seria grata... Decerto, esta primeira interrupção dum hábito doce era desagradável, e ele estava bem longe de se sentir feliz. Fora por isso que não tivera a coragem de lhe escrever... Enfim, deviam ser fortes, e não se verem, pelo menos, durante alguns meses. Depois, pouco a pouco, o que era capricho frágil, cheio de inquietação, tornar-se-ia uma boa amizade, bem segura e bem duradoura.

Calou-se; e então, no silêncio, sentiu que ela, caída para o canto do *coupé*, como uma coisa miserável e meio morta, encolhida no seu véu, estava chorando baixo.

Foi um momento intolerável. Ela chorava sem violência,

mansamente, com um choro lento, que parecia não dever findar. E Carlos só achava esta palavra banal e desenxabida:

– Que tolice, que tolice!

Vinham rodando ao comprido das casas, por diante da fábrica do gás. Um americano passou alumiado, com senhoras vestidas de claro. Naquela noite, de verão e de estrelas, havia gente vagueando tranqüilamente entre as árvores. Ela continuava a chorar.

Aquele pranto triste, lento, correndo a seu lado, começou a comovê-lo; e ao mesmo tempo quase lhe queria mal por ela não reter essas lágrimas infindáveis, que laceravam o seu coração... E ele que estava tão tranqüilo, no Ramalhete, na sua poltrona, sorrindo a tudo, numa deliciosa lassidão!

Tomou-lhe a mão, querendo calmá-la, apiedado, e já impaciente.

– Realmente não tem razão. É absurdo... Tudo isto é para seu bem...

Ela teve enfim um movimento, enxugou os olhos, assoou-se doloridamente por entre os seus longos soluços... E de repente, num arranque de paixão, atirou-lhe os braços ao pescoço, prendendo-se a ele com desespero, esmagando-o contra o seu seio.

– Oh! meu amor, não me deixes, não me deixes! Se tu soubesses! És a única felicidade que eu tenho na vida... Eu morro, eu mato-me!... Que te fiz eu? Ninguém sabe do nosso amor... E que soubesse! Por ti sacrifico tudo, vida, honra, tudo! Tudo!...

Molhava-lhe a face com o resto das suas lágrimas; e ele abandonava-se, sentindo aquele corpo sem colete, quente e como nu, subir-lhe para os joelhos, colar-se ao seu, num furor de o repossuir, com beijos sôfregos, furiosos, que o sufocavam... Subitamente a tipóia parou. E um momento ficaram assim – Carlos imóvel, ela caída sobre ele e arquejando.

Mas a tipóia não continuava. Então Carlos desprendeu um braço, desceu o vidro; e viu que estavam defronte do Ramalhete. O homem, obedecendo à ordem, dera a volta pelo Aterro, devagar, subira a rampa, retrocedera à porta da casa.

Durante um instante Carlos teve a tentação de descer, acabar ali bruscamente aquele longo tormento. Mas pareceu-lhe uma brutalidade. E desesperado, detestando-a, berrou ao cocheiro:

– Outra vez ao Aterro, anda sempre!...

A tipóia deu na rua estreita uma volta resignada, tornou a rolar; de novo as pedras da calçada fizeram tilintar os vidros; de novo, mais suavemente, desceram a rampa de Santos.

Ela recomeçara os seus beijos. Mas tinham perdido a chama que um instante os fizera quase irresistíveis. Agora Carlos sentia só uma fadiga, um desejo infinito de voltar ao seu quarto, ao repouso de que ela o arrancara para o torturar com estas recriminações, estes ardores entre lágrimas... E de repente, enquanto a condessa balbuciava, como tonta, pendurada do seu pescoço, ele viu surgir na alma, viva e resplandecente, a imagem de Maria Eduarda, tranqüila àquela hora na sua sala de *reps* vermelho, fazendo serão, confiando nele, pensando nele, relembrando as felicidades da véspera, quando a *Toca,* cheia de seus amores, dormia, branca entre as árvores... Teve então horror à Gouvarinho; brutalmente, sem piedade, repeliu-a para o canto do *coupé*.

– Basta! Tudo isto é absurdo... As nossas relações estão acabadas, não temos mais nada que nos dizer!

Ela ficou um instante como atordoada. Depois estremeceu, teve um riso nervoso, repeliu-o também, freneticamente, pisando-lhe o braço.

– Pois bem! Vai, deixa-me! Vai para a outra, para a brasileira! Eu conheço-a, é uma aventureira que tem o marido arruinado, e precisa quem lhe pague as modistas!...

Ele voltou-se, com os punhos fechados, como para a espancar; e na tipóia escura, onde já havia um vago cheiro de verbena, os olhos de ambos, sem se verem, dardejavam o ódio que os enchia... Carlos bateu raivosamente no vidro. A tipóia não parou. E a Gouvarinho, do outro lado, furiosa, magoando os dedos, procurava descer a vidraça.

– É melhor que saia! – dizia ela sufocada. – Tenho horror de me achar aqui, ao seu lado! Tenho horror! Cocheiro! Cocheiro!

O calhambeque parou. Carlos pulou para fora, fechou de estalo a portinhola; e sem uma palavra, sem erguer o chapéu, virou costas, abalou a grandes passadas para o Ramalhete, trêmulo ainda, cheio de idéias de rancor, sob a paz da noite estrelada.

IV

Foi num sábado que Afonso da Maia partiu para Santa Olávia. Cedo, nesse mesmo dia, Maria Eduarda, que o escolhera por ser de boa estréia, instalara-se nos Olivais. E Carlos, voltando de Santa Apolônia, onde fora acompanhar o avô, com o Ega, dizia-lhe alegremente:

– Então aqui ficamos nós sós a torrar, na *cidade de mármore* e de lixo...

– Antes isso – respondeu o Ega – que andar de sapatos brancos, a cismar, por entre a poeirada de Sintra!

Mas no domingo, quando Carlos recolheu ao Ramalhete ao anoitecer, Batista anunciou que o sr. Ega tinha partido nesse momento para Sintra, levando apenas livros e umas escovas embrulhadas num jornal... O sr. Ega tinha deixado uma carta. E tinha dito: "Batista, vou pastar".

A carta, a lápis, numa larga folha de almaço, dizia:

"Assaltou-me de repente, amigo, juntamente com um horror à caliça de Lisboa, uma saudade infinita da natureza e do verde. A porção de animalidade que ainda resta no meu ser civilizado e recivilizado precisa urgentemente de espolinhar-se na relva, beber no fio dos regatos, e dormir balançada num ramo de castanheiro. O solícito Batista que me remeta amanhã, pelo ônibus, a mala com que eu não quis sobrecarregar a tipóia do Mulato. Eu demoro-me apenas três ou quatro dias. O tempo de cavaquear um bocado com o Absoluto, no alto dos Capuchos; e ver o que estão fazendo os miosótis junto à meiga fonte dos amores..."

– Pedante! – rosnou Carlos, indignado com o abandono ingrato em que o deixava o Ega.

E atirando a carta:

– Batista! O sr. Ega diz aí que lhe mandem uma caixa de charutos, dos *Imperiales*. Manda-lhe antes dos *Flor de Cuba*. Os *Imperiales* são um veneno. Esse animal nem fumar sabe!

Depois do jantar Carlos percorreu o *Figaro,* folheou um volume de Byron, bateu carambolas solitárias no bilhar, assobiou *malagueñas* no terraço – e terminou por sair, sem destino, para os lados do Aterro. O Ramalhete entristecia-o, assim mudo, apagado, todo aberto ao calor da noite. Mas insensivelmente, fumando, achou-se na Rua de S. Francisco. As janelas de Maria Eduarda estavam também abertas e negras. Subiu ao andar do Cruges. O menino Vitorino não estava em casa...

Amaldiçoando o Ega, entrou no Grêmio. Encontrou o Taveira, de paletó ao ombro, lendo os telegramas. Não havia nada novo por essa velha Europa; apenas mais uns niilistas enforcados; e ele Taveira ia ao Price...

– Vem tu também daí, Carlinhos! Tens lá uma mulher bonita que se mete na água com cobras e crocodilos... Eu pélo-me por estas mulheres de bichos!... Que esta é difícil, traz um *chulo*... Mas eu já lhe escrevi; e ela faz-me um bocado de olho de dentro da tina.

Arrastou Carlos; e pelo Chiado abaixo falou-lhe logo do Dâmaso. Não tornara a ver essa flor? Pois essa flor andava apregoando por toda a parte que o Maia, depois do caso do Chiado, lhe dera por um amigo explicações humildes, covardes... Terrível, aquele Dâmaso! Tinha figura, interior, e natureza de péla! Com quanto mais força se atirava ao chão, mais ele ressaltava para o ar, triunfante!...

– Em todo o caso é uma rês traiçoeira, e deves ter cautela com ele...

Carlos encolheu os ombros, rindo.

– Não, não – dizia o Taveira muito sério –, eu conheço o meu Dâmaso. Quando foi da nossa pega, em casa da Lola Gorda, ele portou-se como um poltrão, mas depois ia-me atrapalhando a vida... É capaz de tudo... Anteontem estava eu a cear no Silva, ele veio sentar-se um bocado ao pé de mim, e começou logo com umas coisas a teu respeito, umas ameaças...

– Ameaças! Que disse ele?

– Diz que te dás ares de espadachim e de valentão, mas hás de encontrar dentro em pouco quem te ensine... Que se está aí preparando um escândalo monumental... Que se não admirará de te ver brevemente com uma boa bala na cabeça.

– Uma bala?

– Assim o disse. Tu ris, mas eu é que sei... Eu, se fosse a ti, ia-me ao Dâmaso e dizia-lhe: "Damasozinho, flor, fique avisado que, de ora em diante, cada vez que me suceder uma coisa desagradável, venho aqui e parto-lhe uma costela; tome as suas medidas..."

Tinham chegado ao Price. Uma multidão de domingo, alegre e pasmada, apinhava-se até as últimas bancadas onde havia rapazes, em mangas de camisa, com litros de vinho; e eram grossas, fartas risadas, com os requebros do palhaço, rebocado de caio e vermelhão, que tocava nos pezinhos duma *voltigeuse* e lambia os dedos, de olhos em alvo, num gosto de mel... Descansando na sela larga de xairel dourado, a criatura, magrinha e séria, com flores nas tranças, dava a volta devagar, ao passo dum cavalo branco, que mordia o freio, levado à mão por um estribeiro; e pela arena o palhaço lambão e néscio acompanhava-a, com as mãos ambas apertadas ao coração, numa súplica babosa, rebolando languidamente os quadris dentro das vastas pantalonas, picadas de lantejoulas. Um dos escudeiros, de calça listrada de ouro, empurrava-o, num arremedo de ciúmes, e o palhaço caía, estatelado com um estouro de nádegas, entre os risos das crianças e os rantantans da charanga. O calor sufocava; e as fumaraças de charuto, subindo sem cessar, faziam uma névoa onde tremiam as chamas largas do gás. Carlos, incomodado, abalou.

– Espera ao menos para ver a mulher dos crocodilos! – gritou ainda o Taveira.

– Não posso, cheira mal, morro!

Mas à porta, de repente, foi detido pelos braços abertos do Alencar, que chegava – com outro sujeito, velho e alto, de barbas brancas, todo vestido de luto. O poeta ficou pasmado de ver ali o seu Carlos. Fazia-o no seu solar de Santa Olávia! Vira até nos papéis públicos...

– Não – disse Carlos –, o avô é que foi ontem... Eu não me sinto ainda em disposição de ir comunicar com a natureza...

Alencar riu, levemente afogueado, com um brilho de genebra no olho cavo. Ao lado, grave, o ancião de barbas calçava as suas luvas pretas.

– Pois eu é o contrário! – exclamava o poeta. – Estou precisado dum banho de panteísmo! A bela natureza! O prado! O bosque!... De modo que talvez me mimoseie com Sintra, para a semana. Estão lá os Cohens, alugaram uma casita muito bonita, logo adiante do Vítor...

Os Cohens! Carlos compreendeu então a fuga do Ega e a "sua saudade do verde".

– Ouve lá – dizia-lhe o poeta baixo, e puxando-o pela manga, para o lado. – Tu não conheces este meu amigo? Pois foi muito de teu pai, fizemos muita troça juntos... Não era nenhum personagem, era apenas um alquilador de cavalos... Mas tu sabes, cá em Portugal, sobretudo nesses tempos, havia muita bonomia, o fidalgo dava-se com o arrieiro... Mas, que diabo, tu deves conhecê-lo! É o tio do Dâmaso!

Carlos não se recordava.

– O Guimarães, o que está em Paris!

– Ah, o comunista!

– Sim, muito republicano, homem de idéias humanitárias, amigo do Gambetta, escreve no *Rappel*... Homem interessante!... Veio aí por causa dumas terras que herdou do irmão, dessoutro tio do Dâmaso que morreu há meses... E demora-se, creio eu... Pois jantamos hoje juntos, beberam-se uns líquidos, e até estivemos a falar do teu pai... Queres tu que eu to apresente?

Carlos hesitou. Seria melhor noutra ocasião mais íntima, quando pudessem fumar um charuto tranqüilo, e conversar do passado...

– Valeu! Hás de gostar dele. Conhece muito Vítor Hugo, detesta a padraria... Espírito largo, espírito muito largo!

O poeta sacudiu ardentemente as duas mãos de Carlos. O sr. Guimarães ergueu de leve o seu chapéu carregado de crepe.

Todo o caminho, até o Ramalhete, Carlos foi pensando em seu pai e nesse passado, assim rememorado e estranhamente ressurgido pela presença daquele patriarca, antigo alquilador, que fizera com ele tantas troças! E isto trazia conjuntamente outra idéia, que nesses últimos dias já o atravessara, pertinaz e torturante, dando-lhe, no meio da sua radiante felicidade, um sombrio arrepio de dor... Carlos pensava no avô.

Estava agora decidido que Maria Eduarda e ele partiriam para Itália, nos fins de outubro. Castro Gomes, na sua última carta do Brasil, seca e pretensiosa, falava "em aparecer por Lisboa, com as elegâncias do frio, lá para meado de novembro"; e era necessário antes disso que estivessem já longe, entre as verduras de Isola Bela, escondidos no seu amor e separados por ele do mundo como pelos muros dum claustro. Tudo isto era fácil, considerado quase legítimo pelo seu coração, e enchia a sua vida de esplendor... Somente havia nisto um espinho – o avô!

Sim, o avô! Ele partia com Maria, ele entrava na ventura absoluta, mas ia destruir de uma vez e para sempre a alegria de Afonso, e a nobre paz que lhe tornava tão bela a velhice. Homem de outras eras, austero e puro, como uma dessas fortes almas que nunca desfaleceram – o avô nesta franca, viril, rasgada solução dum amor indomável, só veria libertinagem! Para ele nada significava o esponsal natural das almas, acima e fora das ficções civis; e nunca compreenderia essa sutil ideologia sentimental, com que eles, como todos os transviados, procuravam azular o seu erro. Para Afonso haveria apenas um homem que leva a mulher de outro, leva a filha doutro, dispersa uma família, apaga um lar, e se atola para sempre na concubinagem; todas as sutilezas da paixão, por mais finas, por mais fortes, quebrar-se-iam, como bolas de sabão, contra as três ou quatro idéias fundamentais de Dever, de Justiça, de Sociedade, de Família, duras como blocos de mármore, sobre que assentara a sua vida quase durante um século... E seria para ele como o horror duma fatalidade! Já a mulher de seu filho fugira com um homem, deixando atrás de si um cadáver; seu neto agora fugia também, arrebatando a família doutro – e a história da sua casa tornava-se assim uma repetição de adultérios, de fugas, de dispersões, sob o bruto aguilhão da carne!... Depois as esperanças que Afonso fundara nele – considerá-las-ia tombadas, mortas no lodo! Ele passava a ser para sempre, na imaginação angustiada do avô, um foragido, um inutilizado, tendo partido todas as raízes que o prendiam ao seu solo, tendo abdicado toda a ação que o elevaria no seu país, vivendo por hotéis de refúgio, falando línguas estranhas, entre uma família equívoca crescida em torno dele, como as plantas de uma ruína... Sombrio tormento, implacável e sempre presente, que consumiria os derradeiros anos do pobre avô!... Mas que podia ele fazer? Já o dissera ao Ega. A vida é assim! Ele não tinha o heroísmo nem a santidade, que tornam fácil o sacrifício... E depois os dissabores do avô, de que provinham? De preconceitos. E a sua felicidade, justo Deus, tinha direitos mais largos, fundados na natureza!...

Chegara ao fim do Aterro. O rio silencioso fundia-se na escuridão. Por ali entraria em breve, do Brasil, o *outro* – que nas suas cartas se esquecia de mandar um beijo a sua filha! Ah, se ele não voltasse! Uma onda providencial podia levá-lo... Tudo se tornaria tão fácil, perfeito e límpido! De que servia na vida esse ressequido? Era como um saco vazio que caísse ao mar! Ah, se *ele* morresse!... E esquecia-se, enlevado numa visão em que a imagem de Maria o chamava, o esperava, livre, serena, sorrindo e coberta de luto...

No seu quarto, Batista, vendo-o atirar-se para uma poltrona com um suspiro de fadiga, de desconsolação, disse, depois de tossir risonhamente, e dando mais luz ao candeeiro:

– Isto agora, sem o sr. Ega, parece um bocadinho mais só...

– Está só, está triste – murmurou Carlos. – É necessário sacudirmo-nos... Eu já te disse que talvez fôssemos viajar este inverno...

O menino não lhe tinha dito nada.

– Pois talvez vamos à Itália... Apetece-te voltar à Itália?

Batista refletiu.

– Eu, da outra vez, não vi o Papa... E antes de morrer não se me dava de ver o Papa...

– Pois sim, há de se arranjar isso, hás de ver o Papa.

Batista, depois dum silêncio, perguntou, lançando um olhar ao espelho:

– Para ver o Papa vai-se de casaca, creio eu?

– Sim, recomendo-te a casaca... O que tu devias ter, para esses casos, era um hábito de Cristo... Hei de ver se te arranjo um hábito de Cristo.

Batista ficou um instante assombrado. Depois fez-se escarlate, de emoção:

– Muito agradecido a V. Ex.ª. Há por aí gente que o tem, ainda talvez com menos merecimentos que eu... Dizem que até há barbeiros...

– Tens razão – replicou Carlos muito sério. – Era uma vergonha. O que hei de ver se te arranjo, com efeito, é a comenda da Conceição.

Todas as manhãs, agora, Carlos percorria o poeirento caminho dos Olivais. Para poupar aos seus cavalos a soalheira, ia na tipóia do *Mulato*, o batedor favorito do Ega – que recolhia a parelha na velha cavalariça da *Toca*, e, até a hora em que Carlos voltava ao Ramalhete, vadiava pelas tabernas.

Ordinariamente ao meio-dia, ao acabar de almoçar, Maria Eduarda, ouvindo rodar o trem na estrada silenciosa, vinha esperar Carlos à porta da casa, no topo dos degraus ornados de vasos e resguardados por um fresco toldo de fazenda cor-de-rosa. Na quinta usava sempre vestidos claros; às vezes trazia, à antiga moda espanhola, uma flor entre os cabelos; o forte e fresco ar do campo avivava, com um brilho mais quente, o mate ebúrneo do seu rosto; e assim simples e radiante, entre sol e verdura, ela deslumbrava Carlos cada dia com um encanto inesperado e maior. Cerrando o portão de entrada, que rangia nos gonzos, Carlos sentia-se logo envolvido num "extraordinário conforto moral", como ele dizia, em que todo o seu ser se movia mais facilmente, fluidamente, numa permanente impressão de harmonia e doçura... Mas o seu primeiro beijo era para Rosa, que corria pela rua de acácias ao seu encontro, com uma onda de cabelo negro a bater-lhe os ombros, e *Niniche* ao lado, pulando e ladrando de alegria. Ele erguia Rosa ao colo. Maria, de longe, sorria-lhes, sob o toldo cor-de-rosa. Em redor tudo era luminoso, familiar e cheio de paz.

A casa dentro resplandecia com um arranjo mais delicado. Já se podia usar o salão nobre, que perdera o seu ar rígido de museu, exalando a tristeza dum luxo morto; as flores que Maria punha nos vasos, um jornal esquecido, as lãs de um bordado, o simples roçar dos seus frescos vestidos tinham comunicado já um sutil calor de vida e de conchego aos mais empertigados contadores do tempo de Carlos V, revestidos de ferro brunido; e era ali que eles ficavam conversando, enquanto não chegava a hora das lições de Rosa.

A essa hora aparecia *miss* Sarah, séria e recolhida – sempre de preto, com uma ferradura de prata em broche sobre o colarinho direito de homem. Recuperara as suas cores fortes de boneca e as pestanas baixas tinham uma timidez mais virginal, sob o liso dos bandós puritanos. Gordinha, com o peito de pomba farta estalando dentro do corpete severo, mostrava-se toda contente da vida calma e lenta de aldeia. Mas aquelas terras trigueiras de olivedo não lhe pareciam campo: "é muito seco, é muito duro", dizia ela, com uma indefinida saudade dos verdes molhados da sua Inglaterra, e dos céus de névoa, cinzentos e vagos.

Davam duas horas; e começavam logo, nos quartos de cima, as longas lições de Rosa. Carlos e Maria iam então refugiar-se, numa intimidade mais livre, no quiosque japonês, que uma fantasia de Craft, o seu amor do Japão, construíra ao pé da rua de acácias, aproveitando a sombra e o retiro bucólico de dois velhos castanheiros. Maria afeiçoara-se àquele recanto, chamava-lhe o seu *pensadouro*. Era todo de madeira, com uma só janelinha redonda, e um telhado agudo à japonesa, onde roçavam os ramos – tão leve, que através dele, nos momentos de silêncio, se sentiam piar as aves. Craft forrara-o todo de esteiras finas da Índia; uma mesa de charão, algumas faianças do Japão ornavam-no sobriamente; o teto não se via, oculto por uma colcha de seda amarela, suspensa pelos quatro cantos, em laços, como o rico dossel de uma tenda; e todo o ligeiro quiosque parecia ter sido armado só com o fim de abrigar um divã baixo e fofo, duma languidez de serralho, profundo para todos os sonhos, amplo para todas as preguiças...

Eles entravam, Carlos com algum livro que escolhera na presença de *miss* Sarah, Maria Eduarda com um bordado ou uma costura. Mas bordado e livro caíam logo no chão – e os seus lábios, os seus braços uniam-se arrebatadamente. Ela escorregava sob o divã; Carlos ajoelhava numa almofada, trêmulo, impaciente, depois da forçada reserva diante de Rosa e diante de Sarah – e ali ficava, abraçado à sua cintura, balbuciando mil coisas pueris e ardentes, por entre longos beijos que os deixavam frouxos, com os olhos cerrados, numa doçura de desmaio. Ela queria saber o que ele tinha feito durante a longa, longa noite de separação. E Carlos nada tinha a contar senão que pensara nela, que sonhara com ela... Depois era um silêncio; os pardais piavam, as pombas arrulhavam por cima do leve telhado; e *Niniche,* que os acompanhava sempre, seguia os seus murmúrios, os seus silêncios, enroscada a um canto, com um olho negro, reluzindo desconfiadamente por entre as repas prateadas.

Fora, por aqueles dias de calma, sem aragem, a quinta seca, dum verde empoeirado, dormia com as folhagens imóveis, sob o peso do sol. Da casa branca, através das persianas fechadas, vinha apenas o som amodorrado das escalas que Rosa fazia no piano. E no quiosque havia também um silêncio satisfeito e pleno – somente quebrado por algum doce suspiro de lassidão que saía do divã, dentre as almofadas de seda, ou algum beijo mais longo e dum remate mais profundo... Era *Niniche* que os tirava daquele suave entorpecimento, farta de estar ali quieta, encerrada entre as madeiras quentes, num ar mole já repassado desse aroma indefinido em que havia jasmim.

Lenta, e passando as mãos no rosto, Maria erguia-se – mas para cair logo aos pés de Carlos, no seu reconhecimento infinito... Meu Deus, o que lhe custava então esse momento de separação! Para que havia de ser assim? Parecia tão pouco natural, esposos como eram, que ela ficasse ali toda a noite, sozinha, com o seu desejo dele, e ele fosse, sem as suas carícias, dormir solitariamente ao Ramalhete!... E ainda se demorava muito tempo, numa mudez de êxtase, em que os olhos úmidos, trespassando-se, continuavam o beijo insaciado que morrera nos seus lábios cansados. Era *Niniche* que os fazia sair por fim, trotando impacientemente da porta para o divã, rosnando, ameaçando ladrar.

Muitas vezes, ao recolherem, Maria tinha uma inquietação. Que pensaria *miss* Sarah desta sesta assim enclausurada, sem um rumor, com a janela do pavilhão cerrada? Melanie, desde pequena ao serviço de Maria, era uma confidente; o bom Domingos, um imbecil, não contava, mas *miss* Sarah?... Maria confessava sorrindo que se sentia um pouco humilhada, ao encontrar depois à mesa os cândidos olhos da inglesa sob os seus bandós virginais... Está claro! se a boa *miss* tivesse a ousadia de resmungar ou franzir de leve a testa, recebia logo secamente a sua passagem no *Royal Mail* para Southampton! Rosa não a lamentaria, Rosa não lhe tinha afeição. Mas, enfim, era tão séria, admirava tanto a senhora! Ela não gostava de perder a admiração duma rapariga tão séria. E assim decidiram despedir *miss* Sarah, regiamente paga, e substituí-la, mais tarde, em Itália, por uma governanta alemã, para quem eles fossem como casados, "*Monsieur et Madame...*"

Mas pouco a pouco o desejo duma felicidade mais íntima, mais completa, foi crescendo neles. Não lhes bastava já essa curta manhã no divã com os pássaros cantando por cima, a quinta cheia de sol, tudo acordado em redor; apeteciam o longo contentamento duma longa noite, quando os seus braços se pudessem enlaçar sem encontrar o estofo dos vestidos, e tudo dormisse em torno, os campos, a gente e a luz... De resto era bem fácil! A sala de tapeçarias, comunicando com a alcova de Maria, abria sobre o jardim por uma porta envidraçada; a governanta, os criados subiam às dez horas para os seus quartos, no andar alto; a casa adormecia profundamente;

Carlos tinha uma chave do portão; e o único cão, *Niniche,* era o confidente fiel dos seus beijos.

Maria desejava essa noite tão ardentemente como ele. Uma tarde, ao escurecer, voltando dum fresco passeio nos campos, experimentaram ambos essa dupla chave – que Carlos já prometia mandar dourar; e ele ficou surpreendido ao ver que o velho portão, que ouvira sempre ranger abominavelmente, rolava agora nos gonzos com um silêncio oleoso.

Veio nessa mesma noite – tendo deixado na vila, para o levar ao amanhecer, a caleche do *Mulato,* um batedor discreto, que ele cevava de gorjetas. O céu, mole e abafado, não tinha uma estrela; e sobre o mar lampejava a espaços, mudamente, a lividez dum relâmpago. Caminhando com inúteis cautelas rente do muro, Carlos sentia, nesta proximidade duma posse tão desejada, uma melancolia, cortada de ansiedade, que vagamente o acovardava. Abriu quase a tremer o portão; e mal dera alguns passos estacou, ouvindo ao fundo *Niniche* ladrar furiosamente. Mas tudo emudeceu; e da janela do canto, sobre o jardim, surgiu uma claridade que o sossegou. Foi encontrar Maria, com um roupão de rendas, junto da porta envidraçada, sufocando quase entre os braços *Niniche,* que ainda rosnava. Estava toda medrosa, numa impaciência de o sentir ao seu lado; e não quis recolher logo; um momento ficaram ali, sentados nos degraus, com *Niniche* que aquietara e lambia Carlos. Tudo em redor era como uma infinita mancha de tinta; só lá embaixo, perdida e mortiça, surdia da treva alguma luzinha vacilante no alto dum mastro. Maria, conchegada a Carlos, refugiada nele, deu um longo suspiro; e os seus olhos mergulhavam inquietos naquela mudez negra, onde os arbustos familiares do jardim, toda a quinta, parecia perder a realidade, sumida, diluída na sombra.

– Por que não havemos de partir já para a Itália? – perguntou ela de repente, procurando a mão de Carlos. – Se tem de ser, por que não há de ser já?... Escusávamos de ter estes segredos, estes sustos!

– Sustos de quê, meu amor? Estamos aqui tão seguros como na Itália, como na China... De resto podemos partir mais depressa, se quiseres... Dize tu um dia, marca um dia!

Ela não respondeu, deixando cair docemente a cabeça sobre o ombro de Carlos. Ele acrescentou, devagar:

— Em todo o caso, compreendes bem, preciso primeiro ir a Santa Olávia, ver o avô...

Os olhos de Maria perdiam-se outra vez na escuridão – como recebendo dela o presságio dum futuro, onde tudo seria confuso e escuro também.

— Tu tens Santa Olávia, tens teu avô, tens os teus amigos... Eu não tenho ninguém!

Carlos estreitou-a a si, enternecido.

— Não tens ninguém! Isso dito a mim! Nem chega a ser injustiça nem chega a ser ingratidão! É nervoso; e é também o que os ingleses chamam a "impudente adulteração dum fato".

Ela ficara aninhada no peito de Carlos, como desfalecida.

— Não sei por quê, queria morrer...

Um largo brilho de relâmpago alumiou o rio. Maria teve medo, entraram na alcova. Os molhos de velas de duas serpentinas, batendo os damascos e os cetins amarelos, embebiam o ar tépido, onde errava um perfume, numa refulgência ardente de sacrário; e as bretanhas, as rendas do leito já aberto, punham uma casta alvura de neve fresca nesse luxo amoroso e cor de chama. Fora, para os lados do mar, um trovão rolou lento e surdo. Mas Maria já o não ouviu, caída nos braços de Carlos. Nunca o desejara, nunca o adorara tanto! Os seus beijos ansiosos pareciam tender mais longe que a carne, trespassá-lo, querer sorver-lhe a vontade e a alma; e toda a noite, entre esses brocados radiantes, com os cabelos soltos, divina na sua nudez, ela lhe apareceu realmente como a deusa que ele sempre imaginara, que o arrebatava enfim, apertado ao seu seio imortal, e com ele pairava numa celebração de amor, muito alto, sobre nuvens de ouro...

Quando saiu, ao amanhecer, chovia. Foi encontrar o *Mulato* a dormir numa taberna, bêbado. Teve de o meter dentro do carro; e foi ele que governou até o Ramalhete, embrulhado numa manta do taberneiro, encharcado, cantarolando, esplendidamente feliz.

Passados dias, passeando com Maria nos arredores da *Toca,* Carlos reparou numa casita, à beira da estrada, com escritos; e veio-lhe logo a idéia de a alugar, para evitar aquela desagradável partida de madrugada com o *Mulato* estremunhado, borracho, despedaçando o trem pelas calçadas. Visitaram-na: havia um quarto largo que, com tapete e cortinas, podia dar um refúgio confortável. Tomou-a logo – e Batista veio ao outro dia, com móveis numa carroça, arranjar este novo ninho. Maria disse, quase triste:

– Mais outra casa!

– Esta – exclamou Carlos rindo – é a última! Não, é a penúltima... Temos ainda a outra, a nossa, a verdadeira, lá longe, não sei onde...

Começaram a encontrar-se todas as noites. Às nove e meia, pontualmente, Carlos deixava a *Toca,* com o seu charuto aceso; e Domingos, adiante, de lanterna, vinha fechar o portão, tirar a chave. Ele recolhia devagar à sua "choupana" onde o servia um criadito, filho do jardineiro do Ramalhete. Sobre um tapete solto, deitado no velho soalho, havia apenas, além do leito, uma mesa, um sofá de riscadinho, duas cadeiras de palha; e Carlos entretinha as horas que o separavam ainda de Maria, escrevendo para Santa Olávia e sobretudo ao Ega, que se eternizava em Sintra.

Recebera duas cartas dele, falando quase somente do Dâmaso. O Dâmaso aparecia em toda a parte com a Cohen; o Dâmaso tornara-se grotesco em Sintra, numa corrida de burros; o Dâmaso arvorara capacete e véu em Seteais; o Dâmaso era uma besta imunda; o Dâmaso, no pátio do Vitor, de perna traçada, dizia familiarmente "a Raquel"; era um dever de moralidade pública dar bengaladas no Dâmaso!... Carlos encolhia os ombros, achando estes ciúmes indignos do coração do Ega. E então por quem! Por aquela lambisgóia de Israel, melada e molenga, sovada a bengala! "Se com efeito, escrevera ele ao Ega, ela desceu de ti até o Dâmaso, tens só a fazer como se fosse um charuto que te caísse à lama; não o podes naturalmente levantar; deves deixar fumá-lo em paz o garoto que o apanhou; enfurecer-te com o garoto ou com o charuto, é de imbecil." Mas ordinariamente, quando respondia, falava só ao Ega dos Olivais, dos seus passeios com Maria, das conversas dela, do encanto dela, da superioridade dela... Ao avô não achava que dizer; nas dez linhas que lhe destinava, descrevia o calor, recomendava-lhe que não se fatigasse, mandava saudades para os hóspedes, e dava-lhe recados do Manuelzinho – que ele nunca via.

Quando não tinha que escrever, estirava-se no sofá, com um livro aberto, os olhos no ponteiro do relógio. À meia-noite saía encafuado num gabão de Aveiro, e de varapau. Os seus passos ressoavam solitários na mudez dos campos, com uma indefinida melancolia de segredo e de culpa...

Numa dessas noites, de grande calor, Carlos, cansado, adormeceu num sofá; e só despertou, em sobressalto, quando o relógio na parede dava tristemente duas horas. Que desespero! Aí ficava perdida a sua noite de amor! E Maria decerto à espera, angustiada, imaginando desastres!... Agarrou o cajado, abalou, correndo pela estrada. Depois, ao abrir sutilmente o portão da quinta, pensou que Maria teria adormecido; *Niniche* podia ladrar; os seus passos, entre as acácias, abafaram-se, mais cautelosos. E de repente sentiu ao lado, sob as ramagens, vindo do chão, de entre a erva, um resfolgar ardente de homem, a que se misturavam beijos. Parou, varado; e o seu ímpeto logo foi esmagar a cacete aqueles dois animais enroscados na relva, sujando brutalmente o poético retiro dos seus amores. Uma alvura de saia moveu-se no escuro; uma voz soluçava, desfalecida – *oh yes, oh yes*... Era a inglesa!

Oh, santo Deus, era a inglesa, era *miss* Sarah! Apagando os passos, atordoado, Carlos escoou-se pelo portão, cerrou-o mansamente, foi esperar adiante, num recanto do muro, sob as ramarias duma faia, sumido na sombra. E tremia de indignação. Era preciso contar imediatamente a Maria aquele grande *horror!* Não queria que ela consentisse um momento mais essa impura fêmea, junto de Rosa, roçando a candidez do seu anjo... Oh, era pavorosa uma tal hipocrisia, assim astuta e metódica, sem se desconcertar jamais! Havia dias apenas, vira a criatura desviar os olhos duma gravura da *Ilustração,* onde dois castos pastores se beijavam num arvoredo bucólico! E agora rugia, estirada na erva!

Na estrada escura, do lado do portão, brilhou um lume de cigarro. Um homem passou, forte e pesado, com uma manta aos ombros. Parecia um jornaleiro. A boa *miss* Sarah não escolhera! Bem lavada, toda correta, com os seus bandós puritanos, aceitava *um qualquer* rude e sujo, desde que era um macho! E assim os embaíra, meses, com aquelas suas duas existências, tão separadas, tão completas! De dia virginal, severa, corando sempre, com a Bíblia no cesto da costura; à noite a pequena adormecia, todos os seus deveres sérios acabavam, a santa transformava-se em cabra, xale aos ombros, e lá ia para a relva, com qualquer!... Que belo romance para o Ega!

Voltou; tornou a abrir devagarinho o portão; de novo subiu, amolecendo os passos, a sombria rua de acácias. Mas agora ia sentindo uma hesitação em contar a Maria *aquele horror*. A seu pesar pensava que também Maria o esperava, com o leito aberto, no silêncio da casa adormecida; e que também ele penetrava ali, às escondidas, como o homem da manta... Decerto era bem diferente! Toda a imensurável diferença que vai do divino ao bestial... E todavia receava despertar os melindrosos escrúpulos de Maria, mostrando-lhe, paralelo ao seu amor cheio de requintes e passado entre brocados cor de ouro, aquele outro rude amor, secreto e ilegítimo como o dela, e arrastado brutamente na relva... Era como mostrar-lhe um reflexo da sua própria culpa, um pouco esfumada, mais grosseira, mas parecida nos seus contornos, lamentavelmente parecida... Não, não diria nada. E a pequena?... Oh, nas suas relações com Rosa a criatura continuaria a ser, como sempre, a puritana laboriosa, grave e cheia de ordem.

A porta envidraçada sobre o jardim tinha ainda luz; ele atirou aos vidros uma pouca de terra solta, depois bateu de leve. Maria apareceu, mal embrulhada num roupão, juntando os cabelos que se tinham desenrolado, e meio adormecida.

– Por que vieste tão tarde?

Carlos beijou longamente os seus belos olhos pesados, quase cerrados.

– Adormeci estupidamente, a ler... Depois, quando entrei, pareceu-me ouvir passos na quinta, andei a rebuscar... Era imaginação, tudo deserto.

– Precisávamos ter um cão de fila – murmurou ela, espreguiçando-se.

Sentada à beira do leito, com os braços caídos e adormentados, sorria da sua preguiça.

– Estás tão fatigada, filha! Queres tu que me vá embora?...

Ela puxou-o para o seu seio perfumado e quente.

– *Je veux que tu m'aimes beaucoup, beaucoup et longtemps.*

Ao outro dia Carlos não fora a Lisboa, e apareceu cedo na *Toca*. Melanie, que andava espanejando o quiosque, disse-lhe que *madame,* um pouco cansada, tinha justamente tomado o seu chocolate na cama. Ele entrou no salão; defronte da janela aberta, sentada no banco de cortiça, *miss* Sarah costurava, à sombra das árvores.

– *Good morning* – disse-lhe Carlos, chegando-se ao peitoril, todo curioso de a observar.

– *Good morning, sir* – respondeu ela com seu ar modesto e tímido.

Carlos falou do calor. *Miss* Sarah já àquela hora o achava intolerável. Felizmente a vista do rio, lá embaixo, refrescava...

Sobretudo a noite passada, insistiu Carlos acendendo a *cigarette,* fora tão abafada! Ele mal pudera dormir. E ela?

Oh, ela dormira dum sono só. Carlos quis saber se tivera bonitos sonhos.

– *Oh, yes, sir.*

Oh yes! mas agora um *yes* pudico, sem gemidos, com os olhos baixos. E tão correta, tão pregada, fresca como se nunca tivesse servido!... Positivamente era extraordinária! E Carlos, torcendo o bigode, pensava que ela devia ter um seiozinho bem alvo e bem redondinho!

Assim ia passando o verão nos Olivais. No começo de setembro, Carlos soube por uma carta do avô que Craft devia chegar a Lisboa num sábado, ao Hotel Central; e correu lá cedo, logo nessa manhã, a ouvir as novidades de Santa Olávia. Achou Craft já de pé, diante do espelho, fazendo a barba. A um canto do sofá, Eusebiozinho, que viera na véspera à noite de Sintra e estava também no Hotel, limpava as unhas com um canivete, em silêncio, coberto de negro.

Craft vinha encantado com Santa Olávia. Nem compreendia como Afonso, beirão forte, tolerava a Rua de S. Francisco e o quitalejo abafado do Ramalhete. Tinha-se passado regiamente! O avô, cheio de saúde, duma hospitalidade que lembrava Abraão e a Bíblia. O Sequeira ótimo, comendo tanto que ficava inútil depois de jantar, a estourar e a gemer no fundo duma poltrona. Lá conhecera o velho Travassos, que falava sempre com os olhos cheios de lágrimas do "talento do seu caro colega Carlos". E o marquês, esplêndido com abraços de primo a todos os fidalgotes de Lamego, e apaixonado por uma barqueira... De resto soberbos jantares, alguns tiros aos coelhos, uma romaria, danças de raparigas no adro, guitarradas, esfolhadas, todo o doce idílio português...

— Mas a respeito de Santa Olávia temos a falar mais seriamente — disse por fim Craft, entrando na alcova, a ensaboar a cabeça.

— E tu — perguntou então Carlos, voltando-se para o Eusebiozinho. — Tens estado em Sintra, hem? Que se faz lá?... O Ega?

O outro ergueu-se guardando o canivete, ajeitando as lunetas.

— Lá está no Vitor, muito engraçado, comprou um burro... Lá está o Dâmaso também... Mas esse pouco se vê, não larga os Cohens... Enfim tem-se passado menos mal, com bastante calor...

— Tu estavas outra vez com a mesma prostituta, a Lola?

Eusebiozinho fez-se escarlate. Credo! estava no Vitor, muito sério! O Palma é que lá tinha aparecido com uma rapariga portuguesa... tinha agora um jornal, *A Corneta do Diabo*.

— *A Corneta?*...

— Sim, *do Diabo* — disse o Eusebiozinho. — É um jornal de pilhérias, de picuinhas... Ele já existia, chamava-se o *Apito*;

mas agora passou para o Palma; ele vai lhe aumentar o formato, e meter-lhe mais chalaça...

– Enfim – disse Carlos –, qualquer coisa sebácea e imunda como ele...

Craft reapareceu, enxugando a cabeça. E, enquanto se vestia, falou de uma viagem que, agora, o tentava, que estivera planejando em Santa Olávia. Como já não tinha a *Toca,* e a sua casa ao pé do Porto necessitava longas obras, ia passar o inverno ao Egito, subindo o Nilo, em comunicação espiritual com a antigüidade faraônica. Depois talvez se adiantasse até Bagdá, a ver o Eufrates, e os sítios de Babilônia...

– Por isso eu lhe vi ali, na mesa – exclamou Carlos –, um livro *Nínive e Babilônia*... Que diabo, você gosta disso? Eu tenho horror a raças e a civilizações defuntas... Não me interessa senão a vida.

– É que você é um sensual – disse Craft. – E a propósito de sensualidade e de Babilônia, quer vir você almoçar ao Bragança? Eu tenho de lá encontrar um inglês, o meu homem das minas... Mas havemos de ir pela Rua do Ouro, que quero trepar um instante à caverna do meu procurador... E a caminho, que é meio-dia!

Deixaram o Eusebiozinho, embaixo na sala, ajeitando as suas lúgubres lunetas negras diante dos telegramas. E, apenas saíra ao pátio, Craft travou do braço de Carlos, e disse-lhe que as coisas sérias a respeito de Santa Olávia – era o visível, profundo desgosto do avô por ele não ter lá aparecido.

– Seu avô não me disse nada, mas eu sei que ele está muitíssimo magoado com você. Não há desculpa, são umas horas de viagem... Você sabe como ele o adora... Que diabo! *Est modus in rebus.*

– Com efeito – murmurou Carlos. – Eu devia ter lá ido... Que quer você, amigo?... Enfim acabou-se, é necessário fazer um esforço!... Talvez parta para a semana com o Ega.

– Sim, homem, dê-lhe esse alegrão... Esteja lá umas semanas...

– *Est modas in rebus.* Hei de ver se lá estou uns dias.

A caverna do procurador era defronte do Montepio.

Carlos esperava, havia momentos, dando por diante das lojas uma volta lenta, quando de repente avistou Melanie, a sair o portão do Montepio, com uma matrona gorda, de chapéu roxo. Surpreendido, atravessou a rua. Ela estacou como apanhada, fazendo-se toda vermelha; e nem deixou vir a pergunta; balbuciou logo que *madame* lhe dera licença para vir a Lisboa, e ela andava acompanhando aquela amiga... Uma velha caleche, de parelha branca, estava encalhada ali, contra o passeio. Melanie saltou para dentro, à pressa. A traquitana rodou aos solavancos para o Terreiro do Paço.

Carlos via-a desaparecer, pasmado. E Craft, que voltara, olhando também, reconheceu no lamentável calhambeque a caleche do *Torto,* dos Olivais, onde ele às vezes costumava vir "janotar a Lisboa".

– Era alguém lá da *Toca?* – perguntou.

– Uma criada – disse Carlos, ainda espantado daquele estranho embaraço de Melanie.

E mal tinham dado alguns passos, Carlos, parando, baixando a voz no rumor da rua:

– Ouça lá! O Eusebiozinho disse-lhe alguma coisa a meu respeito, Craft?

O outro confessou que o Eusebiozinho, apenas lhe aparecera no quarto, rompera logo, mascando as palavras, a informá-lo da misteriosa vida de Carlos nos Olivais...

– Mas eu fi-lo calar – acrescentou Craft, declarando-lhe que era tão pouco curioso que nem mesmo quisera ler nunca a *História Romana...* – Em todo o caso, você deve ir a Santa Olávia.

Carlos, com efeito, logo nessa noite falou a Maria da visita que devia ao avô. Ela, muito séria, aconselhou-lha também, arrependida de o ter retido assim, egoisticamente e tanto tempo, longe dos outros que o amavam.

– Mas ouve, querido, não é por muito tempo, não?

– Por dois ou três dias, quando muito. E, naturalmente, trago até o avô. Não está lá a fazer nada, e eu não estou para a maçada de voltar lá...

Maria então lançou-lhe os braços ao pescoço, e baixo,

timidamente, confessou-lhe um grande desejo que tinha... Era ver o Ramalhete! Queria visitar os quartos dele, o jardim, todos esses recantos, onde tantas vezes ele pensara nela, e se desesperara, sentindo-a distante e inacessível...

– Dize, queres? Mas é necessário que seja antes de vir teu avô. Queres?

– Acho um encanto! Há só um perigo. É eu não te deixar sair mais e ficar a devorar-te na minha caverna.

– Prouvera a Deus!

Combinaram então que ela fosse jantar ao Ramalhete, no dia da partida de Carlos para Santa Olávia. À noitinha levava-o no *coupé* a Santa Apolônia; depois seguia para os Olivais.

Foi no sábado. Carlos veio muito cedo para o Ramalhete; e o seu coração batia com a deliciosa perturbação dum primeiro encontro, quando sentiu parar a carruagem de Maria e os seus vestidos escuros roçarem o veludo cor de cereja que forrava a escada discreta dos seus quartos. O beijo que trocaram, na antecâmara, teve a profunda doçura dum primeiro beijo.

Ela foi logo ao toucador tirar o chapéu, dar um jeito ao cabelo. Ele não cessava de a beijar; abraçava-a pela cinta; e com os rostos juntos sorriam para o espelho, enlevados no brilho da sua mocidade. Depois, impaciente, curiosa, ela percorreu os quartos, miudamente, até a alcova do banho; leu os títulos dos livros, respirou o perfume dos frascos, abriu os cortinados de seda do leito... Sobre uma cômoda Luís XV havia uma salva de prata, transbordando de retratos que Carlos se esquecera de esconder, a coronela de hussardos de amazona, *madame* Rughel decotada, outras ainda. Ela mergulhou as mãos, com um sorriso triste, na profusão daquelas recordações... Carlos, rindo, pediu-lhe que não olhasse "esses enganos do seu coração".

– Por que não? – dizia Maria séria. Sabia bem que ele não descera das nuvens, puro como um serafim. Havia sempre fotografias no passado dum homem. De resto tinha a certeza que nunca amara as outras como a sabia amar a ela.

– Até é uma profanação falar em amor quando se trata dessas coisas de acaso – murmurou Carlos. – São quartos de estalagem onde se dorme uma vez...

No entanto Maria considerava longamente a fotografia da coronela de hussardos. Parecia-lhe bem linda! Quem era? Uma francesa?

– Não, de Viena. Mulher dum correspondente meu, homem de negócios... Gente tranquila, que vivia no campo...

– Ah, vienense... Dizem que têm um grande encanto as mulheres de Viena!

Carlos tirou-lhe a fotografia da mão. Para que haviam de falar doutras mulheres? Existia em todo o vasto mundo uma mulher única e ele tinha-a ali abraçada sobre o seu coração.

Foram então percorrer todo o Ramalhete, até o terraço. Ela gostou sobretudo do escritório de Afonso, com os seus damascos de câmara de prelado, a sua feição severa de paz estudiosa.

– Não sei por quê – murmurou dando um olhar lento às estantes pesadas e ao Cristo na cruz –, não sei por quê, mas teu avô faz-me medo!

Carlos riu. Que tonteria! O avô, se a conhecesse, fazia-lhe logo a corte rasgadamente... O avô era um santo! E um lindo velho!

– Teve paixões?

– Não sei, talvez... Mas creio que o avô foi sempre um puritano.

Desceram ao jardim, que lhe agradou também, quieto e burguês, com a sua cascatazinha chorando num ritmo doce. Sentaram-se um instante sobre o velho cedro, junto a uma mesa rústica de pedra, onde estavam entalhadas letras mal distintas e uma data antiga; o chalrar das aves nos ramos pareceu a Maria mais doce que o de todas as outras aves que ouvira; depois arranjou um ramo para levar como relíquia.

Mesmo em cabelo foram ver defronte as cachoeiras; o guarda-portão ficou de boné na mão, embasbacado para aquela senhora tão linda, tão loira, a primeira que via entrar no Ramalhete! Maria acariciou os cavalos, e fez uma festa grata e mais longa à *Tunante,* que tantas vezes levara Carlos à Rua de S. Francisco. Ele via nestas simples coisas as graças incomparáveis duma esposa perfeita...

Recolheram pela escada particular de Carlos – que Maria achava "misteriosa" com aqueles veludos grossos cor de cereja, forrando-a como um cofre, e abafando todo o rumor de saias. Carlos jurou que nunca ali passara outro vestido – a não ser o do Ega, uma vez, mascarado de varina.

Depois deixou-a no quarto um momento, para ir dar ordens ao Batista; mas quando voltou encontrou-a a um canto do sofá, tão descaída, tão desanimada, que lhe arrebatou as mãos, cheio de inquietação.

– Que tens, amor? Estás doente?

Ela ergueu lentamente os olhos que brilhavam numa névoa de lágrimas.

– Pensar que tu vais deixar por mim esta linda casa, o teu conforto, a tua paz, os teus amigos... É uma tristeza, tenho remorsos!

Carlos ajoelhara ao seu lado, sorrindo dos seus escrúpulos, chamando-lhe tonta, secando-lhe num beijo as lágrimas que rolavam... Considerava-se ela então valendo menos que a cascata do jardim e alguns tapetes usados?...

– O que eu tenho pena é de me sacrificar tão pouco, minha querida Maria, quando tu te sacrificas tanto!

Ela encolheu os ombros, amargamente.

– Eu!

Passou-lhe as mãos entre os cabelos, puxou-o brandamente para o seu seio – e dizia, baixo, como falando ao seu próprio coração, calmando-lhe as incertezas e as dúvidas:

– Não, com efeito, nada vale no mundo senão o nosso amor! Nada mais vale! Se ele é verdadeiro, se é profundo, tudo o mais é vão, nada mais importa...

A sua voz morreu entre os beijos de Carlos, que a levava abraçada para o leito – onde tantas vezes desesperava dela como duma deusa intangível.

Às cinco horas pensaram em jantar. A mesa fora posta numa saleta que Carlos quisera, em tempo, revestir de colchas de cetim cor de pérola e botão-de-ouro. Mas não estava ainda arranjada; as paredes conservavam o seu papel verde-escuro; e Carlos pusera ali ultimamente o retrato de seu pai – uma tela banal, representando um moço pálido, de grandes olhos, com luvas de camurça amarela e um chicote na mão.

Era Batista que os servia, já com um fato claro de viagem. A mesa, redonda e pequena, parecia uma cesta de flores; o *champagne* gelava dentro dos baldes de prata; no aparador a travessa de arroz-doce tinha as iniciais de Maria.

Aqueles lindos cuidados fizeram-na sorrir, enternecida. Depois reparou no retrato de Pedro da Maia; e interessou-se, ficou a contemplar aquela face descorada, que o tempo fizera lívida, e onde pareciam mais tristes os grandes olhos de árabe, negros e lânguidos.

– Quem é? – perguntou.
– É meu pai.

Ela examinou-o mais de perto, erguendo uma vela. Não achava que Carlos se parecesse com ele. E voltando-se muito séria, enquanto Carlos desarrolhava com veneração uma garrafa de velho Chambertin:

– Sabes tu com quem te pareces às vezes?... É extraordinário, mas é verdade. Pareces-te com minha mãe!

Carlos riu, encantado duma parecença que os aproximava mais, e que o lisonjeava.

– Tens razão – disse ela – que a mamã era formosa... Pois é verdade, há um não sei quê na testa, no nariz... Mas sobretudo certos jeitos, uma maneira de sorrir... Outra maneira que tu tens de ficar assim um pouco vago, esquecido... Tenho pensado nisto muitas vezes...

Batista entrava com uma terrina de louça do Japão. E Carlos, alegremente, anunciou um jantar à portuguesa. Mr. Antoine, o *chef* francês, fora com o avô. Ficara a Micaela, outra cozinheira de casa, que ele achava magnífica e que conservava a tradição da antiga cozinha freirática do tempo do sr. D. João V.

– Assim, para começar, minha querida Maria, aí tens tu um caldo de galinha, como só se comia em Odivelas, na cela da madre Paula, em noites de noivado místico...

E o jantar foi encantador. Quando Batista se retirava, eles apertavam-se rapidamente a mão por cima das flores. Nunca Carlos a achara tão linda, tão perfeita; os seus olhos pareciam-lhe irradiar uma ternura maior; na singela rosa que lhe ornava o peito, via a superioridade do seu gosto. E o mesmo desejo invadia-os a ambos, de ficarem ali eternamente, naquele quarto de rapaz, com jantarinhos portugueses à moda de D. João V, servidos pelo Batista de jaquetão.

– Estou com uma vontade de perder o comboio! – disse Carlos, como implorando a sua aprovação.

– Não, deves ir... É necessário não sermos egoístas... Somente não te descuides, manda-me todos os dias um grande telegrama... Que os telégrafos foram unicamente inventados para quem se ama e está longe, como dizia a mamã.

Então Carlos gracejou de novo sobre a sua parecença com a mãe dela. E baixando-se a remexer a garrafa de *champagne* dentro do gelo:

– E curioso não mo teres dito antes... Também tu nunca me falaste de tua mãe...

Um pouco de sangue roseou a face de Maria Eduarda. Oh, nunca falara da mamã, porque nunca viera a propósito...

– De resto não havia coisas muito interessantes a contar – acrescentou. – A mamã era uma senhora da Ilha da Madeira, não tinha fortuna, casou...

– Casou em Paris?

– Não, casou na Madeira com um austríaco que fora lá acompanhar um irmão tísico... Era um homem muito distinto, viu a mamã, que era lindíssima, gostaram um do outro, *et voilá*...

Dissera isto sem erguer os olhos do prato, lentamente, cortando uma asa de frango.

– Mas então – exclamou Carlos – se teu pai era austríaco, meu amor, tu és também austríaca... És talvez uma dessas vienenses que tu dizes que têm um tão grande encanto...

Sim, talvez, segundo essas coisas dos códigos era austríaca. Mas nunca conhecera o pai, vivera sempre com a mamã, falara sempre português, considerava-se portuguesa. Nunca estivera na Áustria, nem sabia mesmo alemão...

– Não tiveste irmãos?

– Sim, tive, uma irmãzinha que morreu em pequena... Mas não me lembra. Tenho em Paris o retrato dela... Bem linda!

Nesse momento embaixo, na calçada, uma carruagem, a trote largo, estacou. Carlos, surpreendido, correu à janela com o guardanapo na mão.

– É o Ega! – exclamou. – É aquele velhaco que chega de Sintra!

Maria erguera-se, inquieta. E um momento, de pé, ambos se olharam, hesitando... Mas o Ega era como um irmão de Carlos. Ele esperava só que o Ega recolhesse de Sintra para o levar à *Toca*. Melhor seria que o encontro se desse ali, natural, franco e simples...

– Batista! – gritou Carlos, sem vacilar mais. – Dize ao sr. Ega que estou a jantar, que entre para aqui.

Maria sentara-se, vermelha, dando um jeito rápido aos ganchos do cabelo, arranjado à pressa, um pouco desmanchado.

A porta abriu-se, e o Ega parou, assombrado, intimidado, de chapéu branco, de guarda-sol branco, e com um embrulho de papel pardo na mão.

– Maria – disse Carlos –, aqui tens enfim o meu grande amigo Ega.

E ao Ega disse simplesmente:

– Maria Eduarda.

Ega ia largar atarantadamente o embrulho, para apertar a mão que Maria Eduarda lhe estendia, corada e sorrindo. Mas o papel pardo, mal atado, desfez-se; e uma provisão fresca de queijadas de Sintra rolou, esmagando-se, sobre as flores do tapete. Então todo o embaraço findou através duma risada alegre, enquanto o Ega, desolado, abria os braços sobre as ruínas do seu doce.

– Tu já jantaste? – perguntou Carlos.

Não, não tinha jantado. E via já ali uns ovos moles nacionais, que o encantavam, enfastiado como vinha da horrível cozinha do Vítor. Oh! Que cozinha! Pratos lúgubres, traduzidos do francês em calão como as comédias do Ginásio!

– Então avança! – exclamou Carlos. – Depressa, Batista!... Traze o caldo de galinhas! Oh! Ainda temos tempo!... Tu sabes que vou hoje para Santa Olávia?

Está claro que sabia, recebera a carta dele, e por isso viera... Mas não podia jantar ainda, assim coberto do pó da estrada, e com um jaquetão de bucólica...

– Dize que me guardem o caldo, Batista! Olha, dize que me guardem tudo, que eu trago uma fome de pastor da Arcádia!...

O Batista servira o café. E a carruagem da senhora, que os devia levar a Santa Apolónia, esperava já à porta com a maleta. Mas Ega agora queria conversar, afirmou que tinham tempo, tirou o relógio. Estava parado. E ele declarou logo que no campo se regulava pelo sol, como as flores e como as aves...

– Fica agora em Lisboa? – perguntou-lhe Maria Eduarda.

– Não, minha senhora, só o tempo de cumprir o meu dever de cidadão, subindo duas ou três vezes o Chiado... Depois volto para a relva. Sintra começa a ser interessante para mim, agora que não está ninguém... Sintra, de verão, com burgueses, parece-me um idílio com nódoas de sebo.

Mas Batista oferecia a Carlos a *chartreusse* – dizendo que S. Ex.ª não se devia demorar se não tencionava perder o comboio, de propósito. Maria ergueu-se logo para ir dentro pôr o chapéu. E os dois amigos, sós, ficaram um momento calados, enquanto Carlos acendia devagar o charuto.

– Tu quanto tempo te demoras? – perguntou por fim o Ega.

– Três ou quatro dias. E tu não voltes para Sintra antes que eu chegue, precisamos comunicar... Que diabo tens tu feito lá?

O outro encolheu os ombros.

– Tenho sorvido ar puro, colhido florinhas, murmurando de vez em quando "que lindo que isto é!" etc.

Depois, debruçado sobre a mesa, picando com um palito uma azeitona:

– De resto, nada... O Dâmaso lá está! Sempre com a Cohen, como te mandei dizer... Está claro que não, não há nada entre eles, aquilo é só para mim, para me irritar... É um canalha aquele Dâmaso! Eu só quero um pretexto. Esgano-o!

Deu um puxão forte aos punhos, com uma cor de cólera no rosto queimado:

– Eu, está claro, falo-lhe, aperto-lhe a mão, chamo-lhe "amigo Dâmaso", etc. Mas só quero um pretexto! É necessário aniquilar aquele animal. É um dever de moralidade, de asseio público, de gosto, varrer aquela bola de lama humana.

– Quem esteve por lá mais? – perguntou Carlos.

– Que te interesse?... A Gouvarinho. Mas vi-a uma só vez. Aparecia pouco, coitada, agora que andava de luto.

– De luto?

– Por ti.

Calou-se. Maria entrava, com o véu descido, acabando de apertar as luvas. Então Carlos, suspirando, resignado, estendeu os braços ao Batista para ele lhe vestir um casaco leve de jornada. Ega ajudava, pedindo um abraço filial para Afonso e recados para o gordo Sequeira.

Foi acompanhá-los a baixo, em cabelo; e fechou ele a portinhola, prometendo a Maria Eduarda uma visita à *Toca,* apenas Carlos voltasse desses penhascos do Douro...

– Não vás para Sintra antes de eu voltar! – gritou-lhe ainda Carlos. – E a Micaela que tome conta em ti!

– *All right, all right* – dizia o Ega. – Boa jornada! Criado de V. Ex.ª, minha senhora... Até a *Toca!*

O *coupé* partiu. Ega subiu ao seu quarto, onde outro criado lhe estava preparando o banho. Na saleta deserta, entre as flores e os restos do jantar, as velas continuavam a arder solitárias, fazendo ressaltar no painel escuro a palidez de Pedro da Maia e a melancolia dos seus olhos.

No sábado seguinte, perto das duas horas, Carlos e Ega, ainda à mesa do almoço, acabavam os seus charutos, falando de Santa Olávia. Carlos chegara de lá essa madrugada, só. O avô decidira ficar entre as suas velhas árvores até o fim do outono, que ia tão luminoso e tão macio...

Carlos fora-o encontrar muito alegre, muito forte, apesar de ter sido obrigado, por causa dum toque de reumatismo, a abandonar enfim o seu culto da água fria. E esta maciça, resplandecente saúde do velho fora um alívio para o coração de Carlos; parecia-lhe assim mais fácil, menos ingrata, a sua partida com Maria para Itália, em outubro. Além disso achara um *truc*, como ele dizia ao Ega, para realizar o supremo desejo da sua vida sem magoar o avô, sem lhe turbar a paz da velhice. Era um *truc* simples. Consistia em partir ele só para Madri, no começo duma certa "viagem de estudo", para que já preparara o avô em Santa Olávia. Maria ficava na *Toca,* durante um mês. Depois tomava o paquete para Bordéus; e era aí que Carlos se reunia com ela, a começarem essa existência de felicidade e romance que as flores da Itália deviam perfumar... Na primavera ele voltava a Lisboa, deixando Maria instalada no seu ninho; e então, pouco a pouco, ia revelando ao avô aquela ligação, a que o prendia a honra, e que o forçaria agora a viver regularmente longos meses numa outra terra que se tornara a pátria do seu coração. E que havia de dizer o avô? Aceitar esse romance, a que não veria os lados desagradáveis, esbatido assim pela distância e pela névoa da paixão. Seria para Afonso uma vaga e mal sabida coisa de amor que se passava em Itália... Poderia lamentá-la, apenas, por lhe levar pontualmente todos os anos o neto para longe; e cada ano se consolaria pensando na curta duração dos idílios humanos. De resto Carlos contava com essa larga benevolência que amolece as almas mais rígidas, quando apenas alguns passos as separam do túmulo... Enfim o seu *truc* parecia-lhe bom. Ega, em resumo, aprovou o *truc*.

Depois, mais alegremente, falaram da instalação desse amor. Carlos permanecia na sua idéia romântica – um *cottage* à beira dum lago. Mas Ega não aprovava o lago. Ter todos os dias diante dos olhos uma água sempre mansa e sempre azul parecia-lhe perigoso para a durabilidade da paixão. Na quietação contínua duma paisagem igual, dois amantes solitários, dizia ele, não sendo botânicos nem pescando à linha, vêem-se forçados a viver exclusivamente do desejo um do outro, e a tirar daí todas as suas idéias, sensações, ocupações, gracejos e silêncios... E, que diabo, o mais forte sentimento não pode dar para tanto! Dois amantes, cuja única profissão é amarem-se, deviam procurar uma cidade, uma vasta cidade, tumultuosa e criadora, onde o homem tenha durante o dia os clubes, o cavaco, os museus, as idéias, o sorriso doutras mulheres – e a mulher tenha as ruas, as compras, os teatros, a atenção doutros homens; de sorte que à noite, quando se reúnam, não tendo passado o infindável dia a observarem-se um no outro e a si próprios, trazendo cada um a vibração da vida forte que atravessaram – achem um encanto novo e verdadeiro no conchego da sua solidão, e um sabor sempre renovado na repetição dos seus beijos...

– Eu – continuava Ega, erguendo-se –, se levasse para longe uma mulher, não era para um lago, nem para a Suíça, nem para os montes da Sicília; era para Paris, para o *boulevard* dos italianos ali à esquina do Vaudeville, com janelas deitando para a grande vida, a um passo do *Figaro,* do Louvre, da filosofia e da *blague*... Aqui tens tu a minha doutrina!... E aí temos nós o amigo Batista com o correio.

Não era o correio. Era apenas um bilhete que o Batista trazia numa salva e vinha tão perturbado que anunciou "um sujeito, ali fora, na antecâmara, numa carruagem, à espera"... Carlos olhou o bilhete, empalideceu terrivelmente. E ficou a revirá-lo, lendo e como atordoado, entre os dedos que tremiam... Depois, em silêncio, atirou-o ao Ega por cima da mesa.

– Caramba! – murmurou Ega, assombrado.

Era Castro Gomes!

Bruscamente Carlos erguera-se, decidido.

– Manda entrar... Para o salão grande!

Batista apontou para o jaquetão de flanela com que Carlos tinha almoçado, e perguntou baixo se S. Ex.ª queria uma sobrecasaca.

– Traze.

Sós, Ega e Carlos olharam-se um instante, ansiosamente.

– Não é um desafio, está claro – balbuciou Ega.

Carlos não respondeu. Examinava outra vez o bilhete: o homem chamava-se Joaquim Álvares de Castro Gomes; por baixo tinha escrito a lápis "Hotel Bragança"... Batista voltara com a sobrecasaca; e Carlos, abotoando-a devagar, saiu sem outra mais palavra ao Ega, que ficara de pé junto da mesa, limpando estupidamente as mãos ao guardanapo.

No salão nobre, forrado de brocados cor de musgo de outono, Castro Gomes examinava curiosamente, com um joelho apoiado à borda do sofá, a esplêndida tela de Constable, o retrato da condessa de Runa, bela e forte no seu vestido de veludo escarlate de caçadora inglesa. Ao rumor dos passos de Carlos sobre o tapete, voltou-se, de chapéu branco na mão, sorrindo, pedindo perdão de estar assim a pasmar familiarmente para aquele soberbo Constable... Com um gesto rígido, Carlos, muito pálido, indicou-lhe o sofá. Saudando e risonho, Castro Gomes sentou-se vagarosamente. No peito da sobrecasaca muito justa trazia um botão de rosa; os seus sapatos de verniz resplandeciam sobre as polainas de linho; no rosto chupado, queimado, a barba negra terminava em bico; os cabelos rareavam-lhe na risca; e mesmo a sorrir tinha um ar de secura, de fadiga.

– Eu possuo também em Paris um Constable muito *chic* – disse ele, sem embaraço, num tom arrastado, cheio de *rr*, que o sotaque brasileiro adocicava. – Mas é apenas uma pequena paisagem, com duas figurinhas. É um pintor que não me diverte, a dizer a verdade... Todavia dá muito tom a uma galeria. É necessário tê-lo.

Carlos, defronte numa cadeira, com os punhos fortemente fechados sobre os joelhos, conservava a imobilidade dum mármore. E, perante aquele modo afável, uma idéia ia-o atravessando, lacerante, angustiosa, pondo-lhe já nos olhos largos que não tirava de sobre o outro uma irreprimível chama de cólera. Castro Gomes decerto *não sabia nada!* Chegara, desembarcara, correra aos Olivais, dormira nos Olivais! Era o marido, era novo, tivera-a já nos braços – a ela! E agora ali estava, tranqüilo, de flor ao peito, falando de Constable! O único desejo de Carlos, nesse instante, era que aquele homem o insultasse.

No entanto Castro Gomes, amavelmente, desculpava-se de se apresentar assim, sem o conhecer, sem ao menos ter pedido por um bilhete uma entrevista...

– O motivo porém que me traz é tão urgente, que cheguei esta manhã às dez horas do Rio de Janeiro, ou antes do Lazareto, e estou aqui!... E esta mesma noite, se puder, parto para Madri.

Fez-se um alívio infinito no coração de Carlos. Ainda não vira então Maria Eduarda, aqueles secos lábios não a tinham tocado! E saiu enfim da sua rigidez de mármore, teve um movimento atento, aproximando de leve a cadeira.

Castro Gomes, no entanto, tendo pousado o chapéu, tirava do bolso interior da sobrecasaca uma carteira com um largo monograma de ouro; e, vagaroso, procurava entre os papéis uma carta... Depois, com ela na mão, muito tranqüilamente:

– Eu recebi no Rio de Janeiro, antes de partir, este escrito anônimo... Mas não creia V. Ex.ª que foi ele que me levou a atravessar à pressa o Atlântico. Seria o maior dos ridículos... E desejo também afirmar-lhe que todo o conteúdo dele me deixou perfeitamente indiferente... Aqui o tem. Quer V. Ex.ª lê-lo, ou quer que eu leia?

Carlos murmurou com um esforço:
– Leia V. Ex.ª.

Castro Gomes desdobrou o papel, e revirou-o um instante entre os dedos.

– Como V. Ex.ª vê, é a carta anônima em todo o seu horror: papel de mercearia, pautadinho de azul; caligrafia reles; tinta reles; cheiro reles. Um documento odioso. E aqui está como ele se exprime:

"Um homem que teve a honra de apertar a mão de V. Ex.ª". Eu dispensava a honra"... *"que teve a honra de apertar a mão de V. Ex.ª e de apreciar o seu cavalheirismo, julga dever preveni-lo que sua mulher é, à vista de toda a Lisboa, a amante dum rapaz muito conhecido aqui, Carlos Eduardo da Maia, que vive numa casa às Janelas Verdes, chamada o Ramalhete. Este herói, que é muito rico, comprou expressamente uma quinta nos Olivais, onde instalou a mulher de V. Ex.ª E onde a vai ver todos os dias, ficando às vezes, com*

escândalo da vizinhança, até de madrugada. Assim o nome honrado de V. Ex.ª anda pelas lamas da capital."

– É tudo o que diz a carta; e eu só devo acrescentar, porque o sei, que tudo quanto ela diz é incontestavelmente exato... O sr. Carlos da Maia é, pois, publicamente, com conhecimento de toda a Lisboa, o amante dessa senhora.

Carlos ergueu-se, muito sereno. E abrindo de leve os braços, numa aceitação inteira de todas as responsabilidades:

– Não tenho então nada a dizer a V. Ex.ª senão que estou às suas ordens!...

Uma fugitiva onda de sangue avivou a palidez morena de Castro Gomes. Dobrou a carta, guardou-a com todo o vagar na carteira. Depois, sorrindo friamente:

– Perdão... O sr. Carlos da Maia sabe, tão bem como eu, que se isto tivesse de ter uma solução violenta, eu não viria aqui pessoalmente, a sua casa, ler-lhe este papel... A coisa é inteiramente outra.

Carlos recaíra na cadeira, assombrado. E agora a lentidão adocicada daquela voz ia-se-lhe tornando intolerável. Um confuso terror do que viria desses lábios, que sorriam com uma palidez impertinente, quase fazia estalar o seu pobre coração. E era um desejo brutal de lhe gritar que acabasse, que o matasse, ou que saísse daquela sala, onde a sua presença era uma inutilidade ou uma torpeza!...

O outro passou os dedos no bigode, e prosseguiu, devagar, arranjando as suas palavras com cuidado e com precisão:

– O meu caso é este, sr. Carlos da Maia. Há pessoas em Lisboa que me não conhecem decerto, mas que sabem a esta hora que existe algures, em Paris, no Brasil ou no Inferno, um certo Castro Gomes, que tem uma mulher bonita, e que a mulher desse Castro Gomes tem em Lisboa um amante. Isto é desagradável, sobretudo por ser falso. E V. Ex.ª compreende que eu não devo continuar a arrastar por mais tempo a fama de *marido infeliz,* visto que a não mereço, e que a não posso *legalmente* ter... É por isso que aqui venho, muito francamente, de *gentleman* para *gentleman,* dizer-lhe, como tenho tenção de dizer a outros, que aquela senhora não é minha mulher.

Durante um momento Castro Gomes esperou a voz de Carlos da Maia. Mas ele conservava uma face muda, impenetrável, onde apenas os olhos brilhavam angustiosamente na lividez que a cobrira. Por fim, com um esforço, baixou de leve a cabeça, como acolhendo placidamente aquela revelação que tornava outra qualquer palavra entre eles desnecessária e vã.

Mas Castro Gomes encolhera de leve os ombros, com uma lânguida resignação, como quem atribui tudo à malícia dos destinos.

– São as ridículas cenas da vida... O sr. Carlos da Maia está daí a ver as coisas. É a velha, a clássica história... Há três anos que eu vivo com essa senhora; quando tive o inverno passado de ir ao Brasil, trouxe-a a Lisboa para não vir sozinho. Fomos para o Hotel Central. V. Ex.ª compreende perfeitamente que eu não fui fazer confidências ao gerente do estabelecimento. Aquela senhora vinha comigo, dormia comigo, portanto, para todos os efeitos do hotel, era minha mulher. Como mulher de Castro Gomes ficou no Central; como mulher de Castro Gomes alugou depois uma casa na Rua de S. Francisco; como mulher de Castro Gomes tomou enfim um amante... Deu-se sempre como mulher de Castro Gomes, mesmo nas circunstâncias mais particularmente desagradáveis para Castro Gomes... E, meu Deus! Não podemos realmente condená-la muito... Achava-se por acaso revestida duma excelente posição social e dum nome puro, seria mais que humano que o seu amor da verdade a levasse, apenas conhecia alguém, a declarar que posição e nome eram de empréstimo e ela era apenas "Fulana de tal, amigada..." De resto, sejamos justos, ela não era moralmente obrigada a dar semelhantes explicações ao tendeiro que lhe vendia a manteiga, ou à matrona que lhe alugava a casa; nem mesmo, penso eu, a ninguém, a não ser a um pai que lhe quisesse apresentar sua filha, saída do convento... De mais a mais sou eu que tenho um pouco a culpa; muitas vezes, em coisas relativamente delicadas, lhe deixei usar o meu nome. Foi, por exemplo, com o nome de Castro Gomes que ela tomou a governanta inglesa. As inglesas são tão exigentes!... Aquela, sobretudo, uma rapariga tão séria... Enfim tudo isso passou... O que importa agora é que eu lhe retiro solenemente o nome que lhe emprestara; e ela fica apenas com o seu, que é *madame* MacGren.

Carlos ergueu-se, lívido. E com as mãos fincadas nas costas da cadeira, tão fortemente, que quase lhe esgaçava o estofo:

– Mais nada, creio eu?

Castro Gomes mordeu de leve os beiços perante este remate brutal que o despedia.

– Mais nada – disse ele tomando o chapéu e levantando-se muito vagarosamente. – Devo apenas acrescentar, para evitar a V. Ex.ª suspeitas injustas, que aquela senhora não é uma menina que eu tivesse seduzido, e a quem recuse uma reparação. A pequerruchinha que ali anda não é minha filha... Eu conheço a mãe somente há três anos... Vinha dos braços dum qualquer, passou para os meus... Posso pois dizer, sem injúria, que era uma mulher que eu pagava.

Completara com esta palavra a humilhação do outro. Estava deliciosamente desforrado. Carlos, mudo, abrira o reposteiro da sala, numa sacudidela brusca. E, diante desta nova rudeza que revelava só mortificação, Castro Gomes foi perfeito: saudou, sorriu, murmurou:

– Parto esta noite mesmo para Madri, e levo o pesar de ter feito o conhecimento de V. Ex.ª por um motivo tão desagradável... Tão desagradável para mim.

Os seus passos desafogados e leves perderam-se na antecâmara entre as tapeçarias. Depois, embaixo, uma portinhola bateu, uma carruagem rodou na calçada...

Carlos ficara caído numa cadeira, junto da porta, com a cabeça entre as mãos. E de todas aquelas palavras de Castro Gomes, que ainda lhe ressoavam em redor, adocicadas e lentas, só lhe restava o sentimento atordoado de uma coisa muito bela, resplandecendo muito alto, e que caía de repente, se fazia em pedaços na lama, salpicando-o todo de nódoas intoleráveis... Não sofria; era simplesmente um assombro de todo o seu ser, perante este fim imundo dum sonho divino... Unira a sua alma arrebatadamente a outra alma nobre e perfeita, longe nas alturas, entre nuvens de ouro; de repente uma voz passava, cheia de *rr;* as duas almas rolavam, batiam num charco; e ele achava-se tendo nos braços uma mulher que não conhecia, e que se chamava MacGren.

MacGren! Era a MacGren!

Ergueu-se, com os punhos fechados; e veio-lhe uma revolta furiosa, de todo o seu orgulho, contra essa ingenuidade que o trouxera meses tímido, trêmulo, ansioso, seguindo à maneira duma estrela aquela mulher, que qualquer em Paris, com mil francos no bolso, poderia ter sobre um sofá, fácil e nua! Era horrível! E recordava agora, afogueado de vergonha, a emoção religiosa com que entrava na sala de *reps* vermelho da Rua de S. Francisco; o encanto enternecido com que via aquelas mãos, que ele julgava as mais castas da Terra, puxarem os fios de lã no bordado, num constante trabalho de mãe laboriosa e recolhida; a veneração espiritual com que se afastava da orla do seu vestido, igual para ele à túnica duma Virgem cujas pregas rígidas nem a mais rude bestialidade ousaria desmanchar de leve! Oh! Imbecil, imbecil!... E todo esse tempo ela sorria consigo daquela simpleza de provinciano do Douro! Oh! Tinha vergonha agora das flores apaixonadas que lhe trouxera! Tinha vergonha das "excelências" que lhe dera!

E seria tão fácil, desde o primeiro dia no Aterro, ter percebido que aquela deusa, descida das nuvens, estava amigada com um brasileiro! Mas quê! A sua paixão absurda de romântico pusera-lhe logo, entre os olhos e as coisas flagrantes e reveladoras, uma dessas névoas douradas que dão às montanhas mais rugosas e negras um brilho polido de pedra preciosa! Por que escolhera ela precisamente para seu médico, na sua casa e na sua intimidade, o homem que na rua a fitara com um fulgor de desejo na face? Por que é que nas suas longas conversas, nas manhãs da Rua de S. Francisco, não falara jamais de Paris, dos seus amigos e das coisas da sua casa? Por que é que ao fim de dois meses, sem preparação, sem todas essas progressivas evidências do amor que cresce e desabrocha como uma flor, se lhe abandonara de chofre, toda pronta, apenas ele lhe disse o primeiro "amo-te"?... Por que lhe aceitara uma casa já mobiliada, com a facilidade com que lhe aceitava os ramos? E outras coisas ainda, pequeninas, mas que não teriam escapado ao mais simples: jóias brutais, dum luxo grosseiro de *cocotte,* o livro da *Explicação de Sonhos,* à cabeceira da cama; a sua familiaridade com Melanie... E agora até o ardor dos seus beijos lhe parecia vir menos da sinceridade e da paixão – que da ciência da voluptuosidade!... Mas tudo acabara, providencialmente! A mulher que ele amara e as suas seduções esvaíam-se de repente no ar como um sonho, radiante e impuro, de que aquele brasileiro o viera acordar por caridade! Esta mulher era apenas a MacGren... O seu amor fora, desde que a vira, como o próprio sangue das suas veias; e escoava-se agora todo através da ferida incurável e que nunca mais fecharia, feita no seu orgulho!

Ega apareceu à porta do salão, ainda pálido:
– Então?
Toda a cólera de Carlos fez explosão:
– Extraordinário, Ega, extraordinário! A coisa mais abjeta, a coisa mais imunda!
– O homem pediu-te dinheiro?
– Pior!

E, passeando arrebatadamente, Carlos desabafou, contou tudo, sem reticências, com as mesmas palavras cruas do outro – que, assim repetidas e avivadas pelos seus lábios, lhe descobriam motivos novos de humilhação e de nojo.

– Já por acaso sucedeu a alguém coisa mais horrível? – exclamou por fim, cruzando violentamente os braços diante do Ega, que se abatera no sofá, assombrado. – Podes tu conceber um caso mais sórdido? E também mais burlesco? É para estalar o coração. E é para rebentar a rir. Estupendo! Aí nesse sofá, aí onde tu estás, o homenzinho, muito amável, de flor ao peito, a dizer: "Olhe que aquela criatura não é minha mulher, é uma criatura que eu pago..." Compreendes isto bem! Aquele sujeito paga-a... Quanto é o beijo? Cem francos. Aí estão cem francos... É de morrer!

E recomeçou no seu passeio, desvairado, desabafando mais, recontando tudo, sempre com as palavras de Castro Gomes, que ele deformara ainda numa brutalidade maior...

— Que te parece, Ega? Dize lá. Que fazias tu? É horrível, hem?

Ega, que limpava pensativamente o vidro do monóculo, hesitou, terminou por dizer que, considerando as coisas com superioridade, como homens do seu tempo e "do seu mundo", elas não ofereciam nem motivos de cólera nem motivos de dor...

— Então não compreendes nada! – gritou Carlos. – Não percebes o meu caso!

Sim, sim, Ega compreendia claramente que era horrível para um homem, no momento em que ia ligar com adoração o seu destino ao duma mulher, saber que outros a tinham tido a tanto por noite... Mas isso mesmo simplificava e amenizava as coisas. O que fora um drama complicado tornava-se uma distração bonançosa. Ficava Carlos, desde logo, aliviado do remorso de ter desorganizado uma família; já não tinha de se exilar, a esconder o seu erro, num buraco florido da Itália; já o não prendia a honra para sempre a uma mulher a quem talvez não o prenderia para sempre o amor. Tudo isto, que diabo! eram vantagens.

— E a dignidade dela! – exclamou Carlos.

Sim, mas a diminuição de dignidade e pureza não era na verdade grande, porque antes da visita de Castro Gomes já ela era uma mulher que foge do seu marido – o que, sem mesmo usar termos austeros, nem é muito puro nem muito digno... Decerto, tudo isso era uma humilhação irritante – não superior todavia à dum homem que tem uma *Madona* que contempla com religião, supondo-a de Rafael, e que descobre um dia que a tela divina foi fabricada na Bahia, por um sujeito chamado Castro Gomes! Mas o resultado íntimo e social parecia-lhe ser este: Carlos até aí tivera uma bela amante com inconvenientes, e agora tinha sem inconvenientes uma bela amante...

— O que tu deves fazer, meu caro Carlos...

— O que eu vou fazer é escrever-lhe uma carta, remetendo-lhe o preço dos dois meses que dormi com ela...

— Brutalidade romântica!... Isso já vem na *Dama das Camélias*... Sobretudo é não ver com boa filosofia as *nuances*.

O outro atalhou, impaciente:

– Bem, Ega, não falemos mais nisso... Eu estou horrivelmente nervoso!... Até logo. Tu jantas em casa, não é verdade? Bem, até logo.

Saía atirando a porta, quando Ega, agora tranqüilo, disse, erguendo-se muito lentamente do sofá:

– O homenzinho foi para lá.

Carlos voltou-se com os olhos chamejantes:

– Foi para os Olivais? Foi ter com ela?

Sim, pelo menos mandara a tipóia à quinta do Craft. Ega, para conhecer esse sr. Castro Gomes, fora meter-se no cubículo do guarda-portão. E vira-o descer, acender um charuto... Era com efeito um desses *rastaquouères* que, nesse infeliz Paris que tudo tolera, vêm ao *Café de la Paix* às duas horas tomar a sua *groseille,* tesos e embrutecidos... E fora o guarda-portão que lhe dissera que o sujeito parecia muito alegre e mandara o cocheiro bater para os Olivais...

Carlos parecia aniquilado:

– Tudo isso é nojento!... No fim talvez até se entendam ambos. Estou como tu dizias aqui há tempos: "Caiu-me a alma a uma latrina, preciso um banho por dentro!"

Ega murmurou melancolicamente:

– Essa necessidade de banhos morais está-se tornando, com efeito, tão freqüente... Devia haver na cidade um estabelecimento para eles.

Carlos, no seu quarto, passeava diante da mesa onde a folha branca de papel, em que ia escrever a Maria Eduarda, já tinha a data desse dia, depois *Minha senhora,* numa letra que ele se esforçara por traçar bem firme e serena – e não achava outra palavra. Estava bem decidido a mandar-lhe um cheque de duzentas libras, paga esplendidamente ultrajante das semanas que passara no seu leito. Mas queria juntar duas linhas regeladas, impassíveis, que a ferissem mais que o dinheiro; e não encontrava senão frases de grande cólera, revelando um grande amor.

Olhava a folha branca; e a banal expressão *Minha senhora* dava-lhe uma saudade dilacerante por aquela a quem na véspera ainda dizia *"minha adorada",* pela mulher que se não chamava ainda MacGren, que era perfeita, e que uma paixão indomável, superior à razão, entontecera e vencera. E o seu amor por essa Maria Eduarda, nobre e amante, que se transformara na MacGren, amigada e falsa, era agora maior infinitamente, desesperado por ser irrealizável – como o que se tem por uma morta e que palpita mais ardente junto da frialdade da cova. Oh! se ela pudesse ressurgir outra vez, limpa, clara, do lodo em que afundara, outra vez Maria Eduarda, com o seu casto bordado!... De que amor mais delicado a cercaria, para a compensar das afeições domésticas que ela deixasse de merecer! Que veneração maior lhe consagraria para suprir o respeito que o mundo superficial e afetado lhe retirasse! E ela tinha tudo para reter amor e respeito – tinha a beleza, a graça, a inteligência, a alegria, a maternidade, a bondade, um incomparável gosto... E com todas estas qualidades doces e fortes – era apenas uma intrujona!

Mas por quê? Por quê? Por que entrara ela nesta longa fraude, tramada dia a dia, mentindo em tudo, desde o pudor que fingia até o nome que usava!

Apertava a cabeça entre as mãos, achava a vida intolerável. Se ela mentia – onde havia então a verdade? Se ela o traía assim, com aqueles olhos claros, o Universo podia bem ser todo uma imensa traição muda. Punha-se um molho de rosas num vaso, exalava-se dele a peste! Caminhava-se para uma relva fresca, ela escondia um lamaçal! E para quê, para que mentira ela? Se, desde o primeiro dia em que o vira, trêmulo e rendido, a contemplar o seu bordado como se contempla uma ação de santidade – lhe tivesse dito que não era esposa do sr. Castro Gomes, mas só amante do sr. Castro Gomes –, teria a sua paixão sido menos viva, menos profunda? Não era a estola do padre que dava beleza ao seu corpo e valor às suas carícias... Para que fora então essa mentira tenebrosa e descarada – que lhe fazia supor agora que eram imposturas os seus mesmos beijos, imposturas os seus mesmos suspiros!... E com este longo embuste o levava a expatriar-se, dando a sua vida inteira por um corpo por que outros davam apenas um punhado de libras! E por esta mulher, tarifada às horas como as caleches da Companhia, ele ia amargurar a velhice do avô, estragar irreparavelmente o seu destino, cortar a sua livre ação de homem!

Mas por quê? Por que fora esta farsa banal arrastada por todos os palcos de ópera-cômica, da *cocotte que se finge senhora?* Por que o fizera ela, com aquele falar honesto, o puro perfil e a doçura de mãe? Por interesse? Não. Castro Gomes era mais rico que ele, mais largamente lhe podia satisfazer o apetite mundano de *toilettes,* de carruagens... Sentia ela que Castro Gomes a ia abandonar, e queria ter ao lado, aberta e pronta, outra bolsa rica? Então mais simples teria sido dizer-lhe: "Eu sou livre, gosto de ti, toma-me livremente, como eu me dou". Não! Havia ali alguma coisa secreta, tortuosa, impenetrável... O que daria por a conhecer!

E então, pouco a pouco, foi surgindo nele o desejo de ir aos Olivais... Sim, não lhe bastaria desforrar-se arrogantemente, atirando-lhe ao regaço um cheque embrulhado numa insolência! O que precisava, para sua plena tranqüilidade, era arrancar, do fundo daquela turva alma, o segredo daquela torpe farsa... Só isso amansaria o seu incomparável tormento. Queria entrar outra vez na *Toca,* ver como era aquela outra mulher que se chamava MacGren, e ouvir as suas palavras. Oh! iria sem violências, sem recriminações, muito calmo, sorrindo! Só para que ela lhe dissesse qual fora a razão daquela mentira tão laboriosa, tão vã... Só para lhe perguntar serenamente: "Minha rica senhora, para que foi toda esta intrujisse?" E depois vê-la chorar... Sim, tinha esta ansiedade cheia de amor de a ver chorar. A agonia que ele sentira no salão cor de musgo do outono, enquanto o outro arrastava os *rr,* queria vê-la repetida nesse seio, onde ele até aí dormira tão docemente, esquecido de tudo, e que era belo, tão divinamente belo!...

Bruscamente, decidido, deu um puxão à campainha. Batista apareceu, todo abotoado na sua sobrecasaca, com um ar resoluto, como armado e pronto a ser útil naquela crise que adivinhava...

– Batista, corre ao Hotel Central e pergunta se já entrou o sr. Castro Gomes!... Não, escuta... Põe-te à porta do Central, e espera até que entre aquele sujeito que aqui esteve... Não, é melhor perguntar!... Enfim, certifica-te de que o sujeito ou voltou ou está no hotel. E apenas estejas bem certo disso, volta aqui, à desfilada, numa tipóia... Um batedor seguro, que é para me levar depois aos Olivais!...

Imediatamente, dada esta ordem, serenou. Era já um alívio imenso não ter de escrever a carta, e achar as palavras acerbas que a deviam dilacerar. Rasgou o papel devagar. Depois fez o cheque de duzentas libras, *ao portador.* Ele mesmo lho levaria... Oh! decerto, não lho atirava romanticamente ao regaço... Deixá-lo-ia sobre uma mesa, sobrescritado a *madame* MacGren... E de repente sentiu uma compaixão por ela. Via-a já, abrindo o envelope com duas grandes lágrimas, lentas, caladas, a rolarem-lhe na face... E os seus próprios olhos se umedeceram.

Nesse momento Ega, de fora, perguntou se era importuno.

– Entra! – gritou.

E continuou passeando, calado, com as mãos nos bolsos; o outro, em silêncio também, foi encostar-se à janela sobre o jardim.

– Preciso escrever ao avô a dizer-lhe que cheguei – murmurou Carlos por fim, parando junto da mesa.

– Dá-lhe recados meus.

Carlos sentara-se, tomara languidamente a pena; mas bem depressa a arremessou; cruzou as mãos por detrás da cabeça, no espaldar da cadeira, cerrou os olhos, como exausto.

– Sabes uma coisa que me parece certa? – disse de repente o Ega da janela. – Quem escreveu a carta anônima ao Castro Gomes foi o Dâmaso!

Carlos olhou para ele:

– Achas?... Sim, talvez... Com efeito, quem havia de ser?

– Não foi mais ninguém, menino. Foi o Dâmaso!

Carlos então recordou o que lhe contara oTaveira – as alusões misteriosas do Dâmaso a um escândalo que se estava armando, uma bala que ele devia receber na cabeça... O Dâmaso, portanto, tinha como certa a vinda do brasileiro, depois um duelo...

– É necessário esmagar esse infame! – exclamou Ega, subitamente furioso. – Não há segurança, não há paz na nossa vida enquanto esse bandido viver!...

Carlos não respondeu. E o outro prosseguia, transtornado, já todo pálido, deixando transbordar ódios cada dia acumulados:

– Eu não o mato porque não tenho um pretexto!... Se tivesse um pretexto, uma insolência dele, um olhar atrevido, era meu, esborrachava-o!... Mas tu precisas fazer alguma coisa, isto não pode ficar assim! Não pode! É necessário sangue... Vê tu que infâmia, uma carta anônima!... Temos a nossa paz, a nossa felicidade, tudo exposto constantemente aos ataques do sr. Dâmaso. Não pode ser. Eu o que tenho pena é de não ter um pretexto! Mas tem-no tu, aproveita, e esmaga-o!

Carlos encolheu vagamente os ombros:

– Merecia chicotadas, com efeito... Mas ele, realmente, só tem sido velhaco comigo por causa das minhas relações com essa senhora; e como isso é um caso acabado, tudo o que se prende com ele finda também. *Parce sepultis...* E no fim era ele que tinha razão, quando dizia que ela era uma intrujona...

Atirou uma punhada à mesa, ergueu-se, e com um sorriso amargo, num tédio infinito de tudo:

– Era ele, era o sr. Dâmaso Salcede que tinha razão!...

Toda a sua cólera revivera, mais áspera, a esta idéia. Olhou o relógio. Tinha pressa de a ver, tinha pressa de a injuriar!...

– Escreveste-lhe? – perguntou o Ega.

– Não, vou lá eu mesmo.

Ega pareceu espantado. Depois recomeçou a passear, calado, com os olhos no tapete.

Ia escurecendo quando Batista voltou. Vira o sr. Castro Gomes apear-se no hotel e mandar descer as suas bagagens; e a tipóia, para levar o menino aos Olivais, esperava embaixo.

– Bem, adeus – disse Carlos, procurando atarantadamente um par de luvas.

– Não jantas?

– Não.

Daí a pouco rodava pela estrada dos Olivais. Já se acendera o gás. E inquieto, no estreito assento, acendendo nervosamente *cigarettes* que não fumava, sofria já a perturbação daquele encontro difícil e doloroso... Nem sabia mesmo como a havia de tratar, se por "minha senhora", se por "minha boa amiga", com uma superior indiferença. E ao mesmo tempo sentia por ela uma compaixão indefinida, que o amolecia. Diante destes seus modos regelados, via-a já toda pálida, a tremer, com os olhos cheios de água. E estas lágrimas que apetecera, agora que estava tão perto de as ver correr, enchiam-no só de comoção e de dó... Durante um momento mesmo pensou em retroceder. Por fim seria muito mais digno escrever-lhe duas linhas altivas, sacudindo-a de si para sempre e secamente! Poderia não lhe mandar o cheque – afronta brutal de homem rico. Apesar de embusteira era mulher, cheia de nervos, cheia de fantasia, e amara-o talvez com desinteresse... Mas uma carta era mais digno. E agora acudiam-lhe as palavras que lhe deveria ter dirigido, incisivas e precisas. Sim, devia-lhe ter dito – que se estava pronto a dar a sua vida a uma mulher que se lhe abandonara *por paixão,* estava decidido a não sacrificar nem os seus vagares a uma mulher que lhe cedera *por profissão.* Era mais simples, era terminante... E depois não a via, não teria de suportar a tortura das explicações e das lágrimas.

Então veio-lhe uma fraqueza. Bateu nos vidros para fazer parar, refletir um instante, mais calmamente, no silêncio das rodas. O cocheiro não ouviu; o trote largo da parelha continuou batendo a estrada escura. E Carlos deixou seguir, outra vez hesitante. Depois, à maneira que reconhecia, esbatidos na sombra, aqueles sítios onde tantas vezes passara com o coração em festa, quando a sua paixão estava em flor, uma cólera nova voltava – menos contra a pessoa de Maria Eduarda, que contra essa *mentira* que fora obra dela, e que vinha estragar irremediavelmente o encanto divino da sua vida. Era essa *mentira* que, agora, odiava – vendo-a, como uma coisa material e tangível, de um peso enorme, feia e cor de ferro, esmagando-lhe o coração. Oh! Se não fosse essa *coisa* pequenina e inolvidável que estava entre eles, como um indestrutível bloco de granito, poderia abrir-lhe novamente os seus braços, senão com a mesma crença, pelo menos com o mesmo ardor! Esposa do outro ou amante do outro – no fim que importava? Não era por faltar aos beijos que lhe dera a consagração dum padre, rosnada em latim – que a sua pele estava mais poluída por eles, ou tinha menos frescura? Mas havia a *mentira,* a *mentira* inicial, dita no primeiro dia em que fora à Rua de S. Francisco, e que, como um fermento podre, ficava estragando tudo daí por diante, doces conversas, silêncios, passeios, sestas no calor da quinta, murmúrios de beijos morrendo entre os cortinados cor de ouro... Tudo manchado, tudo contaminado por aquela *mentira* primeira que ela dissera sorrindo, com os seus tranquilos olhos límpidos...

Abafava. Ia descer a vidraça a que faltava a correia, quando a tipóia parou de repente, na estrada solitária... Abriu a portinhola. Uma mulher com xale pela cabeça falava ao cocheiro.

– Melanie!
– Ah, *monsieur*!

Carlos saltou precipitadamente. Era já próximo da quinta, na volta da estrada, onde o muro fazia um recanto sob uma faia, defronte de sebes de piteiras resguardando campos de olivedo. Carlos gritou ao cocheiro que seguisse e esperasse no portão da quinta. E ficou ali, no escuro com Melanie encolhida no seu xale.

Que estava ela ali a fazer? Melanie parecia transtornada; contou que vinha procurar à vila uma carruagem, porque a senhora queria ir a Lisboa, ao Ramalhete... Ela julgara a tipóia vazia.

E apertava as mãos, dando as graças, com um imenso alívio. Ah! Que felicidade, que felicidade ter ele vindo!... A senhora estava aflita, nem jantara, perdida de choro. O sr. Castro Gomes aparecera lá inesperadamente... A senhora, coitadinha, queria morrer!

Então Carlos, caminhando rente do muro, interrogou Melanie. Como viera o outro? Que dissera? Como se despedira?... Melanie não ouvira nada. O sr. Castro Gomes e a senhora tinham conversado sós no pavilhão japonês. À saída é que vira o sr. Castro Gomes dizer adeus a *madame,* muito sossegado, muito amável, rindo, falando de *Niniche*... A senhora, essa, parecia como morta, tão pálida! Quando o outro partiu, ia tendo um desmaio.

Estavam próximos do portão da *Toca.* Carlos retrocedeu, respirando fortemente, com o chapéu na mão. E agora todo o seu orgulho se ia sumindo sob a violência da sua ansiedade. Queria saber! E perguntava, deixava entrar Melanie nas coisas dolorosas da sua paixão... *Dites toujours, Melanie, dites*! Sabia a senhora que Castro Gomes estivera com ele no Ramalhete, lhe confessara tudo?...

Claramente que sabia, por isso chorava – dizia Melanie. Ah, ela bem repetira à senhora que era melhor contar a verdade! Era muito amiga dela, servia-a desde pequena, vira nascer a menina... E tinha-lho dito, até já nos Olivais!

Carlos curvava a cabeça na escuridão do muro. Melanie *tinha-lho dito*! Assim ela e a criada discutiam ambas, acamaradadas, o embuste em que andava presa a sua vida! E aquelas revelações de Melanie, que suspirava com o xale sobre o rosto, abatiam os últimos pedaços desse sonho, que ele erguera tão alto, entre nuvens de ouro. Nada restava. Tudo jazia em estilhaços, no lodo imundo.

Um momento, com o coração cheio de fadiga, pensou em voltar a Lisboa. Mas para além daquele negro muro estava *ela,* perdida de choro, querendo morrer... E lentamente recomeçou a caminhar para o portão.

E agora, sem resistência nenhuma do orgulho, fazia perguntas mais íntimas a Melanie. Por que é que Maria Eduarda não lhe dissera a verdade?

Melanie encolheu os ombros. Não sabia: nem a senhora sabia! Estivera no Central como *madame* Gomes; alugara a casa da Rua de S. Francisco como *madame* Gomes; recebera-o como *madame* Gomes... E assim se deixara ir, insensivelmente, conversando com ele, gostando dele, vindo para os Olivais... E depois era tarde, já não se atrevera a confessar, toda enterrada assim na *mentira,* com medo de um desgosto...

Mas, exclamava Carlos, nunca imaginara ela que fatalmente tudo se descobriria um dia?

– *Je ne sais pas, monsieur, je ne sais pas* – murmurou Melanie quase a chorar.

Depois eram outras curiosidades. Ela não esperava Castro Gomes? Não supunha que ele voltasse? Não costumava falar dele?...

– *Oh non, monsieur, oh non!*

Madame, desde que o senhor começara a ir todos os dias à Rua de S. Francisco, considerara-se para sempre desligada do sr. Castro Gomes, nem falava nele nem queria que se falasse... Antes disso a menina chamava sempre ao sr. Castro Gomes *petit ami.* Agora não lhe chamava nada. Tinham-lhe dito que já não havia *petit ami...*

– Ela escrevia-lhe ainda – dizia Carlos –, eu sei que ela lhe escrevia...

Sim, Melanie julgava que sim... Mas cartas indiferentes. A senhora levara o seu escrúpulo a ponto de que, desde que viera para os Olivais, nunca mais gastara um ceitil das quantias que lhe mandava o sr. Castro Gomes. As letras para receber dinheiro conservava-as intatas, entregara-lhas nessa tarde... Não se lembrava ele de a ter encontrado uma manhã à porta do Montepio? Pois bem! Fora lá, com uma amiga francesa, empenhar uma pulseira de brilhantes da senhora. A senhora vivia agora das suas jóias; tinha já outras no prego.

Carlos parara, comovido. Mas então para que tinha ela mentido?

– *Je ne sais pas* – dizia Melanie –, *je ne sais pas... Mais elle vous aime bien, allez!*

Estavam defronte do portão. A tipóia esperava. E, ao fundo da rua de acácias, a porta da casa aberta deixava passar a luz do corredor, frouxa e triste. Carlos julgou mesmo ver a figura de Maria Eduarda, embrulhada numa capa escura, de chapéu, atravessar nessa claridade... Ouvira decerto rodar a carruagem. Que aflita impaciência seria a sua!

– Vai-lhe dizer que vim, Melanie, vai! – murmurou Carlos.

A rapariga correu. E ele, caminhando devagar sob as

acácias, sentia no sombrio silêncio as pancadas desordenadas do seu coração. Subiu os três degraus de pedra – que lhe pareciam já duma casa estranha. Dentro o corredor estava deserto, com a sua lâmpada mourisca alumiando as panóplias de touros... Ali ficou. Melanie, com o xale na mão, veio dizer-lhe que a senhora estava na sala das tapeçarias...

Carlos entrou.

Lá estava, ainda de capa, esperando de pé, pálida, com toda a alma concentrada nos olhos que refulgiam entre as lágrimas. E correu para ele, arrebatou-lhe as mãos, sem poder falar, soluçando, tremendo toda.

Na sua terrível perturbação, Carlos achava só esta palavra, melancolicamente estúpida:

– Não sei por que chora, não sei, não há razão para chorar...

Ela pôde enfim balbuciar:

– Escuta-me, pelo amor de Deus! Não digas nada, deixa contar-te... Eu ia lá, tinha mandado Melanie por uma carruagem. Ia ver-te... Nunca tive a coragem de te dizer! Fiz mal, foi horrível... Mas escuta, não digas nada ainda, perdoa, que eu não tenho culpa!

De novo os soluços a sufocaram. E caiu ao canto do sofá, num choro brusco e nervoso, que a sacudia toda, lhe fazia rolar sobre os ombros os cabelos mal atados.

Carlos ficara diante dela, imóvel. O seu coração parecia parado, de surpresa e de dúvida, sem força para desafogar. Apenas agora sentia quanto seria baixo e brutal deixar-lhe o cheque – que tinha ali na carteira e que o enchia de vergonha... Ela ergueu o rosto, todo molhado, murmurou com um grande esforço:

– Escuta-me!... Nem sei como hei de dizer... Oh, são tantas coisas, são tantas coisas!... Tu não te vais já embora, senta-te, escuta...

Carlos puxou uma cadeira, lentamente.

– Não, aqui ao pé de mim... Para eu ter mais coragem... Por quem és, tem pena, faze-me isso!

Ele cedeu à suplicação humilde e enternecedora dos seus

olhos arrasados de água; e sentou-se ao outro canto do sofá, afastado dela, numa desconsolação infinita. Então, muito baixo, enrouquecida pelo choro, sem o olhar, e como num confessionário, Maria começou a falar do seu passado, desmanchadamente, hesitando, balbuciando, entre grandes soluços que a afogavam, e pudores amargos que lhe faziam enterrar nas mãos a face aflita.

A culpa não fora dela! não fora dela! Ele devia ter perguntado àquele homem que sabia toda a sua vida... Fora sua mãe... Era horroroso dizê-lo, mas fora por causa dela que conhecera e que fugira com o primeiro homem, o outro, um irlandês... E tinha vivido com ele quatro anos, como sua esposa, tão fiel, tão retirada de tudo e só ocupada da sua casa, que ele ia casar com ela! Mas morrera na guerra com os alemães, na batalha de Saint-Privat. E ela ficara com Rosa, com a mãe já doente, sem recursos, depois de vender tudo... A princípio trabalhara... Em Londres tinha procurado dar lições de piano... Tudo falhara, dois dias vivera sem lume, de peixe salgado, vendo Rosa com fome! A pobre criança com fome! com fome! Ah, ele não podia perceber o que isto era!... Quase fora por caridade que as tinham repatriado para Paris... E aí conhecera Castro Gomes. Era horrível, mas que havia de ela fazer! Estava perdida...

Lentamente escorregara do sofá, caíra aos pés de Carlos. E ele permanecia imóvel, mudo, com o coração rasgado por angústias diferentes; era uma compaixão trêmula por todas aquelas misérias sofridas, dor de mãe, trabalho procurado, fome, que a tornavam confusamente mais querida; e era horror desse outro homem, o irlandês, que surgia agora, e que a tornava de repente mais maculada...

Ela continuava falando de Castro Gomes. Vivera três anos com ele, honestamente, sem um desvio, sem um pensamento mau. O seu desejo era estar quieta em sua casa. Ele é que a forçava a andar em ceias, em noitadas...

E Carlos não podia ouvir mais, torturado. Repeliu-lhe as mãos, que procuravam as suas. Queria fugir, queria findar!...

– Oh! não, não me mandes embora! – gritou ela, prendendo-se a ele ansiosamente. – Eu sei que não mereço nada!

Sou uma desgraçada... Mas não tive coragem, meu amor! Tu és homem, não compreendes estas coisas... Olha para mim! Por que não olhas para mim? Um instante só, não voltes o rosto, tem pena de mim...

Não! Ele não queria olhar. Temia aquelas lágrimas, o rosto cheio de agonia. Ao calor do seio que arquejava sobre os seus joelhos, já tudo nele começava a oscilar, orgulhos, despeitos, dignidade, ciúme... E então, sem saber, a seu pesar, as suas mãos apertaram as dela. Ela cobriu-lhe logo de beijos os dedos, as mangas, arrebatadamente; e ansiosa implorava do fundo da sua miséria um instante de misericórdia.

– Oh! dize que me perdoas! Tu és tão bom! Uma palavra só... Dize só que não me odeias, e depois deixo-te ir... Mas dize primeiro... Olha ao menos para mim como dantes, uma só vez!...

E eram agora os seus lábios que procuravam os dele. Então a fraqueza em que sentia afundar-se todo o seu ser encheu Carlos de cólera, contra si e contra ela. Sacudiu-a brutalmente, gritou:

– Mas por que não me disseste, por que não me disseste? Para que foi essa longa mentira? Eu tinha te amado do mesmo modo! Para que mentiste, tu?

Largara-a, prostrada no chão. E, de pé, deixava cair sobre ela a sua queixa desesperada:

– É a tua mentira que nos separa, a tua horrível mentira, a tua mentira somente!

Ela ergueu-se pouco a pouco, mal se sustendo, e com uma palidez de desmaio.

– Mas eu queria dizer-te – murmurou muito baixo, muito quebrada diante dele, deixando cair os braços. – Eu queria dizer-te... Não te lembras naquele dia em que tu vieste tarde, quando eu falei da casa de campo, e que tu pela primeira vez declaraste que gostavas de mim? Eu disse-te logo: "Há uma coisa que te quero contar..." Tu nem me deixaste acabar. Imaginavas o que era, que eu queria ser só tua, longe de tudo... E disseste então que havíamos de ir, com Rosa, ser felizes para algum canto do mundo... Não te lembras?... Foi então que me veio uma tentação! Era não dizer nada, deixar-me levar, e depois, mais tarde, anos depois, quando te tivesse provado bem que boa mulher eu era, digna da tua estima, confessar-te tudo e dizer-te: "Agora, se queres, manda-me embora". Oh! foi malfeito, bem sei... Mas foi uma tentação, não resisti... Se tu não falasses em fugirmos, tinha-te dito tudo... Mas mal falaste em fugirmos, vi uma outra vida, uma grande esperança, nem sei quê! E além disso adiava aquela horrível confissão! Enfim, nem posso explicar, era como o céu que se abria, via-me contigo numa casa nossa... Foi uma tentação!... E depois era horrível, no momento em que tu me querias tanto, ir dizer-te "não faças tudo isso por mim, olha que eu sou uma desgraçada, nem marido tenho..." Que te hei de explicar mais? Não me resignava a perder o teu respeito. Era tão bom ser assim estimada... Enfim, foi um mal, foi um grande mal... E agora aí está, vejo-me perdida, tudo acabou!

Atirou-se para o chão, como uma criatura vencida e finda, escondendo a face no sofá. E Carlos, indo lentamente ao fundo da sala, voltando bruscamente até junto dela, tinha só a mesma recriminação, a *mentira,* a *mentira,* pertinaz e de cada dia... Só os soluços dela lhe respondiam.

– Por que não me disseste ao menos depois, aqui nos Olivais, quando sabias que tu eras tudo para mim?...

Ela ergueu a cabeça, fatigada:

– Que queres tu? Tive medo que o teu amor mudasse, que fosse doutro modo... Via-te já tratar-me sem respeito. Via-te a entrar por aí dentro de chapéu na cabeça, a perder a afeição à pequena, a querer pagar as despesas da casa... Depois tinha remorsos, ia adiando. Dizia "hoje não, um dia só mais de felicidade, amanhã será..." E assim ia indo! Enfim, nem eu sei, um horror!

Houve um silêncio. E então Carlos sentiu à porta *Niniche,* que queria entrar e que gania baixinho e doloridamente. Abriu. A cadelinha correu, pulou para o sofá, onde Maria permanecia soluçando, enrodilhada a um canto; procurava lamber-lhe as mãos, inquieta; depois ficou plantada junto dela, como a guardá-la, desconfiada, seguindo, com os seus vivos olhos de azeviche, Carlos que recomeçara a passear sombriamente.

Um ai mais longo e mais triste de Maria fê-lo parar. Esteve um momento olhando para aquela dor humilhada... Todo abalado, com os lábios a tremer, murmurou:

— Mesmo que te pudesse perdoar, como te poderia acreditar agora nunca mais? Há esta mentira horrível sempre entre nós a separar-nos! Não teria um único dia de confiança e de paz.

— Nunca te menti senão numa coisa, e por amor de ti! — disse ela gravemente do fundo da sua prostração.

— Não, mentiste em tudo! Tudo era falso, falso o teu casamento, falso o teu nome, falsa a tua vida toda... Nunca mais te poderia acreditar... Como havia de ser, se agora mesmo quase que nem acredito no motivo das tuas lágrimas?

Uma indignação ergueu-a, direita e soberba. Os seus olhos de repente secos rebrilharam, revoltados e largos, no mármore da sua palidez.

— Que queres tu dizer? Que estas lágrimas têm outro motivo, estas súplicas são fingidas? Que finjo tudo para te reter, para não te perder, ter outro homem, agora que estou abandonada?...

Ele balbuciou:

— Não, não! Não é isso!

— E eu? — exclamou ela, caminhando para ele, dominando-o, magnífica e com um esplendor de verdade na face. — E eu? Por que hei de eu acreditar nessa grande paixão que me juravas? O que é que tu amavas então em mim? Dize lá! Era a mulher de outro, o nome, o requinte do adultério, as *toilettes?*... Ou era eu própria, o meu corpo, a minha alma e o meu amor por ti?... Eu sou a mesma, olha bem para mim!... Estes braços são os mesmos, este peito é o mesmo... Só uma coisa é diferente: a minha paixão! Essa é maior, desgraçadamente, infinitamente maior.

— Oh! se isso fosse verdade! — gritou Carlos, apertando as mãos.

Num instante Maria estava caída a seus pés, com os braços abertos para ele.

— Juro-to por alma de minha filha, por alma de Rosa! Amo-te, adoro-te doidamente, absurdamente, até a morte!

Carlos tremia. Todo o seu ser pendia para ela; e era um impulso irresistível de se deixar cair sobre aquele seio que arfava a seus pés, ainda que ele fosse o abismo da sua vida inteira... Mas outra vez a idéia da *mentira* passou, regeladora. E afastou-se dela, levando os punhos à cabeça, num desespero, revoltado contra aquela coisa pequenina e indestrutível que não queria sumir-se, e que se interpunha como uma barra de ferro entre ele e a sua felicidade divina!

Ela ficara ajoelhada, imóvel, com os olhos esgazeados para o tapete. Depois, no silêncio estofado da sala, a sua voz ergueu-se, dolente e trêmula:

– Tens razão, acabou-se! Tu não me acreditas, tudo se acabou!... É melhor que te vás embora... Ninguém mais me torna acreditar... Acabou tudo para mim, não tenho ninguém mais no mundo... Amanhã saio daqui, deixo-te tudo... Hás de me dar tempo para arranjar... Depois, que hei de fazer, vou-me embora!

E não pôde mais, tombou para o chão, com os braços estirados, perdida de choro.

Carlos voltou-se, ferido no coração. Com o seu vestido escuro, para ali caída e abandonada, parecia já uma pobre criatura, arremessada para fora de todo o lar, sozinha a um canto, entre a inclemência do mundo... Então respeitos humanos, orgulho, dignidade doméstica, tudo nele foi levado como por um grande vento de piedade. Viu só, ofuscando todas as fragilidades, a sua beleza, a sua dor, a sua alma sublimemente amante. Um delírio generoso, de grandiosa bondade, misturou-se à sua paixão. E, debruçando-se, disse-lhe baixo, com os braços abertos:

– Maria, queres casar comigo?

Ela ergueu a cabeça, sem compreender, com os olhos desvairados. Mas Carlos tinha os braços abertos; e estava esperando para a fechar dentro deles outra vez, como sua e para sempre... Então levantou-se, tropeçando nos vestidos, veio cair sobre o peito dele, cobrindo-o de beijos, entre soluços e risos, tonta, num deslumbramento:

– Casar contigo, contigo? Oh! Carlos... E viver sempre, sempre contigo?... Oh! meu amor, meu amor! E tratar de ti, e servir-te, e adorar-te, e ser só tua? E a pobre Rosa também...

Não, não cases comigo, não é possível, não valho nada! Mas, se tu queres, por que não?... Vamos para longe, juntos, e Rosa e eu sobre o teu coração. E hás de ser nosso amigo, meu e dela, que não temos ninguém no mundo... Oh! meu Deus, meu Deus!...

Empalideceu, escorregando pesadamente entre os braços dele, desmaiada; e os seus longos cabelos desprendidos rojavam o chão, tocados pela luz de tons de ouro.

V

MARIA EDUARDA E CARLOS – que ficara essa noite nos Olivais, na sua casinhola – acabavam de almoçar. O Domingos servira o café e antes de sair deixara ao lado de Carlos a caixa de *cigarettes* e o *Figaro*. As duas janelas estavam abertas. Nem uma folha se movia no ar pesado da manhã encoberta, entristecida ainda por um dobre lento de sinos, que morria ao longe nos campos. No banco de cortiça, sob as árvores, *miss* Sarah costurava preguiçosamente; Rosa, ao lado, brincava na relva. E Carlos, que viera numa intimidade conjugal, com uma simples camisa de seda e um jaquetão de flanela, chegou então a cadeira para junto de Maria, tomou-lhe a mão, brincando-lhe com os anéis numa lenta carícia:

– Vamos a saber, meu amor... Decidiste, por fim? Quando queres partir?

Nessa noite, entre os seus primeiros beijos de noiva, ela mostrara o desejo enternecido de não alterar o plano da Itália e dum ninho romântico entre as flores de Isola Bela; somente agora não iam esconder a inquietação duma felicidade culpada, mas gozar o repouso duma felicidade legítima. E, depois de todas as incertezas e tormentos que o tinham agitado, desde o dia em que cruzara Maria Eduarda no Aterro, Carlos anelava, também, pelo momento de se instalar enfim no conforto dum amor sem dúvidas e sem sobressaltos:

– Eu por mim abalava amanhã. Estou sôfrego de paz. Estou até sôfrego de preguiça!... Mas tu, dize, quando queres?

Maria não respondeu; apenas o seu olhar sorriu, reconhecido e apaixonado. Depois, sem retirar a mão que a longa carícia de Carlos ainda prendia, chamou Rosa através da janela.

– Mamã, espera, já vou! Passa-me umas migalhas... Andam aqui uns pardais que ainda não almoçaram...

– Não, vem cá.

Quando ela apareceu à porta, toda de branco, corada, com uma das últimas rosas de verão metida no cinto, Maria qui-la mais perto, entre eles, encostada aos seus joelhos. E, arranjando-lhe a fita solta do cabelo, perguntou, muito séria, muito comovida, se ela gostaria que Carlos viesse viver com elas de todo e ficar ali na *Toca*... Os olhos da pequena encheram-se de surpresa e de riso:

– O quê! Estar sempre, sempre aqui, mesmo de noite, toda a noite?... E ter aqui as suas malas, as suas coisas?...

Ambos murmuraram – "sim".

Rosa então pulou, bateu palmas, radiante, querendo que Carlos fosse, já, já, buscar as suas malas e as suas coisas...

– Escuta – disse-lhe ainda Maria gravemente, retendo-a sobre os joelhos. – E gostavas que ele fosse como o papá, e que andasse sempre conosco, e que lhe obedecêssemos ambas, e que gostássemos muito dele?

Rosa ergueu para a mãe uma facezinha compenetrada, onde todo o sorriso se apagara.

– Mas eu não posso gostar mais dele do que gosto!...

Ambos a beijaram, num enternecimento que lhes umedecia os olhos. E Maria Eduarda, pela primeira vez diante de Rosa, debruçando-se sobre ela, beijou de leve a testa de Carlos. A pequena ficou pasmada para o seu amigo, depois para a mãe. E pareceu compreender tudo; escorregou dos joelhos de Maria, veio encostar-se a Carlos com uma meiguice humilde:

– Queres que te chame papá, só a ti?

– Só a mim – disse ele, fechando-a toda nos braços.

E assim obtiveram o consentimento de Rosa – que fugiu, atirando a porta, com as mãos cheias de bolos para os pardais.

Carlos levantou-se, tomou a cabeça de Maria entre as

mãos, e contemplando-a profundamente, até a alma, murmurou num enlevo:

– És perfeita!

Ela desprendeu-se, com melancolia, daquela adoração que a perturbava.

– Escuta... Tenho ainda muito, muito que te dizer, infelizmente. Vamos para o nosso quiosque... Tu não tens nada que fazer, não? E que tenhas, hoje és meu... Vou já ter contigo. Leva as tuas *cigarettes.*

Nos degraus do jardim, Carlos parou a olhar, a sentir a doçura velada do céu cinzento... E a vida pareceu-lhe adorável, duma poesia fina e triste, assim envolta naquela névoa macia onde nada resplandecia e nada cantava, e que tão favorável era para que dois corações, desinteressados do mundo e em desarmonia com ele, se abandonassem, juntos, ao contínuo encanto de estremecerem juntos na mudez e na sombra.

– Vamos ter chuva, tio André – disse ele, passando junto do velho jardineiro que aparava o buxo.

O tio André, atarantado, arrancou o chapéu. Ah! Uma gota de água era bem necessária, depois da estiagem! O torrãozinho já estava com sede! E em casa todos bons? A senhora? A menina?

– Tudo bom, tio André, obrigado.

E no seu desejo de ver todos em torno de si felizes como ele e como a terra sequiosa que ia ser consolada – Carlos meteu uma libra na mão do tio André, que ficou deslumbrado, sem ousar fechar os dedos sobre aquele ouro extraordinário que reluzia.

Quando Maria entrou no quiosque, trazia um cofre de sândalo. Atirou-o para o divã; fez sentar Carlos ao lado, bem confortável, entre almofadas; acendeu-lhe uma *cigarette.* Depois agachou-se aos seus pés, sobre o tapete, como na humildade de uma confissão.

– Estás bem assim? Queres que o Domingos te traga água e *cognac*?... Não? Então ouve agora, quero te contar tudo...

Era toda a sua existência que ela desejava contar. Pensara mesmo em a escrever numa carta interminável, como nos romances. Mas decidira antes tagarelar ali uma manhã inteira, aninhada aos seus pés.

– Estás bem, não estás?

Carlos esperava, comovido. Sabia que aqueles lábios amados iam fazer revelações pungentes para o seu coração – e amargas para o seu orgulho. Mas a confidência da sua vida completava a posse da sua pessoa; quando a conhecesse toda no seu passado, senti-la-ia mais sua inteiramente. E, no fundo, tinha uma curiosidade insaciável dessas coisas que o deviam pungir e que o deviam humilhar.

– Sim, conta... Depois esquecemos tudo e para sempre. Mas agora dize, conta... Onde nasceste tu, por fim?

Nascera em Viena; mas pouco se recordava dos tempos de criança, quase nada sabia do papá, a não ser a sua grande nobreza e a sua grande beleza. Tivera uma irmãzinha que morrera de dois anos e que se chamava Heloísa. A mamã, mais tarde quando ela era já rapariga, não tolerava que lhe perguntassem pelo passado; e dizia, sempre, que remexer a memória das coisas antigas prejudicava tanto como sacudir uma garrafa de vinho velho... De Viena apenas recordava confusamente largos passeios de árvores, militares vestidos de branco, e uma casa espelhada e dourada onde se dançava; às vezes durante tempos ela ficava lá só com o avô, um velhinho triste e tímido, metido pelos cantos, que lhe contava histórias de navios. Depois tinham ido à Inglaterra; mas lembrava-se somente de ter atravessado um grande rumor de ruas, num dia de chuva, embrulhada em peles, sobre os joelhos dum escudeiro. As suas primeiras memórias mais nítidas datavam de Paris; a mamã, já viúva, andava de luto pelo avô; e ela tinha uma aia italiana que a levava todas as manhãs, com um arco e com uma péla, brincar aos Campos Elísios. À noite costumava ver a mamã decotada, num quarto cheio de cetins e de luzes; e um homem louro, um pouco brusco, que fumava sempre estirado pelos sofás, trazia-lhe de vez em quando uma boneca, e chamava-lhe *mademoiselle Triste-cœur,* por causa do seu arzinho sisudo. Enfim a mamã metera-a num convento ao pé de Tours, porque nessa idade, apesar de cantar já ao piano as valsas de

Belle Hélène, ainda não sabia soletrar. Fora nos jardins do convento, onde havia lindos lilases, que a mamã se separara dela numa paixão de lágrimas; e ao lado esperava, para a consolar decerto, um sujeito muito grave, de bigodes encerados, a quem a Madre Superiora falava com veneração.

A mamã a princípio vinha vê-la todos os meses, demorando-se em Tours dois, três dias; trazia-lhe uma profusão de presentes, bonecas, bombons, lenços bordados, vestidos ricos, que lhe não permitia usar a regra severa do convento. Davam então passeios de carruagem pelos arredores de Tours; e havia sempre oficiais a cavalo, que escoltavam a caleche – e tratavam a mamã por *tu.* No convento as mestras, a Madre Superiora, não gostavam destas saídas – nem mesmo que a mamã viesse acordar os corredores devotos com as suas risadas e o ruído das suas sedas; ao mesmo tempo pareciam temê-la; chamavam-lhe *Madame la Comtesse.* A mamã era muito amiga do general que comandava em Tours, e visitava o bispo. Monsenhor, quando vinha ao convento, fazia-lhe uma festinha especial na face e aludia risonhamente à *son excellente mère.* Depois a mamã começou a aparecer menos em Tours. Esteve um ano longe, quase sem escrever, viajando na Alemanha; voltou um dia, magra e coberta de luto, e ficou toda a manhã abraçada a ela a chorar.

Mas na visita seguinte vinha mais moça, mais brilhante, mais ligeira, com dois grandes galgos brancos, anunciando uma romagem poética à Terra Santa e a todo o remoto Oriente. Ela tinha então quase 16 anos; pela sua aplicação, os seus modos doces e graves, ganhara a afeição da Madre Superiora – que às vezes, olhando-a com tristeza, acariciando-lhe o cabelo caído em duas tranças segundo a regra, lhe mostrava o desejo de a conservar sempre ao seu lado. *Le monde,* dizia ela, *ne vous sera bon à rien, mon enfant!* Um dia, porém, apareceu para a levar para Paris, para a mamã, uma *madame* de Chavigny, fidalga pobre, de caracóis brancos, que era como uma estampa de severidade e de virtude.

O que ela chorara ao deixar o convento! Mais choraria se soubesse o que ia encontrar em Paris!

A casa da mamã, no parque Monceaux, era na realidade uma casa de jogo – mas recoberta de um luxo sério e fino. Os escudeiros tinham meias de seda; os convidados, com grandes nomes no Nobiliário de França, conversavam de corridas, das Tulherias, dos discursos do Senado; e as mesas de jogo armavam-se depois como uma distração mais picante. Ela recolhia sempre ao seu quarto às dez horas; *madame* de Chavigny, que ficara como sua dama de companhia, ia com ela cedo ao Bois num *coupé* escuro de *douairière*. Pouco a pouco, porém, este grande verniz começou a estalar. A pobre mamã caíra sob o jugo dum Mr. De Trevernnes, homem perigoso pela sua sedução pessoal e por uma desoladora falta de honra e de senso. A casa descaiu rapidamente numa boêmia maldourada e ruidosa. Quando ela madrugava, com os seus hábitos saudáveis do convento, encontrava paletós de homens por cima dos sofás; no mármore das consolas restavam pontas de charuto, entre nódoas de *champagne,* e nalgum quarto mais retirado ainda tinia o dinheiro dum *baccarat* talhado à claridade do sol. Depois, uma noite, estando deitada, sentira de repente gritos, uma debandada brusca na escada; veio encontrar a mamã estirada no tapete, desmaiada; ela dissera-lhe apenas mais tarde, alagada em lágrimas, "que tinha havido uma desgraça"...

Mudaram então para um terceiro andar da Chaussée-d'Antin. Aí começou a aparecer uma gente desconhecida e suspeita. Eram valáquios de grandes bigodes, peruanos com diamantes falsos e condes romanos que escondiam para dentro das mangas os punhos enxovalhados... Por vezes, entre esta malta, vinha algum *gentleman* – que não tirava o paletó, como num café-concerto. Um desses foi um irlandês, muito moço, MacGren... *Madame* de Chavigny deixara-as desde que faltara o *coupé* severo, acolchoado de cetim; e ela, só com a mãe, insensivelmente, fatalmente, fora-se misturando a essa vida tresnoitada de *grogs* e de *baccarat*.

A mamã chamava a MacGren o "bebê". Era com efeito uma criança estouvada e feliz. Namorara-se dela logo com o ardor, a efusão, o ímpeto dum irlandês; e prometeu-lhe fazê-la sua esposa apenas se emancipasse – porque MacGren, menor ainda, vivia sobretudo das liberalidades de uma avó excêntrica e rica que o adorava, e que habitava a Provença numa vasta quinta onde tinha feras em jaulas... E, no entanto, induzia-a sem cessar a fugir com ele, desesperado de a ver entre aqueles valáquios que cheiravam a genebra. O seu desejo era levá-la para Fontainebleau, para um *cottage* com trepadeiras de que falava sempre, e esperar aí tranqüilamente a maioridade, que lhe traria duas mil libras de renda. Decerto, era uma situação falsa; mas preferível a permanecer naquele meio, depravado e brutal, onde ela a cada instante corava... A esse tempo a mamã parecia ir perdendo todo o senso, desarranjada de nervos, quase irresponsável. As dificuldades crescentes estonteavam-na; brigava com as criadas; bebia *champagne "pour s'étourdir"*. Para satisfazer as exigências de Mr. De Trevernnes, empenhara as suas jóias, e quase todos os dias chorava com ciúmes dele. Por fim houve uma penhora; uma noite tiveram de enfardelar à pressa roupa num saco, e ir dormir a um hotel. E, pior, pior que tudo! Mr. De Trevernnes começava a olhar para ela dum modo que a assustava...

– Minha pobre Maria! – murmurou Carlos, pálido, agarrando-lhe as mãos.

Ela permaneceu um momento sufocada, com o rosto caído nos joelhos dele. Depois, limpando as lágrimas que a enevoavam:

– Aí estão as cartas de MacGren, nesse cofre... Tenho-as guardado sempre para me justificar a mim mesma, se me é possível... Pede-me em todas que vá para Fontainebleau; chama-me sua esposa; jura que, apenas juntos, iremos ajoelhar-nos diante da avó, obter a sua indulgência... Mil promessas! E era sincero... Que queres que te diga? A mamã uma manhã partiu com uma súcia para Baden. Fiquei em Paris só, num hotel... Tinha um palpite, um terror que Trevernnes aparecia... E eu só! Estava tão transtornada que pensei em comprar um revólver... Mas quem veio foi MacGren.

E partira com ele, sem precipitação, como sua esposa, levando todas as suas malas. A mamã, de volta de Baden, correu a Fontainebleau, desvairada e trágica, amaldiçoando

MacGren, ameaçando-o com a prisão de Mazas, querendo esbofeteá-lo; depois rompeu a chorar. MacGren, como um bebê, agarrou-se a ela aos beijos, chorando também. A mamã terminou por os apertar a ambos contra o coração, já rendida, perdoando tudo, chamando-lhes "filhos da sua alma". Passou o dia em Fontainebleau, radiante, contando "a patuscada de Baden", já com o plano de vir instalar-se no *cottage*, viver junto deles numa felicidade calma e nobre de avozinha... Era em maio; MacGren, à noite, deitou um "fogo preso" no jardim.

Começou um ano quieto e fácil. O seu único desejo era que a mamã vivesse com eles sossegadamente. Diante das suas súplicas, ela ficava pensativa, dizia: "Tens razão, veremos!" Depois remergulhava no torvelinho de Paris, donde ressurgia uma manhã, num *fiacre*, estremunhada e aflita, com uma rica peliça sobre uma velha saia, a pedir-lhe cem francos... Por fim nascera Rosa. Toda a sua ansiedade desde então fora legitimar a sua união. Mas MacGren adiava, levianamente, com um medo pueril da avó. Era um perfeito bebê! Entretinha as manhãs a caçar pássaros com visco! E ao mesmo tempo terrivelmente teimoso; ela pouco a pouco perdera-lhe todo o respeito. No começo da primavera a mamã, um dia, apareceu em Fontainebleau com as suas malas, sucumbida, enojada da vida. Rompera enfim com Trevernnes. Mas quase imediatamente se consolou; e começou daí a adorar MacGren com uma tão larga efusão de carícias, e achando-o tão lindo, que era às vezes embaraçadora. Os dois passavam o dia, com copinhos de *cognac*, jogando o *besigue*.

De repente rebentou a guerra com a Prússia. MacGren, entusiasmado, e apesar das súplicas delas, correra a alistar-se no batalhão de zuavos de Charette; a avó, de resto, aprovara este rasgo de amor pela França, e fizera-lhe, numa carta em verso, em que celebrava Joana d'Arc, uma larga remessa de dinheiro. Por esse tempo Rosa teve o garrotilho. Ela, sem lhe largar o leito, mal atendia às notícias da guerra. Sabia apenas confusamente das primeiras batalhas perdidas na fronteira. Uma manhã a mamã rompeu-lhe no quarto, estonteada, em camisa: o exército capitulara em Sedan, o imperador estava prisioneiro! "É o fim de tudo, é o fim de tudo!", dizia a mamã espavorida. Ela veio a Paris procurar notícias de MacGren; na Rua Royale teve de se refugiar num portão, diante do tumulto dum povo em delírio, aclamando, cantando a Marselhesa, em torno de uma caleche onde ia um homem, pálido como cera, com um *cache-nez* escarlate ao pescoço. E um sujeito ao lado, aterrado, disse-lhe que o povo fora buscar Rochefort à prisão e que estava proclamada a República.

Nada soubera de MacGren. Começaram então dias de infinito sobressalto. Felizmente Rosa convalescia. Mas a pobre mamã causava dó, envelhecida de repente, sombria, prostrada numa cadeira, murmurando apenas: "É o fim de tudo, é o fim de tudo!" E parecia na verdade o fim da França. Cada dia uma batalha perdida; regimentos presos, apinhados em vagões de gado, internados a todo o vapor para os presídios da Alemanha; os prussianos marchando sobre Paris... Não podiam permanecer em Fontainebleau; o duro inverno começava; e com o que venderam à pressa, com o dinheiro que MacGren deixara, partiram para Londres.

Fora uma exigência da mamã. E em Londres ela, desorientada na enorme e estranha cidade, doente também, deixara-se levar pelas tontas idéias da mãe. Tomaram uma casa mobiliada, muito cara, nos bairros de luxo, ao pé de Mayfair. A mamã falava em organizar ali o centro de resistência dos bonapartistas refugiados; no fundo, a desgraçada pensava em criar uma casa de jogo em Londres. Mas ai! Eram outros tempos... Os imperialistas, sem império, não jogavam já o *baccarat*. E elas em breve, sem rendimentos, gastando sempre, tinham-se achado com aquela dispendiosa casa, três criados, contas colossais e uma nota de cinco libras no fundo duma gaveta. E MacGren metido dentro de Paris, com meio milhão de prussianos em redor. Foi necessário vender todas as jóias, vestidos, até as peliças. Alugaram então, no bairro pobre de Soho, três quartos mal mobiliados. Era o *lodging* de Londres em toda a sua suja, solitária tristeza; uma criadita única, enfarruscada como um trapo; alguns carvões úmidos fumegando mal na chaminé; e para jantar um pouco de carneiro frio e cerveja da esquina. Por fim faltara mesmo o escasso *shilling* para pagar o *lodging*. A mamã não saía do catre, doente, sucumbida, chorando. Ela às vezes, ao anoitecer, escondida num *waterproof*, levava ao *prego* embrulhos de roupa (até roupa branca, até camisas!) para que ao menos não faltasse a Rosa a sua xícara de leite. As cartas que a mamã escrevia a alguns antigos companheiros de ceias na *Maison d'Or* ficavam sem resposta; outras traziam, embrulhada num bocado de papel, alguma meia-libra que tinha o pavoroso sabor duma esmola. Uma noite, um sábado de grande nevoeiro, indo empenhar um *chambre* de rendas da mamã, perdera-se, errara na vasta Londres numa treva amarelada, a tiritar de frio, quase com fome, perseguida por dois brutos que empestavam a álcool. Para lhes fugir atirou-se para dentro dum *cab* que a levou à casa. Mas não tinha um *penny* para pagar ao cocheiro; e a patroa roncava no seu cacifo, bêbada. O homem resmungou; ela, sucumbida, ali mesmo na porta rompeu a chorar. Então o cocheiro desceu da almofada, comovido, ofereceu-se para a levar de graça ao *prego,* onde ajustariam as suas contas. Foi; o pobre homem só aceitou um *shilling;* até mesmo supondo-a francesa grunhiu blasfêmias contra os prussianos, e teimou em lhe oferecer uma bebida.

Ela no entanto procurava uma ocupação qualquer – costura, bordados, traduções, cópias de manuscritos... Não achava nada. Naquele duro inverno o trabalho escasseava em Londres; surgira uma multidão de franceses, pobres como ela, lutando pelo pão... A mamã não cessava de chorar; e havia alguma coisa mais terrível que as suas lágrimas – eram as suas alusões constantes à facilidade de se ter em Londres dinheiro, conforto e luxo, quando se é nova e se é bonita...

– Que te parece esta vida, meu amor? – exclamou ela, apertando as mãos amargamente.

Carlos beijou-a em silêncio, com os olhos umedecidos.

– Enfim tudo passou – continuou Maria Eduarda. – Fez-se a paz, o cerco acabou. Paris estava de novo aberta... Somente a dificuldade era voltar.

– Como voltaste?

Um dia, por acaso, em Regent Street, encontrara um amigo de MacGren, outro irlandês, que muitas vezes jantara com eles em Fontainebleau. Veio vê-las a Soho; diante daquela miséria, do bule de chá aguado, dos ossos de carneiro requentado sobre três brasas mortas, começou, como bom irlandês, por acusar o governo de Inglaterra e jurar uma desforra de sangue. Depois ofereceu, com os beiços já a tremer, toda a sua dedicação. O pobre rapaz batia também o lajedo numa luta tormentosa pela vida. Mas era irlandês; e partiu logo generosamente, armado de todos os seus ardis, a conquistar, através de Londres, o pouco que elas necessitavam para recolher à França. Com efeito, apareceu nessa mesma noite, derreado e triunfante, brandindo três notas de banco e uma garrafa de *champagne.* A mamã ao ver, depois de tantos meses de chá preto, a garrafa de *Clicquot* encarapuçada de ouro – quase desmaiou, de enternecimento. Enfardelaram os trapos. Ao partirem, na estação de *Charing-Cross,* o irlandês levou-a para um canto, e engasgado, torcendo os bigodes, disse-lhe que MacGren tinha morrido na batalha de Saint-Privat...

– Para que te hei de eu contar o resto? Em Paris recomecei a procurar trabalho. Mas tudo estava ainda em confusão... Quase imediatamente veio a Comuna... Podes acreditar que muitas vezes tivemos fome. Mas enfim já não era Londres, nem o inverno nem o exílio. Estávamos em Paris, sofríamos de companhia com amigos doutros tempos. Já não parecia tão terrível... Com todas estas privações, a pobre Rosa começava a definhar... Era um suplício vê-la perder as cores, tristinha, malvestida, metida numa trapeira... A mamã já se queixava da doença de coração que a matou... O trabalho que eu encontrava, malpago, dava-nos apenas para a renda da casa, e para não morrer absolutamente de necessidade... Principiei a adoecer de ansiedade, de desespero. Lutei ainda. A mamã fazia dó. E Rosa morria se não tivesse outro regime, bom ar, algum conforto... Conheci então Castro Gomes em casa duma antiga amiga da mamã que não perdera nada com a guerra, nem com os prussianos, e que me dava trabalhos de costura... E o resto sabe-o... Nem eu me lembro... Fui levada... Via às vezes Rosa, coitadinha, embrulhada num xale, muito quietinha ao seu canto, depois de rapada a sua magra tigela de sopas, e ainda com fome...

Não pôde continuar; rompeu a chorar, caída sobre os joelhos de Carlos. E ele, na sua emoção, só lhe podia dizer, passando-lhe as mãos trêmulas pelos cabelos, que a havia de desforrar bem de todas as misérias passadas...

– Escuta ainda – murmurou ela, limpando as lágrimas. – Há só uma coisa mais que te quero dizer. E é a santa verdade, juro-te pela alma de Rosa! É que nestas duas relações que tive, o meu coração conservou-se adormecido... Dormiu sempre, sempre, sem sentir nada, sem desejar nada, até que te vi... E ainda te quero dizer outra coisa...

Um momento hesitou, coberta de rubor. Passara os braços em torno de Carlos, pendurada toda dele, com os olhos mergulhados nos seus. E foi mais baixo que balbuciou na derradeira, na absoluta confissão de todo o seu ser:

– Além de ter o coração adormecido, o meu corpo permaneceu sempre frio, frio como um mármore...

Ele estreitou-a a si arrebatadamente; e os seus lábios ficaram colados muito tempo, em silêncio, completando, numa emoção nova e quase virginal, a comunhão perfeita das suas almas.

Daí a dias Carlos e Ega vinham numa vitória, pela estrada dos Olivais, em caminho da *Toca*.

Toda essa manhã, no Ramalhete, Carlos estivera enfim contando ao Ega o impulso de paixão que o lançara de novo e para sempre, como esposo, nos braços de Maria; e, na confiança absoluta que o prendia ao Ega, revelara-lhe mesmo miudamente a história dela, dolorosa e justificadora. Depois, ao acalmar o calor, propôs que fossem comer as sopas à *Toca*. Ega deu uma volta pelo quarto, hesitando. Por fim começou a passar devagar a escova pelo paletó, murmurando, como durante as longas confidências de Carlos: "É prodigioso!... Que estranha coisa, a vida!"

E agora pela estrada, na aragem doce do rio, Carlos falava ainda de Maria, da vida na *Toca,* deixando escapar do coração muito cheio o interminável cântico da sua felicidade.

— É fato, Egazinho, conheço quase a felicidade perfeita!

— E cá na *Toca* ainda ninguém sabe nada?

— Ninguém – a não ser Melanie, a confidente – suspeitava a profunda alteração que se fizera nas suas relações; e tinham assentado que *miss* Sarah e o Domingos, primeiras testemunhas da sua amizade, seriam regiamente recompensados e despedidos quando em fins de outubro eles partissem para Itália.

— E ides então casar a Roma?...

— Sim... Em qualquer lugar onde haja um altar e uma estola. Isso não falta em Itália... E é então, Ega, que reaparece o espinho de toda esta felicidade. É por isso que eu disse "quase". O terrível espinho, o avô!

— É verdade, o velho Afonso. Tu não tens idéia como lhe hás de fazer conhecer esse caso?...

Carlos não tinha idéia nenhuma. Sentia só que lhe faltava absolutamente a coragem de dizer ao avô: "Esta mulher, com quem vou casar, teve na sua vida estes erros..." E além disso, já refletira, era inútil. O avô nunca compreenderia os motivos complicados, fatais, ineludíveis que tinham arrastado Maria. Se os contasse miudamente, o avô veria ali um romance confuso e frágil, antipático à sua natureza forte e cândida. A fealdade das culpas feri-lo-ia, exclusivamente; e não lhe deixaria apreciar, com serenidade, a irresistibilidade das causas. Para perceber este caso, dum caráter nobre apanhado dentro duma implacável rede de fatalidades, seria necessário um espírito mais dúctil, mais mundano que o do avô... O velho Afonso era um bloco de granito; não se podiam esperar dele as sutis discriminações dum casuísta moderno. Da existência de Maria só veria o fato tangível: caíra sucessivamente nos braços de dois homens. E daí decorreria toda a sua atitude de chefe de família. Para que havia ele, pois, de fazer ao velho uma confissão que necessariamente originaria um conflito de sentimentos e uma irreparável separação doméstica?...

— Pois não te parece, Ega?

— Fala mais baixo, olha o cocheiro.

— Não percebe bem o português, sobretudo o nosso estilo... Pois não te parece?

Ega raspava fósforos na sola para acender o charuto. E resmungava:

– Sim, o velho Afonso é granítico...

Por isso Carlos concebera outro plano, mais sagaz: consistia em esconder ao avô o passado de Maria e fazer-lhe conhecer a pessoa de Maria. Casavam secretamente em Itália. Regressavam: ela para a Rua de S. Francisco, ele finalmente para o Ramalhete. Depois Carlos levava o avô à casa da sua boa amiga, que conhecera em Itália, Mme. de MacGren. Para o prender logo, lá estavam os encantos de Maria, todas as graças dum interior delicado e sério, jantarinhos perfeitos, idéias justas, Chopin, Beethoven etc. E, para completar a conquista de quem tão enternecidamente adorava crianças, lá estava Rosa... Enfim, quando o avô estivesse namorado de Maria, da pequena, de tudo, ele, uma manhã, dizia-lhe francamente: "Esta criatura superior e adorável teve uma queda no seu passado; mas eu casei com ela; e, sendo tal como é, não fiz bem, apesar de tudo, em a escolher para minha esposa?" E o avô, perante esta terrível irremediabilidade do fato consumado, com toda a sua indulgência de velho enternecido a defender Maria, seria o primeiro a pensar que, se esse casamento não era o melhor segundo as regras do mundo, era decerto o melhor segundo os interesses do coração...

– Pois não te parece, Ega?

Ega, absorvido, sacudia a cinza do charuto. E pensava que Carlos, em resumo, adotara para com o avô a complicada combinação que Maria Eduarda tentara para com ele e imitava sem o sentir os sutis raciocínios dela.

– E acabou-se – continuava Carlos. – Se ele na sua indulgência aceitar tudo, bravo! Dá-se uma grande festa no Ramalhete... Senão, foi-se! Passaremos a viver cada um para seu lado, fazendo ambos prevalecer a superioridade de duas coisas excelentes: o avô as tradições do sangue, eu os direitos do coração.

E vendo o Ega ainda silencioso:

– Que te parece? Dize lá. Tu andas tão falto de idéias, homem!

O outro sacudiu a cabeça, como despertando.

– Queres que te diga o que me parece, com franqueza? Que diabo, nós somos dois homens falando como homens!... Então aqui está: teu avô tem quase 80 anos, tu tens 27 ou o quer que seja... É doloroso dizê-lo, ninguém o diz com mais dor que eu, mas teu avô há de morrer... Pois bem, espera até lá. Não cases. Supõe que ela tem um pai muito velho, teimoso e caturra, que detesta o sr. Carlos da Maia e a sua barba em bico. Espera; continua a vir à *Toca,* na tipóia do *Mulato;* e deixa o teu avô acabar a sua velhice calma, sem desilusões e sem desgostos...

Carlos torcia o bigode, mudo, enterrado no fundo da vitória. Nunca, nesses dias de inquietação, lhe acudira idéia tão sensata, tão fácil! Sim, era isso, esperar! Que melhor dever do que poupar ao pobre avô toda a dor?... Maria, decerto, como mulher, estava desejando, ansiosamente, a conversão do amante no marido, pelo laço de estola que tudo purifica e nenhuma força desata. Mas ela mesma preferiria uma consagração legal – que não fosse assim precipitada, dissimulada... Depois, tão reta e generosa, compreenderia bem a obrigação suprema de não mortificar aquele santo velho. De resto, não conhecia ela a sua lealdade sólida e pura como um diamante? Recebera a sua palavra; desde esse momento estavam casados, não diante do sacrário e nos registros da sacristia, mas diante da honra e na inabalável comunhão dos seus corações...

– Tens razão! – gritou por fim, batendo no joelho do Ega. – Tens imensamente razão! Essa idéia é genial! Devo esperar... E enquanto espero?...

– Como, enquanto esperas? – acudiu Ega, rindo. – Que diabo! Isso não é comigo!

E mais sério:

– Enquanto esperas, tens esse metal vil que faz a existência nobre. Instalas tua mulher, porque desde hoje é tua mulher, aqui nos Olivais ou noutro sítio, com o gosto, o conforto e a dignidade que competem à tua mulher... E deixas-te ir! Nada impede que façais essa viagem nupcial à Itália... Voltas, continuas a fumar a tua *cigarette* e a deixar-te ir. Este é o bom senso; é assim que pensaria o grande Sancho Pança... Que diabo tens tu naquele embrulho que cheira tão bem?

– Um ananás... Pois é isso, querido: esperar, deixar-me ir. É uma idéia!

Uma idéia! E a mais grata ao temperamento de Carlos. Para que iria com efeito enredar-se numa meada de amarguras domésticas, por um excesso de cavalheirismo romântico? Maria confiava nele; era rico, era moço; o mundo abria-se ante eles, fácil e cheio de indulgências. Não tinha senão a deixar-se ir.

– Tens razão, Ega! E Maria é a primeira a achar isto cheio de senso e de *oportunismo*. Eu tenho uma certa pena em adiar a instalação da minha vida e do meu *home*. Mas, acabou-se! Antes de tudo que o avô seja feliz... E, para celebrar o advento desta idéia, Deus queira que Maria nos tenha um bom jantar!

Agora, ao aproximar-se da *Toca,* Ega ia receando o primeiro encontro com Maria Eduarda. Incomodava-o esse enleio, esse rubor que ela não poderia ocultar – certa que, como confidente de Carlos, ele conhecia a sua vida, as suas misérias, as suas relações com Castro Gomes. Por isso hesitara em vir à *Toca.* Mas, também, não aparecer mais a Maria Eduarda seria marcar, com um relevo quase ofensivo, o desejo caridoso de não molestar o seu pudor... Por isso decidira "dar o mergulho duma vez". Quem, senão ele, deveria ser o mais apressado em estender a mão à noiva de Carlos?... Além disso tinha uma infinita curiosidade de ver no seu interior, à sua mesa, essa criatura tão bela, com a sua graça nobre de deusa moderna! Mas saltou da vitória muito embaraçado.

Por fim tudo se passou com uma facilidade risonha. Maria bordava, sentada nos degraus do jardim. Teve um sobressalto, corou toda, com efeito, ao avistar o Ega que procurava atarantadamente o monóculo; o aperto de mão que trocaram foi mudo e tímido; mas Carlos, alegremente, desembrulhava o ananás e, na admiração dele, todo o constrangimento se dissipou.

– Oh! é magnífico!
– Que cor, que luxo de tons!
– E que aroma! Veio perfumando toda a estrada.

Ega não voltara à *Toca,* desde a noite fatal da *soirée* dos Cohens, em que ele ali tanto bebera e delirara tanto. E lembrou logo a Carlos a jornada na velha traquitana, debaixo dum temporal, o *grog* do Craft, a ceia de peru...

– Já aqui sofri muito, minha senhora, vestido de Mefistófeles!...

– Por causa de Margarida?

– Por quem se há de sofrer neste apaixonado mundo, minha senhora, senão por Margarida ou por Fausto?

Mas Carlos quis que ele admirasse os esplendores novos da *Toca.* E foi já com familiaridade que Maria o levou pelas salas, lamentando que só viesse assim à *Toca* no fim do verão e no fim das flores. Ega extasiou-se ruidosamente. Enfim, perdera a *Toca* o seu ar regelado e triste de museu! Já ali se podia palrar livremente!

– Isto é um bárbaro, Maria! – exclamava Carlos radiante. – Tem horror à arte! É um ibero, é um semita!...

Semita? Ega prezava-se de ser um luminoso ariano! E por isso mesmo não podia viver numa casa em que cada cadeira tinha a solenidade sorumbática de antepassados com cabeleira...

– Mas – dizia Maria rindo – todas estas lindas coisas do século XVIII lembram antes a ligeireza, o espírito, a graça de maneiras...

– V. Ex.ª acha? – acudiu Ega. – A mim todos esses dourados, esses enramalhetados, esses rococós lembram-me uma vivacidade estouvada e sirigaita... Nada! Nós vivemos numa democracia! E não há para exprimir a alegria simples, sólida e bonacheirona da democracia, como largas poltronas de marroquim, e o mogno envernizado!...

Assim numa risonha, ligeira discussão sobre *bric-à-brac,* desceram ao jardim.

Miss Sarah passeava entre o buxo, de olhos baixos, com um livro fechado na mão. Ega, que conhecia já os seus ardores noturnos, cravou-lhe sofregamente o monóculo; e enquanto Maria se abaixara a cortar um gerânio, exprimiu a Carlos, num gesto mudo, a sua admiração por aquele beicinho escarlate, aquele seiozinho redondo de rola farta... Depois, ao fundo, junto do caramanchão, encontraram Rosa que se balançava. Ega pareceu deslumbrado com a sua beleza, a sua frescura mate de camélia branca. Pediu-lhe um beijo. Ela exigiu primeiro, muito séria, que ele tirasse o vidro do olho.

– Mas é para te ver melhor! É para te ver melhor!...

– Então por que não trazes um em cada olho? Assim só me vês metade...

– Encantadora! Encantadora! – murmurava Ega. No fundo achava a pequena espevitada e impudente. Maria resplandecia.

E o jantar alargou mais esta intimidade risonha. Carlos, logo à sopa, falando-se de campo e dum *chalet* que ele desejava construir em Sintra, nos Capuchos, dissera – "quando nos casarmos". E Ega aludiu a esse futuro do modo mais grato ao coração de Maria. Agora que Carlos se instalava para sempre numa felicidade estável (dizia ele) era necessário trabalhar! E relembrou então a sua velha idéia do Cenáculo, representado por uma revista que dirigisse a literatura, educasse o gosto, elevasse a política, fizesse a civilização, remoçasse o caruncoso Portugal... Carlos, pelo seu espírito, pela sua fortuna (até pela sua figura, ajuntava o Ega rindo), devia tomar a direção deste movimento. E que profunda alegria para o velho Afonso da Maia!

Maria escutava, presa e séria. Sentia bem quanto Carlos, com uma vida toda de inteligência e de atividade, reabilitaria supremamente aquela união, mostrando-lhe a influência fecunda e purificadora.

– Tem razão, tem bem razão! – exclamava ela com ardor.

– Sem contar – acrescentava o Ega – que o país precisa de nós! Como muito bem diz o nosso querido e imbecilíssimo Gouvarinho, o país não tem pessoal... Como há de tê-lo, se nós, que possuímos as aptidões, nos contentamos em governar os nossos *dog-carts* e escrever a vida íntima dos átomos? Sou eu, minha senhora, sou eu que ando a escrever essa biografia dum átomo!... No fim, este diletantismo é absurdo. Clamamos por aí, em botequins e livros, "que o país é uma choldra". Mas que diabo! Por que é que não trabalhamos para o refundir, o refazer ao nosso gosto e pelo molde perfeito das nossas idéias?... V. Ex.ª não conhece este país, minha senhora. É admirável! É uma pouca de cera inerte de primeira qualidade. A questão toda está em quem a trabalha. Até aqui, a cera tem estado em mãos brutas, banais, toscas, reles, rotineiras... É necessário pô-la em mãos de artistas, nas nossas. Vamos fazer disto um *bijou!*...

Carlos ria, preparando numa travessa o ananás com sumo de laranja e vinho da Madeira. Mas Maria não queria que ele risse. A idéia do Ega parecia-lhe superior, inspirada num alto dever. Quase tinha remorsos, dizia ela, daquela preguiça de Carlos. E agora, que ia ser cercado de afeição serena, queria-o ver trabalhar, mostrar-se, dominar.

– Com efeito – disse o Ega recostado e sorrindo –, a era do romance findou. E agora...

Mas o Domingos servia o ananás. E o Ega provou e rompeu em clamores de entusiasmo. Oh! que maravilha! Oh! que delícia!

– Como fazes tu isto? Com Madeira...

– É gênio! – exclamou Carlos. – Delicioso, não é verdade? Ora digam-me se tudo o que eu pudesse fazer pela civilização valeria este prato de ananás! É para estas coisas que eu vivo! Eu não nasci para fazer civilização...

– Nasceste – acudiu o Ega – para colher as flores dessa planta da civilização, que a multidão rega com o seu suor! No fundo também eu, menino!

Não, não! Maria não queria que falassem assim!

– Esses ditos estragam tudo. E o sr. Ega, em lugar de corromper Carlos, devia inspirá-lo...

Ega protestou, requebrando o olho, já lânguido. Se Carlos necessitava uma musa inspiradora e benéfica, não podia ser ele, bicho com barbas e bacharel em leis... A musa estava *toute trouvée!*

– Ah, com efeito!... Quantas páginas belas, quantas nobres idéias se não podem produzir num paraíso destes!...

E o seu gesto mole e acariciador indicava a *Toca,* a quietação dos arvoredos, a beleza de Maria. Depois, na sala, enquanto Maria tocava um noturno de Chopin e Carlos e ele acabavam os charutos à porta do jardim, vendo nascer a lua, Ega declarou que, desde o começo do jantar, estava com idéias de casar!... Realmente não havia nada como o casamento, o interior, o ninho...

— Quando penso, menino — murmurou ele, mordendo sombriamente o charuto —, que quase todo um ano, da minha vida, foi dado àquela israelita devassa que gosta de levar bordoada...

— Que faz ela em Sintra? — perguntou Carlos.

— Ensopa-se na crápula. Não há a menor dúvida que dá todo o seu coração ao Dâmaso... Tu sabes o que nestes casos significa o termo *coração*... Viste já imundície igual? É simplesmente obscena!

— E tu adora-a — disse Carlos.

O outro não respondeu. Depois, dentro, num ódio repentino da boêmia e do romantismo, entoou louvores sonoros à família, ao trabalho, aos altos deveres humanos — bebendo copinhos de *cognac*. À meia-noite, ao sair, tropeçou duas vezes na rua de acácias, já vago, citando Proudhon. E quando Carlos o ajudou a subir para a vitória, que ele quis descoberta para ir comunicando com a lua, Ega ainda lhe agarrou o braço para lhe falar da revista, dum forte vento de espiritualidade e de virtude viril que se devia fazer soprar sobre o país... Por fim, já estirado no assento, tirando o chapéu à aragem da noite:

— E outra coisa, Carlinhos. Vê se me arranjas a inglesa... Há vícios deliciosos naquelas pestanas baixas... Vê se me arranjas... Vá lá, bate lá, cocheiro! Caramba, que beleza de noite!

Carlos ficara encantado com este primeiro jantar de amizade na *Toca*. Ele tencionava não apresentar Maria aos seus íntimos, senão depois de casado e à volta de Itália. Mas agora a "união legal" estava já no seu pensamento adiada, remota, quase dispersa no vago. Como dizia o Ega, devia esperar, deixar-se ir... E, no entanto, Maria e ele não poderiam isolar-se ali todo um longo inverno, sem o calor sociável de alguns amigos em redor. Por isso uma manhã, encontrando o Cruges, que fora o vizinho de Maria e outrora lhe dava notícias da "*lady* inglesa", pediu-lhe para vir jantar à *Toca* no domingo.

O maestro apareceu numa tipóia, à tardinha, de laço branco e de casaca; e os fatos claros de campo com que encontrou Carlos e Ega começaram logo a enchê-lo de mal-estar. Toda a mulher, além das Lulas e Conchas, o ataranhava, o emudecia; Maria, "com o seu porte de *grande-dame*", como ele dizia, intimidou-o a tal ponto que ficou diante dela, sem uma palavra, escarlate, torcendo o forro das algibeiras. Antes de jantar, por lembrança de Carlos, foram-lhe mostrar a quinta. O pobre maestro, roçando a casaca malfeita pela folhagem dos arbustos, fazia esforços ansiosos por murmurar algum elogio "à beleza do sítio", mas escapavam-lhe então inexplicavelmente coisas reles em calão: "Vista catita"! "É pitada"! Depois ficava furioso, coberto de suor, sem compreender como se lhe babavam dos lábios esses ditos abomináveis, tão contrários ao seu gosto fino de artista. Quando se sentou à mesa, sofria um negríssimo acesso de *spleen* e mudez! Nem uma controvérsia, que Maria arranjara caridosamente para ele sobre Wagner e Verdi, pôde descerrar-lhe os lábios empedernidos. Carlos ainda tentou envolvê-lo na alegria da mesa – contando a ida a Sintra, quando ele procurava Maria na Lawrence, e em vez dela achara uma matrona obesa, de bigode, de cãozinho ao colo, ralhando com o homem em espanhol. Mas a cada exclamação de Carlos – "Lembras-te, Cruges?", "Não é verdade, Cruges?" – o maestro, rubro, grunhia apenas um *sim* avaro. Terminou por estar ali, ao lado de Maria, como um trambolho fúnebre. Estragou o jantar.

Combinara-se para depois do café um passeio pelos arredores, num *break*. E Carlos já tomara as guias, Maria na almofada acabava de abotoar as luvas – quando Ega, que receava a friagem da tarde, saltou do *break*, correu a buscar o paletó. Nesse mesmo momento sentiram um trote de cavalo na estrada – e apareceu o marquês.

Foi uma surpresa para Carlos, que o não vira durante esse verão. O marquês parou logo, tirando profundamente, ao ver Maria, o seu largo chapéu desabado.

– Imaginava-o pela Golegã! – exclamou Carlos. – Foi até Cruges que me disse... Quando chegou você?

Chegara na véspera. Lá fora ao Ramalhete; tudo deserto. Agora vinha aos Olivais ver um dos Vargas que tinha casado, se instalara ali perto, a passar o noivado...

– Quem, o gordo, o das corridas?

– Não, o magro, o das regatas.

Carlos, debruçado da almofada, examinava a eguazita do marquês, pequena, bem estampada, dum baio escuro e bonito.

– Isso é novo?

– Uma facazita do Darque... Quer-me você comprar? Sou já um pouco pesado para ela, e isto mete-se a um *dog-cart*...

– Dê lá uma volta.

O marquês deu a volta, bem posto na sela, avantajando a égua. Carlos achou-lhe "boas ações". Maria murmurou – "Muito bonita, uma cabeça fina..." Então Carlos apresentou o marquês de Sousela a *madame* MacGren. Ele chegou a égua à roda, descoberto, para apertar a mão a Maria; e à espera do Ega que se eternizava lá dentro, ficaram falando do verão, de Santa Olávia, dos Olivais, da *Toca*... Há que tempos o marquês ali não passava! A última vez fora vítima da excentricidade do Craft...

– Imagine V. Ex.ª – disse ele a Maria Eduarda – que esse Craft me convida a almoçar. Venho, e o hortelão diz-me que o sr. Craft, criado e cozinheiro, tudo partira para o Porto; mas que o sr. Craft deixara um cartaz na sala... Vou à sala, e vejo dependurada ao pescoço dum ídolo japonês uma folha de papel com estas palavras pouco mais ou menos: "O deus Tchi tem a honra de convidar o sr. marquês, em nome de seu amo ausente, a passar à sala de jantar onde encontrará, num aparador, queijo e vinho, que é o almoço que basta ao homem forte". E foi com efeito o meu almoço... Para não estar só, partilhei-o com o hortelão.

– Espero que se tivesse vingado! – exclamou Maria rindo.

– Pode crer, minha senhora... Convidei-o a jantar, e quando ele apareceu, vindo daqui da *Toca,* o meu guarda-portão disse-lhe que o sr. marquês fora para longe, e que não havia nem pão nem queijo... Resultado: o Craft mandou-me uma dúzia de magníficas garrafas de *Chambertin*. Esse deus Tchi nunca mais o tornei a ver...

O deus Tchi lá estava, obeso e medonho. E, muito naturalmente, Carlos convidou o marquês a revisitar nessa noite, à volta da casa do Vargas, o seu velho amigo Tchi.

O marquês veio, às dez horas – e foi um serão encantador. Conseguiu sacudir logo a melancolia do Cruges, arrastando-o com mão de ferro para o piano; Maria cantou; palrou-se com graça; e aquele esconderijo de amor ficou alumiado até tarde, na sua primeira festa de amizade.

Estas reuniões alegres foram a princípio, como dizia o Ega, *dominicais;* mas o outono arrefecia, bem depressa se despiriam as árvores da *Toca,* e Carlos acumulou-as duas vezes por semana nos velhos dias feriados da Universidade, domingos e quintas. Tinha descoberto uma admirável cozinheira alsaciana, educada nas grandes tradições, que servira o bispo de Estrasburgo, e a quem as extravagâncias dum filho e outras desgraças tinham arrojado a Lisboa. Maria, de resto, punha na composição dos seus jantares uma ciência delicada; o dia de vir à *Toca* era considerado pelo marquês "dia de civilização".

A mesa resplandecia; e as tapeçarias, representando massas de arvoredos, punham em redor como a sombra escura dum retiro silvestre onde, por um capricho, se tivessem acendido candelabros de prata. Os vinhos saíam da frasqueira preciosa do Ramalhete. De todas as coisas da terra e do céu se grulhava com fantasia – menos de "política portuguesa", considerada conversa indecorosa entre pessoas de gosto.

Rosa aparecia ao café, exalando do seu sorriso, dos bracinhos nus, dos vestidos brancos tufados sobre as meias de seda preta um bom aroma de flor. O marquês adorava-a, disputando-a ao Ega, que a pedira a Maria em casamento e lhe andava compondo havia tempo um soneto. Ela preferia o marquês; achava o Ega "muito..." – e completava o seu pensamento com um gestozinho do dedo ondeado no ar, como a exprimir que o Ega "era muito retorcido".

– Aí está! – exclamava ele. – Porque eu sou mais civilizado que o outro! É a simplicidade não compreendendo o requinte.

– Não, desgraçado! – exclamavam do lado. – É porque és impresso!... É a natureza repelindo a convenção!...

Bebia-se à saúde de Maria; ela sorria, feliz entre os seus novos amigos, divinamente bela, quase sempre de escuro, com um curto decote onde resplandecia o incomparável esplendor do seu colo.

Depois organizaram-se solenidades. Num domingo, em que os sinos repicavam e a distância foguetes esfuziavam no ar, Ega lamentou que os seus austeros princípios filosóficos o impedissem de festejar, também, aquele santo de aldeia, que fora decerto em vida um caturra encantador, cheio de ilusões e doçura... Mas de resto, acrescentou, não teria sido num dia assim, fino e seco, sob um grande céu cheio de sol, que se feriu a batalha das Termópilas? Por que não se atiraria uma girândola de foguetes em honra de Leônidas e dos trezentos? E atirou-se à girândola pela eterna glória de Esparta.

Depois celebraram-se outras datas históricas. O aniversário da descoberta de Vênus de Milo foi comemorado com um balão que ardeu. Noutra ocasião o marquês trouxe de Lisboa, apinhados numa tipóia, fadistas famosos, o *Pintado,* o *Vira-vira* e o *Gago;* e depois de jantar, até tarde, com o luar sobre o rio, cinco guitarras choraram os ais mais tristes dos fados de Portugal.

Quando estavam sós, Carlos e Maria passavam as suas manhãs no quiosque japonês – afeiçoados àquele primeiro retiro dos seus amores, pequeno e apertado, onde os seus corações batiam mais perto um do outro. Em lugar das esteiras de palha, Carlos revestira-o com as suas formosas colchas da Índia, cor de palha e cor de pérola. Um dos maiores cuidados dele, agora, era embelezar a *Toca;* nunca voltava de Lisboa sem trazer alguma figurinha de Saxe, um marfim, uma faiança, como noivo feliz que aperfeiçoa o seu ninho.

Maria, no entanto, não cessava de lembrar os planos intelectuais do Ega; queria que ele trabalhasse, ganhasse um nome; seria isso o orgulho íntimo dela, e sobretudo a alegria suprema do avô. Para a contentar (mais que para satisfazer as suas necessidades de espírito), Carlos recomeçara a compor alguns dos seus artigos de medicina literária para a *Gazeta Médica*. Trabalhava no quiosque, de manhã. Trouxera para lá rascunhos, livros, o seu famoso manuscrito da *Medicina Antiga e Moderna*. E por fim achara um grande encanto em estar ali, com um leve casaco de seda, as suas *cigarettes* ao lado, um fresco murmúrio de arvoredo em redor – cinzelando as suas frases, enquanto ela ao lado bordava silenciosa. As suas idéias surgiam com mais originalidade, a sua forma ganhava em colorido, naquele estreito quiosque acetinado que ela perfumava com a sua presença. Maria respeitava este trabalho, como coisa nobre e sagrada. De manhã, ela mesma espanejava os livros do leve pó que a aragem soprava pela janela; dispunha o papel branco, punha cuidadosamente penas novas; e andava bordando uma almofada de penas e cetim, para que o trabalhador estivesse mais confortável na sua vasta cadeira de couro lavrado.

Um dia oferecera-se a passar a limpo um artigo. Carlos, entusiasmado com a letra dela, quase comparável à lendária letra do Dâmaso, ocupava-a agora, incessantemente, como copista, sentindo mais amor por um trabalho a que ela se associava. Quantos cuidados se dava a doce criatura! Tinha para isso um papel especial, dum tom macio de marfim; e, com o dedinho no ar, ia desenrolando as pesadas considerações de Carlos sobre o vitalismo e o transformismo, na graça delicada duma renda... Um beijo pagava-a de tudo.

Às vezes Carlos dava lições a Rosa – ora de história, contando-a familiarmente como um conto de fadas, ora de geografia, interessando-a pelas terras onde vivem gentes negras, e pelos velhos rios que correm entre as ruínas dos santuários. Isto era o prazer mais alto de Maria. Séria, muda, cheia de religião, escutava aquele ser bem-amado ensinando sua filha. Deixava escapar das mãos o trabalho – e o interesse de Carlos, a enlevada atenção de Rosa sentada aos pés dele, bebendo aquelas belas histórias de Joana d'Arc ou das caravelas que foram à Índia, fazia resplandecer, nos seus olhos, uma névoa de lágrimas felizes...

Desde o meado de outubro Afonso da Maia falava da

sua partida de Santa Olávia, retardada apenas por algumas obras, que começara na parte velha da casa e nas cocheiras; porque ultimamente invadira-o a paixão de edificar – sentindo-se remoçar, como ele dizia, no contato das madeiras novas e no cheiro vivo das tintas. Carlos e Maria pensavam também em abandonar os Olivais. Carlos não poderia, por dever doméstico, permanecer ali instalado desde que o avô recolhesse ao Ramalhete. Além disso, aquele fim de outono ia escuro e agreste; e a *Toca* era agora pouco bucólica, com a quinta desfolhada e alagada, uma névoa sobre o rio, e um fogão único no gabinete de cretones – além da suntuosa chaminé da sala de jantar, que, por entre os seus núbios de olhos de cristal, soltava uma fumaraça odiosa, quando o Domingos a tentava acender.

Numa dessas manhãs, Carlos, que ficara até tarde com Maria, e depois no seu delgado casebre, mal pudera dormir com um temporal, de vento e água, desencadeado de madrugada – ergueu-se às nove horas, veio à *Toca*. As janelas do quarto de Maria conservavam-se ainda cerradas; a manhã clareara; a quinta lavada, meio despida, no ar fino e azul, tinha uma linda e silenciosa graça de inverno. Carlos passeava, olhando os vasos onde os crisântemos floriam, quando retiniu a sineta do portão. Era o toque do carteiro. Justamente ele escrevera dias antes ao Cruges, perguntando se estaria desocupado, para os primeiros frios de dezembro, o andar da Rua de S. Francisco; e, esperando carta do maestro, foi abrir, acompanhado por *Niniche*. Mas o correio, nessa manhã, consistia apenas numa carta do Ega e dois números de jornal cintados – um para ele, outro para "*madame* Castro Gomes, na quinta do sr. Craft, aos Olivais".

Caminhando sob as acácias, Carlos abriu a carta do Ega. Era da véspera, com a data "à noite, à pressa". E dizia: "Lê, nesse trapo que te mando, esse superior pedaço de prosa que lembra Tácito. Mas não te assustes; eu suprimi, mediante pecúnia, toda a tiragem, com exceção de dois números mais que foram, um para a *Toca,* outro (oh! lógica suprema dos hábitos constitucionais!) para o Paço, para o chefe do Estado!... Mas esse mesmo não chegará ao seu destino. Em todo o caso desconfio de que esgoto saiu esse enxurro e precisamos providenciar! Vem já! Espero-te até as duas. E, como Iago dizia a Cássio – *mete dinheiro na bolsa*".

Inquieto, Carlos descintou o jornal. Chamava-se a *Corneta do Diabo;* e na impressão, no papel, na abundância dos *itálicos,* no tipo gasto, todo ele revelava imundície e malandrice. Logo na primeira página duas cruzes a lápis marcavam um artigo que Carlos, num relance, viu salpicado com o seu nome. E leu isto: "Ora viva, *sô* Maia! Então já se não vai ao consultório, nem se vêem os doentes do bairro, *sô* janota? – Esta piada era botada no Chiado, à porta da Havanesa, ao Maia, ao Maia dos cavalos ingleses, um tal Maia do Ramalhete, que abarrota por aí de *catita;* e o pai Paulino *que tem olho* e que passava nessa ocasião ouviu a seguinte *cornetada:* – É que o *sô* Maia acha *que é mais quente* viver nas fraldas duma *brasileira casada,* que nem é brasileira nem é casada, e a quem o papalvo pôs casa, aí para o lado dos Olivais, para *estar ao fresco!* Sempre os há neste mundo!... Pensa o homem que botou conquista; e cá a rapaziada de gosto ri-se, porque o que a gaja lhe quer não são os lindos olhos, são as lindas *louras...* O simplório, que bate aí pilecas *bifes,* que nem que fosse o *marquês,* o verdadeiro Marquês, imaginava que se estava abiscoitando com uma senhora do *chic,* e do *boulevard* de Paris e casada, e titular!... E no fim (não, esta é para a gente deixar estourar o bandulho a rir!) no fim descobre-se que a tipa era uma *cocotte safada,* que trouxe para aí um brasileiro, *já farto dela,* para a passar cá aos belos lusitanos... E caiu a espiga ao Maia! Pobre palerma! Ainda assim o *sô* Maia só apanhou os restos doutro, porque a *tipa,* já antes dele se enfeitar, *tinha pandegado à larga,* aí para a Rua de S. Francisco, com um rapaz da fina, que se safou também, porque, cá como nós, só *aprecia a bela espanhola.* Mas não obsta a que o *sô* Maia seja traste! – Pois se assim é, dissemos nós, cautelinha, porque o diabo cá tem a sua *Corneta* preparada para cornetear, por esse mundo, as façanhas do *Maia das conquistas.* Ora viva, *sô* Maia!"

Carlos ficou imóvel entre as acácias, com o jornal na mão, no espanto, furioso e mudo, dum homem que subitamente recebe na face uma grossa chapada de lodo! Não era a cólera de ver o seu amor, assim aviltado, na publicidade chula dum jornal sórdido; era o horror de sentir aquelas frases em calão, pandilhas, afadistadas, como só Lisboa as pode criar, pingando fetidamente, à maneira de sebo, sobre si, sobre Maria, sobre o esplendor da sua paixão... Sentia-se todo emporcalhado. E uma única idéia surgia através da sua confusão – matar o bruto que escrevera aquilo.

Matá-lo! Ega sustara a tiragem da folha, Ega pois conhecia o foliculário. Nada importava que aqueles números, que tinha na mão, fossem os únicos impressos. Recebera lama na face. Que a injúria fosse espalhada nas praças, numa profusa publicidade, ou lhe fosse atirada só a ele escondidamente num papel único, era igual... Quem tanto ousara tinha de cair, esmagado!

Decidiu ir logo ao Ramalhete. O Domingos, à janela da cozinha, areava pratas, assobiando. Mas quando Carlos lhe falou de ir buscar um calhambeque aos Olivais, o bom Domingos consultou o relógio:

– V. Ex.ª tem às onze horas a caleche do *Torto,* que a senhora mandou cá estar para ir a Lisboa...

Carlos, com efeito, recordou-se que Maria, na véspera, planeara ir à Aline e aos livreiros. Uma contrariedade, justamente nesse dia em que ele precisava ficar livre – ele e a sua bengala! Mas Melanie, passando então com um jarro de água quente, disse que a senhora ainda se não vestira, que talvez nem fosse a Lisboa... E Carlos recomeçou a passear, no tapete de relva, entre as nogueiras.

Sentou-se por fim no banco de cortiça, descintou a *Corneta* sobrescritada para Maria, releu lentamente a prosa imunda; e, nesse número que lhe fora destinado a ela, todo aquele calão lhe pareceu mais ultrajante, intolerável, punível só com sangue. Era monstruoso, na verdade, que sobre uma mulher, quieta, inofensiva no silêncio da sua casa, alguém ousasse tão brutalmente arremessar esse lodo às mãos-cheias! E a sua indignação alargava-se, do foliculário que babara aquilo até a sociedade que, na sua decomposição, produzira o foliculário.

Decerto toda a cidade sofria a sua vérmina... Mas só Lisboa, só a horrível Lisboa, com o seu apodrecimento moral, o seu rebaixamento social, a perda inteira de bom senso, o desvio profundo do bom gosto, a sua pulhice e o seu calão podia produzir uma *Corneta do Diabo*.

E, no meio desta alta cólera de moralista, uma dor perpassava, precisa e dilacerante. Sim, toda a sociedade de Lisboa fazia um monturo sórdido neste canto do mundo – mas, em suma, havia no artigo da *Corneta* uma calúnia? Não. Era o passado de Maria, que ela arrancara de si como um vestido roto e sujo, que ele mesmo enterrara muito fundo, deitando-lhe por cima o seu amor e o seu nome – e que alguém desenterrava para o mostrar bem alto ao sol, com as suas manchas e os seus rasgões... E isto agora ameaçava para sempre a sua vida, como um terror sobre ela suspenso. Debalde ele perdoara, debalde ele esquecera. O mundo em redor sabia. E, a todo o tempo, o interesse ou a perversidade poderiam refazer o artigo da *Corneta*.

Ergueu-se, abalado. E então ali, sob essas árvores desfolhadas, onde durante o verão, quando elas se enchem de sombra e de murmúrio, ele passeara com Maria, esposa eleita da sua vida, Carlos perguntou, pela vez primeira a si mesmo, se a honra doméstica, a honra social, a pureza dos homens de quem descendia, a dignidade dos homens que dele descendessem lhe permitiam em verdade casar com ela...

Dedicar-lhe toda a sua afeição, toda a sua fortuna, certamente! Mas casar... E se tivesse um filho? O seu filho, já homem, altivo e puro, poderia um dia ler numa *Corneta do Diabo* que sua mãe fora amante dum brasileiro, depois de ser amante dum irlandês. E se seu filho lhe viesse gritar, numa bela indignação, "é uma calúnia?" – ele teria de baixar a cabeça, murmurar "é uma verdade!" E seu filho veria para sempre, colada a si, aquela mãe de quem o mundo ignorava os martírios e os encantos – mas de quem conhecia cruelmente os erros.

E ela mesma! Se ele apelasse para a sua razão, alta e tão reta, mostrando-lhe as zombarias e as afrontas de que uma vil *Corneta do Diabo* poderia um dia trespassar o filho que deles nascesse – ela mesma o desligaria alegremente do seu voto, contente em entrar no Ramalhete pela escadinha secreta, forrada de veludo cor de cereja, contanto que em cima a esperasse um amor constante e forte... Nunca ela tornara, em todo o verão, a aludir a uma união diferente dessa em que os seus corações viviam tão lealmente, tão confortavelmente. Não, Maria não era uma devota, preocupada "do pecado mortal"! Que lhe podia importar a estola banal do padre?...

Sim; mas ele, que lhe pedira essa consagração, na hora mais comovida do seu longo amor, iria dizer-lhe agora – "foi uma criancice, não pensemos mais nisso, desculpa?" Não; nem o seu coração o desejava! Antes pendia todo para ela... Pendia todo para ela, num enternecimento mais generoso e mais quente – enquanto a sua razão assim arengava, cautelosa e austera. Ele tinha naquela alma o seu culto perfeito, naqueles braços a sua voluptuosidade magnífica; fora dali não havia felicidade; a única sabedoria era prender-se a ela pelo derradeiro elo, o mais forte, o seu nome, embora as *Cornetas do Diabo* atroassem todo o ar. E assim afrontaria o mundo numa soberba revolta, afirmando a onipotência, o reino único da Paixão... Mas primeiro mataria o foliculário! – passeava, esmagava a relva. E todos os seus pensamentos se resolviam, por fim, em fúria contra o infame que babara sobre o seu amor, e durante um instante introduzia na sua vida tanta incerteza e tanto tormento!

Maria ao lado abriu a janela. Estava vestida de escuro para sair; e bastou o brilho terno do seu sorriso, aqueles ombros a que o estofo justo modelava a beleza cheia e quente – para que Carlos detestasse logo as dúvidas desleais e covardes, a que se abandonara um momento, sob as árvores desfolhadas... Correu para ela. O beijo que lhe deu, lento e mudo, teve a humildade dum perdão que se implora.

– Que tens tu, que estás tão sério?

Ele sorriu. Sério, no sentido de solene, não estava. Talvez secado. Recebera uma carta do Ega, uma das eternas complicações do Ega. E precisava ir a Lisboa, ficar lá naturalmente toda a noite...

– Toda a noite? – exclamou ela com um desapontamento, pousando-lhe as mãos sobre os ombros.

— Sim, é bem possível, um horror! Nos negócios do Ega há fatalmente o inesperado... Tu, com efeito, vais a Lisboa?

— Agora, com mais razão... Se me queres.

— O dia está bonito... Mas há de fazer frio na estrada.

Maria justamente gostava desses dias de inverno, cheios de sol, com um arzinho vivo e arrepiado. Tornavam-na mais leve, mais esperta.

— Bem, bem – disse Carlos atirando o cigarro. – Vamos ao almoço, minha filha... O pobre Ega deve estar a uivar de impaciência.

Enquanto Maria correra a apressar o Domingos, Carlos, através da relva úmida, foi ainda lentamente até o renque baixo de arbustos que, daquele lado, fechava a *Toca* como uma sebe. Aí a colina descia, com quintarolas, muros brancos, olivedos, uma grande chaminé de fábrica que fumegava; para além era o azul fino e frio do rio; depois os montes, dum azul mais carregado, com a casaria branca da povoação aninhada à beira da água, nítida e suave na transparência do ar macio. Parou um momento, olhando. E aquela aldeia de que nunca soubera o nome, tão quieta e feliz na luz, deu a Carlos um desejo repentino de sossego e de obscuridade, num canto assim do mundo, à beira de água, onde ninguém o conhecesse nem houvesse *Cornetas do Diabo,* e ele pudesse ter a paz dum simples e dum pobre debaixo de quatro telhas, no seio de quem amava.

Maria gritou por ele da janela da sala de jantar, onde se debruçara a apanhar uma das últimas rosas trepadeiras, que ainda floriam.

— Que lindo tempo para viajar, Maria! – disse Carlos chegando, através da relva.

— Lisboa é também muito linda, agora, havendo sol...

— Pois sim, mas o Chiado, a coscovilhice, os politiquetes, as gazetas, todos os horrores... A mim está-me positivamente a apetecer uma cubata na África!

O almoço, por fim, foi demorado. Ia bater uma hora, quando a caleche do *Torto* começou a rolar na estrada, ainda encharcada da chuva da noite. Logo adiante da vila, na descida, cruzaram num *coupé* que trepava num trote esfalfado. Maria julgou avistar nele, de relance, o chapéu branco e o monóculo do Ega... Pararam. E era com efeito o Ega, que reconhecera também a caleche da *Toca,* vinha já saltitando as lamas com longas pernadas de cegonha, chamando por Carlos.

Ao ver Maria, ficou atrapalhado:

– Que bela surpresa! Eu ia para lá... Vi o dia tão bonito, disse comigo...

– Bem, paga a tua tipóia, vem conosco! – atalhou Carlos que trespassava o Ega, com os olhos inquietos, querendo adivinhar o motivo daquela brusca chegada aos Olivais.

Quando entrou para a caleche, tendo pago o batedor, Ega, embaraçado, sem poder desabafar diante de Maria sobre o caso da *Corneta,* começou, sob os olhos de Carlos que o não deixavam, a falar do inverno, das inundações do Ribatejo... Maria lera. Uma desgraça, duas crianças afogadas nos berços, gados perdidos, uma grande miséria! Por fim Carlos não se conteve:

– Eu lá recebi a tua carta...

Ega acudiu:

– Arranja-se tudo! Está tudo combinado! E, com efeito, eu não vim senão por um sentimento bucólico...

Muito discretamente Maria olhara para o rio. Ega fez então um gesto rápido com os dedos, significando "dinheiro, só questão de dinheiro". Carlos sossegou; e Ega voltou a falar dos inundados do Ribatejo e do sarau literário e artístico que, em benefício deles, se "ia cometer" no salão da Trindade... Era uma vasta solenidade oficial. Tenores do parlamento, rouxinóis da literatura, pianistas ornados com o hábito de Santiago, todo o pessoal canoro e sentimental do constitucionalismo *ia entrar em fogo.* Os reis assistiam, já se teciam grinaldas de camélias para pendurar na sala. Ele, apesar de demagogo, fora convidado para ler um episódio das *Memórias dum Átomo;* recusara-se, por modéstia, por não encontrar, nas *Memórias,* nada tão suficientemente palerma que agradasse à capital. Mas lembrara o Cruges; e o *maestro* ia ribombar ou arrulhar uma das suas *Meditações.* Além disso havia uma poesia social pelo Alencar. Enfim, tudo prenunciava uma imensa orgia...

— E a sra. D. Maria — acrescentou ele — devia ir!... É sumamente pitoresco. Tinha V. Ex.ª ocasião de ver todo o Portugal romântico e liberal, *à la besogne,* engravatado de branco, dando tudo que tem na alma!

— Com efeito devias ir — disse Carlos, rindo. — De mais a mais, se o Cruges toca, se o Alencar recita, é uma festa nossa...

— Pois está claro! — gritou Ega, procurando o monóculo, já excitado. — Há duas coisas que é necessário ver em Lisboa... Uma procissão do Senhor dos Passos e um sarau poético!

Rolavam então pelo Largo do Pelourinho. Carlos gritou ao cocheiro que parasse no começo da Rua do Alecrim; eles apeavam-se e tomavam de lá o americano para o Ramalhete.

Mas a tipóia estacou antes da calçada, rente ao passeio, em frente duma loja de alfaiate. E nesse instante achava-se aí parado, calçando as suas luvas pretas, um velho alto, de longas barbas de apóstolo, todo vestido de luto. Ao ver Maria, que se inclinara à portinhola, o homem pareceu assombrado; depois, com uma leve cor na face larga e pálida, tirou gravemente o chapéu, um imenso chapéu de abas recurvas, à moda de 1830, carregado de crepe.

— Quem é? — perguntou Carlos.

— É o tio do Dâmaso, o Guimarães — disse Maria, que corara também. — É curioso, ele aqui!

Ah, sim! O famoso Mr. Guimarães, o do *Rappel,* o íntimo de Gambetta! Carlos recordava-se de ter já encontrado aquele patriarca no Price com o Alencar. Cumprimentou-o também; o outro ergueu de novo, com uma gravidade maior, o seu sombrio chapéu de carbonário. Ega entalara vivamente o monóculo para examinar esse lendário tio do Dâmaso, que ajudava a governar a França; e depois de se despedirem de Maria, quando a caleche já subia a Rua do Alecrim e eles atravessavam para o Hotel Central, ainda se voltou, seduzido por aqueles modos, aquelas barbas austeras de revolucionário...

— Bom tipo! E que magnífico chapéu, hem! De onde diabo o conhece a sra. D. Maria?

— De Paris... Este Mr. Guimarães era muito amigo da mãe dela. A Maria já me tinha falado nele. É um pobre-diabo. Nem amigo de Gambetta nem coisa nenhuma... Traduz notícias dos jornais espanhóis para o *Rappel,* e morre de fome...

– Mas então, o Dâmaso?

– O Dâmaso é um trapalhão. Vamos nós ao nosso caso... Essa imundície que me mandaste, a *Corneta?* Dize lá.

Seguindo devagar pelo Aterro, Ega contou a história da imundície. Fora na véspera, à tarde, que recebera no Ramalhete a *Corneta.* Ele já conhecia o papelucho, já privara mesmo com o proprietário e redator – Palma, chamado Palma *Cavalão* para se distinguir de outro benemérito chamado Palma *Cavalinho.* Compreendeu logo que, se a prosa era do Palma, a inspiração era alheia. O Palma nada sabia de Carlos, nem de Maria, nem da casa da Rua de S. Francisco, nem da *Toca...* Não era natural que escrevesse, por deleite intelectual, um documento que só lhe podia render desgostos e bengaladas. O artigo, pois, fora-lhe simplesmente encomendado e pago. No terreno do dinheiro, vence sempre quem tem mais dinheiro. Por este sólido princípio correra a procurar o Palma *Cavalão* no seu antro.

– Também lhe conheces o antro? – perguntou Carlos, com horror.

– Tanto não... Fui perguntar à secretaria da Justiça a um sujeito que esteve associado com ele num negócio de *Almanaques religiosos...*

Fora pois ao antro. E encontrara as coisas dispostas pelas mãos hábeis duma Providência amiga. Primeiramente, depois de imprimir cinco ou seis números, a máquina, esfalfada na prática daquelas maroteiras, desmanchara-se. Além disso o bom Palma estava furioso com o cavalheiro que lhe encomendara o artigo, por divergência na seriíssima questão de pecúnia. De sorte que apenas ele propôs comprar a tiragem do jornal – o jornalista estendeu logo a mão larga, de unhas roídas, tremendo de reconhecimento e de esperança. Dera-lhe cinco libras que tinha, e a promessa de mais dez...

– É caro, mas que queres? – continuou o Ega. – Deixei-me atarantar, não regateei bastante... E, em quanto a dizer que é o cavalheiro que encomendou o artigo, o Palma, coitado, afirma que tem uma rapariga espanhola a sustentar, que o senhorio lhe levantou o aluguel da casa, que Lisboa está caríssima, que a literatura neste desgraçado país...

– Quanto quer ele?

– Cem mil-réis. Mas, ameaçando-o com a polícia, talvez desça a quarenta.

– Promete os cem, promete tudo, contanto que eu tenha o nome... Quem te parece que seja?

Ega encolheu os ombros, deu um risco lento no chão com a bengala. E, mais lentamente ainda, foi considerando que o inspirador da *Corneta* devia ser alguém familiar com Castro Gomes; alguém freqüentador da Rua de S. Francisco; alguém conhecedor da *Toca;* alguém que tinha, por ciúme ou vingança, um desejo ferrenho de magoar Carlos; alguém que sabia a história de Maria; e enfim alguém que era um covarde...

– Estás a descrever o Dâmaso! – exclamou Carlos, pálido e parando.

Ega encolheu de novo os ombros, tornou a riscar o chão:

– Talvez não... Quem sabe! Enfim, nós vamos averiguá-lo com certeza, porque, para terminar a negociação, fiquei de me ir encontrar com o Palma às três horas no *Lisbonense*... E o melhor é vires também. Trazes tu dinheiro?

– Se for o Dâmaso, mato-o! – murmurou Carlos.

E não trazia suficiente dinheiro. Tomaram uma tipóia para correr ao escritório do Vilaça. O procurador fora a Mafra, a um batizado. Carlos teve de ir pedir cem mil-réis ao velho Cortês, alfaiate do avô. Quando perto das quatro horas se apearam à entrada do *Lisbonense,* no Largo de Santa Justa, o Palma no portal, com um jaquetão de veludo coçado e calça de casimira clara colada à coxa, acendia um cigarro. Estendeu logo rasgadamente a mão a Carlos – que lhe não tocou. E Palma *Cavalão,* sem se ofender, com a mão abandonada no ar, declarou que ia justamente sair, cansado já de esperar em cima diante dum *grog* frio. De resto sentia que o sr. Maia se incomodasse em vir ali...

– Eu arranjava cá o negociozinho com o amigo Ega... Em todo o caso, se os senhores querem, vamos lá para cima para um gabinete, que se está mais à vontade, e toma-se outra bebida.

Subindo a escada lôbrega, Carlos recordava-se de ter já visto aquela luneta de vidros grossos, aquela cara balofa cor de cidra... Sim, fora em Sintra, com o Eusebiozinho e duas espanholas, nesse dia em que ele farejara pelas estradas silenciosas, como um cão abandonado, procurando Maria... Isto tornou-lhe mais odioso o sr. Palma. Em cima entraram num cubículo, com uma janela gradeada por onde resvalava uma luz suja de saguão. Na toalha da mesa, salpicada de gordura e vinho, alguns pratos rodeavam um galheteiro que tinha moscas no azeite. O sr. Palma bateu palmas, mandou vir genebra. Depois, dando um grande puxão às calças:

– Pois eu espero que me acho aqui entre cavalheiros. Como eu já disse cá ao amigo Ega, em todo este negócio...

Carlos atalhou-o, tocando muito significativamente com a ponteira da bengala na borda da mesa.

– Vamos ao ponto essencial... Quanto quer o sr. Palma por me dizer quem lhe encomendou o artigo da *Corneta?*

– Dizer quem o encomendou, e prová-lo! – acudiu o Ega, que examinava na parede uma gravura onde havia mulheres nuas à beira de água. – Não nos basta o nome... O amigo Palma, está claro, é de toda a confiança... Mas enfim, que diabo, não é natural que nós acreditássemos, se o amigo nos dissesse que tinha sido o sr. D. Luís de Bragança!

Palma encolheu os ombros. Está visto que havia de dar provas. Ele podia ter outros defeitos, trapalhão não! Em negócios era todo franqueza e lisura... E, se se entendessem, ali as entregava logo, essas provas que lhe estavam enchendo o bolsinho, pimponas e de escachar! Tinha a carta do amigo que lhe encomendara a piada; a lista das pessoas a quem se devia mandar a *Corneta;* o rascunho do artigo a lápis...

– Quer cem mil-réis por tudo isso? – perguntou Carlos.

O Palma ficou um momento indeciso, ajeitando as lunetas com os dedos moles. Mas o criado veio trazer a garrafa de genebra; e então o redator da *Corneta* ofereceu a "bebida" rasgadamente, puxou mesmo cadeiras para aqueles cavalheiros abancarem. Ambos recusaram – Carlos de pé junto da mesa onde terminara por pousar a bengala, Ega passando à outra gravura, onde dois frades se emborrachavam. Depois, quando o criado saiu, Ega acercou-se, tocou com bonomia no ombro do jornalista:

– Cem mil-réis são uma linda soma, Palma amigo! E olhe que se lhe oferecem por delicadeza consigo. Porque artiguinhos como este da *Corneta,* apresentados na Boa-Hora, levam à grilheta!... Está claro, este caso é outro, você não teve intenção de ofender; mas levam à grilheta!... Foi assim que o Severino marchou para a África. Ali no porãozinho dum navio, com ração de marujo e chibatadas. Desagradável, muito desagradável. Por isso eu quis que tratássemos isto aqui, entre cavalheiros, e em amizade.

Palma, com a cabeça baixa, desfazia torrões de açúcar dentro do copo de genebra. E suspirou, findou por dizer, um pouco murcho, que era por ser entre cavalheiros, e com amizade, que aceitava os cem mil-réis...

Imediatamente Carlos tirou da algibeira das calças um punhado de libras, que começou a deixar cair em silêncio uma a uma dentro dum prato. E Palma *Cavalão,* agitado com o tinir do ouro, desabotoou logo o jaquetão, sacou uma carteira onde reluzia um pesado monograma de prata sob uma enorme coroa de visconde. Os dedos tremiam-lhe; por fim desdobrou, estendeu três papéis sobre a mesa. Ega, que esperava, com o monóculo sôfrego, teve um brado de triunfo. Reconhecera a letra do Dâmaso!

Carlos examinou os papéis lentamente. Era uma carta do Dâmaso ao Palma, curta e em calão, remetendo o artigo, recomendando-lhe que o "apimentasse". Era o rascunho do artigo, laboriosamente trabalhado pelo Dâmaso, com entrelinhas. Era a lista, escrita pelo Dâmaso, das pessoas que deviam receber a *Corneta:* vinha lá a Gouvarinho, o ministro do Brasil, D. Maria da Cunha, El-Rei, todos os amigos do Ramalhete, o Cohen, várias autoridades e a Fancelli prima-dona.

Palma, no entanto, nervoso, rufava com os dedos sobre a toalha, junto ao prato onde reluziam as libras. E foi o Ega que o animou, depois de relancear os olhos aos documentos por cima do ombro de Carlos:

— Recolha o bago, amigo Palma! Negócios são negócios, e o baguinho está aí a arrefecer!

Então, ao palpar o ouro, Palma *Cavalão* comoveu-se. Palavra, caramba, se soubesse que se tratava dum cavalheiro como o sr. Maia, não tinha aceitado o artigo! Mas então!... Fora o Eusébio Silveira, rapaz amigo, que lhe viera falar. Depois o Salcede. E ambos com muitas lérias e que era uma brincadeira, e que o Maia não se importava, e isto e aquilo, e muita promessa... Enfim deixara-se tentar. E tanto o Salcede como o Silveira se tinham portado pulhamente.

— Foi uma sorte que se escangalhasse a máquina! Senão estava agora entalado, irra! E tinha desgosto, palavra, caramba, tinha desgosto! Mas acabou-se! O mal não foi grande, e sempre se fez alguma coisa pela porca da vida.

Vivamente, com um olhar, recontara o dinheiro na palma da mão; depois esvaziou a genebra, dum trago consolado e ruidoso. Carlos guardara as cartas do Dâmaso, levantava já o fecho da porta. Mas voltou-se ainda, numa derradeira averiguação:

— Então esse meu amigo Eusébio Silveira também se meteu no negócio?

O sr. Palma, muito lealmente, afiançou que o Eusébio lhe falara apenas em nome do Dâmaso!

— O Eusébio, coitado, veio só como embaixador... Que o Dâmaso e eu não vamos muito na mesma bola. Ficamos esquisitos, desde uma pega em casa da Biscainha. Aqui para nós, eu prometi-lhe dois estalos na cara, e ele embuchou. Passados tempos tornamos a falar, quando eu fazia o *High-life* na *Verdade*. Ele veio-me pedir com bons modos, em nome do conde de Landim, para eu dar umas piadas catitas sobre um baile de anos... Depois, quando o Dâmaso fez também anos, eu dei outra piadita. Ele pagou a ceia, ficamos mais calhados... Mas é traste... E lá o Eusebiozinho, coitado, veio só de embaixador.

Sem uma palavra, sem um aceno ao Palma, Carlos virou as costas, deixou o cubículo. O redator da *Corneta* ainda baixou a cabeça para a porta; depois, sem se ofender, voltou alegremente à genebra dando outro puxão às calças. Ega, no entanto, acendia devagar o charuto.

– Você agora é que redige o jornal todo, Palma?
– O Silvestre também...
– Que Silvestre?
– O que está com a *Pingada*. Você não conhece, creio eu. Um rapazola magro, que não é feio... Sensaborão, escreve uma palhada... Mas sabe coisas da sociedade. Esteve um tempo com a viscondessa de Cabelas, que ele chama a sua *cabeluda*... Que o Silvestre às vezes tem graça! E sabe, sabe coisas da sociedade, assim maroteiras de fidalgos, amigações, pulhices... Você nunca leu nada dele? Chocho. Tenho sempre de lhe arranjar o estilo... Neste número é que havia um folhetinzinho meu, catita, cá à moderna, como eu gosto, ali com a piadinha realista a bater... Enfim, fica para outra vez. E outra coisa, Ega, olhe que lhe agradeço. Quando quiser, eu e a *Corneta* às ordens!

Ega estendeu-lhe a mão:
– Obrigado, digno Palma! E *adiós!*
– *Pues vaya usted con Dios, Don Juanito!* – exclamou logo o benemérito homem com infinito *salero*.

Embaixo Carlos esperava, dentro do *coupé*.

– E agora? – perguntou Ega, à portinhola.
– E agora salta para dentro e vamos liquidar com o Dâmaso...

Carlos já esboçara sumariamente o plano dessa liquidação. Queria mandar desafiar o Dâmaso, como autor comprovado dum artigo de jornal que o injuriava. O duelo devia ser à espada ou ao florete, um desses ferros cujo lampejo, na sala de armas do Ramalhete, fazia empalidecer o Dâmaso. Se contra toda a verossimilhança ele se batesse, Carlos fazia-lhe algures, entre a bochecha e o ventre, um furo que o cravasse meses na cama. Senão, a única explicação que Carlos aceitaria do sr. Salcede seria um documento em que ele escrevesse esta coisa simples: "Eu, abaixo assinado, declaro que sou infame". E para estes serviços Carlos contava com o Ega.

— Agradeço! Agradeço! Vamos a isso! — exclamava o Ega esfregando as mãos, faiscando de júbilo.

No entanto, dizia ele, a etiqueta fúnebre reclamava outro padrinho; e lembrou o Cruges, moço passivo e maleável. Mas era impossível encontrar o *maestro,* porque invariavelmente a criada afirmava que o menino Vitorino não estava em casa... Decidiram ir ao Grêmio, mandar de lá um bilhete chamando o Cruges — "para um caso urgente de amizade e de arte".

— Com quê — dizia o Ega continuando a esfregar as mãos, enquanto a tipóia trotava para a Rua de S. Francisco —, com quê, demolir o nosso Dâmaso?

— Sim, é necessário acabar com esta perseguição. Chega a ser ridículo... E com uma estocada, ou com a carta, temos esse biltre aniquilado por algum tempo. Eu preferia a estocada. Senão deixo-te a ti arranjar os termos duma carta forte...

— Hás de ter uma boa carta! — disse o Ega com um sorriso de ferocidade.

No Grêmio, depois de redigirem o bilhete ao Cruges, vieram esperar por ele na sala das *Ilustrações.* O conde de Gouvarinho e Steinbroken conversavam de pé, no vão duma janela. E foi um surpresa. O ministro da Finlândia abriu os braços para o *cher* Maia, que ele não vira desde a partida de Afonso para Santa Olávia. Gouvarinho acolheu o Ega risonhamente, reatando uma certa camaradagem que entre eles se formara nesse verão, em Sintra; mas o aperto de mão a Carlos foi seco e curto. Já dias antes, tendo-se encontrado no Loreto, o Gouvarinho murmurava de leve e de passagem um "como está, Maia?" em que se sentia arrefecimento. Ah! Já não eram essas efusões, essas palmadas enternecidas pelos ombros, dos tempos em que Carlos e a condessa fumavam *cigarettes* na cama da titi em Santa Isabel. Agora que Carlos abandonara a sra. condessa de Gouvarinho, a Rua de S. Marçal e o cômodo sofá em que ela caía com um rumor de saias amarrotadas — o marido amuava, como abandonado também.

— Tenho tido saudades das nossas belas discussões em Sintra! — disse ele, dando ao Ega a palmada carinhosa nas costas que outrora pertencia ao Maia. – Tivemo-las de primeira ordem!

Eram realmente "pegas tremendas" no pátio do Vítor sobre literatura, sobre religião, sobre moral... Uma noite mesmo tinham-se zangado por causa da divindade de Jesus.

– É verdade! – acudiu o Ega. – Você nessa noite parecia ter às costas uma opa de irmão do Senhor dos Passos!

O conde sorriu. Irmão do Senhor dos Passos não, graças a Deus! Ninguém melhor do que ele sabia que, nesses sublimes episódios do Evangelho, reinava bastante lenda... Mas enfim eram lendas que serviam para consolar a alma humana. É o que ele objetara nessa noite ao amigo Ega... Sentiam-se a filosofia e o racionalismo capazes de consolar a mãe que chora? Não. Então...

– Em todo o caso, tivemo-las brilhantes! – concluiu ele, olhando o relógio. – E, eu confesso, uma discussão elevada sobre a religião, sobre metafísica, encanta-me... Se a política me deixasse vagares, dedicava-me à filosofia... Nasci para isso, para aprofundar problemas.

Steinbroken, no entanto, esticado na sua sobrecasaca azul, com um raminho de alecrim ao peito, tomara as mãos de Carlos:

– *Mais vous êtes encore devenu plus fort!... Et Afonso da Maia, toujours dans ses terres?... Est-ce qu'on ne va pas le voir un peu cet hiver?*

E imediatamente lamentou não ter visitado Santa Olávia. Mas quê! a família real instalara-se em Sintra; ele fora forçado a acompanhá-la, fazer a sua corte... Depois necessitara ir de fugida à Inglaterra, de onde acabava de chegar, havia dias.

Sim, Carlos sabia, vira na *Gazeta Ilustrada*...

– *Vous avez lu ça? Oh, oui, on a été très aimable, três aimable pour moi à la* Gazette...

Tinham-lhe anunciado a partida, depois a chegada, com palavras de amizade particularmente bem escolhidas. Nem podia deixar de ser, dada esta afeição sincera que liga Portugal e a Finlândia... "*Mais enfin on avait été charmant!...*"

– *Seulement* – ajuntou ele, sorrindo com finura e voltando-se também para o Gouvarinho – *on a fait une petite erreur... On a dit que j'étais venu de Southampton par le* Royal Mail... *Ce n'est pas vrai, non! Je me suis embarqué à Bordeaux, dans les* Messageries. *J'ai même pensé à écrire à Mr. Pinto, redacteur de la* Gazette, *qui est un charmant garçon... Puis, j'ai reflechi, je me suis dit: "Mon Dieu, on va croire que je veux donner une leçon d'exactitude à la* Gazette, *c'est très grave Alors, voilà, très prudemment, j'ai gardé le silence... Mais enfin c'est une erreur: je me suis embarqué à Bordeaux.*

Ega murmurou que a história se encarregaria um dia de retificar esse fato. O ministro sorria modestamente, fazendo um gesto em que parecia desejar, por polidez, que a história se não incomodasse. E então o Gouvarinho, que acendera o charuto, espreitara outra vez o relógio, perguntou se os amigos tinham ouvido alguma coisa do Ministério e da crise.

Foi uma surpresa para ambos, que não tinham lido os jornais... Mas, exclamou logo o Ega, crise por quê, assim em pleno remanso, com as camâras fechadas, tudo contente, um tão lindo tempo de outono?

O Gouvarinho encolheu os ombros com reserva. Houvera na véspera, à noitinha, uma reunião de ministros; nessa manhã o presidente do Conselho fora ao paço, fardado, determinado a "largar o poder..." Não sabia mais. Não conferenciara com os seus amigos, nem mesmo fora ao seu Centro. Como noutras ocasiões de crise, conservara-se retirado, calado, esperando... Ali estivera toda a manhã, com o seu charuto, e a *Revista dos Dois Mundos.*

Isto parecia a Carlos uma abstenção pouco patriótica...

– Porque enfim, Gouvarinho, se os seus amigos subirem...

– Exatamente por isso – acudiu o conde com uma cor viva na face – não desejo pôr-me em evidência... Tenho o meu orgulho, talvez motivos para o ter... Se a minha experiência, a minha palavra, o meu nome são necessários, os meus correligionários sabem onde eu estou, venham pedir-mos...

Calou-se, trincando nervosamente o charuto. E Steinbroken, perante estas coisas políticas, começou logo a retrair-se para o fundo da janela, limpando os vidros da luneta, recolhido, já impenetrável, no grande recato neutral que competia à Finlândia. Ega no entanto não saía do seu espanto. Mas por que caía, por que caía assim um governo com maioria nas câmaras, sossego no país, o apoio do exército, a bênção da Igreja, a proteção do *Comptoir d'Escompte?*

O Gouvarinho correu devagar os dedos pela pêra, e murmurou esta razão:

— O Ministério estava gasto.

— Como uma vela de sebo? — exclamou Ega, rindo.

O conde hesitou. Como uma vela de sebo não diria. Sebo subentendia obtusidade... Ora neste Ministério sobrava o talento, incontestavelmente havia lá talentos pujantes...

— Essa é outra! — gritou Ega atirando os braços ao ar. — É extraordinário! Neste abençoado país todos os políticos têm *imenso talento.* A oposição confessa sempre que os ministros, que ela cobre de injúrias, têm, à parte os disparates que fazem, um *talento de primeira ordem!* Por outro lado a maioria admite que a oposição, a quem ela constantemente recrimina pelos disparates que fez, está cheia de *robustíssimos talentos!* De resto todo o mundo concorda que o país é uma choldra. E resulta portanto este fato supracômico: um país governado *com imenso talento,* que é de todos na Europa, segundo o consenso unânime, o mais estupidamente governado! Eu proponho isto, a ver: que, como os talentos sempre falham, se experimentem uma vez os imbecis!

O conde sorria com bonomia e superioridade a estes exageros de fantasia. E Carlos, ansioso por ser amável, atalhou, acendendo o charuto no dele:

— Que pasta preferia você, Gouvarinho, se os seus amigos subissem? A dos Estrangeiros, está claro...

O conde fez um largo gesto de abnegação. Era pouco natural que os seus amigos necessitassem da sua experiência política. Ele tornara-se sobretudo um homem de estudo e de teoria. Além disso não sabia bem se as ocupações da sua casa, a sua saúde, os seus hábitos lhe permitiriam tomar o fardo do governo. Em todo o caso, decerto a pasta dos Estrangeiros não o tentava...

— Essa, nunca! — prosseguiu ele, muito compenetrado. Para se poder falar de alto na Europa, como ministro dos Estrangeiros, é necessário ter por trás um exército de duzentos mil homens e uma esquadra com torpedos. Nós, infelizmente, somos fracos... E eu, para papéis subalternos, para que venha um Bismark, um Gladstone, dizer-me "há de ser assim", não estou!... Pois não acha, Steinbroken?

O ministro tossiu, balbuciou:

— *Certainement... C'est très grave... C'est excessivement grave...*

Ega então afirmou que o amigo Gouvarinho, com o seu interesse geográfico pela África, faria um ministro da Marinha iniciador, original, rasgado...

Toda a face do conde reluzia, escarlate de prazer.

— Sim, talvez... Mas eu lhe digo, meu querido Ega, nas colônias todas as coisas belas, todas as coisas grandes estão feitas. Libertaram-se já os escravos; deu-se-lhe já uma suficiente noção da moral cristã; organizaram-se já os serviços aduaneiros... Enfim, o melhor está feito. Em todo o caso há ainda detalhes interessantes a terminar... Por exemplo, em Luanda... Menciono isto apenas como um pormenor, um retoque mais de progresso a dar. Em Luanda precisava-se bem um teatro normal, como elemento civilizador!

Nesse momento um criado veio anunciar a Carlos que o sr. Cruges estava embaixo, no portal, à espera. Imediatamente os dois amigos desceram.

— Extraordinário, este Gouvarinho! — dizia o Ega na escada.

— E este — observou Carlos com um imenso desdém de mundano — é um dos melhores que há na política. Pensando mesmo bem, e metendo a roupa branca em linha de conta, este é talvez o melhor!

Acharam o Cruges à porta, de jaquetão claro, embrulhando um cigarro. E Carlos pediu-lhe logo que voltasse à casa vestir uma sobrecasaca preta. O maestro arregalava os olhos.

– É jantar?

– É enterro.

E rapidamente, sem aludir a Maria, contaram ao maestro que o Dâmaso publicara num jornal, a *Corneta do Diabo* (cuja tiragem eles tinham suprimido, não sendo possível por isso mostrar o número imundo), um artigo em que a coisa mais doce que se chamava a Carlos era *pulha*. Portanto Ega e ele Cruges iam à casa do Dâmaso pedir-lhe a honra ou a vida.

– Bem – rosnou o maestro. – Que tenho eu a fazer?... Que eu dessas coisas não entendo.

– Tens – explicou Ega – de ir vestir uma sobrecasaca preta e franzir o sobrolho. Depois vir comigo; não dizer nada; tratar o Dâmaso por "V. Ex.ª"; assentar em tudo o que eu propuser; e nunca desfranzir o sobrolho nem despir a sobrecasaca...

Sem outra observação, Cruges partiu a cobrir-se de cerimônia e de negro. Mas no meio da rua retrocedeu:

– Oh Carlos, olha que eu falei lá em casa. Os quartos do primeiro andar estão livres, e forrados de papel novo...

– Obrigado. Vai-te fazer sombrio, depressa!...

O maestro abalara, quando diante do Grêmio estacou a todo o trote uma caleche. De dentro saltou o Teles da Gama que, ainda com a mão no fecho da portinhola, gritou aos dois amigos:

– O Gouvarinho? Está lá em cima?

– Está... Novidade fresca?

– Os homens caíram. Foi chamado o Sá Nunes!

E enfiou pelo pátio, correndo. Carlos e Ega continuaram devagar até o portão do Cruges. As janelas do primeiro andar estavam abertas, sem cortinas. Carlos, erguendo para lá os olhos, pensava nessa tarde das corridas em que ele viera no *phaeton,* de Belém, para ver aquelas janelas; ia então escurecendo, por trás dos *estores* fechados surgira uma luz, ele contemplara-a como uma estrela inacessível... Como tudo passa!

Retrocederam para o Grêmio. Justamente o Gouvarinho

e Teles atiravam-se à pressa para dentro da caleche que esperara. Ega parou, deixou cair os braços:

– Lá vai o Gouvarinho batendo para o Poder, a mandar representar a *Dama das Camélias* no sertão! Deus se amerceie de nós!

Mas o Cruges apareceu enfim de chapéu alto, entalado numa sobrecasaca solene, com botins novos de verniz. Apinharam-se logo na tipóia estreita e dura. Carlos ia levá-los à casa do Dâmaso. E como queria ainda jantar nos Olivais, esperaria por eles, para saber o resultado "do chinfrim", no jardim da Estrela, junto ao coreto.

– Sêde rápidos e medonhos!

A casa do Dâmaso, velha e dum andar só, tinha um enorme portão verde, com um arame pendente que fez ressoar dentro uma sineta triste de convento; e os dois amigos esperaram muito antes que aparecesse, arrastando as chinelas, o galego achavascado que o Dâmaso (agora livre de Carlos e das suas pompas) já não trazia torturado em botins cruéis de verniz. A um canto do pátio uma portinha abria sobre a luz dum quintal, que parecia ser um depósito de caixotes, de garrafas vazias e de lixo.

O galego, que reconhecera o sr. Ega, conduziu-os logo, por uma escadinha esteirada, a um corredor largo, escuro, com cheiro a mofo. Depois, batendo o chinelo, correu ao fundo, onde alvejava a claridade duma porta entreaberta. Quase imediatamente Dâmaso gritou de lá:

– Oh Ega, é você? Entre para aqui, homem! Que diabo!... Eu estou-me a vestir...

Embaraçado com estes brados de intimidade e tanta efusão, Ega ergueu a voz da sombra do corredor, gravemente:

– Não tem dúvida, nós esperamos...

O Dâmaso insistia, à porta, em mangas de camisa, cruzando os suspensórios:

– Venha você, homem! Que diabo, eu não tenho vergonha, já estou de calças!

– Há aqui uma pessoa de cerimônia – gritou o Ega para findar.

A porta ao fundo cerrou-se, o galego veio abrir a sala.

O tapete era exatamente igual aos dos quartos de Carlos no Ramalhete. E em redor abundavam os vestígios da antiga amizade com o Maia: o retrato de Carlos a cavalo, num vistoso caixilho de flores em faiança; uma das colchas da Índia das senhoras Medeiros, branca e verde, enroupando o piano, arranjada por Carlos com alfinetes; e sobre um contador espanhol, debaixo de redoma, um sapatinho de cetim, de mulher, novo, que o Dâmaso comprara no Serra, por ter ouvido um dia a Carlos que "em todo o quarto de rapaz deve aparecer, discretamente disposta, alguma relíquia de amor..."

Sob estes retoques de *chic,* dados à pressa sob a influência do Maia, empertigava-se a sólida mobília do pai Salcede, de mogno e veludo azul; a *console* de mármore, com um relógio de bronze dourado, onde Diana acariciava um galgo; o grande e dispendioso espelho, tendo entalada no caixilho uma fila de bilhetes de visita, de retratos de cantoras, de convites para *soirées.* E Cruges ia examinar estes documentos, quando os passos alegres do Dâmaso soaram no corredor. O maestro correu logo a perfilar-se ao lado do Ega, diante do canapé de veludo, teso, cômodo, com o seu chapéu alto na mão.

Ao vê-lo, o bom Dâmaso, que se abotoara todo numa sobrecasaca azul, florida por um botão de camélia, atirou risonhamente os braços ao ar:

– Então esta é que é a pessoa de cerimônia? Sempre vocês têm coisas! E eu a pôr a sobrecasaca... Por pouco que não lhe afinfo com o hábito de Cristo!...

Ega atalhou, muito sério:

– O Cruges não é de cerimônia, mas o motivo que aqui nos traz é delicado e grave, Dâmaso.

Dâmaso arregalou os olhos, reparando enfim naquele estranho modo dos seus amigos, ambos de negro, secos, tão solenes. E recuou, todo o sorriso se lhe apagou na face.

– Que diabo é isso? Sentem-se, sentem-se vocês...

A voz apagava-se-lhe também. Pousado à borda duma poltrona baixa, junto duma mesa coberta de encadernações ricas, com as mãos nos joelhos, ficou esperando, numa ansiedade.

— Nós vimos aqui – começou Ega – em nome do nosso amigo Carlos da Maia...

Uma brusca onda de sangue cobriu a face rechonchuda de Dâmaso, até a risca do cabelo encaracolado a ferro. E não achou uma palavra, atônito, sufocado, esfregando estupidamente os joelhos.

Ega prosseguiu, lento, direito no canapé:

— O nosso amigo Carlos da Maia queixa-se de que o Dâmaso publicou, ou fez publicar, um artigo extremamente injurioso para ele e para uma senhora das relações dele, na *Corneta do Diabo*...

— Na *Corneta*, eu? – acudiu o Dâmaso, balbuciando. – Que *Corneta?* Nunca escrevi em jornais, graças a Deus! Ora essa, a *Corneta*!...

Ega, muito friamente, tirou do bolso um maço de papéis. E veio colocá-los, um por um, ao lado do Dâmaso, na mesa, sobre um magnífico volume da *Bíblia* de Doré.

— Aqui está a sua carta remetendo ao Palma *Cavalão* o rascunho do artigo... Aqui está, pela sua letra igualmente, a lista das pessoas a quem se devia mandar a *Corneta,* desde o Rei até a Fancelli... Além disso nós temos as declarações do Palma. O Dâmaso não é só o inspirador, mas materialmente o autor do artigo... O nosso amigo Carlos da Maia exige, pois, como injuriado, uma reparação pelas armas...

Dâmaso deu um salto da poltrona, tão arrebatado que involuntariamente Ega recuou, no receio duma brutalidade. Mas já o Dâmaso estava no meio da sala, esgazeado, com os braços trêmulos no ar:

— Então o Carlos manda-me desafiar? A mim?... Que lhe fiz eu? Ele a mim é que me pregou uma partida!... Foi ele, vocês sabem perfeitamente que foi ele!...

E desabafou, num prodigioso fluxo de loquacidade, atirando palmadas ao peito, com os olhos marejados de lágrimas. Fora Carlos, Carlos, que o desfeiteara a ele, mortalmente! Durante todo o inverno tinha-o perseguido para que ele o apresentasse a uma senhora brasileira muito *chic,* que vivia em Paris, e que lhe fazia olho... E ele, bondoso como era, prometia, dizia: "Deixa estar, eu te apresento!" Pois, senhores, que faz Carlos? Aproveita uma ocasião sagrada, um momento de luto, quando ele Dâmaso fora ao Norte por causa da morte do tio, e mete-se dentro da casa da brasileira... E tanto intriga, que leva a pobre senhora a fechar-lhe a sua porta, a ele, Dâmaso, que era íntimo do marido, íntimo de *tu*! Caramba, ele é que devia mandar desafiar Carlos! Mas não! fora prudente, evitara o escândalo por causa do sr. Afonso da Maia... Queixara-se de Carlos, é verdade... Mas no Grêmio, na Casa Havanesa, entre rapaziada amiga... E no fim Carlos prega-lhe uma destas!

– Mandar-me desafiar, a mim! A mim, que todo o mundo conhece!...

Calou-se, engasgado. E Ega, estendendo a mão, observou placidamente que se desviavam do ponto vivo da questão. O Dâmaso concebera, rascunhara, pagara o artigo da *Corneta*. Isso não o negava nem o podia negar: as provas estavam ali, abertas sobre a mesa; eles tinham além disso a declaração do Palma...

– Esse desavergonhado! – gritou o Dâmaso, levado noutra rajada de indignação que o fez redemoinhar, estonteado, tropeçando nos móveis. – Esse descarado do Palma! Com esse é que eu me quero ver!... Lá a questão com o Carlos não vale nada, arranja-se, somos todos rapazes finos... Com o Palma é que é! Esse traidor é que eu quero rachar! Um homem a quem eu tenho dado às meias libras, aos sete mil-réis! E ceias, e tipóias! Um ladrão que pediu o relógio ao Zeferino para figurar num batizado, e pô-lo no prego!... E faz-me uma destas!... Mas hei de escavacá-lo! Onde é que você o viu, Ega? Diga lá, homem! Que quero ir procurá-lo, hoje mesmo, corrê-lo a chicotadas... Traições não, não admito a ninguém!

Ega, com a tranqüilidade paciente de quem sente a presa certa, lembrou de novo a inutilidade daquelas divagações:

– Assim nunca acabamos, Dâmaso... O nosso ponto é este: o Dâmaso injuriou Carlos da Maia: ou se retrata publicamente dessa injúria, ou dá uma reparação pelas armas...

Mas o Dâmaso, sem escutar, apelava desesperadamente para o Cruges, que se não movera do sofá de veludo, esfregando, um contra o outro, com um ar arrepiado e de dor, os dois sapatos novos de verniz.

– Aquele Carlos! Um homem que se dizia meu amigo íntimo! Um homem que fazia de mim tudo! Até lhe copiava coisas... Você bem viu, Cruges. Diga! Fale, homem! Não sejam vocês todos contra mim!... Até às vezes ia à alfândega despachar-lhe caixotes...

O maestro baixava os olhos, vermelho, num infinito mal-estar. E Ega, por fim, já farto, lançou uma intimação derradeira:

– Em resumo, Dâmaso, desdiz-se ou bate-se?

– Desdizer-me? – tartamudeou o outro, empertigando-se, num penoso esforço de dignidade, a tremer todo. – E de quê? Ora essa! É boa! Eu sou lá homem que me desdiga!

– Perfeitamente, então bate-se...

Dâmaso cambaleou para trás, desvairado:

– Qual bater-me! Eu sou lá homem que me bata! Eu cá é a soco. Que venha para cá, não tenho medo dele, arrombo-o...

Dava pulinhos curtos de gordo, através do tapete, com os punhos fechados e em riste. E queria Carlos ali, para o escavacar! Não lhe faltava mais senão bater-se... E então duelos em Portugal, que acabavam sempre por troça!

Ega, no entanto, como se a sua missão estivesse finda, abotoara a sobrecasaca e recolhia os papéis espalhados sobre a *Bíblia*. Depois, serenamente, fez a última declaração de que fora incumbido. Como o sr. Dâmaso Salcede recusava retratar-se e rejeitava também uma reparação pelas armas, Carlos da Maia prevenia-o de que em qualquer parte que o encontrasse, daí por diante, fosse uma rua, fosse um teatro, lhe escarraria na face...

– Escarrar-me! – berrou o outro, lívido, recuando, como se o escarro já viesse no ar.

E de repente, espavorido, coberto de bagas de suor, precipitou-se sobre o Ega, agarrando-lhe as mãos, numa agonia:

– Oh João, oh João, tu, que és meu amigo, por quem és, livra-me desta entaladela!

Ega foi generoso. Desprendeu-se dele, empurrou-o brandamente para a poltrona, calmando-o com palmadinhas fraternais pelo ombro. E declarou que, desde que Dâmaso apelava para a sua amizade, desaparecia o enviado de Carlos, necessariamente exigente, ficava só o camarada, como no tempo dos Cohens e da "Vila Balzac". Queria pois o amigo Dâmaso um conselho? Era assinar uma carta afirmando que tudo o que fizera publicar na *Corneta,* sobre o sr. Carlos da Maia e certa senhora, fora invenção falsa e gratuita. Só isto o salvava. Doutro modo, Carlos um dia, no Chiado, em S. Carlos, escarrava-lhe na cara. E, dado esse desastre, Damasozinho, a não querer ser apontado em Lisboa como um incomparável covarde, tinha de se bater à espada ou à pistola...

– Ora, em qualquer desses casos, você era um homem morto.

O outro escutava, esbarrondado, no fundo do assento de veludo, com a face emparvecida para o Ega. Alargou molemente os braços, murmurou da profundidade do seu terror:

– Pois sim, eu assino, João, eu assino...

– É o que lhe convém... Arranje então papel. Você está perturbado, eu mesmo redijo.

Dâmaso ergueu-se, com as pernas frouxas, atirando um olhar tonto e vago por sobre os móveis:

– Papel de carta? É para carta?

– Sim, está claro, uma carta ao Carlos!

Os passos do desgraçado perderam-se enfim no corredor, pesados e sucumbidos.

– Coitado! – suspirou o Cruges levando de novo, com um ar de arrepio, a mão aos sapatos.

Ega lançou-lhe um *psiu* severo. Dâmaso voltava com o seu suntuoso papel de monograma e coroa. Para envolver em silêncio e segredo aquele transe amargo, cerrou o reposteiro; e o vasto pano de veludo, desdobrando-se, mostrou o brasão de Salcede, onde havia um leão, uma torre, um braço armado, e por baixo, a letras de ouro, a sua formidável divisa: SOU FORTE! Imediatamente Ega afastou os livros na mesa, abancou, atirou largamente ao papel a data e a *adresse* do Dâmaso...

– Eu faço o rascunho, você depois copia...

– Pois sim! – gemeu o outro, de novo, aluído na poltrona, passando o lenço pelo pescoço e pela face.

Ega, no entanto, escrevia muito lentamente, com amor. E naquele silêncio, que o embaraçava, Cruges terminou por se erguer, foi coxeando até o espelho onde se desenrolavam, entalados na frincha do caixilho, bilhetes e fotografias. Eram as glórias sociais do Dâmaso, os documentos do *chic a valer* que era a paixão da sua vida: bilhetes com títulos, retratos de cantoras, convites para bailes, cartas de entrada no Hipódromo, diplomas de membro do Clube Naval, de membro do Jockey Club, de membro do Tiro aos Pombos; até pedaços cortados de jornais anunciando os anos, as partidas, as chegadas do sr. Salcede, "um dos nossos mais distintos *sportmen*".

Desventuroso *sportman!* Aquela folha de papel, onde o Ega rascunhava, ia-o enchendo pouco a pouco dum terror angustioso. Santo Deus! Para que eram tantos apuros numa carta ao Carlos, um rapaz íntimo? Uma linha bastaria: "Meu querido Carlos, não te zangues, desculpa, foi brincadeira". Mas não! Toda uma página de letra miúda, com entrelinhas! Já mesmo Ega voltava a folha, molhava a pena, como se dela devessem escorrer, sem cessar, coisas humilhadoras! Não se conteve, estendeu a face por sobre a mesa, até o papel:

– Oh Ega, isso não é para publicar, pois não é verdade?

Ega refletiu, com a pena no ar:

– Talvez não... Estou certo que não. Naturalmente Carlos, vendo o seu arrependimento, deixa isto esquecido no fundo duma gaveta.

Dâmaso respirou com alívio. Ah, bem! Isso parecia-lhe mais decente entre amigos! Que lá isso, mostrar o seu arrependimento, até ele desejava! Com efeito, o artigo fora uma tolice... Mas então! Em questões de mulheres era assim, assomado, um leão...

Abanou-se com o lenço desanuviado, recomeçando a achar sabor à vida. Findou mesmo por acender um charuto, levantar-se sem rumor, acercar-se do Cruges – que, coxeando através das curiosidades da sala, encalhara sobre o piano e sobre os livros de música, com o pé dorido no ar.

– Então tem-se feito alguma coisa de novo, Cruges?

Cruges, muito vermelho, resmungou que não tinha feito nada.

Dâmaso ficou ali um momento, a mascar o charuto. Depois, atirando um olhar inquieto à mesa onde o Ega rascunhava interminavelmente, murmurou, sobre o ombro do maestro:

– Uma entaladela assim! Eu é por causa da gente conhecida... Senão não me importava. Mas veja você também se arranja as coisas e se o Carlos deixa aquilo na gaveta...

Justamente Ega erguera-se com o papel na mão e caminhava para o piano, devagar, relendo baixo.

– Ficou ótimo, salva tudo! – exclamou por fim. – Vai em forma de carta ao Carlos, é mais correto. Você depois copia e assina. Ouça lá: Exmo sr. ... Está claro, você dá-lhe excelência, porque é um documento de honra "Exmo sr. – Tendo-me V. Ex.ª, por intermédio dos seus amigos João da Ega e Vitorino Cruges, manifestado a indignação que lhe causara um certo artigo da *Corneta do Diabo,* de que eu escrevi o rascunho e de que promovi a publicação, venho declarar francamente a V. Ex.ª que esse artigo, como agora reconheço, não continha senão falsidades e incoerências; e a minha desculpa única está em que o compus e enviei, à redação da *Corneta,* no momento de me achar no mais completo estado de embriaguez..."

Parou. E nem se voltou para o Dâmaso, que deixara pender os braços, rolar o charuto no tapete, varado. Foi ao Cruges que se dirigiu, entalando o monóculo:

– Achas talvez forte?... Pois eu redigi assim por ser justamente a única maneira de ressalvar a dignidade do nosso Dâmaso.

E desenvolveu a sua idéia, mostrando quanto era generosa e hábil – enquanto o Dâmaso, aparvalhado, apanhava o charuto. Nem Carlos nem ele queriam que o Dâmaso, numa carta (que se podia tornar pública), declarasse "que caluniara por ser caluniador". Era necessário, pois, dar à calúnia uma dessas causas fortuitas e ingovernáveis que tiram a responsabilidade às ações. E que melhor, tratando-se dum rapaz mundano e femeeiro, do que estar bêbado?... Não era vergonha para ninguém embebedar-se... O próprio Carlos, todos eles ali, homens de gosto e de honra, se tinham embebedado. Sem remontar aos romanos, onde isso era uma higiene e um luxo, muitos grandes homens na história bebiam demais. Em Inglaterra era tão *chic,* que Pitt, Fox e outros nunca falavam na Câmara dos Comuns senão aos bordos. Musset, por exemplo, que bêbado! Enfim a história, a literatura, a política, tudo fervilhava de piteiras... Ora, desde que o Dâmaso se declarava borracho, a sua honra ficava salva. Era um homem de bem que apanhara uma carraspana e que cometera uma indiscrição... Nada mais!

– Pois não te parece, Cruges?

– Sim, talvez, que estava bêbado – murmurou o maestro timidamente.

– Pois não lhe parece a você, francamente, Dâmaso?

– Sim, que estava bêbado – balbuciou o desgraçado.

Imediatamente Ega retomou a leitura: "Agora que voltei a mim reconheço, como sempre reconheci e proclamei, que é V. Ex.ª um caráter absolutamente nobre; e as outras pessoas, que nesse momento de embriaguez ousei salpicar de lama, são-me só merecedoras de veneração e louvor. Mais declaro que, se por acaso tornasse a suceder soltar eu alguma palavra ofensiva para V. Ex.ª, não lhe devia dar V. Ex.ª, ou aqueles que a escutassem, mais importância do que a que se dá a uma involuntária baforada de álcool – pois que, por um hábito hereditário que reaparece freqüentemente na minha família, me acho repetidas vezes em estado de embriaguez... De V. Ex.ª, com toda a estima etc. Rodou sobre os tacões, pousou o rascunho na mesa – e acendendo o charuto ao lume do Dâmaso, explicou com amizade, com bonomia, o que o determinara àquela confissão de bebedeira incorrigível e palreira. Fora ainda o desejo de garantir a tranqüilidade do "nosso Dâmaso". Atribuindo todas as imprudências, em que pudesse cair, a um hábito de intemperança hereditária, de que tinha tão pouca culpa como de ser baixo e gordo, o Dâmaso punha-se, *para sempre,* ao abrigo das provocações de Carlos...

– Você, Dâmaso, tem gênio, tem língua... Um dia esquece-se, e no Grêmio, sem querer, na cavaqueira depois do teatro, lá lhe escapa uma palavra contra Carlos... Sem esta precaução, aí recomeça a questão, o escarro, o duelo... Assim já Carlos não se pode queixar. Lá tem a explicação que tudo cobre, uma gota demais, a gota tomada por impulso de borrachice hereditária... Você alcança, deste modo, a coisa que mais se apetece neste nosso século XIX – a irresponsabilidade!... E depois para a sua família não é vergonha, porque você não tem família. Em resumo, convém-lhe?

O pobre Dâmaso escutava-o, esmagado, enervado, sem compreender aquelas roncantes frases sobre "a hereditariedade", sobre "o século XIX". E um único sentimento vivo o dominava, acabar, reentrar na sua paz pachorrenta, livre de floretes e de escarros. Encolheu os ombros, sem forças:

– Que lhe hei de eu fazer?... Para evitar falatórios.

E abancou, meteu um bico novo na pena, escolheu uma folha de papel em que o monograma luzia mais largo, começou a copiar a carta na sua maravilhosa letra, com finos e grossos, duma nitidez de gravura em aço.

Ega, no entanto, de sobrecasaca desabotoada e charuto fumegante, rondava em torno da mesa, seguindo sofregamente as linhas que traçava a mão aplicada do Dâmaso, ornada dum grosso anel de armas. E durante um momento atravessou-o um susto... Dâmaso parara, com a pena indecisa. Diabo! Acordaria enfim, no fundo de toda aquela gordura balofa, um resto escondido de dignidade, de revolta?... Dâmaso alçou para ele os olhos embaciados:

– Embriaguez é com *n* ou com *m?*

Com um *m,* um *m* só, Dâmaso! – acudiu Ega afetuosamente.

– Vai muito bem... Que linda letra você tem, caramba!

E o infeliz sorriu à sua própria letra – pondo a cabeça de lado, no orgulho sincero daquela soberba prenda.

Quando findou a cópia foi Ega que conferiu, pôs a pontuação. Era necessário que o documento fosse *chic* e perfeito.

– Quem é o seu tabelião, Dâmaso?

– O Nunes, na Rua do Ouro... Por quê?

– Oh! Nada. É um detalhe que nestes casos se pergunta

sempre. Mera cerimônia... Pois amigos, como papel, como letra, como estilo, está de apetite a cartinha!

Meteu-a logo num envelope onde rebrilhava a divisa "Sou Forte", sepultou-a preciosamente no interior da sobrecasaca. Depois, agarrando o chapéu, batendo no ombro do Dâmaso com uma familiaridade folgazã e leve:

– Pois, Dâmaso, felicitemo-nos todos! Isto podia acabar fora de portas, numa poça de sangue! Assim é uma delícia. E adeus... Não se incomode você. Então o grande sarau sempre é na segunda-feira? Vai lá tudo, hem! Não venha cá, homem... Adeus!

Mas o Dâmaso acompanhou-os pelo corredor, mudo, murcho, cabisbaixo. E no patamar reteve o Ega, desafogou outra inquietação que o assaltara:

– Isso não se mostra a ninguém, não é verdade, Ega?

Ega encolheu os ombros. O documento pertencia a Carlos... Mas, enfim, Carlos era tão bom rapaz, tão generoso!

Esta incerteza, que o ficava minando, arrancou um suspiro ao Dâmaso:

– E chamei eu àquele homem *meu amigo!*

– Tudo na vida são desapontamentos, meu Dâmaso! – foi a observação do Ega, saltando alegremente os degraus.

Quando o calhambeque parou no Jardim da Estrela, Carlos já esperava ao portão de ferro, numa impaciência, por causa do jantar na *Toca*. Enfiou logo para dentro, atropelando o maestro, bradou ao cocheiro que voasse ao Loreto.

– Então, meus senhores, temos sangue?

– Temos melhor! – exclamou Ega no barulho das rodas, floreando o envelope.

Carlos leu a carta do Dâmaso. E foi um imenso assombro:

– Isto é incrível... Chega a ser humilhante para a natureza humana!

– O Dâmaso não é o gênero humano – acudiu Ega. – Que diabo esperavas tu? Que ele se batesse?

– Não sei, corta o coração... Que se há de fazer a isto?

Segundo o Ega não se devia publicar; seria criar curiosidade e escândalo em torno do artigo da *Corneta,* que custara trinta libras a sufocar. Mas convinha conservar aquilo como uma ameaça pairando sobre o Dâmaso, tornando-o para longos anos nulo e inofensivo.

– Eu estou mais que vingado – concluiu Carlos. – Guarda o papel: é obra tua, usa-o como quiseres...

Ega guardou-o com prazer, enquanto Carlos, batendo no joelho do maestro, queria saber como ele se portara naquele lance de honra...

– Pessimamente! – gritou Ega. – Com expressões de compaixão; sem linha nenhuma; estendido por cima do piano; agarrando com a mão no sapato...

– Pudera! – exclamou Cruges desafogando enfim. – Vocês dizem-me que me ponha de cerimônia, calço uns sapatos novos de verniz, estive toda a tarde num tormento!

E não se conteve mais, arrancou o sapato, pálido, com um medonho suspiro de consolação.

No dia seguinte, depois do almoço, enquanto uma chuva grossa alagava os vidros sob as lufadas do sudoeste, Ega, no *fumoir,* enterrado numa poltrona, com os pés para o lume, relia a carta do Dâmaso; e pouco a pouco subia nele a mágoa de que esse colossal documento de covardia humana, tão interessante para a fisiologia e para a arte, ficasse para sempre inaproveitado no escuro de uma gaveta!... Que efeito, que soberbo efeito se aquela confissão do "nosso distinto *sportman"* surgisse um dia na *Gazeta Ilustrada* ou no novo jornal *A Tarde* nas colunas do *High-life,* sob este título – PENDÊNCIA DE HONRA! E que lição, que meritório ato de justiça social!

Todo esse verão, Ega detestara o Dâmaso, certo, desde Sintra, de que ele era o amante da Cohen – e de que, por esse imbecil de grossas nádegas, esquecera ela para sempre a "Vila Balzac", as manhãs na colcha de cetim preto, os seus beijos delicados, os versos de Musset que lhe lia, os *lanchezinhos* de perdiz, tantos encantos poéticos. Mas o que lhe tornara o Dâmaso intolerável fora a sua farófia radiante de homem preferido; o ar de posse com que passeava ao lado de Raquel pelas estradas de Sintra vestido de flanela branca; os segredinhos que tinha sempre a cochichar-lhe sobre o ombro; e o acenozinho desdenhoso, com um dedo, que lhe atirava de lado, ao passar, a ele próprio, Ega... Era odioso! Odiava-o; e através desse ódio ruminara sempre o desejo duma vingança – pancada, desonra ou ridículo que tornasse o sr. Salcede, aos olhos de Raquel, desprezível, grotesco, chato como um balão furado...

E agora ali tinha essa carta providencial, em que o homem solenemente se declarava bêbado. "Sou um bêbado, estou sempre bêbado!" Assim o dizia, no seu papel de monograma de ouro, o sr. Salcede, num medo vil de cão gozo, rastejando com o rabo entre as pernas diante de qualquer pau!... Nenhuma mulher resistiria a isto... E havia de encafuar tão decisivo documento no fundo dum gavetão?

Publicá-lo na *Gazeta Ilustrada* ou na *Tarde* não podia, infelizmente, por interesse de Carlos. Mas por que o não mostraria "em segredo", como uma curiosidade psicológica, ao Craft, ao marquês, ao Teles, ao Gouvarinho, ao primo do Cohen? Podia mesmo confiar uma cópia ao Taveira que, ressentido eternamente da questão com o Dâmaso em casa da Lola Gorda, correria a lê-la *em segredo* na Casa Havanesa, no bilhar do Grêmio, no Silva, nos camarins de cantoras... E ao fim de uma semana a sra. D. Raquel saberia, inevitavelmente, que o escolhido do seu coração era, por confissão própria, um caluniador e um bêbado!... Delicioso!

Tão delicioso que não hesitou mais, subiu ao quarto para copiar a carta do Dâmaso. Mas, quase imediatamente, um criado trouxe-lhe um telegrama de Afonso da Maia, anunciando que chegava no dia seguinte ao Ramalhete. Ega teve de sair, telegrafar para os Olivais, avisar Carlos.

Carlos apareceu nessa noite, já tarde, transido de frio, com um monte de bagagens porque abandonara definitivamente os Olivais. Maria Eduarda regressava também a Lisboa, para o primeiro andar da Rua de S. Francisco, tomado agora por seis meses, tapetado de novo pela mãe Cruges. E Carlos vinha muito impressionado, com profundas saudades da *Toca*. Depois de cear, ao fogão, acabando o charuto, relembrou infindavelmente esses dias alegres, a sua casinhola, o banho da manhã tomado dentro duma dorna, a festa do deus Tchi, as guitarradas do marquês, as longas cavaqueiras ao café com as janelas abertas e as borboletas voando em torno dos candeeiros... Fora as cordas de água, sob o vento de inverno, batiam os vidros na mudez da noite negra. Ambos terminaram por ficar calados, pensativos, com os olhos no lume.

– Quando esta tarde dei pela última vez uma volta na quinta – disse por fim Carlos –, já não havia uma única folha nas árvores... Tu não sentes sempre uma grande melancolia, nestes fins de outono?...

– Imensa! – murmurou Ega lugubremente.

Ao outro dia a manhã clareava, limpa e branca, quando Ega e Carlos, ainda estremunhados e tiritando, se apearam em Santa Apolónia. O comboio acabava justamente de chegar; e viram logo, entre o rumor de gente que se escoava das portinholas abertas, Afonso, com seu velho capote de gola de veludo, apegado a uma bengala, debatendo-se entre homens de boné agaloado que lhe ofereciam o *Hotel Terreirense* e a *Pomba d'Ouro.* Atrás Mr. Antoine, o chefe francês, grave, de chapéu alto, trazia o cesto em que viajara o reverendo Bonifácio.

Carlos e Ega acharam Afonso mais acabado, mais pesado. Todavia gabaram-lhe muito, entre os primeiros abraços, a sua robustez de patriarca. Ele encolheu os ombros, queixando-se de ter sentido, desde o fim do verão, vertigens, um cansaço vago...

– Vocês é que estão excelentes – acrescentou abraçando outra vez Carlos e sorrindo ao Ega. – E que ingratidão foi essa tua, John, metido aqui todo um verão sem me ir visitar?... Que tens tu feito? Que têm vocês feito?

– Mil coisas! – acudiu Ega alegremente. – Planos, idéias, títulos... Temos sobretudo o projeto de uma revista, um aparelho de educação superior, que vamos montar com uma força de mil cavalos!... Enfim, logo se lhe conta tudo ao almoço.

E ao almoço, com efeito, para justificar as suas ocupações em Lisboa, falaram da revista como se ela já estivesse organizada e os artigos a imprimir na oficina – tanta foi a precisão com que lhe descreveram as tendências, a feição crítica, as linhas de pensamento sobre que ela devia rolar... Ega já preparara um trabalho para o primeiro número – *A capital dos portugueses.* Carlos meditava uma série de *ensaios* à inglesa, sob este título – *Por que falhou entre nós o sistema constitucional.* E Afonso escutava, encantado com aquelas belas ambições de luta, querendo partilhar da grande obra, como sócio capitalista... Mas Ega entendia que o sr. Afonso da Maia devia descer à arena, lançar também a palavra do seu saber e da sua experiência. Então o velho riu. O quê! compor prosa, ele, que hesitava para traçar uma carta ao feitor? De resto, o que teria a dizer ao seu país como fruto da sua experiência, reduzia-se pobremente a três conselhos, em três frases: aos políticos – "menos liberalismo e mais caráter"; aos homens de letras – "menos eloqüência e mais idéia"; aos cidadãos em geral – "menos progresso e mais moral".

Isto entusiasmou o Ega! Justamente aí estavam as verdadeiras feições da reforma espiritual que a revista devia pregar! Era necessário tomá-las como moto simbólico, inscrevê-las em letras góticas no frontispício – porque Ega queria que a revista fosse original logo na capa. E então a conversação desviou para o exterior da revista – Carlos pretendendo que fosse azul-claro com tipo Renascença, Ega exigindo uma cópia exata da *Revista dos Dois Mundos,* numa nuance mais cor de canário. E, levados pela sua imaginação de meridionais, já não era só para agradar a Afonso da Maia que iam levantando e dando forma àquele confuso plano.

Carlos exclamava para o Ega, com os olhos já apaixonados:

– Isto agora é sério. Precisamos arranjar imediatamente a casa para a redação!

Ega bracejava:

– Pudera! E móveis! E máquinas!

Toda a manhã, no escritório de Afonso, azafamados com papel e lápis, se ocuparam em fixar uma lista de colaboradores. Mas já as dificuldades surgiam. Quase todos os escritores sugeridos desagradavam ao Ega, por lhes faltar, no estilo, aquele requinte plástico e parnasiano de que ele desejava que a revista fosse o impecável modelo. E a Carlos alguns homens de letras pareciam *impossíveis* – sem querer confessar que neles lhe repugnava exclusivamente a falta de linha e o fato malfeito...

Uma coisa porém ficou decidida: a casa da redação. Devia ser mobiliada luxuosamente, com sofás do consultório de Carlos e algum *bric-à-brac* da *Toca;* e sobre a porta (ornada dum guarda-portão de libré) a tabuleta de verniz preto, com *Revista de Portugal* em altas letras a ouro. Carlos sorria, esfregava as mãos, pensando na alegria de Maria ao saber esta decisão que o lançava, como era o desejo dela, na atividade, numa luta interessante de idéias. Ega, esse, via já a brochura cor de canário aos montões nas vitrinas dos livreiros, discutida nas *soirées* do Gouvarinho, folheada na câmara, com espanto, pelos políticos...

– Vai-se remexer Lisboa este inverno, sr. Afonso da Maia! – gritou ele atirando um gesto imenso até o teto.

E o mais contente era o velho.

Depois de jantar, Carlos pediu ao Ega para ir com ele à Rua de S. Francisco (onde Maria se instalara nessa manhã), levarem a nova da grande obra. Mas encontraram à porta uma carroça descarregando malas; e a senhora, contou o Domingos que ajudava os carroceiros, estava ainda jantando a um canto da mesa e sem toalha. Com tanta confusão na casa, Ega não quis subir.

– Até logo – disse ele. – Vou talvez procurar o Simão Craveiro e falar-lhe da revista.

Subiu lentamente o Chiado, leu os telegramas na Casa Havanesa. Depois, à esquina da Rua Nova da Trindade, um homem rouco, sumido num paletó, ofereceu-lhe uma "senhazinha". Outros, em volta, gritavam na sombra do *Hotel Aliança:*

– Bilhete para o Ginásio! Mais barato... Bilhete para o Ginásio! Quem vende?...

Havia um cruzar animado de carruagens com librés. Os bicos de gás do Ginásio tinham um fulgor de festa. E Ega deu de rosto com o Craft que atravessava do lado do Loreto, de gravata branca e flor no paletó.

– Que é isto?

– Festa de beneficência, não sei – disse o Craft. – Uma coisa promovida por senhoras, a baronesa de Alvim mandou-me um bilhete... Venha você daí ajudar-me a levar esta caridade ao Calvário.

E, na esperança de *flertar* com a Alvim, Ega comprou logo uma senha. No peristilo do Ginásio encontraram Taveira passeando e fumando solitariamente, à espera que findasse a primeira comédia, o *Fruto proibido*. Então Craft propôs "botequim e genebra".

– E que há do ministério? – perguntou ele, apenas abancaram a um canto.

O Taveira não sabia. Todos esses dois longos dias se intrigara desesperadamente. O Gouvarinho queria as Obras Públicas; o Videira também. E falava-se duma cena terrível por causa de sindicatos, em casa do presidente do Conselho, o Sá Nunes, que terminara por dar um murro na mesa, gritar: – "Irra que isto não é o pinhal de Azambuja!"

– Canalha! – rosnou Ega com ódio.

Depois falaram do Ramalhete, da volta de Afonso, da reaparição de Carlos. Craft louvou Deus por haver outra vez, nesse inverno, uma casa com fogões, onde se passasse uma hora civilizada e inteligente.

Taveira acudiu com o olho brilhante:

– Diz que vamos ter um centrozinho muito mais interessante ainda, na Rua de S. Francisco! Foi o marquês que me disse. *Madame* MacGren vai receber.

Craft não sabia mesmo que ela já tivesse recolhido da *Toca*.

– Voltou hoje – disse o Ega. – Você ainda não a conhece?... Encantadora.

– Creio que sim.

O Taveira vira-a de relance no Chiado. Parecera-lhe uma beleza. E um ar tão simpático!

– Encantadora! – repetiu Ega.

Mas o *Fruto proibido* findara, os homens enchiam o peristilo, num rumor lento, acendendo os cigarros. E Ega, deixando o

Craft e Taveira com a genebra, correu à platéia para descobrir o camarote da Alvim.

Mal erguera, porém, a cortina e assestara o monóculo, avistou defronte, na primeira ordem, a Cohen, toda de preto, com um grande leque de rendas brancas; por trás negrejavam as suíças fortes do marido, e em face dela, recostado no veludo da grade, de casaca, com a bochecha risonha, uma grossa pérola no peitilho da camisa, o Dâmaso, o bêbado!

Ega caiu molemente, ao acaso, na borda de uma cadeira; e perturbado, já esquecido da Alvim, ali ficou a olhar o pano coberto de anúncios, correndo os dedos trêmulos pelo bigode.

No entanto a campainha retinia, a gente vagarosamente reentrava na platéia. Um cavalheiro, gordo e carrancudo, tropeçou no joelho do Ega; outro, de luvas claras, com uma polidez adocicada, pediu permissão a V. Ex.ª Ele não escutava, não percebia; os seus olhos, um momento errantes, tinham-se enfim cravado no camarote da Cohen e não se desviaram de lá, numa emoção que o empalidecia.

Não a tornara a encontrar desde Sintra, onde só a via de longe, com vestidos claros sob o verde das árvores; e agora ali, toda de preto, em cabelo, com um decote curto onde brilhava a perfeita brancura do seu colo, ela era outra vez a *sua* Raquel, dos tempos divinos da "Vila Balzac". Era assim que ele, todas as noites em S. Carlos, a contemplava do fundo da frisa de Carlos, com a cabeça encostada ao tabique, saturado de felicidade. Lá tinha a sua luneta de ouro, presa por um fio de ouro. Parecia mais pálida, mais delicada, com o longo quebranto dos olhos pisados, o seu ar de romance e de lírio meio murcho; e, como então, os seus cabelos magníficos e pesados caíam habilmente numa massa meio solta sobre as costas, num desalinho de nudez. Pouco a pouco, entre o afinar de rabecas e o rumor das cadeiras, Ega revia, numa onda de recordações que o sufocava, o grande leito da "Vila Balzac", certos beijos e certos risos, as perdizes comidas em camisa à borda do sofá, e a melancolia deliciosa das tardes quando ela saía furtivamente, coberta de véus, e ele ficava, cansado, no crepúsculo poético do quarto, cantarolando a *Traviata*.

– V. Ex.ª dá licença, sr. Ega?

Era um sujeito escaveirado, de barba rala, que reclamava a sua cadeira. Ega ergueu-se, confusamente, sem reconhecer o sr. Sousa Neto. O pano subira. À borda da rampa um lacaio, piscando o olho à platéia, fazia confidências sobre a patroa, de espanejador debaixo do braço. E Cohen, agora de pé, enchia o meio do camarote, cofiando as suíças com um correr lento da mão bem tratada, onde reluzia um diamante.

Ega, então, num soberbo alarde de indiferença, cravou o monóculo no palco. O lacaio abalara espavorido, a um repique furioso de sineta; e uma megera azeda, de roupão verde e touca à banda, rompera de dentro, meneando desesperadamente o leque, ralhando com uma mocinha delambida que batia o tacão, se esganiçava: "Pois hei de amá-lo sempre! Hei de amá-lo sempre!"

Irresistivelmente, Ega revirou o canto do olho para o camarote; Raquel e o Dâmaso, com as cabeças chegadas como em Sintra, cochichavam num sorriso. E tudo logo dentro do Ega se resumiu num imenso ódio ao Dâmaso! Colado à ombreira da porta, rilhava os dentes, num desejo de subir, escarrar-lhe na bochecha gorda.

E não desviava dele os olhos, que dardejavam. Na cena, um velho general, gotoso e resmungão, sacudia um jornal, gritava pela sua tapioca. A platéia ria, o Cohen ria. E nesse momento Dâmaso, que se debruçara no camarote com as mãos de fora, calçadas de *grisperle,* descobriu o Ega, sorriu, atirou-lhe como em Sintra um acenozinho petulante, muito de alto, na ponta dos dedos. Isto feriu o Ega como um insulto. E ainda na véspera aquele covarde se lhe agarrara às mãos, tremendo todo, a gritar "que o salvasse!..."

Subitamente, com uma idéia, palpou por sobre o bolso a carteira onde na véspera guardara a carta do Dâmaso... "Eu t'arranjo!", murmurou ele. E abalou, desceu a Rua da Trindade, cortou pelo Loreto como uma pedra que rola, enfiou, ao fundo da Praça de Camões, num grande portão que uma lanterna alumiava. Era a redação da *Tarde.*

Dentro do pátio desse jornal elegante fedia. Na escadaria

de pedra, sem luz, cruzou um sujeito encatarroado que lhe disse que o Neves estava em cima ao cavaco. O Neves, deputado, político, diretor da *Tarde,* fora, havia anos, numas férias, seu companheiro de casa no largo do Carmo; e desde esse verão alegre, em que o Neves lhe ficara sempre devendo três moedas, os dois tratavam-se por *tu.*

Foi encontrá-lo numa vasta sala alumiada por bicos de gás sem globo, sentado na borda duma mesa atulhada de jornais, com o chapéu para a nuca, discursando a alguns cavalheiros de províncias que o escutavam de pé, num respeito de crentes. Num vão de janela, com dois homens de idade, um rapaz esgalgado, de jaquetão de cheviote claro e uma cabeleira crespa que parecia erguida numa rajada de vento, bracejava como um moinho na crista dum monte. E, abancado, outro sujeito já calvo rascunhava laboriosamente uma tira de papel.

Ao ver o Ega (um íntimo do Gouvarinho) ali na redação, naquela noite de intriga e de crise, Neves cravou nele os olhos tão curiosos, tão inquietos, que o Ega apressou-se a dizer:

– Nada de política, negócio particular... Não te interrompas. Depois falaremos.

O outro findou a injúria que estava lançando ao José Bento, "essa grande besta que fora meter tudo no bico da amiga do Sousa e Sá, o par do reino" – e na sua impaciência saltou da mesa, travou do braço do Ega arrastando-o para um canto:

– Então, que é?

– É isto, em quatro palavras. O Carlos da Maia foi ofendido aí por um sujeito muito conhecido. Nada de interessante. Um parágrafo imundo na *Corneta do Diabo,* por uma questão de cavalos... O Maia pediu-lhe explicações. O outro deu-as, chatas, medonhas, numa carta que quero que vocês publiquem:

A curiosidade do Neves flamejou:

– Quem é?

– O Dâmaso.

O Neves recuou de assombro:

– O Dâmaso!? Ora essa! Isso é extraordinário! Ainda esta tarde jantei com ele! Que diz a carta?

– Tudo. Pede perdão, declara que estava bêbado, que é de profissão um bêbado...

O Neves agitou as mãos com indignação:

– E tu querias que eu publicasse isso, homem? O Dâmaso, nosso amigo político!... E que não fosse, não é questão de partido, é de decência! Eu faço lá isso... Se fosse uma ata de duelo, uma coisa honrosa, explicações dignas... Mas uma carta em que um homem se declara bêbado! Tu estás a mangar!

Ega, já furioso, franzia a testa. Mas o Neves, com todo o sangue na face, teve ainda uma revolta àquela idéia do Dâmaso se declarar bêbado!

– Isso não pode ser! É absurdo! Aí há história... Deixa ver a carta.

E, mal relanceara os olhos ao papel, à larga assinatura floreada, rompeu num alarido:

– Isto não é o Dâmaso nem é letra do Dâmaso!... "Salcede"! Quem diabo é "Salcede"? Nunca foi o *meu* Dâmaso!

– É o *meu* Dâmaso – disse o Ega. – O Dâmaso Salcede, um gordo...

O outro atirou os braços ao ar:

– O meu é o Guedes, homem, o Dâmaso Guedes! Não há outro! Que diabo, quando se diz o Dâmaso é o Guedes!...

Respirou com grande alívio:

– Irra, que me assustaste! Olha agora neste momento, com estas coisas de Ministério, uma carta dessas escrita pelo Guedes... se é o Salcede, bem, acabou-se! Espera lá... Não é um gordalhufo, um janota que tem uma propriedade em Sintra? Isso! Um maganão que nos entalou na eleição passada, fez gastar ao Silvério mais de trezentos mil-réis... Perfeitamente, às ordens... Oh Pereirinha, olhe aqui o sr. Ega. Tem aí uma carta para sair amanhã, na primeira página, tipo largo...

O sr. Pereirinha lembrou o artigo do sr. Vieira da Costa sobre a "Reforma das Pautas".

– Vai depois! – gritou o Neves. – As questões de honra antes de tudo!

E voltou ao seu grupo onde agora se falava do conde de Gouvarinho, saltou para a borda da mesa, lançou logo o seu vozeirão de chefe, afirmando no Gouvarinho enormes dotes de parlamentar!

Ega acendeu o charuto, ficou um momento considerando aqueles sujeitos que pasmavam para o verbo do Neves. Eram decerto deputados que a crise arrastara a Lisboa, arrancara à quietação das vilas e das quintas. O mais novo parecia um pote, vestido de casimira fina, com uma enorme face a estourar de sangue, jucundo, crasso, lembrando ares sadios e lombo de porco. Outro, esguio, com o paletó solto sobre as costas em arco, tinha um queixo duro e maciço de cavalo; e dois padres muito rapados, muito morenos, fumavam pontas de cigarro. Em todos havia esse ar, conjuntamente apagado e desconfiado, que marca os homens de província, perdidos entre as tipóias e as intrigas da capital. Vinham ali às noites, àquele jornal do partido, saber as novas, *beber do fino,* uns com esperanças de empregos, outros por interesses de terriola, alguns por ociosidade. Para todos o Neves era um "robusto talento"; admiravam-lhe a verbosidade e a tática; decerto gostavam de citar nas lojas das suas vilas o amigo Neves, o jornalista, o da *Tarde...* Mas, através dessa admiração e do prazer de roçar por ele, percebia-se-lhes um vago medo que aquele "robusto talento" lhes pedisse, num vão de janela, duas ou três moedas. O Neves, no entanto, celebrava o Gouvarinho como orador. Não que tivesse os rasgos, a pureza, as belas sínteses históricas do José Clemente! Nem a poesia do Rufino! Mas não havia outro para as piadas que ferem e que ficam cravadas, ali a arder, na pele do touro! E era a grande coisa na Câmara ter a farpa, sabê-la ferrar!

– Oh Gonçalo, tu lembras-te da piada do Gouvarinho, a do trapézio? – gritou ele virando-se para a janela, para o rapaz de jaquetão claro.

O Gonçalo, cujos olhos pretos refulgiram de agudeza e malícia, estendeu o pescoço magro num colarinho muito decotado, lançou de lá:

– A do trapézio? Divina! Conta à rapaziada!

A rapaziada arregalou os olhos para o Neves, à espera da "do trapézio". Fora na Câmara dos Pares, na reforma da instrução. Estava falando o Torres Valente, esse maluco que defendia a ginástica dos colégios e queria as meninas a fazerem a prancha. Gouvarinho ergue-se e atira-lhe esta: "Sr. Presidente, direi uma palavra só. Portugal sairá para sempre da senda do progresso, em que tanto se tem ilustrado, no dia em que nós formos ao ensino, com mão ímpia, substituir a cruz pelo trapézio!"

— Muito bem! — rosnou um dos padres profundamente satisfeito.

E no murmúrio de admiração que se ergueu destacou um ganido — o do rapaz mais grosso que um pote, que mexia os ombros, chasqueava com uma risota na bochecha cor de tomate:

— Pois, senhores, o que esse conde de Gouvarinho me sai é um grandíssimo carola!

E em redor correram sorrisos entre os cavalheiros de província, liberais e finórios, que achavam aquele fidalgo excessivamente apegado à cruz. Mas já o Neves, de pé, bravejava:

— Carola! Vem-nos agora o menino gordo com carola!... O Gouvarinho carola! Está claro que tem toda a orientação mental do século, é um racionalista, um positivista... Mas a questão aqui é a réplica, a tática parlamentar! Desde que o tipo da maioria vem de lá com a descoberta do trapézio, Gouvarinho amigo, ainda que fosse tão ateu como Renan, zás! atira-lhe logo para cima com a cruz!... Isto é que é a estratégia parlamentar! Pois não é assim, Ega?

Ega murmurou, através do fumo do charuto:

— Sim, com efeito, a cruz para isso ainda serve...

Mas nesse momento o sujeito calvo, que repelira a tira de papel e se espreguiçava, caído para as costas da cadeira, exausto, pediu ao sr. João da Ega que falasse à gente e guardasse o seu dinheiro...

Ega acercou-se logo daquele simpático homem, tão engraçado, tão querido de todos:

— Então, na grande faina, Melchior?

— Estou aqui a ver se faço uma coisa sobre o livro do Craveiro, os *Cantos da Serra,* e não me sai nada em termos... Não sei o que hei de dizer!

Ega gracejou, de mãos nos bolsos, muito risonho, muito camarada com o Melchior:

– Nada! Vocês aqui são simples localistas, noticiaristas, anunciadores. Dum livro como o do Craveiro têm só respeitosamente a dizer onde se vende e quanto custa.

O outro considerou o Ega ironicamente, com os dedos cruzados por trás da nuca:

– Então onde queria você que se falasse dos livros?... Nos reportórios?

– Não, nas revistas críticas; ou então nos jornais – que fossem jornais, não papeluchos volantes, tendo em cima uma cataplasma de política em estilo mazorro ou em estilo fadista, um romance mal traduzido do francês por baixo e o resto cheio com "anos", despachos, parte de polícia e loteria da Misericórdia. E como em Portugal não havia nem jornais sérios nem revistas críticas – que se não falasse em parte nenhuma.

– Com efeito – murmurou Melchior –, ninguém fala de nada, ninguém parece pensar em nada...

E com toda a razão, afirmou Ega. Certamente muito desse silêncio provinha do natural desejo que têm, os que são medíocres, de que se não aluda muito aos que são grandes. É a invejazinha reles e rastejante! Mas, em geral, o silêncio dos jornais para com os livros provém sobretudo de eles terem abdicado todas as funções elevadas de estudo e de crítica, de se terem tornado folhas rasteiras de informação caseira, e de sentirem por isso a sua incompetência...

– Está claro, não falo por você, Melchior, que é dos nossos e de primeira ordem! Mas os seus colegas, menino, calam-se por se saberem incompetentes...

O Melchior ergueu os ombros com um ar cansado e descrente:

– Calam-se também porque o público não se importa, ninguém se importa...

Ega protestou, já excitado. O público não se importava!? Essa era curiosa! O público então não se importa que lhe falem de livros que ele compra aos três mil, aos seis mil exemplares? E isto, dada a população de Portugal, caramba, é igual aos grandes sucessos de Paris e de Londres... Não, Melchiorzinho amigo, não! Esse silêncio diz ainda mais claramente e retumbantemente que as palavras: "Nós somos incompetentes. Nós estamos bestializados pela notícia do sr. conselheiro que chegou, ou do sr. conselheiro que partiu, pelos *high-lifes,* pela amabilidade dos donos da casa, pelo artigo de fundo em descompostura e calão, por toda esta prosa chula em que nos atolamos... Nós não sabemos, não podemos já falar duma obra de arte ou duma obra de história, deste belo livro de versos ou deste belo livro de viagens. Não temos nem frases nem idéias. Não somos talvez cretinos, mas estamos cretinizados. A obra de literatura passa muito alto – nós chafurdamos aqui muito embaixo...

– E aqui tem você, Melchior, o que diz, através do silêncio dos jornais, o coro dos jornalistas!

Melchior sorria, enlevado, com a cabeça deitada para trás, como quem goza uma bela ária. Depois, com uma palmada na mesa:

– Caramba, ó Ega, muito bem fala você!... Você nunca pensou em ser deputado? Eu ainda outro dia dizia ao Neves: "O Ega! O Ega é que era para atirar ali na Câmara a piadinha à Rochefort. Ardia Tróia!"

E imediatamente, enquanto Ega ria, contente, tornando a acender o charuto, Melchior arrebatou a pena:

– Você está em veia! Diga lá, dite lá... Que hei de eu aqui pôr sobre o livro do Craveiro?

Ega quis saber o que escrevera já o amigo Melchior. Apenas três linhas: "Recebemos o novo livro do nosso glorioso poeta Simão Craveiro. O precioso volume, onde cintilam, em caprichosos relevos, todas as jóias deste prestigioso escritor, é publicado pelos ativos editores..." E aqui o Melchior emperrara. Melchior não gostava daquele frouxo termo – *ativos*. Ega então sugeriu – *empreendedores*. Melchior emendou, leu:

– "... publicado pelos empreendedores editores..." Ora sebo, rima!

Arrojou a pena, descoroçado. Acabou-se! Não estava em *verve*. E além disso era tarde, tinha a rapariga à espera...

— Fica para amanhã... O pior é que já ando nisto há cinco dias! Irra! Você tem razão, a gente bestializa-se. E faz-me raiva! Não é lá pelo livro, não me importa o livro... É pelo Craveiro, que é bom rapaz, e de mais a mais pertence cá ao partido!

Abriu um gavetão, sacou uma escova, rompeu a escovar-se com desespero. E Ega ia ajudá-lo, limpar-lhe as costas cheias de cal, quando entre eles surgiu a face chupada e nervosa do Gonçalo, com a sua gaforinha perpetuamente erguida como por uma rajada de vento.

— Que está o Egazinho a fazer neste covil da notícia?

— Aqui a escovar o Sampaio... Estive também a ouvir o Neves, a grande frase do Gouvarinho...

O Gonçalo pulou, com uma faísca de malícia nos olhos negros de algarvio esperto.

— A da cruz? Espantosa! Mas há melhor, há melhor!

Travou do braço do Ega, puxou-o para um canto da janela:

— É necessário falar baixo por causa da rapaziada de província... Há outra deliciosa. Eu não me lembro bem, o Neves é que sabe! É uma coisa da Liberdade, conduzindo à mão o corcel do Progresso... O quer que seja assim, uma imagem eqüestre! A Liberdade com calções de jóquei, o Progresso com um grande freio... Espantoso! Que besta, aquele Gouvarinho! E os outros, menino, os outros! Você não foi à Câmara quando se discutiu a questão de Tondela? Extraordinário! O que se disse! Foi de morrer! E eu morro! Esta política, este S. Bento, esta eloqüência, estes bacharéis matam-me. Querem dizer agora aí que isto por fim não é pior que a Bulgária. Histórias! Nunca houve uma choldra assim no universo!

— Choldra em que você chafurda! — observou o Ega, rindo.

O outro recuou com um grande gesto:

— Distingamos! Chafurdo por necessidade, como político; e troço por gosto, como artista!

Mas Ega, justamente, achava uma desgraça incomparável para o país — esse imoral desacordo entre a inteligência e o caráter. Assim, ali estava o amigo Gonçalo, como homem de inteligência, considerando o Gouvarinho um imbecil...

— Uma cavalgadura — corrigiu o outro.

— Perfeitamente! E todavia, como político, você quer essa cavalgadura para ministro, e vai apoiá-la com votos e com discursos sempre que ela rinche ou escoicinhe.

Gonçalo correu lentamente a mão pela gaforinha, com a face franzida:

— É necessário, homem! Razões de disciplina e de solidariedade partidária... Há uns compromissos... O Paço quer, gosta dele...

Espreitou em roda, murmurou, colado ao Ega:

— Há aí umas questões de sindicatos, de banqueiros, de concessões em Moçambique... Dinheiro, menino, o onipotente dinheiro!

E, como Ega se curvava, vencido, cheio só de respeito, o outro, faiscando todo de finura e cinismo, atirou-lhe uma palmada ao ombro:

— Meu caro, a política hoje é uma coisa muito diferente! Nós fizemos como vocês os literatos. Antigamente a literatura era a imaginação, a fantasia, o ideal... Hoje é a realidade, a experiência, o fato positivo, o documento. Pois cá a política em Portugal também se lançou na corrente realista. No tempo da Regeneração e dos Históricos, a política era o progresso, a viação, a liberdade, o palavrório... Nós mudamos tudo isso. Hoje é o fato positivo — o dinheiro, o dinheiro! o bago! a *massa*! A rica *massinha* da nossa alma, menino! O divino dinheiro!

E de repente emudeceu, sentindo na sala um silêncio — onde o seu grito de "dinheiro! dinheiro!" parecera ficar vibrando, no ar quente do gás, com a prolongação de um toque de rebate acordando as cobiças, chamando ao longe e ao largo todos os hábeis para o saque da pátria inerte!...

O Neves desaparecera. Os cavalheiros de província dispersavam, uns enfiando o paletó, outros sem pressa dando um olhar amortecido aos jornais sobre a mesa. E o Gonçalo, bruscamente, disse adeus ao Ega, rodou nos tacões, desapareceu também, abraçando ao passar um dos padres a quem tratou de "malandro!"

Era meia-noite, Ega saiu. E na tipóia que o levava ao Ramalhete, já mais calmo, começou logo a refletir que o resultado da publicação da carta seria despertar em toda Lisboa uma curiosidade voraz. A "questão de cavalos" com que o Neves se contentara prontamente, distraído e absorvido nessa noite pela crise, ninguém mais a acreditaria... O Dâmaso decerto, interrogado, para se desculpar, contaria horrores de Maria e de Carlos; e uma intolerável luz de escândalo ia bater coisas que deviam permanecer na sombra. Eram talvez apoquentações, desesperos que ele assim estivera preparando a Carlos – por causa dum odiozinho ao Dâmaso. Nada mais egoísta e pequeno!... E, subindo para o quarto, Ega decidia correr depois de almoço à redação da *Tarde,* sustar a publicação da carta.

Mas toda essa noite sonhou com Raquel e com Dâmaso. Via-os rolando por uma estrada sem fim, entre pomares e vinhedos, deitados numa carroça de bois, sobre um enxergão onde se desdobrava, lasciva e rica, a sua colcha de cetim preto da "Vila Balzac"; os dois beijavam-se enroscados, sem pudor, sob a fresca sombra que caía dos ramos, ao chiar lento das rodas. E por um requinte do sonho cruel, ele, Ega, sem perder a consciência e o orgulho de homem, era um dos bois que puxava o carro! Os moscardos picavam-no, a canga pesava-lhe; e, a cada beijo mais cantado que atrás soava no carro, ele erguia o focinho a escorrer de baba, sacudia os cornos, mugia lamentavelmente para os céus!

Acordou nestes urros de agonia; e a sua cólera contra o Dâmaso ressurgiu mais nutrida pelas incoerências do sonho. Além disso chovia. E decidiu não voltar à *Tarde,* deixar imprimir a carta. Que importava, de resto, o que dissesse o Dâmaso? O artigo da *Corneta* estava extinto, o Palma bem pago. E quem jamais acreditaria num homem que nos jornais se declara caluniador e bêbado?

E Carlos assim pensou também, quando, depois de almoço, Ega lhe contou a sua resolução da véspera ao ver o Dâmaso no camarote, de olho trocista posto nele, a segredar com os Cohens...

— Percebi claramente, sem erro possível, que estava a falar de ti, da sra. D. Maria, de nós todos, contando horrores... E então acabou-se, não hesitei mais. Era necessário deixar passar a justiça de Deus! Não tínhamos paz enquanto o não aniquilássemos!

Sim, concordou Carlos, talvez. Somente receava que o avô, sabendo o escândalo, se desgostasse de ver o seu nome misturado a toda aquela sordidez de *Corneta* e de bebedeira...

— Ele não lê a *Tarde* — acudiu Ega. — O rumor, se lhe chegar, é já vago e desfigurado.

Com efeito, Afonso soube apenas confusamente que o Dâmaso soltara, no Grêmio, algumas palavras desagradáveis para Carlos, e declarara depois num jornal que, nesse momento, estava bêbado. E a opinião do velho foi – que se o Dâmaso estava embriagado (e doutro modo como teria injuriado Carlos, seu antigo amigo?) a sua declaração revelava extrema lealdade e um amor quase heróico da verdade!

— Por esta não esperávamos nós! — exclamou depois Ega, no quarto de Carlos. — O Dâmaso torna-se um justo!

De resto os amigos da casa, sem conhecer o artigo da *Corneta*, aprovavam a aniquilação do Dâmaso. Só o Craft sustentou que Carlos lhe devia ter antes dado "bengaladas secretas"; e o Taveira achou cruel que se dissesse ao desgraçado, com um florete ao peito, "ou a dignidade ou a vida!"

Mas dias depois não se falava mais nesse escândalo. Outras coisas interessavam o Chiado e a Casa Havanesa. O Ministério fora formado, finalmente! Gouvarinho entrava na Marinha – Neves no Tribunal de Contas. Já os jornais do governo caído começavam, segundo a prática constitucional, a achar o país irremediavelmente perdido, e a aludir ao rei com azedume... E o derradeiro, esvaído eco da carta do Dâmaso foi, na véspera do sarau da Trindade, um parágrafo da própria *Tarde* onde ela fora publicada, nestas amáveis palavras: "O nosso amigo e distinto *sportman,* Dâmaso Salcede, parte brevemente para uma viagem de recreio à Itália. Desejamos ao elegante *touriste* todas as prosperidades, na sua bela excursão ao país do canto e das artes".

VI

Ao FIM DO JANTAR, na Rua de S. Francisco, Ega, que se demorara no corredor a procurar a charuteira pelos bolsos do paletó, entrou na sala perguntando a Maria, já sentada ao piano:

– Então, definitivamente, V. Ex.ª não vem ao sarau da Trindade?...

Ela voltou-se para dizer, preguiçosamente, por entre a valsa lenta que lhe cantava entre os dedos:

– Não me interessa, estou muito cansada...

– É uma seca – murmurou Carlos do lado, da vasta poltrona onde se estirara consoladamente, fumando, de olhos cerrados.

Ega protestou. Também era uma maçada subir às pirâmides no Egito. E no entanto sofria-se invariavelmente, porque nem todos os dias pode um cristão trepar a um monumento, que tem cinco mil anos de existência... Ora a sra. D. Maria, neste sarau, ia ver por dez tostões uma coisa também rara – a alma sentimental dum povo exibindo-se num palco, ao mesmo tempo nua e de casaca.

– Vá, coragem! Um chapéu, um par de luvas, e a caminho!

Ela sorria, queixando-se de fadiga e preguiça.

– Bem – exclamou Ega –, eu é que não quero perder o Rufino... Vamos lá, Carlos, mexe-te!

Mas Carlos implorou clemência:

– Mais um bocadinho, homem! Deixa a Maria tocar umas notas do *Hamlet*. Temos tempo... Esse Rufino, e o Alencar, e os bons só gorjeiam mais tarde...

Então Ega, cedendo também a todo aquele conchego tépido e amável, enterrou-se no sofá com o charuto, para escutar a canção de *Ofélia,* de que Maria já murmurava baixo as palavras cismadoras e tristes:

> *Pâle et blonde,*
> *Dort sous l'eau profonde...*

Ega adorava esta velha balada escandinava. Mais porém o encantava Maria, que nunca lhe parecera tão bela: o vestido claro, que tinha nessa noite, modelava-a com a perfeição dum mármore; e entre as velas do piano, que lhe punham um traço de luz no perfil puro e tons de ouro esfiado no cabelo, o incomparável ebúrneo da sua pele ganhava em esplendor e mimo... Tudo nela era harmonioso, são, perfeito... E quanto aquela serenidade da sua forma devia tornar delicioso o ardor da sua paixão! Carlos era, positivamente, o homem mais feliz destes reinos! Em torno dele só havia facilidades, doçuras. Era rico, inteligente, duma saúde de pinheiro novo; passava a vida adorando e adorado; só tinha o número de inimigos que é necessário, para confirmar uma superioridade; nunca sofrera de dispepsia; jogava as armas bastante, para ser temido; e na sua complacência de forte, nem a tolice pública o irritava. Ser verdadeiramente ditoso!

– Quem é por fim esse Rufino? – perguntou Carlos, alongando mais os pés pelo tapete, quando Maria findou a canção de *Ofélia*.

Ega não sabia. Ouvira que era um deputado, um bacharel, um inspirado...

Maria, que procurava os noturnos de Chopin, voltou-se:
– É esse grande orador de que falavam na *Toca*?
– Não, não! Esse era outro, a sério, um amigo de Coimbra, o José Clemente, homem de eloqüência e de pensamento... Este Rufino era um ratão de pêra grande, deputado por Monção, e sublime nessa arte, antigamente nacional e hoje mais particularmente provinciana, de arranjar, numa voz de teatro e de papo, combinações sonoras de palavras...

– Detesto isso! – rosnou Carlos.

Maria também achava intolerável um sujeito a chilrear, sem idéias, como um pássaro num galho de árvore...

– É conforme a ocasião – observou Ega, olhando o relógio. – Uma valsa de Strauss também não tem idéias, e à noite, com mulheres numa sala, é deliciosa...

Não, não! Maria entendia que essa retórica amesquinhava sempre a palavra humana, que, pela sua natureza mesma, só pode servir para dar forma às idéias. A música, essa, fala aos nervos. Se se cantar uma marcha a uma criança, ela ri-se e salta no colo...

— E, se lhe leres uma página de Michelet — concluiu Carlos —, o anjinho seca-se e berra!

— Sim, talvez — considerou o Ega. — Tudo isso depende da latitude e dos costumes que ela cria. Não há inglês, por mais culto e espiritualista, que não tenha um fraco pela força, pelos atletas, pelo *sport*, pelos músculos de ferro. E nós, os meridionais, por mais críticos, gostamos do palavreadinho mavioso. Eu cá pelo menos, à noite, com mulheres, luzes, um piano e gente de casaca, pélo-me por um bocado de retórica.

E, com o apetite assim desperto, ergueu-se logo para enfiar o paletó, voar à *Trindade,* num receio de perder o Rufino.

Carlos deteve-o ainda, com uma grande idéia:

— Espera. Descobri melhor, fazemos o sarau aqui! Maria toca Beethoven; nós declamamos Musset, Hugo, os parnasianos; temos padre Lacordaire, se te apetece a eloquência; e passa-se a noite numa medonha orgia de ideal!...

— E há melhores cadeiras — acudiu Maria.

— Melhores poetas — afirmou Carlos.

— Bons charutos!

— Bom *cognac!*

Ega alçou os braços ao ar, desolado. Aí está como se pervertia um cidadão, impedindo-o de proteger as letras pátrias — com promessas pérfidas de tabaco e de bebidas!... Mas de resto ele não tinha só uma razão literária para ir ao sarau. O Cruges tocava uma das suas *Meditações d'outono,* e era necessário dar palmas ao Cruges.

— Não digas mais! — gritou Carlos, dando um pulo da poltrona. — Esquecia-me o Cruges!... É um dever de honra! Abalemos.

E daí a pouco, tendo beijado a mão de Maria que ficava ao piano, os dois, surpreendidos com a beleza dessa noite de inverno, tão clara e doce, seguiam devagar pela rua, onde Carlos ainda duas vezes se voltou para olhar as janelas alumiadas.

— Estou bem contente — exclamou ele travando do braço

do Ega – em ter deixado os Olivais. Aqui ao menos podemos reunir-nos para um bocado de cavaco e de literatura...

Tencionava arranjar a sala com mais gosto e conforto, converter o quarto ao lado num *fumoir* forrado com as suas colchas da Índia, depois ter um dia certo em que viessem os amigos cear... Assim se realizava o velho sonho, o cenáculo de diletantismo e de arte... Além disso havia a lançar a revista, que era a suprema pândega intelectual. Tudo isto anunciava um inverno *chic* a valer como dizia o defunto Dâmaso.

– E tudo isto – resumiu o Ega – é dar civilização ao país. Positivamente, menino, vamo-nos tornar grandes cidadãos!...

– Se me quiserem erguer uma estátua – disse Carlos alegremente –, que seja aqui na Rua de S. Francisco... Que beleza de noite!

Pararam à porta do teatro da Trindade no momento em que, duma tipóia de praça, se apeava um sujeito de barbas de apóstolo, todo de luto, com um chapéu de largas abas recurvas à moda de 1830. Passou junto dos dois amigos sem os ver, recolhendo um troco à bolsa. Mas Ega reconheceu-o.

– É o tio do Dâmaso, o demagogo! Belo tipo!

– E, segundo o Dâmaso, um dos bêbados da família – lembrou Carlos rindo.

Por cima, de repente, no salão, estalaram grandes palmas. Carlos, que dava o paletó ao porteiro, receou que já fosse o Cruges...

– Qual! – disse o Ega. – Aquilo é aplaudir de retórica!

E com efeito, quando pela escada ornada de plantas chegaram ao ante-salão, onde dois sujeitos de casaca passeavam em pontas de pés, segredando, sentiram logo um vozeirão túmido, garganteado, provinciano, de vogais arrastadas em canto, invocando lá do fundo, do estrado, "a alma religiosa de Lamartine!..."

– É o Rufino, tem estado soberbo! – murmurou o Teles da Gama, que não passara da porta, com o charuto escondido atrás das costas.

Carlos, sem curiosidade, ficou junto do Teles. Mas Ega,

esguio e magro, foi rompendo pela coxia tapetada de vermelho. De ambos os lados se cerravam filas de cabeças, embebidas, enlevadas, atulhando os bancos de palhinha até junto ao tablado, onde dominavam os chapéus de senhoras picados por manchas claras de plumas ou flores. Em volta, de pé, encostados aos pilares ligeiros que sustêm a galeria, refletidos pelos espelhos, estavam os homens, a gente do Grêmio, da Casa Havanesa, das Secretarias, uns de gravata branca, outros de jaquetões. Ega avistou o sr. Sousa Neto, pensativo, sustentando entre dois dedos a face escaveirada, de barba rala; adiante o Gonçalo, com a sua gaforinha ao vento; depois o marquês atabafado num *cache-nez de* seda branca; e, num grupo, mais longe, rapazes do Jockey Club, os dois Vargas, o Mendonça, o Pinheiro, assistindo àquele *sport* da eloqüência com uma mistura de assombro e tédio. Por cima, no parapeito de veludo da galeria, corria outra linha de senhoras com vestidos claros, abanando-se molemente; por trás alçava-se ainda uma fila de cavalheiros onde destacava o Neves, o novo conselheiro, grave, de braços cruzados, com um botão de camélia na casaca malfeita.

O gás sufocava, vibrando cruamente naquela sala clara, dum tom desmaiado de canário, raiada de reflexos de espelhos. Aqui e além uma tosse tímida de catarro desmanchava o silêncio, logo abafada no lenço. E na extremidade da galeria, num camarote feito de tabiques, com sanefas de veludo cor de cereja, duas cadeiras de espaldar dourado permaneciam vazias, na solenidade real do seu damasco escarlate.

No entanto, no estrado, o Rufino, um bacharel transmontano, muito trigueiro, de pêra, alargava os braços, celebrava um anjo, "o *Anjo da Esmola* que ele entrevira, além no azul, batendo as asas de cetim..." Ega não compreendia bem – entalado entre um padre muito gordo que pingava de suor e um alferes de lunetas escuras. Por fim não se conteve: "Sobre que está ele a falar?" E foi o padre que o informou, com a face luzidia, inflamada de entusiasmo:

– Tudo sobre a caridade, sobre o progresso! Tem estado sublime... infelizmente está a acabar!

Parecia ser, com efeito, a peroração. O Rufino arrebatara o lenço, limpava a testa lentamente; depois arremeteu para a borda do tablado, voltando-se para as cadeiras reais com um tão ardente gesto de inspiração que o colete repuxado descobriu o começo da ceroula. Foi então que Ega compreendeu. Rufino estava exaltando uma princesa que dera seiscentos mil-réis para os inundados do Ribatejo, e ia a benefício deles organizar um bazar na Tapada. Mas não era só essa soberba esmola que deslumbrava o Rufino, porque ele, "como todos os homens educados pela filosofia e que têm a verdadeira orientação mental do seu tempo, via nos grandes fatos da história não só a sua beleza poética, mas a sua influência social. A multidão, essa, sorria simplesmente, enlevada, para a incomparável poesia da mão calçada de fina luva que se estende para o pobre. Ele porém, filósofo, antevia já, saindo desses delicados dedos de princesa, um resultado bem profundo e formoso... O quê, meus senhores? O renascimento da Fé!"

De repente, um leque que escorregara da galeria, arrancando embaixo um berro a uma senhora gorda, criou um sussurro, uma curta emoção. Um comissário do sarau, D. José Sequeira, ergueu-se logo nos degraus do tablado, com o seu laçarote de seda vermelha na casaca, dardejando severamente os olhos vesgos para o recanto indisciplinado, onde curtos risos esfuziavam. Outros cavalheiros, indignados, gritavam *"chut, silêncio, fora!"* E das cadeiras da frente surgiu a face ministerial do Gouvarinho, inquieta pela ordem, com as lunetas brilhando duramente... Então Ega procurou ao lado a condessa; e avistou-a enfim mais longe, com um chapéu azul, entre a Alvim toda de preto e umas vastas espáduas cobertas de cetim malva, que eram as da baronesa de Craben. Todo o rumor findava, e o Rufino, que molhara lentamente os lábios no copo, avançou um passo, sorrindo, com o lenço branco na mão:

– Dizia eu, meus senhores, que dada a orientação mental deste século...

Mas o Ega sufocava, esmagado, farto do Rufino, com a impressão de que o padre ao lado cheirava mal. E não aturou mais, furou para trás, para desabafar com Carlos.

– Tu imaginavas uma besta assim?

– Horroroso! – murmurou Carlos. – Quando tocará o Cruges?

Ega não sabia, todo o programa fora alterado.

– E tens cá a Gouvarinho! Está lá adiante, de azul... Hei de querer ver logo esse encontro!

Mas ambos se voltaram, sentindo por trás alguém ciciar discretamente *"bonsoir messieurs..."* Era Steinbroken e o seu secretário, graves, de casaca, em pontas de pés, com as claques fechadas. E imediatamente Steinbroken queixou-se da ausência da família real...

– *Mr. de Cantanhede, qui est de service, m'avait cependant assuré que la reine viendrait... C'est bien sous sa protection, n'est-ce pas, toute cette musique, ces vers?... Voilà porquoi je suis venu. C'est très ennuyeux... Et Alphonse de Maia, toujours en santé?*

– *Merci...*

Na sala o silêncio impressionava. Rufino, com gestos de quem traça numa tela linhas lentas e nobres, descrevia a doçura duma aldeia, a aldeia em que nascera, ao pôr-do-sol. E o seu vozeirão velava-se, enternecido, morrendo num rumor de crepúsculo. Então Steinbroken, sutilmente, tocou no ombro do Ega. Queria saber se era esse o grande orador de que lhe tinha falado... Ega afirmou com patriotismo que era um dos maiores oradores da Europa!

– Em qual *genérro*?...

– Gênero sublime, gênero de Demóstenes!

Steinbroken alçou as sobrancelhas com admiração, falou em finlandês ao seu secretário, que entalou languidamente o monóculo; e com as claques debaixo do braço, cerrados os olhos, recolhidos como num templo, os dois enviados da Finlândia ficaram escutando, à espera do sublime.

Rufino, no entanto, com as mãos descaídas, confessava uma fragilidade de sua alma! Apesar da poesia ambiente dessa sua aldeia natal, onde a violeta em cada prado, o rouxinol em cada balseira provavam Deus irrefutavelmente – ele fora dilacerado pelo espinho da descrença! Sim, quantas vezes, ao cair da tarde, quando os sinos da velha torre choravam no ar a ave-maria e no vale cantavam as ceifeiras, ele passara junto da cruz do adro e da cruz do cemitério, atirando-lhes de lado, cruelmente, o sorriso frio de Voltaire!...

Um largo frêmito de emoção passou. Vozes sufocadas de gozo mal podiam murmurar "*muito bem, muito bem...*"

Pois fora nesse estado, devorado pela dúvida, que Rufino ouvira um grito de horror ressoar por sobre o nosso Portugal... Que sucedera?

Era a Natureza que atacava seus filhos! E lançando os braços, como quem se debate numa catástrofe, Rufino pintou a inundação... Aqui aluía um casal, ninho florido de amores; além, na quebrada, passava o balar choroso dos gados; mais longe as negras águas iam juntamente arrastando um botão de rosa e um berço!...

Os *bravos* partiram profundos e roucos de peitos que arfavam. E em torno de Carlos e do Ega, sujeitos voltavam-se apaixonadamente uns para os outros, com um brilho na face, comungando no mesmo entusiasmo: "Que rajadas!... Caramba!... Sublime!..."

Rufino sorria, bebendo esta comoção, que era a obra do seu verbo. Depois, respeitosamente, voltou-se para as cadeiras reais, solenes e vazias...

Vendo que a cólera da Natureza rugia implacável, ele erguera os olhos para o natural abrigo, para o exaltado lugar donde desce a salvação, para o Trono de Portugal! E de repente, deslumbrado, vira por sobre ele estenderem-se as asas brancas dum anjo! Era o anjo da esmola, meus senhores! E donde vinha? donde recebera a inspiração da caridade? donde saía assim, com os seus cabelos de ouro? Dos livros da ciência? dos laboratórios químicos? desses anfiteatros de anatomia onde se nega covardemente a alma? das secas escolas de filosofia que fazem de Jesus um precursor de Robespierre? Não! Ele ousara interrogar o anjo, submisso, com o joelho em terra. E o anjo da esmola, apontando o espaço divino, murmurara: "Venho d'além!"

Então pelos bancos apinhados correu um sussurro de enlevo. Era como se os estuques do teto se abrissem, os anjos cantassem no alto. Um estremecimento devoto e poético arrepiava as cuias das senhoras.

E Rufino findava, com uma altiva certeza na alma! Sim, meus senhores! Desde esse momento, a dúvida fora nele como a névoa que o sol, este radiante sol português, desfaz nos ares... E agora, apesar de todas as ironias da ciência, apesar dos escárnios orgulhosos dum Renan, dum Littré e dum Spencer, ele, que recebera a confidência divina, podia ali, com a mão sobre o coração, afirmar a todos bem alto – havia um Céu!

– Apoiado! – mugiu na coxia o padre sebento.

E por todo o salão, no aperto e no calor do gás, os cavalheiros das Secretarias, da Arcada, da Casa Havanesa, berrando, batendo as mãos, afirmaram soberbamente o Céu!

O Ega que ria, divertido, sentiu ao lado um som rouco de cólera. Era o Alencar, de paletó, de gravata branca, cofiando sombriamente os bigodes.

– Que te parece, Tomás?

– Faz nojo! – rugiu surdamente o poeta.

Tremia, revoltado! Numa noite daquelas, toda de poesia, quando os homens de letras se deviam mostrar como são, filhos da Democracia e da Liberdade, vir aquele pulha pôr-se ali a lamber os pés à família real... Era simplesmente ascoroso!

Lá ao fundo, junto aos degraus do tablado, ia um tumulto de abraços, de cumprimentos, em torno do Rufino, que reluzia todo de orgulho e suor. E pela porta os homens escoavam-se, afogueados, comovidos ainda, puxando das charuteiras. Então o poeta travou do braço do Ega:

– Ouve lá, eu vinha justamente procurar-te. É o Guimarães, o tio do Dâmaso, que me pediu para te ser apresentado... Diz que é uma coisa séria, muito séria... Está lá embaixo no botequim, com um *grog*.

Ega pareceu surpreendido... Coisa séria!

– Bem, vamos nós lá embaixo tomar também um *grog*! E que recitas tu logo, Alencar?

– *A Democracia* – foi dizendo o poeta pela escada, com certa reserva. – Uma coisita nova, tu verás... São algumas verdades duras a toda essa burguesia...

Estavam à porta do botequim – e precisamente o sr. Guimarães saía com chapéu sobre o olho, de charuto aceso, abotoando a sobrecasaca. Alencar lançou a apresentação, com imensa gravidade:

– O meu amigo João da Ega... O meu velho amigo Guimarães, um bravo cá dos nossos, um veterano da Democracia.

Ega acercou-se duma mesa, puxou cortesmente um banco para o veterano da Democracia, quis saber se ele preferia *cognac* ou cerveja.

– Tomei agora o meu *grog* de guerra – disse o sr. Guimarães com secura –, tenho para toda a noite.

Um criado dava uma limpadela lenta sobre o mármore da mesa. Ega ordenou cerveja. E diretamente, largando o charuto, passando a mão pelas barbas a retocar a majestade da face, o sr. Guimarães começou com lentidão e solenidade:

– Eu sou tio do Dâmaso Salcede, e pedi aqui ao meu velho amigo Alencar para me apresentar a V. Ex.ª, com o fim de o intimar a que olhe bem para mim e que diga se me acha com cara de bêbado...

Ega compreendeu, atalhou logo, cheio de franqueza e bonomia:

– V. Ex.ª refere-se a uma carta que, seu sobrinho escreveu...

– Carta que V. Ex.ª ditou! Carta que V. Ex.ª o forçou a assinar!

– Eu?...

– Afirmou-mo ele, senhor!

Alencar interveio:

– Falem vocês baixo, que diabo!... Isto é terra de curiosos...

O sr. Guimarães tossiu, chegou a cadeira mais para a mesa.

Tinha estado, contou ele, havia semanas fora de Lisboa por negócio da herança de seu irmão. Não vira o sobrinho, porque só por necessidade se encontrava com esse imbecil. Na véspera, em casa dum antigo amigo, o Vaz Forte, deitara por acaso os olhos ao *Futuro,* um jornal republicano, bem escrito, mas frouxo de idéias. E avistara logo na primeira página, em tipo enorme, sob esta rubrica aliás justa *Coisas do high-life,* a carta do sobrinho... Imagine o sr. Ega o seu furor! Ali mesmo, em casa do Forte, escrevera ao Dâmaso pouco mais ou menos nestes termos: "Li a tua infame declaração. Se amanhã não fazes outra, em todos os jornais, dizendo que não tinhas intenção de me incluir entre os bêbados da tua família, vou aí e quebro-te os ossos um por um. Treme!" Assim lhe escrevera. E sabia o sr. João da Ega qual fora a resposta do sr. Dâmaso?

– Tenho-a aqui, é um *documento humano,* como diz o amigo Zola! Aqui está... Grande papel, monograma de ouro, coroa de conde. Aquele asno! Quer V. Ex.ª que eu leia?

A um gesto risonho do Ega, ele mesmo leu, lentamente, e sublinhando:

– *"Meu caro tio! A carta de que fala foi escrita pelo sr. João da Ega. Eu era incapaz de tal desacato à nossa querida família. Foi ele que me agarrou na mão, à força, para eu assinar; e eu, naquela atrapalhação, sem saber o que fazia, assinei para evitar falatórios. Foi um laço que me armaram os meus inimigos. O meu querido tio, que sabe como eu gosto de si, que até estava o ano passado com tenção, se soubesse a sua morada em Paris, de lhe mandar meia pipa de vinho de Colares, não fique pois zangado comigo. Bem infeliz já eu sou! E se quiser procure esse João da Ega que me perdeu! Mas acredite que hei de tirar uma vingança que há de ser falada! Ainda não decidi qual, nesta atarantação; mas em todo o caso a nossa família há de ficar desenxovalhada, porque eu admiti que ninguém brincasse com a minha dignidade... E se o não fiz já antes de partir para a Itália, se ainda não pugnei pela minha honra, é porque há dias, com todos estes abalos, veio-me uma tremenda disenteria, que estou que me não tenho nas pernas. Isto por cima dos meus males morais!..."*

– V. Ex.ª ri-se, sr. Ega?
– Pois que quer V. Ex.ª que eu faça? – balbuciou o Ega por fim, sufocado, com os olhos em lágrimas. – Rio-me eu, ri-se o Alencar, ri-se V. Ex.ª. Isso é extraordinário! Essa dignidade, essa disenteria...

O sr. Guimarães, embaçado, olhou o Ega, olhou o poeta que fungava sob os longos bigodes, e terminou por dizer:

— Com efeito, a carta é duma cavalgadura... Mas o fato permanece...

Então Ega apelou para o bom senso do sr. Guimarães, para a sua experiência das coisas de honra. Compreendia ele que dois cavalheiros, indo desafiar um homem a sua casa, lhe agarrem no pulso, o forcem violentamente a assinar uma carta em que ele se declara bêbado?

O sr. Guimarães, agradado com aquela deferência pelo seu tato e pela sua experiência, confessou que o caso, pelo menos em Paris, seria pouco natural.

— E em Lisboa, senhor! Que diabo, isto não é a Cafraria! E diga-me o sr. Guimarães outra coisa, de *gentleman* para *gentleman:* como considera seu sobrinho? um homem irrepreensivelmente verídico?

O sr. Guimarães cofiou as barbas, declarou lealmente:

— Um refinado mentiroso.

— Então! – gritou Ega em triunfo, atirando os braços ao ar.

De novo Alencar interveio. A questão parecia-lhe satisfatoriamente finda. E não restava senão os dois apertarem-se a mão fraternalmente, como bons democratas...

Já de pé, atirou a genebra às goelas. Ega sorria, estendia a mão ao sr. Guimarães. Mas o velho demagogo, ainda com uma sombra na face enrugada, desejou que o sr. João da Ega (se nisso não tinha dúvida) declarasse, ali diante do amigo Alencar, que não lhe achava a ele, Guimarães, cara de bêbado...

— Oh, meu caro senhor! – exclamou Ega, batendo com o dinheiro na mesa para chamar o criado. – Pelo contrário! O maior prazer em proclamar diante do Alencar, e aos quatro ventos, que lhe acho a cara dum perfeito cavalheiro e dum patriota!

Então trocaram um rasgado aperto de mãos, enquanto o sr. Guimarães afirmava a sua satisfação por conhecer o sr. João da Ega, moço de tantos dotes e tão liberal. E quando V. Ex.ª quisesse qualquer coisa, política ou literária, era escrever este endereço bem conhecido no mundo: – *Redaction du Rappel, Paris!*

Alencar abalara. E os dois deixaram o botequim, trocando impressões do sarau. O sr. Guimarães estava enojado com a carolice, a sabujice desse Rufino. Quando o ouvira palrar das asas da princesa e da cruz do adro, quase lhe gritara cá do fundo: "Quanto te pagam para isso, miserável?"

Mas de repente Ega estacou na escada, tirando o chapéu:
— Oh! sra. baronesa, então já nos abandona?

Era a Alvim que descia devagar, com a Joaninha Vilar, atando as largas fitas duma capa de pelúcia verde. Queixou-se duma dor de cabeça que a torturava, apesar de ter gostado loucamente do Rufino... Mas uma noite toda de literatura, que estafa! E agora, para mais, ficara lá um homenzinho a fazer música clássica...

— É o meu amigo Cruges!

— Ah! é seu amigo? Pois olhe, devia-lhe ter dito que tocasse antes o *Pirolito*.

— V. Ex.ª aflige-me com esse desdém pelos grandes mestres... Não quer que a vá acompanhar à carruagem? Paciência... Muito boa-noite, sra. D. Joana!... Um servo seu, sra. baronesa! E Deus lhe tire a sua dor de cabeça!

Ela voltou-se ainda no degrau, para o ameaçar risonhamente com o leque:
— Não seja impostor! O sr. Ega não acredita em Deus.
— Perdão... Que o diabo lhe tire a sua dor de cabeça, sra. baronesa!

O velho democrata desaparecera discretamente. E da ante-sala Ega avistou logo ao fundo, no tablado, sobre um mocho muito baixo que lhe fazia roçar pelo chão as longas abas da casaca, o Cruges, com o nariz bicudo contra o caderno da sonata, martelando sabiamente o teclado. Foi então subindo em pontas de pés pela coxia tapetada de vermelho, agora desafogada, quase vazia; um ar mais fresco circulava; as senhoras, cansadas, bocejavam por trás dos leques.

Parou junto de D. Maria da Cunha, apertada na mesma fila com todo um rancho íntimo, a marquesa de Soutal, as duas Pedrosos, a Teresa Darque. E a boa D. Maria tocou-lhe logo no braço, para saber quem era aquele músico de cabeleira.

– Um amigo meu – murmurou Ega. – Um grande maestro, o Cruges.

O Cruges... O nome correu entre as senhoras, que o não conheciam. E era composição dele, aquela coisa triste?

– É de Beethoven, sra. D. Maria da Cunha, a *Sonata Patética*.

Uma das Pedrosos não percebera bem o nome da sonata. E a marquesa de Soutal, muito séria, muito bela, cheirando devagar um frasquinho de sais, disse que era a *Sonata pateta*. Por toda a bancada foi um rastilho de risos sufocados. A *Sonata pateta*! Aquilo parecia divino! Da extremidade o Vargas gordo, o das corridas, estendeu a face enorme, imberbe e cor de papoula:

– Muito bem, sra. marquesa, muito catita!

E passou o gracejo a outras senhoras, que se voltavam, sorriam à marquesa, entre o *frou-frou* dos leques. Ela triunfava, bela e séria, com um velho vestido de veludo preto, respirando os sais, enquanto adiante, um amador de barba grisalha cravava naquele rancho ruidoso dois grandes óculos de ouro que faiscavam de cólera.

No entanto, por toda a sala, o sussurro crescia. Os encatarroados tossiam livremente. Dois cavalheiros tinham aberto a *Tarde*. E caído sobre o teclado, com a gola da casaca fugida para a nuca, o pobre Cruges, suando, estonteado por aquela desatenção rumorosa, atabalhoava as notas, numa debandada.

– Fiasco completo – declarou Carlos que se aproximara do Ega e do rancho.

Foi para D. Maria da Cunha uma alegria, uma surpresa! Até que enfim se via o sr. Carlos da Maia, o Príncipe Tenebroso! Que fizera ele durante esse verão? Todo o mundo a esperá-lo em Sintra, alguém mesmo com ansiedade... Um *chut* furioso do amador de barbas grisalhas emudeceu-a. E justamente Cruges, depois de bater dois acordes bruscos, arredara o mocho, esgueirava-se do estrado, enxugando as mãos ao lenço. Aqui e além algumas palmas ressoaram, moles e de cortesia, entre um grande murmúrio de alívio. E o Ega e Carlos correram à porta, onde já esperavam o marquês, o Craft, o Taveira – para abraçar, consolar o pobre Cruges que tremia todo, com os olhos esgazeados.

E imediatamente, no silêncio atento que predominava, um sujeito muito magro, muito alto, surgiu no tablado, com um manuscrito na mão. Alguém ao lado do Ega disse que era o Prata, que ia falar sobre o *Estado agrícola da província do Minho.* Atrás, um criado veio colocar sobre a mesa um candelabro de duas velas; o Prata, de ilharga para a luz, mergulhou no caderno; e de entre o perfil triste e as folhas largas, um rumor lento foi escorrendo, rumor de reza numa sonolência de novena, onde por vezes destacavam, como gemidos "riqueza dos gados..., esfacelamento da propriedade..., fértil e desprotegida região..."

Começou então uma debandada sorrateira e formigueira, que nem os *chuts* do comissário do sarau, vigilante e de pé sobre um degrau do estrado, podiam conter. Só as senhoras ficavam; e um ou outro burocrata idoso, que se inclinava zelosamente para o murmúrio de reza, com a mão em concha sobre a orelha.

Ega, que fugia também "ao vicejante paraíso do Minho", achou-se em frente do sr. Guimarães.

– Que maçada, hem?

O democrata concordou que aquele preopinante não lhe parecia divertido... Depois, mais sério, com outra idéia, segurando um botão da casaca do Ega:

– Eu espero que V. Ex.ª, há pouco, não ficasse com a impressão de que eu sou solidário ou me importo com meu sobrinho...

Oh! decerto que não! Ega vira bem que o sr. Guimarães não tinha pelo Dâmaso nenhum entusiasmo de família.

– Asco, senhor, só asco! Quando ele foi a primeira vez a Paris e soube que eu morava numa trapeira, nunca me procurou! Porque aquele imbecil dá-se ares de aristocrata... E, como V. Ex.ª sabe, é filho dum agiota!

Puxou a charuteira, ajuntou gravemente:

– A mãe, sim! Minha irmã era duma boa família. Fez aquele desgraçado casamento, mas era duma boa família! Que, com meus princípios, já V. Ex.ª vê que tudo isso de fidalguia, pergaminhos, brasões, são para mim *blague* e mais *blague*! Mas enfim os fatos são os fatos, a história de Portugal aí está... Os Guimarães da Bairrada eram de sangue azul.

Ega sorriu, num assentimento cortês:

– E V. Ex.ª então parte brevemente para Paris?

– Amanhã mesmo, por Bordéus... Agora que toda essa cambada do marechal de MacMahon, e do duque de Broglie, e do Descazes foi pelos ares, já se pode lá respirar...

Nesse instante Teles e o Taveira, passando de braço dado, voltaram-se, a observar curiosamente aquele velho austero, todo de preto, que falava alto com o Ega de marechais e de duques. Ega reparou: o democrata, de resto, tinha uma sobrecasaca de casimira nova; o seu altivo chapéu reluzia; e Ega ficou, de bom grado, a conversar com aquele *gentleman,* correto e venerando, que impressionava os seus amigos.

– A república, com efeito – observou ele, dando alguns passos ao lado do sr. Guimarães –, esteve ali um momento comprometida!

– Perdida! E eu, meu caro senhor, aqui onde me vê, para ser expulso por causa dumas verdadezinhas que soltei numa reunião anarquista. Até me afirmaram que num conselho de ministros o marechal de MacMahon, que é um tarimbeiro, batera um murro na mesa e dissera: *Ce sacré Guimaran, il nous embête, faut lui donner du pied dans le derrière.* Eu não estava lá, não sei, mas afirmaram-me... Em Paris, como os franceses não sabem pronunciar Guimarães, e eu embirro que me estropiem o nome, assino *Mr. Guimaran.* Há dois anos, quando fui a Itália, era *Mr. Guimarini.* E se for agora à Rússia, cá por coisas, hei de ser *Mr. Guimaroff...* Embirro que me estropiem o nome!

Tinham voltado à porta do salão. Longas bancadas vazias punham dentro, no brilho pesado do gás, uma tristeza de abandono e tédio; e no estrado o Prata continuava, de mão no bolso, com o nariz sobre o manuscrito, sem que se sentisse agora surdir um som daquele espantalho esguio. Mas o marquês, que descia do fundo, atabafando-se no seu *cache-nez* de seda, disse ao Ega, ao passar, que o homenzinho era muito prático, sabia da poda, e lá tinha ficado às voltas com Proudhon.

Ega e o democrata recomeçaram então os seus passos lentos na ante-sala, onde o sussurro de conversas mal-abafadas crescia, como num pátio, entre fumaças furtivas de cigarro. E o sr. Guimarães chasqueava, achando uma boa *bêtise* que se citasse Proudhon, ali naquele teatreco, a propósito de estrumes do Minho...

— Oh, Proudhon entre nós — acudiu Ega rindo — cita-se muito, é já um monstro clássico. Até os conselheiros de Estado já sabem que para ele a propriedade era um roubo, e Deus era o mal...

O democrata encolheu os ombros:

— Grande homem, senhor! Homem imenso! São os três grandes pimpões deste século: Proudhon, Garibaldi e o compadre!

— O compadre! — exclamou Ega, atônito.

Era o nome de amizade que o sr. Guimarães dava em Paris a Gambetta. Gambetta nunca o via, que não lhe gritasse de longe, em espanhol: "*Hombre, compadre!*" E ele também, logo: "*Compadre, caramba!*" Daí ficara a alcunha, e Gambetta ria. Porque lá isso, bom rapaz, e amigo desta franqueza do Sul, e patriota, está ali.

— Imenso, meu caro senhor! O maior de todos!

Pois Ega imaginaria que o sr. Guimarães, com as suas relações do *Rappel*, devia ter sobretudo o culto de Vítor Hugo...

— Esse, meu caro senhor, não é um homem, é um mundo!

E o sr. Guimarães ergueu mais a face, ajuntou infinitamente grave:

— É um mundo!... E aqui, onde me vê, ainda não há três meses que ele me disse uma coisa, que me foi direita ao coração!

Vendo com deleite o interesse e a curiosidade do Ega, o democrata contou largamente esse glorioso lance, que ainda o comovia:

— Foi uma noite no *Rappel*. Eu estava a escrever, ele apareceu já um pouco trôpego, mas com o olho a luzir, e aquela bondade, aquela majestade!... Eu ergui-me, como se entrasse um rei... Isto é, não! que se fosse um rei tinha-lhe dado com a bota no rabiosque. Levantei-me como se ele fosse um Deus! Qual Deus! não há Deus que me fizesse levantar!... Enfim, acabou-se, levantei-me! Ele olhou para mim, fez assim um gesto com a mão, e disse, a sorrir, com aquele ar de gênio que tinha sempre: *Bonsoir, mon ami!*

E o sr. Guimarães deu alguns passos dignos, em silêncio, como se aquele *bonsoir,* aquele *mon ami,* assim recordados, lhe fizessem mais vivamente sentir a sua importância no mundo.

De repente Alencar, que bracejava num grupo, rompeu para eles, pálido, de olhos chamejantes:

— Que me dizem vocês a esta pouca-vergonha? Aquele infame ali há meia hora, com o in-fólio, a rosnar, a rosnar... E toda a gente a sair, não fica ninguém! Tenho de recitar aos bancos de palhinha!... E abalou, rilhando os dentes, a exalar mais longe o seu furor.

Mas algumas palmas cansadas, dentro, fizeram voltar o Ega. O estrado ficara novamente vazio, com as duas velas ardendo no candelabro. Um cartão em grossas letras, que um criado colocara no piano, anunciava um "intervalo de dez minutos" como num circo. E nesse instante a sra. condessa de Gouvarinho saíra pelo braço do marido, deixando atrás um sulco largo de cumprimentos, de espinhas que se vergavam, de chapéus de burocratas rasgadamente erguidos. O comissário do sarau azafamava-se, procurando duas cadeiras para SS. Ex.ªˢ. A condessa porém foi reunir-se a D. Maria da Cunha, que ela vira, com as Pedrosos e a marquesa de Soutal, refugiada num vão da janela. Ega imediatamente acercou-se do rancho íntimo, esperando que as senhoras se beijocassem.

— Então, sra. condessa, ainda muito comovida com a eloqüência do Rufino?

— Muito cansada... E que calor, hem?

— Horrível. A sra. baronesa de Alvim saiu há pouco, com uma dor de cabeça...

A condessa, que tinha os olhos pisados e uma prega de velhice aos cantos da boca, murmurou:

— Não admira, isto não é divertido... Enfim, já agora é necessário levar a cruz ao Calvário.

— Se fosse uma cruz, minha senhora! — exclamou o Ega. — Infelizmente é uma lira!

Ela riu. E D. Maria da Cunha, nessa noite mais remoçada e viva, ficou logo toda banhada num sorriso, com aquela carinhosa admiração pelo Ega, que era um dos seus sentimentos.

— Este Ega!... Não há mal que lhe chegue!... E diga-me outra coisa, que é feito do seu amigo Maia?

Ega vira-a momentos antes, no salão, puxar pela manga de Carlos, cochichar com Carlos. Mas conservou um ar inocente:

— Está aí, anda por aí, assistindo a toda essa literatura.

De repente, os olhos sempre bonitos e lânguidos de D. Maria da Cunha rebrilharam com uma faísca de malícia:

— Falai no mau... Neste caso seria falar do bom. Enfim aí nos vem o Príncipe Tenebroso!

E era com efeito Carlos que passava, se encontrara diante dos braços do conde de Gouvarinho, estendidos para ele com uma efusão em que parecia renascer o antigo afeto. Pela primeira vez Carlos via a condessa, desde a noite em que no Aterro, abandonando-a para sempre, fechara com ódio a portinhola da tipóia onde ela ficava chorando. Ambos baixaram os olhos, ao adiantar a mão um para o outro, lentamente. E foi ela que findou o embaraço, abrindo o seu grande leque de penas de avestruz:

— Que calor, não é verdade?

— Atroz! — disse Carlos. — Não vá V. Ex.ª apanhar ar dessa janela.

Ela forçou os lábios brancos a um sorriso:

— É conselho de médico?

— Oh, minha senhora, não são as horas da minha consulta! É apenas caridade de cristão.

Mas de repente a condessa chamou o Taveira, que ria, derretido, com a marquesa de Soutal, para o repreender por ele não ter aparecido terça-feira na Rua de S. Marçal. Surpreendido com tanto interesse, tanta familiaridade, o Taveira, muito vermelho, balbuciou que nem sabia, fora o seu infortúnio, tinham-se metido umas coisas...

– Além disso, não imaginei que V. Ex.ª começasse a receber tão cedo... V. Ex.ª antigamente era só depois da Cerração da Velha. Até me lembro que o ano passado...

Mas emudeceu. O conde de Gouvarinho voltara-se, pousando a mão carinhosa no ombro de Carlos, desejando a sua impressão sobre o "nosso Rufino". Ele, conde, estava encantado! Encantado sobretudo com a *variedade de escala,* aquela arte tão difícil de passar do solene para o ameno, de descer das grandes rajadas para os brincados de linguagem. Extraordinário!

– Tenho ouvido grandes parlamentares, o Rouher, o Gladstone, o Canovas, outros muitos. Mas não são estes vôos, esta opulência... É tudo muito seco, idéias e fatos. Não entra na alma! Vejam os amigos aquela imagem tão pujante, tão respeitosa, do Anjo da Esmola, descendo devagar, com as asas de cetim... É de primeira ordem.

Ega não se conteve:
– Eu acho esse gênio um imbecil.

O conde sorriu, como à tontaria duma criança:
– São opiniões...

E estendeu em redor as mãos ao Sousa Neto, ao Darque, ao Teles da Gama, a outros que se juntavam ao rancho íntimo, enquanto os seus correligionários, os seus colegas do Centro e da Câmara, o Gonçalo, o Neves, o Vieira da Costa rondavam de longe, sem poder roçar pelo ministro que tinham criado, agora que ele conversava e ria com rapazes e senhoras da "sociedade". O Darque, que era parente do Gouvarinho, quis saber como o amigo Gastão se ia dando com os encargos do Poder... O conde declarou para os lados que não fizera mais, por ora, do que passar em revista os elementos com que contava para atacar os problemas... De resto, em questões de trabalho, o Ministério fora infelicíssimo! O presidente do Conselho, de cama com uma catarreira, inútil para uma semana. Agora o colega da Fazenda com as febres do Aterro...

— Está melhor? Já sai? – foi em torno a pergunta cheia de cuidado.

Está na mesma, vai amanhã para o Dafundo. Mas realmente esse não se acha de todo inutilizado. Ainda ontem eu lhe dizia: "Você parte para o Dafundo, leva os seus papéis, os seus documentos... Pela manhã dá os seus passeios, respira o bom ar... E à noite, depois do jantar, à luz do candeeiro, entretém-se a resolver a questão de Fazenda!"

Uma campainha retiniu. D. José Sequeira, escarlate da azáfama, veio, furando, anunciar a V. Ex.ª o fim do intervalo – oferecer o braço à sra. condessa. Ao passar, ela lembrou a Carlos as suas "terças-feiras", com a delicada simplicidade dum dever. Ele curvou-se em silêncio. Era como se todo o passado, o sofá que rolava, a casa da titi em Santa Isabel, as tipóias em que ela deixava o seu cheiro de verbena – fossem coisas lidas por ambos num livro e por ambos esquecidas. Atrás, o marido seguia, erguendo alto a cabeça e as lunetas, como representante do Poder naquela festa da Inteligência.

— Pois, senhores – disse o Ega afastando-se com Carlos –, a mulherzinha tem topete!

— Que diabo queres tu? Atravessou a sua hora de tolice e de paixão, e agora continua tranqüilamente na rotina da vida.

— E na rotina da vida – concluiu Ega – encontra-se a cada passo contigo, que a viste em camisa!... Bonito mundo!

Mas o Alencar apareceu no alto da escada, voltando do botequim e da genebra, com um brilho maior no olho cavo, de paletó no braço, já preparado para gorjear. E o marquês juntou-se a eles, abafado no *cache-nez* de seda branca, mais rouco, queixando-se de que a cada minuto a garganta se lhe punha pior... Aquela canalha daquela garganta ainda lhe vinha a pregar uma!...

Depois, muito sério, considerando o Alencar:

— Ouve lá, isso que tu vais recitar, a *Democracia,* é política ou sentimento? Se é política, raspo-me. Mas se é sentimento, e a humanidade, e o santo operário, e a fraternidade, então fico, que disso gosto e até talvez me faça bem.

Os outros afirmaram que era sentimento. O poeta tirou o chapéu, passou os dedos pelos anéis fofos da grenha inspirada:

– Eu vos digo, rapazes... Uma coisa não vai sem a outra, vejam vocês Danton!... Mas já não falo enfim desses leões da Revolução. Vejam vocês o Passos Manuel! Está claro, é necessário lógica... Mas, também, caramba, sebo para uma política sem entranhas e sem um bocado de infinito!

Subitamente, por sobre o novo silêncio da sala, um vozeirão mais forte do que o do Rufino fez retumbar os grandes nomes de D. João de Castro e de Afonso de Albuquerque... Todos se acercaram da porta, curiosamente. Era um maganão gordo, de barba em bico e camélia na casaca, que, de mão fechada no ar como se agitasse o pendão das Quinas, lamentava aos berros que nós, portugueses, possuindo este nobre estuário do Tejo e tão formosas tradições de glória, deixássemos esbanjar, ao vento do indiferentismo, a sublime herança dos avós!...

– É patriotismo – disse o Ega. – Fujamos!

Mas o marquês reteve-os, gostando também de um bocado de Quinas. E foi o pobre marquês que o patriota pareceu interpelar, alçando na ponta dos botins o corpanzil rotundo, aos urros. Quem havia agora aí, que, agarrando numa das mãos a espada e na outra a cruz, saltasse para o convés de uma caravela a ir levar o nome português através dos mares desconhecidos? Quem havia aí, heróico bastante, para imitar o grande João de Castro, que na sua quinta de Sintra arrancara todas as árvores de fruto, tal era a isenção da sua alma de poeta?...

– Aquele miserável quer-nos privar da sobremesa! – exclamou Ega.

Em torno correram risos alegres. O marquês virou as costas, enojado com aquela patriotice reles. Outros bocejavam por trás da mão, num tédio completo de "todas as nossas glórias". E Carlos, enervado, preso ali pelo dever de aplaudir o Alencar, chamava o Ega para irem abaixo ao botequim espairecer a impaciência, quando viu o Eusebiozinho que descia a escada, enfiando à pressa um paletó alvadio. Não o encontrara mais desde a infâmia da *Corneta,* em que ele fora "embaixador".

E a cólera que tivera contra ele, nesse dia, reviveu logo num desejo irresistível de o espancar. Disse ao Ega:

— Vou aproveitar o tempo, enquanto esperamos pelo Alencar, a arrancar as orelhas àquele maroto!

— Deixa lá — acudiu Ega —, é um irresponsável!

Mas já Carlos corria pelas escadas; Ega seguiu atrás, inquieto, temendo uma violência. Quando chegaram à porta, Eusébio metera para os lados do Carmo. E alcançaram-no no Largo da Abegoaria, àquela hora deserto, mudo, com dois bicos de gás mortiços. Ao ver Carlos fender assim sobre ele, sem paletó, de peitilho claro na noite escura, o Eusébio, encolhido, balbuciou atarantadamente: "Olá, por aqui..."

— Ouve cá, estupor! — rugiu Carlos, baixo. — Então também andaste metido nessa maroteira da *Corneta?* Eu devia rachar-te os ossos um a um!

Agarrara-lhe o braço, ainda sem ódio. Mas, apenas sentiu na sua mão de forte aquela carne molenga e trêmula, ressurgiu nele essa aversão nunca apagada que já em pequeno o fazia saltar sobre o Eusebiozinho, esfrangalhá-lo, sempre que as Silveiras o traziam à quinta. E então abanou-o como outrora, furiosamente, gozando o seu furor. O pobre viúvo, no meio das lunetas negras que lhe voavam, do chapéu coberto de luto que lhe rolara nas lajes, dançava, escanifrado e desengonçado. Por fim Carlos atirou-o contra a porta duma cocheira.

— Acudam! Aqui de el-rei, polícia! — rouquejou o desgraçado!

Já a mão de Carlos lhe empolgara as goelas. Mas Ega interveio:

— Alto! Basta! O nosso querido amigo já recebeu a sua dose...

Ele mesmo lhe apanhou o chapéu. Tremendo, arquejando, de bruços, Eusebiozinho procurava ainda o guarda-chuva. E, para findar, a bota de Carlos, atirada com nojo, estatelou-o nas pedras, para cima duma sarjeta onde restavam imundícies e umidade de cavalo.

O largo permanecia deserto, com o gás adormecendo nos candeeiros baços. Tranqüilamente, os dois recolheram ao sarau. No peristilo, cheio de luz e plantas, cruzaram-se com o patriota de barbas em bico, rodeado de amigos, em caminho para o botequim, limpando ao lenço o pescoço e a face, exclamando com o cansaço radiante dum triunfador:

– Irra! custou, mas sempre lhes fiz vibrar a corda!

Já o Alencar estaria gorjeando! Os dois amigos galgaram a escada. E com efeito Alencar aparecera no estrado, onde ardia o candelabro de duas velas.

Esguio, mais sombrio naquele fundo cor de canário, o poeta derramou pensativamente pelas cadeiras, pela galeria, um olhar encovado e lento; e um silêncio pesou, mais enlevado, diante de tanta melancolia e de tanta solenidade.

– A *Democracia!* – anunciou o autor de *Elvira,* com a pompa duma revelação.

Duas vezes passou pelos bigodes o lenço branco, que depois atirou para a mesa. E levantando a mão num gesto demorado e largo:

> Era num parque. O luar
> Sobre os vastos arvoredos,
> Cheios de amor e segredos...

– Que lhe disse eu? – exclamou o Ega, tocando no cotovelo do marquês. – É sentimento... Aposto que é o festim!

E era com efeito o festim, já cantado na *Flor de Martírio,* festim romântico, num vago jardim onde vinhos de Chipre circulam, caudas de brocado rojam entre maciços de magnólias, e das águas do lago sobem cantos ao gemer dos violoncelos... Mas bem depressa transpareceu a severa idéia social da poesia. Enquanto, sob as árvores radiantes de luar, tudo são "risos, brindes, lascivos murmúrios", fora, junto às grades douradas do parque, assustada com o latir dos molossos, uma mulher macilenta, em farrapos, chora, aconchegando ao seio magro o filho que pede pão... E o poeta, sacudindo os cabelos para trás, perguntava por que havia ainda esfomeados neste orgulhoso século XIX? De que servira então, desde Espártaco, o esforço desesperado dos homens para a Justiça e para a Igualdade?

De que servira então a cruz do grande Mártir, erguida além na colina, onde, por entre os abetos

> Os raios do sol se somem,
> O vento triste se cala...
> E as águias revolteando
> Dentre as nuvens estão olhando
> Morrer o filho do Homem!

A sala permanecia muda e desconfiada. E o Alencar, com as mãos tremendo no ar, desolava-se de que todo o Gênio das gerações fosse impotente para esta coisa simples – dar pão à criança que chora!

> Martírio do coração!
> Espanto da consciência!
> Que toda a humana ciência
> Não solva a negra questão!
> Que os tempos passem e rolem
> E nenhuma luz assome,
> E eu veja dum lado a fome
> E do outro a indigestão!

Ega torcia-se, fungando dentro do lenço, jurando que rebentava. *"E do outro a indigestão!"* Nunca, nas alturas líricas, se gritara nada tão extraordinário! E sujeitos graves, em redor, sorriam daquele *realismo* sujo. Um jocoso lembrou que para indigestões já havia o bicarbonato de potassa.

– Quando não são das minhas! – rosnou um cavalheiro esverdinhado, que alargava a fivela do colete.

Mas tudo emudeceu ante um *chut* terrível do marquês, que desapertara o *cache-nez,* já excitado, no enternecimento que sempre lhe davam estes humanitarismos poéticos. E, entretanto, no estrado, o Alencar achara a solução do sofrimento humano! Fora uma Voz que lhe ensinara! Uma Voz saída do fundo dos séculos, e que através deles, sempre sufocada, viera crescendo todavia irresistivelmente desde o Gólgota até a Bastilha! E então, mais solene por trás da mesa, com um arranque de Precursor e uma firmeza de Soldado, como se aquele honesto móvel de mogno fosse um púlpito e uma barricada, o Alencar, alçando a fronte numa grande audácia à Danton, soltou o brado temeroso. Alencar queria a República!

Sim, a República! Não a do Terror e a do ódio, mas a da mansidão e do Amor. Aquela em que o Milionário, sorrindo, abre os braços ao Operário! Aquela que é Aurora, Consolação, Refúgio, Estrela mística e Pomba...

> Pomba da Fraternidade,
> Que estendendo as brancas asas
> Por sobre os humanos lodos,
> Envolve os seus filhos todos
> Na mesma santa Igualdade!...

Em cima, na galeria, ressoou um *bravo* ardente. E imediatamente, para o sufocar, sujeitos sérios lançaram, aqui e além: "*Chut,* silêncio!" Então Ega ergueu as mãos magras, bem alto, berrou com um destaque atrevido:

– Bravo! Muito bem! Bravo!

E todo pálido da sua audácia, entalando o monóculo, declarou para os lados:

– Aquela democracia é absurda... Mas que os burgueses se dêem ares intolerantes isso não! Então aplaudo eu!

E as suas mãos magras de novo se ergueram, bem alto, junto das do marquês que retumbavam como malhos. Outros em volta, imediatamente, não se querendo mostrar menos democratas que o Ega e aquele fidalgo de tão grande linhagem, reforçaram os *bravos* com calor. Já pela sala se voltavam olhares inquietos para aquele grupo cheio de revolução. Mas um silêncio caiu, mais comovido e grave, quando o Alencar (que inspiradamente previra a intolerância burguesa) perguntou em estrofes iradas o que detestavam, o que receavam eles, no advento sublime da República? Era o pão carinhoso dado à criança? Era a mão justa estendida ao proletário? Era a esperança? Era a aurora?

> Receais a grande luz?
> Tendes medo do á-bê-cê?...
> Então castigai quem lê.
> Voltai à plebe soez!
> Recuai sempre na História,
> Apagai o gás nas ruas.
> Deixai as crianças nuas,
> E venha a forca outra vez!

Palmas mais numerosas, já sinceras, estalaram pela sala, que cedia enfim ao repetido encanto daquele lirismo humanitário e sonoro. Já não importavam a República, os seus perigos. Os versos rolavam, cantantes e claros; e a sua onda larga arrastava os espíritos mais positivos. Sob aquele bafo de simpatia, Alencar sorria, com os braços abertos, anunciando uma a uma, como pérolas que se desfiam, todas as dádivas que traria a República. Debaixo da sua bandeira, não vermelha mas branca, ele via a Terra coberta de searas, todas as fomes satisfeitas, as nações cantando nos vales sob olhar risonho de Deus. Sim, porque Alencar não queria uma República sem Deus! A Democracia e o Cristianismo, como um lírio que se abraça a uma espiga, completavam-se, estreitando os seios! A rocha do Gólgota tornava-se a tribuna da Convenção! E para tão doce ideal não se necessitavam cardeais, nem missais, nem novenas, nem igrejas. A República, feita só de pureza e de fé, reza nos campos; a lua cheia é hóstia; os rouxinóis entoam o *Tantum ergo* nos ramos dos loureirais. E tudo prospera, tudo refulge – ao mundo do Conflito substitui-se o mundo do Amor...

> À espada sucede o arado,
> A Justiça ri da Morte.
> A escola está livre e forte,
> E a Bastilha derrocada.
> Rola a tiara no lodo,
> Brota o lírio da Igualdade,
> E uma nova Humanidade
> Planta a cruz na barricada!

Uma rajada farta e franca de *bravos* fez oscilar as chamas do gás! Era a paixão meridional do verso, da sonoridade, do Liberalismo romântico, da imagem que esfuzia no ar com brilho crepitante de foguete, conquistando enfim tudo, pondo uma palpitação em cada peito, levando chefes de repartição a berrarem, estirados por cima das damas, no entusiasmo daquela república onde havia rouxinóis! E quando Alencar, alçando os braços ao teto, com modulações de *preghiera* na voz roufenha, chamou para a Terra essa pomba da Democracia, que erguera o vôo do Calvário, e vinha com largos sulcos de luz, foi um enternecimento banhando as almas, um fundo arrepio de êxtase. As senhoras amoleciam nas cadeiras, com a face meio voltada ao céu. No salão abrasado perpassavam frescuras de capela. As rimas fundiam-se num murmúrio de ladainha, como evoladas para uma imagem que pregas de cetim cobrissem, estrelas de ouro coroassem. E mal se sabia já se Essa, que se invocava e se esperava, era a deusa da Liberdade – ou Nossa Senhora das Dores.

Alencar no entanto via-a descer, espalhando um perfume. Já Ela tocava com os seus pés divinos os vales humanos. Já do seu seio fecundo transbordava a universal abundância. Tudo reflorescia, tudo rejuvenescia:

> As rosas têm mais aroma!
> Os frutos têm mais doçura!
> Brilha a alma clara e pura,
> Solta de sombras e véus...
> Foge a dor espavorida,
> Foi-se a fome, foi-se a guerra,
> O homem canta na Terra,
> E Cristo sorri nos céus!...

Uma aclamação rompeu, imensa e rouca, abalando os muros cor de canário. Moços exaltados treparam às cadeiras, dois lenços brancos flutuavam. E o poeta, trêmulo, exausto, rolou pela escada até os braços que se lhe estendiam frementes. Ele sufocava, murmurava: "filhos! rapazes!..." Quando

Ega correu do fundo, com Carlos, gritando "Foste extraordinário, Tomás!", as lágrimas saltaram dos olhos do Alencar, quebrado todo de emoção.

E ao longo da coxia a ovação continuou, feita de palmadinhas pelo ombro, de *shake-hands* da gente séria, de "muitos parabéns a V. Ex.ª!" Pouco a pouco ele erguia a cabeça num altivo sorriso que lhe mostrava os dentes maus, sentindo-se o poeta da Democracia consagrado, ungido pelo triunfo, com a inesperada missão de libertar almas! D. Maria da Cunha puxou-lhe pela manga quando ele passou, para murmurar, encantada, que achara "lindíssimo, lindíssimo". E o poeta, estonteado, exclamou: "Maria, é necessário luz!" Teles da Gama veio bater-lhe nas costas, afirmando-lhe que "piara esplendidamente". E Alencar, inteiramente perdido, balbuciou: "*Sursum corda,* meu Teles, *Sursum corda*!"

Ega, no entanto, através do tumulto, farejava buscando Carlos, que desaparecera depois dos abraços ao Alencar. Taveira assegurou-lhe que Carlos passara para o botequim. Depois, embaixo, um garoto jurou que o sr. D. Carlos tomara uma tipóia e ia já virando o Chiado...

Ega ficou à porta, hesitando se aturaria o resto do sarau. Nesse momento o Gouvarinho, trazendo a condessa pelo braço, descia rapidamente, com a face toda contrariada e sombria. O trintanário de SS. Ex.ᵃˢ correu a chamar o *coupé*. E quando o Ega se acercou, sorrindo, para saber que impressão lhes deixara o grande triunfo democrático do Alencar, a profunda cólera do Gouvarinho escapou-se-lhe, malcontida, por entre os dentes cerrados:

– Versos admiráveis, mas indecentes!

O *coupé* avançou. Ele teve apenas tempo de rosnar ainda, surdamente, apertando a mão ao Ega:

– Numa festa de sociedade, sob a proteção da rainha, diante de um ministro da coroa, falar de barricadas, prometer mundos e fundos às classes proletárias... É perfeitamente indecente!

Já a condessa enfiara a portinhola, apanhando a larga cauda de seda. O ministro mergulhou também furiosamente na sombra do *coupé*. Junto às rodas passou choutando, numa pileca branca, o correio agaloado.

Ega ia subir. Mas o marquês apareceu, abafado num gabão de Aveiro, fugindo a um poeta de grandes bigodes que ficara em cima a recitar quadrinhas miudinhas a uns olhinhos galantinhos; e o marquês detestava versos feitos a partes do corpo humano. Depois foi o Cruges que surgiu do botequim, abotoando o paletó. Então, perante essa debandada de todos os amigos, Ega decidiu abalar também, ir tomar o seu *grog* ao Grêmio, com o maestro.

Meteram o marquês numa tipóia, e ele e Cruges desceram a Rua Nova da Trindade, devagar, no encanto estranho daquela noite de inverno, sem estrelas, mas tão macia, que nela parecia andar perdido um bafo de maio.

Passavam à porta do *Hotel Aliança* quando Ega sentiu alguém, que se apressava, chamar atrás: "Oh sr. Ega! V. Ex.ª faz favor, sr. Ega?..." Parou, reconheceu o chapéu recurvo, as barbas brancas do sr. Guimarães.

– V. Ex.ª desculpe! – exclamou o demagogo esbaforido. – Mas vi-o descer, queria-lhe dar duas palavras, e como me vou embora amanhã...

– Perfeitamente... Oh Cruges, vai andando, já te apanho!

O maestro estacionou à esquina do Chiado. O sr. Guimarães pedia de novo desculpa. De resto eram duas curtas palavras...

– V. Ex.ª, segundo me disseram, é o grande amigo do sr. Carlos da Maia... São como irmãos...

– Sim, muito amigos...

A rua estava deserta, com alguns garotos apenas à porta alumiada da Trindade. Na noite escura, a alta fachada do *Aliança* lançava sobre eles uma sombra maior. Todavia o sr. Guimarães baixou a voz cautelosa:

– Aqui está o que é... V. Ex.ª sabe, ou talvez não saiba, que eu fui em Paris íntimo da mãe do sr. Carlos da Maia... V. Ex.ª tem pressa, e não vem agora a propósito essa história. Basta dizer que aqui há anos ela entregou-me, para eu guardar, um cofre que, segundo dizia, continha papéis importantes... Depois, naturalmente, ambos tivemos muitas outras coisas em que pensar, os anos correram, ela morreu. Numa palavra, porque V. Ex.ª está com pressa: eu conservo ainda em meu poder esse depósito, trouxe-o por acaso quando vim agora a Portugal, por negócios da herança de meu irmão... Ora hoje, justamente, ali no teatro, comecei a refletir que o melhor era entregá-lo à família...

O Cruges mexeu-se impaciente:

– Ainda te demoras?

– Um instante! – gritou Ega, já interessado por aqueles papéis e pelo cofre. – Vai andando.

Então o sr. Guimarães, à pressa, resumiu o pedido. Como sabia a intimidade do sr. João da Ega e de Carlos da Maia, lembrara-se de lhe entregar o cofrezinho, para que ele o restituísse à família...

– Perfeitamente! – acudiu Ega. – Eu estou mesmo em casa dos Maias no Ramalhete.

– Ah, muito bem! Então V. Ex.ª manda um criado de confiança amanhã buscá-lo... Eu estou no *Hotel de Paris,* no Pelourinho. Ou melhor ainda: levo-lhe eu, não me dá incômodo nenhum apesar de ser dia de partida...

– Não, não, eu mando um criado! – insistiu o Ega, estendendo a mão ao democrata.

Ele estreitou-lha com calor.

– Muito agradecido a V. Ex.ª! Eu junto-lhe então um bilhete e V. Ex.ª entrega-o da minha parte ao Carlos da Maia ou à irmã.

Ega teve um movimento de espanto:

– À irmã... A que irmã?

O sr. Guimarães considerou Ega também com assombro. E abandonando-lhe lentamente a mão:

– A que irmã!? À irmã dele, à única que tem, à Maria!

Cruges, que batia as solas no lajedo, enfastiado, gritou na esquina:

– Bem, eu vou andando para o Grêmio.

– Até logo!

O sr. Guimarães, no entanto, passava os dedos calçados de pelica preta pelos longos fios da barba, fitando o Ega, num esforço de penetração. E quando Ega lhe travou do braço, pedindo-lhe para conversarem um pouco até o Loreto, o democrata deu os primeiros passos com uma lentidão desconfiada.

— Eu parece-me — dizia o Ega sorrindo, mas nervoso — que nos estamos aqui a enrodilhar-nos num equívoco... Eu conheço o Maia desde pequeno, vivo até agora em casa dele, posso afiançar-lhe que não tem irmã nenhuma...

Então o sr. Guimarães começou a rosnar umas desculpas embrulhadas, que mais enervavam, torturavam o Ega. O sr. Guimarães imaginava que não era segredo, que todas essas coisas da irmã estavam esquecidas, desde que houvera reconciliação...

— Como vi, ainda não há muitos dias, o sr. Carlos da Maia com a irmã e com V. Ex.ª, na mesma carruagem, no Cais do Sodré...

— O quê! Aquela senhora! A que ia na carruagem?

— Sim! — exclamou o sr. Guimarães irritado, farto enfim dessa confusão em que se debatiam. — Aquela mesma, a Maria Eduarda Monforte, ou a Maria Eduarda Maia, como quiser, que eu conheci de pequena, com quem andei muitas vezes ao colo, que fugiu com o MacGren, que esteve depois com a besta do Castro Gomes... Essa mesma!

Era o meio do Loreto, sob o lampião de gás. E o sr. Guimarães de repente estacou, vendo os olhos do Ega esgazearem-se de horror, uma terrível palidez cobrir-lhe a face.

— V. Ex.ª não sabia nada disto?

Ega respirou fortemente, arredando o chapéu da testa sem responder. Então o outro, embaçado, terminou por encolher os ombros. Bem, via que tinha feito uma tolice! A gente nunca se devia intrometer nos negócios alheios! Mas acabou-se! Imaginasse o sr. Ega que aquilo fora um pesadelo, depois da versalhada do sarau! Pedia desculpa sinceramente — e desejava ao sr. João da Ega muitíssimo boas-noites.

Ega, como a um clarão de relâmpago, entrevira toda a catástrofe; e agarrou avidamente o braço do sr. Guimarães, num terror que ele abalasse, desaparecesse, levando para sempre o seu testemunho, esses papéis, o cofre da Monforte, e com eles a certeza — a certeza por que agora ansiava. E através do Loreto, vagamente, foi balbuciando, justificando a sua emoção, para tranqüilizar o homem, poder lentamente arrancar-lhe as coisas que soubesse, as provas, a verdade inteira.

– O sr. Guimarães compreende... Isto são coisas muito delicadas que eu supunha absolutamente ignoradas de todos... De modo que fiquei embatucado, fiquei tonto, quando o ouvi assim, de repente, falar delas com essa simplicidade... Porque enfim, aqui para nós, essa senhora não passa em Lisboa por irmã de Carlos.

O sr. Guimarães atirou logo a mão num grande gesto. Ah, bem! Então era jogo com ele? Pois tinha feito o sr. Ega perfeitamente... Com certeza eram coisas muito sérias, que necessitavam toda a sorte de véus... Ele compreendia, compreendia muito bem!... E realmente, dada a posição dos Maias em Lisboa, na sociedade, aquela senhora não era irmã que se apresentasse.

– Mas a culpa não a teve ela, meu caro senhor! Foi a mãe, foi aquela extraordinária mãe que o Diabo lhe deu!...

Desciam o Chiado, Ega parou um momento, devorando o velho com olhos de febre:

– O sr. Guimarães conheceu muito essa senhora, a Monforte?

Intimamente! Já a conhecera em Lisboa, mas de longe, como mulher de Pedro da Maia. Depois viera essa tragédia, ela fugira com o italiano. Ele abalara também para Paris nesse ano, com uma Clemence, uma costureira de Levaillant; e, umas coisas enfiando noutras, negócios e desgraças, por lá ficara para sempre! Enfim, não era a sua vida que lhe ia contar... Só mais tarde encontrara a Monforte, uma noite, no baile Laborde; e daí datavam as suas relações. A esse tempo já o italiano morrera num duelo, e o velho Monforte espichara da bexiga. Ela estava então com um rapaz chamado Trevernnes – numa casa bonita, no Parc Monceaux, em grande *chic*... Mulher extraordinária! E não se envergonhava de confessar que lhe devia obrigações! Quando essa rapariga, a Clemence, que era um encanto, adoecera do peito, a Monforte trazia-lhe flores, frutas, vinhos, fazia-lhe companhia, velava-a como um anjo... Porque lá isso, coração largo e generoso até ali! Esta, a filha, a

D. Maria, tinha então 7 ou 8 anos, linda como os amores... E houvera uma outra pequena do italiano, muito galantinha também. Oh! muito galantinha também! Mas morrera em Londres, essa...

– E com esta Maria andei muitas vezes ao colo, meu caro senhor... Não sei se ela ainda se lembra duma boneca que eu lhe dei, que falava, dizia *Napolèon*... Era no belo tempo do Império, até as desavergonhadas das bonecas eram imperialistas! Depois, quando ela estava em Tours, no convento, fui lá duas vezes com a mãe. Já então, os meus princípios me não permitiam entrar nesses covis religiosos; mas enfim, fui acompanhar a mãe... E quando ela fugiu com o irlandês, o MacGren, foi comigo que a mãe veio ter furiosa, a querer que eu chamasse o comissário de polícia, para se prender o irlandês. Por fim meteu-se num fiacre, foi para Fontainebleau, lá fez as pazes, viviam até juntos... Enfim, uma série de trapalhadas.

Um suspiro cansado escapou-se do peito do Ega, que arrastava os passos, sucumbido:

– E esta senhora, está claro, não sabia então de quem era filha...

O sr. Guimarães encolheu os ombros:

– Nem suspeitava que existissem Maias sobre a face da Terra! A Monforte dissera-lhe sempre que o pai era um fidalgo austríaco, com quem ela casara na Madeira... Uma mixórdia, meu caro senhor, uma mixórdia!

– É horrível! – murmurou Ega.

Mas, dizia o sr. Guimarães, que podia também fazer a Monforte? Que diabo, era duro confessar à filha: "Olha que eu fugi a teu pai, e ele por causa disso matou-se!" Não tanto pela questão de pudor; a rapariga devia perceber que a mãe tinha amantes; ela mesma, aos 18 anos, coitadinha, já tinha um; mas por causa do tiro, do cadáver, do sangue...

– A mim mesmo! – exclamou o sr. Guimarães, parando, alargando os braços na rua deserta. – A mim mesmo nunca ela falou do marido, nem de Lisboa nem de Portugal. Lembra-me até uma ocasião em casa da Clemence, que eu aludi a um cavalo lazão, um cavalo de Pedro da Maia, em que ela costumava montar. Animal soberbo! Mas nem mencionei o marido, falei só do cavalo. Pois senhores, bate com o leque em cima da mesa, grita como uma bicha: *"Dites donc, mon cher, vous m'embêtez avec ces histoires de l'autre monde!"* Com efeito, bem o podia dizer, eram histórias do outro mundo! Para encurtar: estou convencido que, nos últimos tempos, ela mesmo julgava que Pedro da Maia nunca existira. Uma insensata! Por fim até bebia... Mas acabou-se! Tinha grande coração, e portou-se muito bem com a Clemence. *Parce sepultis!*

– É horrível – murmurou outra vez o Ega, tirando o chapéu, correndo a mão trêmula pela testa.

E agora o seu único desejo era a acumulação incessante de provas, de detalhes. Falou então desses papéis, desse cofre da Monforte. O sr. Guimarães não sabia o que eles continham; e não se admiraria se fossem apenas contas de modista, ou pedaços velhos do *Figaro,* em que se falava dela...

– É uma caixita pequena que a Monforte me deu, na véspera de partir para Londres com a filha. Era no tempo da guerra... Já a Maria vivia com o irlandês, tinha mesmo uma pequena, a Rosa. Depois veio a Comuna, todos aqueles desastres. Quando a Monforte voltou de Londres, eu estava em Marselha. Foi então que a pobre Maria se meteu com o Castro Gomes, creio que para não morrer de fome... Eu recolhi a Paris, mas não vi mais a Monforte, que já estava muito doente... À Maria, colada então a essa besta do Castro Gomes, um pedante, um *rastaquouère* mesmo a calhar para a guilhotina, não tornei também a falar. Se a encontrava era um cumprimento de longe, como noutro dia, quando a vi na carruagem com V. Ex.ª e com o irmão... De Sorte que fui ficando com os papéis. Nem a falar a verdade, com estas coisas todas de política, me lembrei mais deles. E agora aí estão, às ordens da família.

– Se isso não fosse incômodo para V. Ex.ª – acudiu Ega –, eu passava agora pelo hotel e levava-os logo comigo...

– Incômodo nenhum! Estamos em caminho, é negócio que fica feito!

Algum tempo seguiram calados. O sarau decerto acabara. Um bater de carruagens atroava as descidas no Chiado. Junto deles passaram duas senhoras, com um rapaz que bracejava, falando alto do Alencar. O sr. Guimarães tirara lentamente do bolso a charuteira; depois, parando, para raspar um fósforo:

– Então a D. Maria passa simplesmente por parenta?... E como soube ela? Como foi isso?

Ega, que caminhava com a cabeça caída, estremeceu como se acordasse. E começou a tartamudear uma história confusa, de que ele mesmo corava na sombra. Sim, Maria Eduarda passava por parenta. Fora o procurador que descobrira. Ela rompera com o Castro Gomes, com todo o passado. Os Maias davam-lhe uma mesada: e vivia nos Olivais, muito retirada, como filha dum Maia que morrera na Itália. Todos gostavam muito dela, Afonso da Maia tinha grande ternura pela pequena...

E de repente indignou-se com estas invenções, por onde arrastava já o nome do nobre velho, exclamou como se abafasse:

– Enfim, nem eu sei, um horror!

– Um drama! – resumiu gravemente o sr. Guimarães.

E como estavam no Pelourinho, rogou ao Ega que esperasse um momento, enquanto ele corria acima buscar os papéis da Monforte.

Só, no largo, Ega ergueu as mãos ao céu, num desabafo mudo daquela angústia em que caminhava como um sonâmbulo, desde o Loreto. E a sua única sensação, bem clara, era a indestrutível certeza da história do Guimarães, tão compacta, sem uma lacuna, sem uma falha por onde rachasse e se fizesse cair aos pedaços. O homem conhecera Maria Monforte em Lisboa, ainda mulher de Pedro da Maia, brilhando no seu cavalo lazão; encontrara-a em Paris já fugida, depois da morte do primeiro amante, vivendo com outros; andara então ao colo com Maria Eduarda, a quem se davam bonecas... E desde então não deixara mais de ver Maria Eduarda, de a seguir: em Paris, no convento de Tours; em Fontainebleau com o irlandês; nos braços de Castro Gomes; numa tipóia de praça, enfim, com ele e com Carlos da Maia, havia dias no Cais do Sodré! Tudo isto se encadeava, concordando com a história contada por Maria Eduarda. E de tudo ressaltava esta certeza monstruosa: – Carlos amante da irmã!

Guimarães não descia. No segundo andar surgira uma luz viva, numa janela aberta. Ega recomeçou a passear lentamente pelo meio do largo. E agora, pouco a pouco, subia nele uma incredulidade, contra esta catástrofe de dramalhão. Era acaso verossímil que tal se passasse, com um amigo seu, numa rua de Lisboa, numa casa alugada à mãe Cruges?... Não podia ser! Esses horrores só se produziam na confusão social, no tumulto da Meia Idade! Mas numa sociedade burguesa, bem policiada, bem escriturada, garantida por tantas leis, documentada por tantos papéis, com tanto registro de batismo, com tanta certidão de casamento, não podia ser! Não! Não estava no feitio da vida contemporânea que duas crianças, separadas por uma loucura da mãe, depois de dormirem um instante no mesmo berço, cresçam em terras distantes, se eduquem, descrevam as parábolas remotas dos seus destinos – para quê? Para virem tornar a dormir juntas no mesmo ponto, num leito de concubinagem! Não era possível. Tais coisas pertencem só aos livros, onde vêm, como invenções sutis da arte, para dar à alma humana um terror novo... Depois levantava os olhos para a janela alumiada, onde o sr. Guimarães, decerto, rebuscava os papéis na mala. Ali estava porém esse homem com a sua história – em que não havia uma discordância, por onde ela pudesse ser abalada!... E pouco a pouco aquela luz viva, saída do alto, parecia ao Ega penetrar nessa intricada desgraça, aclará-la toda, mostrar-lhe bem a lenta evolução. Sim, tudo isso era provável no fundo! Essa criança, filha de uma senhora que a levara consigo, cresce, é amante dum brasileiro, vem a Lisboa, habita Lisboa. Num bairro vizinho vive outro filho dessa mulher, por ela deixado, que cresceu, é um homem. Pela sua figura, o seu luxo, ele destaca nesta cidade provinciana e pelintra. Ela, por seu lado, loura, alta, esplêndida, vestida pela Laferrière, flor duma civilização superior, faz relevo nesta multidão de mulheres miudinhas e morenas. Na pequenez da Baixa e do Aterro, onde todos se acotovelavam, os dois fatalmente se cruzam; e, com o seu brilho pessoal, muito fatalmente se atraem! Há nada mais natural? Se ela fosse feia e trouxesse aos ombros uma confecção barata da loja da

América, se ele fosse um mocinho encolhido de chapéu-coco nunca se notariam e seguiriam diversamente nos seus destinos diversos. Assim, o conhecerem-se era certo, o amarem-se era provável... E um dia o sr. Guimarães passa, a verdade terrível estala!

A porta do hotel rangeu no escuro, o sr. Guimarães adiantou-se, de boné de seda na cabeça, com o embrulho na mão.

– Não podia dar com a chave da mala, desculpe V. Ex.ª. É sempre assim quando há pressa... E aqui temos o famoso cofre!

– Perfeitamente, perfeitamente...

Era uma caixa que parecia de charutos e que o democrata embrulhara num velho número do *Rappel*. Ega meteu-a no bolso largo do seu paletó; e imediatamente, como se qualquer outra palavra entre eles fosse vã, estendeu a mão ao sr. Guimarães. Mas o outro insistiu em o acompanhar até a esquina da Rua do Arsenal, apesar de estar de boné. A noite, para quem vinha de Paris, tinha uma doçura oriental – e ele, com os seus hábitos de jornalista, nunca se deitava senão tarde, às duas, três horas da madrugada...

E então, caminhando devagar, com as mãos nos bolsos e o charuto entre os dentes, o sr. Guimarães voltou à política e ao sarau. A poesia do Alencar (de que esperara muito por causa do título, *A Democracia*) saíra-lhe consideravelmente chocha.

– Muita flor, muita farófia, muita liberdade, mas não havia ali um ataque em forma, duas ou três boas estocadas nesta choldra da monarquia e da corte... Pois não é verdade?

– Sim, com efeito... – murmurou Ega, olhando ao longe, na esperança duma tipóia.

– É como os jornais republicanos que por aí há... Tudo uma palhada, senhores, tudo uma balofice!... É o que eu lhes digo a eles: "Ó almas do diabo, atacai as questões sociais!"

Felizmente um trem avançava, rolando devagar, do lado do Terreiro do Paço. Ega, precipitadamente, deu um aperto de mão ao democrata, desejou-lhe uma "boa viagem", atirou ao cocheiro a *adresse* do Ramalhete. Mas o sr. Guimarães ainda se apoderou da portinhola, para aconselhar ao Ega que fosse a Paris. Agora, que tinham feito amizade, havia de o apresentar a toda aquela gente... E o sr. Ega veria! Não era cá a grande *pose* portuguesa, destes imbecis, destes pelintras a darem-se ares, torcendo os bigodes. Lá, na primeira nação do mundo, tudo era alegria e fraternidade e espírito a rodos...

– E a minha *adresse,* na redação do *Rappel!* Bem conhecida no mundo! E quanto ao embrulhozinho, fico descansado...

– Pode V. Ex.ª ficar descansado!

– Criado de V. Ex.ª... Os meus cumprimentos à sra. D. Maria!

Na carruagem, através do Aterro, a ansiosa interrogação do Ega a si mesmo foi – "que hei de fazer?" Que faria, Santo Deus, com aquele segredo terrível que possuía, de que só ele era senhor, agora que o Guimarães partia, desaparecia para sempre? E antevendo, com terror, todas as angústias em que essa revelação ia lançar o homem que mais estimava no mundo, a sua instintiva idéia foi guardar para sempre o segredo, deixá-lo morrer dentro de si. Não diria nada; o Guimarães sumia-se em Paris; e quem se amava continuava a amar-se!... Não criaria assim uma crise atroz na vida de Carlos, nem sofreria ele, como companheiro, a sua parte dessas aflições. Que coisa mais impiedosa, de resto, que estragar a vida de duas inocentes e adoráveis criaturas, atirando-lhes à face uma prova de incesto!...

Mas, a esta idéia de *incesto,* todas as conseqüências desse silêncio lhe apareceram, como coisas vivas e pavorosas, flamejando no escuro, diante dos seus olhos. Poderia ele, tranqüilamente, testemunhar a vida dos dois desde que a sabia *incestuosa?* Ir à Rua de S. Francisco, sentar-se-lhes alegremente à mesa, entrever, através do reposteiro, a cama em que ambos dormiam, e saber que esta sordidez de pecado era obra do seu silêncio? Não podia ser... Mas teria também coragem de entrar, ao outro dia, no quarto de Carlos, e dizer-lhe em face – "Olha que tu és amante de tua irmã?"

A carruagem parara no Ramalhete. Ega subiu como costumava, pela escada particular de Carlos. Tudo estava apagado e mudo. Acendeu a sua palmatória; entreabriu o reposteiro dos aposentos de Carlos; deu alguns passos tímidos no tapete, que pareceram já soar tristemente. Um reflexo de espelho alvejou ao fundo, na sombra da alcova. E a luz caiu sobre o leito intato, com a sua longa colcha lisa, entre os cortinados de seda. Então a idéia que Carlos estava àquela hora na Rua de S. Francisco, dormindo com uma mulher que era sua irmã, atravessou-o com uma cruel nitidez, numa imagem material, tão viva e real, que ele viu-os claramente, de braços enlaçados, e em camisa... Toda a beleza de Maria, todo o requinte de Carlos, desapareciam. Ficavam só dois animais, nascidos do mesmo ventre, juntando-se a um canto como cães, sob o impulso bruto do cio!

Correu para o seu quarto, fugindo àquela visão a que o escuro do corredor, mal dissipado pela luz trêmula, acentuava mais o relevo. Aferrolhou a porta; acendeu à pressa, sobre o toucador, uma depois da outra, com a mão agitada, as seis velas dos candelabros. E agora aparecia-lhe mais urgente, inevitável, a necessidade de contar tudo a Carlos. Mas ao mesmo tempo sentia em si, a cada instante, menos ânimo para chegar, encarar Carlos, e destruir-lhe a felicidade e a vida com uma revelação de incesto. Não podia! Outro que lho dissesse! Ele lá estava depois para o consolar, tomar metade da sua dor, carinhoso e fiel. Mas o desgosto supremo da vida de Carlos não viria de palavras caídas da sua boca!... Outro que lho dissesse! Mas quem? Mil idéias passavam na sua pobre cabeça, incoerentes e tontas. Pedir a Maria que fugisse, desaparecesse... Escrever uma carta anônima a Carlos, com a detalhada história do Guimarães... E esta confusão, esta ansiedade, ia-se resolvendo lentamente em ódio ao sr. Guimarães. Para que falara aquele imbecil? Para que insistira em lhe confiar papéis alheios? Para que o apresentara o Alencar? Ah! Se não fosse a carta do Dâmaso... Tudo provinha do maldito Dâmaso!

Agitando-se pelo quarto, ainda de chapéu, os seus olhos caíram num sobrescrito pousado sobre a mesa-de-cabeceira. Reconheceu a letra do Vilaça. E nem a abriu... Uma idéia sulcara-o de repente. Contar tudo ao Vilaça!... Por que não? Era o procurador dos Maias. Nunca para ele houvera segredos naquela casa. E esta complicação singular, duma senhora da família, considerada morta e que surge inesperadamente, a quem a pertencia aclarar, senão ao fiel procurador, ao velho confidente, ao homem que, por herança e por destino, recebera sempre todos os segredos e partilhara todos os interesses domésticos?... E sem pensar, sem aprofundar mais, fixou-se logo nesta decisão salvadora, que ao menos o sossegava, lhe tirava já do coração um peso de ferro, sufocante e intolerável...

Devia acordar cedo, procurar Vilaça em casa. Escreveu numa folha de papel "Acorda-me às sete". E desceu abaixo, ao longo corredor de pedra onde dormiam os criados, dependurou este recado na chave do quarto do escudeiro.

Quando subiu, mais calmo, abriu então a carta do Vilaça. Era uma curta linha, lembrando ao amigo Ega que a letrinha de duzentos mil-réis, no Banco Popular, se vencia daí a dois dias...

– Sebo, tudo se junta! – exclamou Ega furioso, atirando a carta amarrotada para o chão.

VII

Pontual, às sete horas, o escudeiro acordou Ega. Ao rumor da porta, ele sentou-se na cama com um salto, e logo todos os negros cuidados da véspera, Carlos, a irmã, a felicidade daquela casa acabada para sempre, se lhe ergueram na alma em sobressalto, como despertando também. A portada da varanda ficara aberta; um ar silencioso e lívido de madrugada clareava através do transparente de fazenda branca. Durante um momento Ega ficou olhando em redor, arrepiado; depois, sem coragem, remergulhou nos lençóis, gozando aquele bocado de calor e de conchego antes de ir afrontar fora as amarguras do dia.

E pouco a pouco, sob o tépido conchego dos cobertores em que se atabafara, começou a afigurar-se-lhe menos urgente, e menos útil, essa correria estremunhada à casa do Vilaça... De que servia procurar o Vilaça? Não se tratava ali de dinheiro, nem de demandas nem de legalidade – de nada que reclamasse a experiência dum procurador. Era apenas introduzir um burguês mais num segredo, tão terrivelmente delicado, que ele mesmo se assustava de o saber. E acochado mais sob a roupa, apenas com o nariz ao frio, murmurava consigo: "É uma tolice ir ao Vilaça!"

De resto, não poderia ele juntar em si bastante coragem, para contar tudo a Carlos, logo, nessa manhã, claramente, virilmente? Era por fim aquele caso tão pavoroso como lhe parecera na véspera – um irreparável desabamento duma vida de homem?... Ao pé da quinta da mãe, em Celorico, no lugar de Vouzeias, houvera um sucesso parecido, dois irmãos que inocentemente iam casar. Tudo se aclarou ao reunirem-se os papéis para os *banhos*. Os noivos ficaram uns dias "embatucados", como dizia o padre Serafim; mas por fim já riam, muito amigos, muito divertidos, quando se tratavam de "manos". O noivo, rapagão bonito, contava depois "que ia havendo uma mixórdia na família". Aqui o engano seguira mais longe, as sensibilidades eram mais requintadas; mas os seus corações permaneciam livres de toda a culpa, inocentes absolutamente. Por que ficaria, pois, a existência de Carlos para sempre estragada? A inconsciência impedia-lhe o remorso; e passado o primeiro horror, de que lhe podia, na realidade, vir a definitiva dor? Somente do prazer ter findado. Era então como outro qualquer desgosto de amor. Bem menos atroz do que se Maria o tivesse traído com o Dâmaso.

De repente a porta abriu-se, Carlos apareceu exclamando:
– Então que madrugada foi esta? Disse-me agora lá embaixo o Batista... É aventura? duelo?

Trazia o paletó todo abotoado, com a gola erguida, escondendo ainda a gravata branca da véspera; e, decerto, chegara da Rua de S. Francisco na tipóia que, havia instantes, Ega sentira parar na calçada.

Ele sentara-se bruscamente na cama; e estendendo a mão para os cigarros, sobre a mesa ao lado, murmurou, bocejando, que na véspera combinara uma ida a Sintra com o Taveira... Por precaução mandara-se chamar... Mas não sabia, acordara cansado...

– Que tal está o dia?

Justamente Carlos fora correr o transparente da janela. Aí, na mesa de trabalho, colocada em plena luz, ficara a caixa da Monforte embrulhada no Rappel. E Ega pensou num relance:

"Se ele repara, se pergunta, digo tudo!" O seu pobre coração pôs-se a bater ansiosamente, no terror daquela decisão. Mas o transparente um pouco perro subiu, uma faixa de sol banhou a mesa, e Carlos voltou sem reparar no cofre. Foi um imenso alívio para o Ega.

– Então, Sintra? – disse Carlos, sentando-se aos pés da cama.

– Com efeito, não é má idéia... A Maria ainda ontem esteve também a falar de ir a Sintra... Espera! Podíamos fazer a patuscada juntos... Íamos no *break* a quatro!

E olhava já o relógio, calculando o tempo para atrelar, avisar Maria.

– O pior – acudiu o Ega atrapalhado, tomando de sobre a mesa o monóculo – é que o Taveira falou em irmos com umas raparigas...

Carlos encolheu os ombros com horror. Que sordidez, ir com mulheres para Sintra, de dia!... De noite, nas trevas, por bebedeira, vá... Mas à luz do Senhor! Talvez com a Lola gorda, hem?...

Ega embrulhou-se numa complicada história, limpando o monóculo à ponta do lençol. Não eram espanholas... Pelo contrário, umas costureiras, raparigas sérias... Ele tinha um compromisso antigo de ir a Sintra com uma delas, filha dum Simões, um estofador que falira... Gente muito séria!...

Perante estes compromissos, tanta seriedade, Carlos desistiu logo da idéia de Sintra.

– Bem, acabou-se!... Vou então tomar banho e depois a negócios... E tu, se fores, traze-me umas queijadas para a Rosa, que ela gosta!

Apenas Carlos saiu, Ega cruzou os braços desanimado, descoroçoado, sentindo bem que não teria coragem nunca de "dizer tudo". Que havia de fazer?... E de novo, insensivelmente, se refugiou na idéia de procurar Vilaça, entregar-lhe o cofre da Monforte. Não havia homem mais honesto, nem mais prático; e, pela mesma mediocridade do seu espírito burguês, quem melhor para encarar aquela catástrofe, sem paixão e sem nervos? E esta *falta de nervos* do Vilaça fixou-o definitivamente.

Saltou então da cama, numa impaciência, repicou a campainha. E, enquanto o criado não entrava, foi, com o *robe-de-chambre* aos ombros, examinar o cofre da Monforte. Parecia, com efeito, uma velha caixa de charutos, embrulhada num papel de dobras já sujas e gastas, com marcas de lacre, onde se distinguia uma divisa que seria decerto a da Monforte – *Pro amore.* Na tampa tinha escrito, numa letra de mulher mal-ensinada – *Moncieur Guimaran, à Paris.* Ao sentir os passos do criado, deitou-lhe por cima uma toalha, que pendia ao lado, numa cadeira. E daí a meia hora rolava pelo Aterro numa tipóia descoberta, mais animado, respirando largamente aquele belo ar da manhã, fino e fresco, que ele tão raras vezes gozava.

Começou por uma contrariedade. Vilaça já saíra e a criada não sabia bem se ele fora para o escritório, se a uma vistoria ao Alfeite... Ega largou para o escritório, na Rua da Prata. O sr. Vilaça ainda não viera...

– E a que horas virá?

O escrevente, um rapaz macilento, que torcia, nervosamente, sobre o colete uma corrente de coral, balbuciou que o sr. Vilaça não devia tardar, se não tivesse atravessado, no vapor das nove, para o Alfeite... Ega desceu desesperado.

– Bem – gritou ao cocheiro –, vai ao café Tavares...

No Tavares, ainda solitário aquela hora, um moço areava o sobrado. E, enquanto esperava o almoço, Ega percorreu os jornais. Todos falavam do sarau, em linhas curtas, prometendo detalhes críticos, mais tarde, sobre esse brilhante torneio artístico. Só a *Gazeta Ilustrada* se alargava, com frases sérias, tratando o Rufino de *grandioso,* o Cruges de *esperançoso,* no Alencar a *Gazeta* separava o filósofo do poeta; ao filósofo a *Gazeta* lembrava, com respeito, que nem todas as aspirações ideais da filosofia, belas como miragens de deserto, são realizáveis na prática social; mas ao poeta, ao criador de tão formosas imagens, de tão inspiradas estâncias, a *Gazeta* desafogadamente bradava – "bravo! bravo!" Havia ainda outras abomináveis sandices. Depois seguia-se a lista das pessoas que a *Gazeta* se recordava de ter visto, entre as quais "destacava, com o seu monóculo, o fino perfil de João da Ega, sempre brilhante de *verve*". Ega sorriu, cofiando o bigode. Justamente o bife chegava fumegante, chiando na frigideirinha de barro. Ega pousou a *Gazeta* ao lado, dizendo consigo: "Não é nada malfeito, este jornal!"

O bife era excelente; e depois duma perdiz fria, dum pouco de doce de ananás, dum café forte, Ega sentiu adelgaçar-se, enfim, aquele negrume que desde a véspera lhe pesava na alma. No fim, pensava ele, acendendo o charuto e lançando os olhos ao relógio, naquele desastre, praticamente encarado, só havia para Carlos a perda duma bela amante. E essa perda que, agora, o angustiava, não traria depois compensações? O futuro de Carlos até aí tinha uma sombra – aquela promessa de casamento que, irreparavelmente, o colava pela honra a uma mulher muito interessante, mas com um passado cheio de brasileiros e de irlandeses... A sua beleza poetizava tudo; mas quanto tempo mais duraria esse encanto, o seu brilho de deusa pisando a Terra?... Não seria, por fim, aquela descoberta do Guimarães, uma libertação providencial? Daí a anos Carlos estaria consolado, sereno como se nunca tivesse sofrido – e livre, e rico, com o largo mundo diante de si!

O relógio do café deu dez horas. "Bem, vamos a isto", pensou Ega. De novo a tipóia bateu para a Rua da Prata. O sr. Vilaça ainda não viera, o escrevente estava realmente pensando que o sr. Vilaça fora ao Alfeite. E diante desta incerteza, de repente, Ega ficou de novo descoroçoado, sem coragem. Despediu a tipóia; com o embrulho do cofre na mão foi andando pela Rua do Ouro, depois até o Rossio, parando distraidamente diante dum ourives, lendo aqui e além a capa dum livro na vitrina dos livreiros. Pouco a pouco o negrume da véspera, um momento adelgaçado, recaía-lhe na alma mais denso. Já não via as "libertações" nem as "compensações". Só sentia em torno de si, como flutuando no ar, aquele horror – Carlos a dormir com a irmã.

Voltou pela Rua da Prata, de novo subiu a suja escadaria de pedra; e logo no patamar, diante da porta de baeta verde, deu com o Vilaça que saía, atarefado, calçando as luvas.

– Homem, até que enfim!

– Ah! era o amigo que me tinha procurado?... Pois tenha paciência, que está o visconde do Torral à minha espera...

Ega quase o empurrou. Qual visconde!... Tratava-se duma coisa muito urgente, muito séria! Mas o outro não se arredava da porta acabando de calçar a luva, com o mesmo ar vivo de negócio e de pressa.

– O amigo bem vê... Está o homem à espera! É um *rendez-vous* para as onze!

Ega, já furioso, agarrou-lhe a manga, murmurou-lhe junto à face, tragicamente, que se tratava de Carlos, dum caso de vida ou de morte! Então o Vilaça, num grande espanto, atravessou bruscamente o escritório, fez entrar Ega num cubículo ao lado, estreito como um corredor, com um canapé de palhinha, uma mesa onde os livros tinham pó, e um armário ao fundo. Fechou a porta, atirou o chapéu para a nuca:

– Então, que é?

Ega, com um gesto, indicou fora o escrevente que podia escutar. O procurador abriu a porta, gritou ao rapazola que voasse ao Hotel Pelicano pedir ao sr. visconde do Torral a fineza de esperar meia hora... Depois, fechada a porta no ferrolho, foi a mesma exclamação ansiosa:

– Então, que é?

– É um horror, Vilaça, um grande horror... Nem eu sei por onde hei de começar.

Vilaça, já muito pálido, pousou lentamente o guarda-chuva sobre a mesa.

– É duelo?

– Não... É isto... Você sabia que o Carlos tinha relações com uma sra. MacGren, que veio o inverno passado a Portugal, ficou aí?

Uma senhora brasileira, mulher dum brasileiro, que passara o verão nos Olivais?... Sim, Vilaça sabia. Falara até nisso com o Eusebiozinho.

– Ah, com o Eusébio?... Pois não é brasileira! É portuguesa, e é irmã dele!

Vilaça caiu para o canapé, batendo as mãos num assombro.

– Irmã do Eusébio!

— Qual do Eusébio, homem!... Irmã de Carlos!

Vilaça ficara mudo, sem compreender, com os olhos terrivelmente arregalados para o outro, que se movia pelo cubículo, repetindo: "Irmã! irmã legítima!" Ega por fim sentou-se no canapé de palhinha; e baixo, muito baixo, apesar da solidão do escritório, contou o seu encontro com o Guimarães no sarau e como a verdade terrível estalara casualmente, numa palavra, à esquina do *Aliança*... Mas quando falou dos papéis, entregues pela Monforte ao Guimarães, há tantos anos guardados, nunca reclamados, e que o democrata agora, tão de repente, tão urgentemente, queria restituir à família, Vilaça, até aí esmagado e como emparvecido, despertou, teve uma explosão:

— Aí há marosca! Tudo isso é para apanhar dinheiro!...

— Apanhar dinheiro! Quem?

— Quem!? — exclamou Vilaça de pé, arrebatadamente. — Essa senhora, esse Guimarães, essa tropa!... É que o amigo não percebe! Se aparecer uma irmã do Maia, legítima e autêntica, são quatrocentos contos e pico que cabem à irmã do Maia!...

Então os dois ficaram-se devorando com os olhos, na forte impressão daquela idéia inesperada que, a seu pesar, abalava o Ega. Mas como o procurador, trêmulo, voltava à grande soma de quatrocentos contos, lembrava a *Companhia do Olho Vivo*, Ega terminou por encolher os ombros:

— Isso não tem verossimilhança nenhuma! Ela é incapaz, absolutamente incapaz, de semelhante intriga. Além disso, se é uma questão de dinheiro, que necessidade tinha de se fazer passar como irmã, desde que Carlos lhe prometera casar com ela?

Casar com ela! Vilaça erguia as mãos, não queria acreditar. O quê! O sr. Carlos da Maia dar a sua mão, o seu nome, a essa criatura amigada com um brasileiro!?... Santíssimo nome de Deus! E através do assombro, recrescia-lhe a desconfiança, via aí um novo efeito do *Olho Vivo*.

— Não senhor, Vilaça, não senhor! — insistiu Ega, já impaciente. — Se a questão é de documentos e se ela os tinha, verdadeiros ou falsificados, apresentava-os logo, não ia primeiro dormir com o irmão!

Vilaça baixou lentamente os olhos para o sobrado. Um terror invadia-o diante daquela grande casa, que era o seu orgulho, partida em metade, empolgada por uma aventureira... Mas como o Ega, muito nervoso, lembrava que de resto a questão não era de documentos, nem de legalidade nem de fortuna, o procurador teve outro grito, com a face de novo alumiada:

– Espere, homem, há outra coisa!... Talvez ela seja filha do italiano!

– E então?... Vem a dar na mesma.

– Alto lá! – berrou o procurador, batendo com o punho na mesa. – Não tem direito à legítima do pai, e não apanha um real desta casa!... Irra, aí é que está o ponto!

Ega teve um gesto desolado. Não, nem isso, desgraçadamente! Esta era a filha do Pedro da Maia. O Guimarães conhecia-a de a trazer ao colo, de lhe dar bonecas quando ela tinha 7 anos, e quando apenas havia quatro ou cinco anos que o italiano estivera em Arroios, de cama, com uma chumbada... A filha desse morrera em Londres, pequenina.

Vilaça recaiu no canapé, sucumbido.

– Quatrocentos contos, que bolada!

Então Ega resumiu. Se não existia ainda uma certeza legal, havia já uma forte suspeita. E desde logo não se podia deixar o pobre Carlos, inocentemente, a chafurdar naquela sordidez. Era pois indispensável revelar tudo a Carlos, nessa noite...

– E você, Vilaça, é que tem de lho dizer.

Vilaça deu um salto, que fez bater o canapé contra a parede.

– Eu!?

– Você, que é o procurador da casa!

Que havia ali, senão uma questão de filiação, portanto de legítima? A quem pertenciam esses detalhes legais senão ao procurador?

Vilaça murmurou com todo o sangue na face:

– Homem, o amigo mete-me numa!...

Não. Ega metia-o apenas naquilo em que o Vilaça, como procurador, logicamente e profissionalmente devia estar.

O outro protestou, tão perturbado, que gaguejava! Que diabo! Não era esquivar-se aos seus deveres! Mas é que ele não sabia nada! Que podia dizer ao sr. Carlos da Maia? "O amigo Ega veio-me contar isto, que lhe contou um tal Guimarães ontem à noite no Loreto..." Não tinha a dizer mais nada...

– Pois diga isso.

O outro encarou Ega com olhos que chamejavam:

– Diga isso, diga isso... Que diabo, senhor, é necessário ter topete!

Deu um puxão desesperado ao colete, foi bufando até o fundo do cubículo, onde esbarrou com o armário. Voltou, tornou a encarar o Ega:

– Não se vai a um homem com uma coisa dessas, sem provas... Onde estão as provas?...

– Oh Vilaça, desculpe, você está obtuso!... A que vim eu aqui senão trazer-lhe as provas, as que há, boas ou más, a história do Guimarães, essa caixa com os papéis da Monforte?...

Vilaça, que resmungava, foi examinar a caixa, virando-a nas mãos, decifrando o mote do sinete *Pro amore*.

– Então, abrimo-la?

Já Ega puxara uma cadeira para a mesa. Vilaça cortou o papel, gasto nos cantos, que envolvia o cofre. E apareceu efetivamente uma velha caixa de charutos, pregada com duas tachas, cheia de papéis, alguns em maços apertados por fitas, outros soltos dentro de sobrescritos abertos, que tinham o monograma da Monforte, sob uma coroa de marquês. Ega desembrulhou o primeiro maço. Eram cartas em alemão, que ele não percebia, datadas de Budapeste e de Karlsruhe.

– Bem, isto não nos diz nada... Adiante!

Outro embrulho, a que Vilaça cuidadosamente desapertou o nó cor-de-rosa, resguardava uma caixa oval, com a miniatura dum homem de bigodes e suíças ruivas, entalado na alta gola dourada numa farda branca. Vilaça achou a pintura "linda".

– Algum oficial austríaco – rosnou Ega... – Outro amante... *Ça marche.*

Iam tirando os papéis por ordem, com a ponta dos dedos, como tocando em relíquias. Um largo envelope atulhado de contas de modistas, algumas pagas, outras sem recibo, interessou profundamente o Vilaça, que percorria os itens, espantado dos preços, das infinitas invenções do luxo. Contas de seis mil francos! Um só vestido, dois mil francos!... Outro maço trouxe uma surpresa. Eram cartas de Maria Eduarda à mãe, escritas do convento, numa letra redonda e trabalhada como um desenho, com frasezinhas cheias de gravidade devota, ditadas decerto pelas boas irmãs; e nestas composições, virtuosas e frias como temas, o sincero coração da rapariga só transparecia nalguma florzinha, agora seca, pregada no alto do papel com um alfinete.

– Isto põe-se de parte – murmurou Vilaça.

Então Ega, já impaciente, esvaziou toda a caixa sobre a mesa, alastrou os papéis. E entre cartas, outras contas, bilhetes de visita, um grande sobrescrito destacou com esta linha a tinta azul: *Pertence a minha filha Maria Eduarda.* Foi Vilaça que lançou os olhos, rapidamente, à enorme folha de papel que ele continha, luxuosa e documental, com o monograma de ouro sobre a coroa de marquês. Quando o passou em silêncio para a mão do Ega, parecia sufocado, com todo o sangue nas orelhas.

Ega leu-o alto, devagar. Dizia:

"Como a Maria teve a pequena e anda muito fraca, e eu também me não sinto nada boa com umas pontadas, parece-me prudente, para o que possa vir a suceder, a fazer aqui uma declaração que te pertence a ti, minha querida filha, e que só sabe o padre Talloux (Mr. l'abbé Talloux, coadjuteur à Saint-Roch) *porque lho disse há dois anos, quando tive a pneumonia. E é o seguinte: Declaro que minha filha Maria Eduarda, que costuma assinar Maria Calzaski, por supor ser esse o nome de seu pai, é portuguesa e filha de meu marido Pedro da Maia, de quem me separei voluntariamente, trazendo-a comigo para Viena, depois para Paris, e que agora vive em companhia de Patrick MacGren, em Fontainebleau, com quem vai casar. E o pai de meu marido era meu sogro Afonso da Maia, viúvo, que vivia em Benfica e também em Santa Olávia, ao pé do rio Douro. O que tudo se pode verificar em Lisboa, pois devem lá estar os papéis; e os meus erros, de*

que vejo agora as conseqüências, não devem impedir que tu, minha querida filha, tenhas a posição e fortuna que te pertencem. E por isso aqui declaro tudo isto que assino, no caso que o não possa fazer diante dum tabelião, o que tenciono logo que esteja melhor. E de tudo, se eu vier a morrer, o que Deus não permita, peço perdão a minha filha. E assino com o meu nome de casada – Maria Monforte da Maia".

Ega ficou a olhar para o Vilaça. O procurador só pôde murmurar, com as mãos cruzadas sobre a mesa:

– Que bolada! Que bolada!

Então Ega ergueu-se. Bem! Agora tudo se simplificava. Havia unicamente a entregar aquele documento a Carlos, sem comentários. Mas o Vilaça coçava a cabeça, retomado por uma dúvida:

– Eu não sei se este papelinho faria fé em juízo...

– Qual fé, qual juízo! – exclamou Ega violentamente. – É o bastante para que ele não torne a dormir com ela!...

Uma pancada tímida na porta do cubículo fê-lo estacar, inquieto. Desandou a chave. Era o escrevente, que segredou através da frincha:

– O sr. Carlos da Maia ficou agora lá embaixo no carrinho, quando eu entrei, perguntou pelo sr. Vilaça.

Houve um pânico! Ega, atarantado, agarrava o chapéu do Vilaça. O procurador atirava às mãos ambas, para dentro duma gaveta, os papéis da Monforte.

– É talvez melhor dizer que não está – lembrou o escrevente.

– Sim, que não está! – foi o grito abafado de ambos.

Ficaram à escuta, ainda pálidos. O *dog-cart* de Carlos rolou na calçada; os dois amigos respiraram. Mas agora Ega arrependia-se de não terem mandado subir Carlos, e ali mesmo, sem outras vacilações nem pieguices, corajosamente, contarem tudo, diante daqueles papéis bem abertos. E estava saltado o barranco!

– Homem – dizia o Vilaça passando o lenço pela testa –, as coisas querem-se devagar, com método. É necessário preparar-se a gente, respirar para dar bem o mergulho...

Em todo o caso, concluiu o Ega, eram ociosas mais conversas. Os outros papéis da caixa perdiam o interesse, depois daquela confissão da Monforte. Só restava que Vilaça aparecesse à noite no Ramalhete, às oito e meia, ou nove horas, antes de Carlos sair para a Rua de S. Francisco.

– Mas o amigo há de lá estar! – exclamou o procurador, já aterrado.

Ega prometeu. Vilaça teve um pequeno suspiro. Depois, no patamar, onde viera acompanhar o outro:

– Uma destas, uma destas!... E eu, ainda tão contente, a jantar no Ramalhete...

– E eu, com eles, na Rua de S. Francisco!...

– Enfim, até à noite!

– Até à noite.

Ega não se atreveu nesse dia a voltar ao Ramalhete, a jantar diante de Carlos, a ver-lhe a alegria e a paz, sentindo aquela negra desgraça que descia sobre ele, à maneira que a noite descia. Foi pedir as sopas ao marquês, que desde o sarau se conservava em casa, de garganta entrapada. Depois, às oito e meia, quando calculou que Vilaça devia estar já no Ramalhete, deixou o marquês, que se enfronhara com o capelão numa partida de damas.

Aquele lindo dia, toldado de tarde, findara numa chuvinha miúda que transia as ruas. Ega tomou uma tipóia. E parava no Ramalhete, já terrivelmente nervoso, quando avistou Vilaça no portal, de guarda-chuva sob o braço, arregaçando as calças para sair.

– Então? – gritou-lhe o Ega.

Vilaça abriu o guarda-chuva, para murmurar debaixo, mas em segredo:

– Não foi possível... Disse que tinha muita pressa, que não me podia ouvir.

Ega bateu o pé, desesperado.

– Oh homem!

– Que quer o amigo? Havia de o agarrar à força? Ficou para amanhã... Tenho de cá estar amanhã às onze horas.

Ega galgou as escadas, rosnando entre os dentes: "Irra!

não saímos desta!" Foi até o escritório de Afonso. Mas não entrou. Através duma fenda larga do reposteiro meio franzido, um canto da sala aparecia, quente e cheio de conchego, no doce tom cor-de-rosa da luz, caindo sobre os damascos; as cartas esperavam na mesa do *whist;* no sofá bordado a matiz D. Diogo, murcho e mole, olhava o lume, cofiando os bigodes. E, travadas nalguma questão, a voz do Craft, que perpassou de cachimbo na mão, e a voz mais lenta de Afonso, tranqüilo na sua poltrona, misturavam-se, abafadas pela do Sequeira, que berrava furiosamente: "Mas se amanhã houvesse uma bernarda, esse exército com que os senhores querem acabar, por ser uma escola de vadiagem, é que lhes havia de guardar as costas... É bom falar, ter muita filosofia! Mas quando elas chegam, se não há meia dúzia de baionetas prontas, então são as cólicas!..."

Ega foi dali aos quartos de Carlos. As velas ardiam ainda nas serpentinas; um aroma errava, de água de Lubin e charuto; e o Batista disse-lhe que o sr. D. Carlos "saíra havia dez minutos". Fora para a Rua de S. Francisco! Ia lá dormir! Então enervado, com a longa e triste noite diante de si, Ega teve um apetite de se atordoar, dissipar numa excitação forte as idéias que o torturavam. Não despedira a tipóia, abalou para S. Carlos. E findou por ir cear ao Augusto, com o Taveira e duas raparigas, a Paca e a Cármen Filósofa, prodigalizando o *champagne.* Às quatro da manhã estava bêbado, estatelado sobre o sofá, gemendo sentimentalmente, só para si, as estrofes de Musset à Malibran... O Taveira e a Paca, juntinhos na mesma cadeira, ele com o seu ar terno de chulo, ela *muy caliente* também, debicavam corpinhos de gelatina. E a Cármen Filósofa, empanturrada, desapertada, com o colete embrulhado já num *Diário de Notícias,* repicava a faca na borda do prato, cantarolando de olhos perdidos nos bicos de gás:

> *Señor Alcalde mayor,*
> *No prenda usted los ladrones...*

Acordou ao outro dia às nove horas, ao lado da Cármen Filósofa, num quarto de grandes janelas rasgadas, por onde entrava toda a melancolia da escura manhã de chuva.

E, enquanto não vinha a tipóia fechada, que a servente correra a chamar, o pobre Ega enojado, vexado, com a língua pastosa, os pés nus sobre o tapete, reunindo o fato espalhado, tinha só uma idéia clara – fugir dali para um grande banho, bem perfumado e bem fresco, onde se purificasse duma sensação viscosa de Cármen e de orgia que o arrepiava.

Esse banho lustral foi tomá-lo ao *Hotel Braganza,* para se encontrar com Carlos e com Vilaça às onze horas, já lavado e preparado. Mas precisou esperar pela roupa branca que o cocheiro, com um bilhete para o Batista, voara a buscar ao Ramalhete; depois almoçou; e já batera meio-dia quando se apeou à porta particular dos quartos de Carlos, com a roupa suja numa trouxa.

Justamente Batista atravessava o patamar, com camélias num açafate.

– O Vilaça já veio? – perguntou-lhe Ega baixo, andando em pontas de pés.

– O sr. Vilaça já lá está dentro há bocado. V. Ex.ª recebeu a roupa branca? Eu também mandei um fato, porque nesses casos sempre dá mais frescura...

– Obrigado, Batista, obrigado!

E Ega pensava: "Bem, Carlos já sabe tudo, o barranco está passado!" Mas demorou-se ainda, tirando as luvas e o paletó com uma lentidão covarde. Por fim, sentindo bater alto o coração, puxou o reposteiro de veludo. Na antecâmara pesava um silêncio; a chuva grossa fustigava a porta envidraçada, por onde se viam as árvores do jardim esfumadas na névoa. Ega levantou o outro reposteiro, que tinha bordadas as armas dos Maias.

– Ah! és tu? – exclamou Carlos, erguendo-se da mesa de trabalho, com uns papéis na mão.

Parecia ter conservado um ânimo viril e firme; apenas os olhos lhe rebrilhavam, com um fulgor seco, ansiosos e mais largos na palidez que o cobria. Vilaça, sentado defronte, passava vagarosamente pela testa, num movimento cansado, o lenço de seda da Índia. Sobre a mesa alastravam-se os papéis da Monforte.

– Que diabo de embrulhada é esta, que me vem contar o

Vilaça? – rompeu Carlos, cruzando os braços diante do Ega, numa voz que apenas de leve tremia.

Ega balbuciou:

– Eu não tive coragem de te dizer...

– Mas tenho eu para ouvir!... Que diabo te contou esse homem?

Vilaça ergueu-se imediatamente. Ergueu-se com a pressa dum galucho tímido, que é rendido num posto arriscado, pediu licença, se não precisavam dele, para voltar ao escritório. Os amigos decerto preferiam conversar mais livremente. De resto, ali ficavam os papéis da sra. D. Maria Monforte. E se ele fosse necessário, um recado encontrava-o na Rua da Prata ou em casa...

– E V. Ex.ª compreende – acrescentou ele enrolando nas mãos o lenço de seda –, eu tomei a iniciativa de vir falar, por ser o meu dever, como amigo confidencial da casa... Foi essa também a opinião do nosso Ega...

– Perfeitamente, Vilaça, obrigado! – acudiu Carlos. – Se for necessário lá mando...

O procurador, com o lenço na mão, lançou em redor um olhar lento. Depois espreitou debaixo da mesa. Parecia muito surpreendido. E Carlos seguia com impaciência os passos tímidos que ele dava pelo quarto, procurando...

– Que é, homem?

– O meu chapéu. Imaginei que o tinha posto aqui... Naturalmente ficou lá fora... Bem, se for necessário alguma coisa...

Mal ele saiu, atirando ainda os olhos inquietos pelos cantos, Carlos fechou violentamente o reposteiro. E voltando para o Ega, caindo pesadamente numa cadeira:

– Dize lá!

Ega, sentado no sofá, começou por contar o encontro com o sr. Guimarães, embaixo, no botequim da Trindade, depois de ter falado o Rufino. O homem queria explicações sobre a carta do Dâmaso, sobre a bebedeira hereditária... Tudo se aclarara, ficando daí entre eles um começo de familiaridade...

Mas o reposteiro mexeu de leve, e surdiu de novo a face do Vilaça:

– Peço desculpa, mas é o meu chapéu... Não o acho, havia de jurar que o deixei aqui...

Carlos conteve uma praga. Então Ega procurou também, por trás do sofá, no vão da janela. Carlos, desesperado, para findar, foi ver entre os cortinados da cama. E Vilaça, escarlate, aflito, esquadrinhava até a alcova do banho...

– Um sumiço assim! Enfim, talvez me esquecesse na antecâmera!... Vou ver outra vez... O que peço é desculpa.

Os dois ficaram sós. E Ega recomeçou, detalhando como Guimarães, duas ou três vezes nos intervalos, lhe viera falar de coisas indiferentes, do sarau, de política, do papá Hugo, etc. Depois ele procurara Carlos para irem um bocado ao Grêmio. Terminara por sair com Cruges. E passavam defronte do Aliança...

Novamente o reposteiro franziu, Batista pediu perdão a Suas Excelências:

– É o sr. Vilaça que não acha o chapéu, diz que o deixou aqui...

Carlos ergueu-se furioso, agarrando a cadeira pelas costas como para despedaçar o Batista.

– Vai para o diabo tu e o sr. Vilaça!... Que saia sem chapéu! Dá-lhe um chapéu meu! Irra!

Batista recuou, muito grave.

– Vá, acaba, lá! – exclamou Carlos, recaindo no assento, mais pálido.

E Ega, miudamente, contou sua longa, terrível conversa com Guimarães, desde o momento em que o homem, por acaso, já ao despedir-se, já ao estender-lhe a mão, falara da "irmã do Maia". Depois entregara-lhe os papéis da Monforte à porta do *Hotel de Paris*, no Pelourinho....

– E aqui está, não sei mais nada. Imagina tu que noite eu passei! Mas não tive coragem de te dizer. Fui ao Vilaça... Fui ao Vilaça com a esperança sobretudo de ele saber algum fato, ter algum documento que atirasse por terra toda esta história do Guimarães... Não tinha nada, não sabia nada. Ficou tão aniquilado como eu!

No curto silêncio que caiu, um chuveiro mais largo, alagando o arvoredo do jardim, cantou nas vidraças. Carlos ergueu-se arrebatadamente, numa revolta de todo o seu ser:

– E tu acreditas que isso seja possível? Acreditas que suceda a um homem como eu, como tu, numa rua de Lisboa? Encontro uma mulher, olho para ela, conheço-a, durmo com ela e, entre todas as mulheres do mundo, essa justamente há de ser minha irmã! É impossível... Não há Guimarães, não há papéis, não há documentos que me convençam!

E como Ega permanecia mudo, a um canto do sofá, com os olhos no chão:

– Dize alguma coisa – gritou Carlos. – Duvida também, homem, duvida comigo!...É extraordinário! Todos vocês acreditam, como se isso fosse a coisa mais natural do mundo, e não houvesse por essa cidade fora senão irmãos a dormir juntos!

Ega murmurou:

– Já ia sucedendo um caso assim, lá ao pé da quinta, em Celorico...

E nesse momento, sem que um rumor os prevenisse, Afonso da Maia apareceu numa abertura do reposteiro, encostado à bengala, sorrindo todo com alguma idéia que decerto o divertia. Era ainda o chapéu do Vilaça.

– Que diabo fizeram vocês ao chapéu do Vilaça? O pobre homem andou por aí aflito... Teve de levar um chapéu meu. Caía-lhe pela cabeça abaixo, enchumaçaram-lho com lenços...

Mas subitamente reparou na face transtornada do neto. Reparou na atarantação do Ega, cujos olhos mal se fixavam, fugindo ansiosamente dele para Carlos. Todo o sorriso se lhe apagou, deu no quarto um passo lento:

– Que é isso, que têm vocês?... Há alguma coisa?

Então Carlos, no ardente egoísmo da sua paixão, sem pensar no abalo cruel que ia dar ao pobre velho, cheio só de esperança que ele, seu avô, testemunha do passado, soubesse algum fato, possuísse alguma certeza contrária a toda essa história do Guimarães, a todos esses papéis da Monforte, veio para ele, desabafou:

– Há uma coisa extraordinária, avô! O avô talvez saiba...

O avô deve saber alguma coisa que nos tire desta aflição!...
Aqui está, em duas palavras. Eu conheço aí uma senhora que
chegou há tempos a Lisboa, mora na Rua de S. Francisco.
Agora, de repente, descobre-se que é minha irmã legítima!...
Passou aí um homem que a conhecia, que tinha uns papéis...
Os papéis aí estão. São cartas, uma declaração de minha mãe...
Enfim, uma trapalhada, um montão de provas... Que significa
tudo isto? Essa minha irmã, a que foi levada em pequena, não
morreu?... O avô deve saber!

Afonso da Maia, que um tremor tomara, agarrou-se um
momento com força à bengala, caiu por fim pesadamente numa
poltrona, junto do reposteiro. E ficou devorando o neto, o
Ega, com um olhar esgazeado e mudo.

– Esse homem – exclamou Carlos – é um Guimarães, um
tio do Dâmaso... Falou com o Ega, foi ao Ega que entregou os
papéis... Conta tu ao avô, Ega, conta tu do começo!

Ega, com um suspiro, resumiu a sua longa história. E
findou por dizer que o importante, o decisivo ali era este homem, o Guimarães, que não tinha interesse em mentir e só por
acaso, puramente por acaso, falara em tais coisas – conhecia
essa senhora, desde pequenina, como filha de Pedro da Maia
e de Maria Monforte. E nunca a perdera de vista. Vira-a crescer em Paris, andara com ela ao colo, dera-lhe bonecas. Visi-
tara-a com a mãe no convento. Freqüentara a casa que ela
habitava em Fontainebleau, como casada...

– Enfim – interrompeu Carlos – viu-a ainda há dias, numa
carruagem, comigo e com o Ega... Que lhe parece, avô?

O velho murmurou, num grande esforço, como se as
palavras saindo lhe rasgassem o coração:

– Essa senhora, está claro, não sabe nada...

Ega e Carlos, a um tempo, gritaram: "Não sabe nada!"
Segundo afirmava o Guimarães, a mãe escondera-lhe sempre a
verdade. Ela julgava-se filha dum austríaco. Assinava-se a
princípio Calzaski...

Carlos, que remexera sobre a mesa, adiantou-se com um
papel na mão:

– Aqui tem o avô a declaração de minha mãe.

O velho levou muito tempo a procurar, a tirar a luneta de entre o colete, com os seus pobres dedos que tremiam; leu o papel devagar, empalidecendo mais a cada linha, respirando penosamente; ao findar deixou cair sobre os joelhos as mãos, que ainda agarravam o papel, ficou como esmagado e sem força. As palavras por fim vieram-lhe apagadas, morosas. Ele nada sabia... O que a Monforte ali assegurava ele não o podia destruir... Essa senhora da Rua de S. Francisco era talvez, na verdade, sua neta... Não sabia mais...

E Carlos diante dele vergava os ombros, esmagado também sob a certeza da sua desgraça. O avô, testemunha do passado, nada sabia! Aquela declaração, toda a história do Guimarães aí permaneciam inteiras, irrefutáveis. Nada havia, nem memória de homem nem documento escrito, que as pudesse abalar. Maria Eduarda era, pois, sua irmã!... E um defronte do outro, o velho e o neto pareciam dobrados por uma mesma dor – nascida da mesma idéia.

Por fim Afonso ergueu-se fortemente encostado à bengala, foi pousar sobre a mesa o papel da Monforte. Deu um olhar, sem lhes tocar, às cartas espalhadas em volta da caixa de charutos. Depois, lentamente, passando a mão pela testa:

– Nada mais sei... Sempre pensamos que essa criança tinha morrido... Fizeram-se todas as pesquisas... Ela mesma disse que lhe tinha morrido a filha, mostrou já não sei a quem um retrato...

– Era outra mais nova, a filha do italiano – disse o Ega. – O Guimarães falou-me nisso... Foi esta que viveu. Esta, que tinha já 7 a 8 anos, quando havia apenas quatro ou cinco que esse sujeito italiano aparecera em Lisboa... Foi esta.

– Foi esta – murmurou o velho.

Teve um gesto vago de resignação; acrescentou, depois de respirar fortemente:

– Bem! Tudo isto tem de ser mais pensado... Parece-me bom tornar a chamar o Vilaça... Talvez seja necessário que ele vá a Paris... E antes de tudo precisamos sossegar... De resto não há aqui morte de homem... Não há aqui morte de homem!

A voz sumia-se-lhe, toda trêmula. Estendeu a mão a Carlos

que lha beijou, sufocado; e o velho, puxando o neto para si, pousou-lhe os lábios na testa. Depois deu dois passos para a porta, tão lentos e incertos que Ega correu para ele:

— Tome V. Ex.ª o meu braço...

Afonso apoiou-se nele, pesadamente. Atravessaram a antecâmara silenciosa, onde a chuva contínua batia os vidros. Por trás deles caiu o grande reposteiro, com as armas dos Maias. E então Afonso, de repente, soltando o braço do Ega, murmurou-lhe, junto à face, no desabafo de toda a sua dor:

— Eu sabia dessa mulher!... Vive na Rua de S. Francisco, passou todo o verão nos Olivais... É a amante dele!

Ega ainda balbuciou: "Não, não, sr. Afonso da Maia!" Mas o velho pôs o dedo nos lábios, indicou Carlos dentro, que podia ouvir... E afastou-se, todo dobrado sobre a bengala, vencido enfim por aquele implacável destino que, depois de o ter ferido na idade da força com a desgraça do filho, o esmagava ao fim da velhice com a desgraça do neto.

Ega enervado, exausto, voltou para o quarto, onde Carlos recomeçara naquele agitado passeio que abalava o soalho, fazia tilintar finamente os frascos de cristal sobre o mármore da consola. Calado, junto da mesa, Ega ficou percorrendo outros papéis da Monforte. Cartas, um livrinho de marroquim com *adresses,* bilhetes de visita de membros do Jockey Club e de senadores do Império. Subitamente Carlos parou diante dele, apertando desesperadamente as mãos:

— Estarem duas criaturas em pleno céu, passar um *quidam*, um idiota, um Guimarães, dizer duas palavras, entregar uns papéis e quebrar para sempre duas existências!... Olha que isto é horrível, Ega!

Ega arriscou uma consolação banal:

— Era pior se ela morresse...

— Pior por quê? — exclamou Carlos. — Se ela morresse, ou eu, acabava o motivo desta paixão, restavam a dor e a saudade, era outra coisa... Assim estamos vivos, mas mortos um para o outro, e viva a paixão que nos unia!... Pois tu imaginas que, por me virem provar que ela é minha irmã, eu gosto menos dela do que gostava ontem, eu gosto dum modo diferente?

293

Está claro que não! O meu amor não se vai duma hora para a outra acomodar a novas circunstâncias, e transformar-se em amizade... Nunca! Nem eu quero!

Era uma brutal revolta – o seu amor defendendo-se, não querendo morrer, só porque as revelações dum Guimarães e uma caixa de charutos, cheia de papéis velhos, o declaravam impossível, e lhe ordenavam que morresse!

Houve outro melancólico silêncio. Ega acendeu uma *cigarette,* foi-se enterrar ao canto do sofá. Uma fadiga ia-o vencendo, feita de toda aquela emoção, da noitada no Augusto, da estremunhada manhã na alcova da Cármen. Todo o quarto ia entristecendo, à luz mais triste da tarde de inverno que descia. Ega terminou por cerrar os olhos. Mas bem depressa o sacudiu outra exclamação de Carlos, que de novo, diante dele, apertava as mãos com desespero:

– E o pior ainda não é isto, Ega! O pior é que temos de lhe dizer tudo, de lhe contar tudo, a ela!...

Ega já pensara nisso... E era necessário que se lhe dissesse imediatamente, sem hesitações.

– Vou-lhe eu mesmo contar tudo – murmurou Carlos.

– Tu!?

– Pois quem, então? Querias que fosse o Vilaça?...

Ega franziu a testa:

– O que tu devias fazer era meter-te esta noite no comboio, e partir para Santa Olávia. De lá contavas-lhe tudo. Estavas assim mais seguro.

Carlos atirou-se para uma poltrona, com um grande suspiro de fadiga:

– Sim, talvez, amanhã, no comboio da noite... Já pensei nisso, era o melhor... Agora o que estou é muito cansado!

– Também eu – disse o Ega espreguiçando-se. – E já não adiantamos nada, atolamo-nos mais na confusão. O melhor é serenar... Eu vou me estirar um bocado na cama.

– Até logo!

Ega subiu ao quarto, deitou-se por cima da roupa; e, no seu imenso cansaço, bem depressa adormeceu. Acordou tarde a um rumor da porta. Era Carlos que entrava, raspando um fósforo. Anoitecera, embaixo tocava a campainha para o jantar.

— De mais a mais esta maçada do jantar! — dizia Carlos acendendo as velas no toucador. — Não termos um pretexto para irmos fora, a uma taberna, conversar em sossego! Ainda por cima convidei ontem o Steinbroken.

Depois voltando-se:

— Oh Ega, tu achas que o avô sabe tudo?

O outro saltara da cama, e diante do lavatório arregaçava as mangas:

— Eu te digo... Parece-me que teu avô desconfia... O caso fez-lhe a impressão duma catástrofe... E, se não suspeitasse o que há, devia-lhe causar simplesmente a surpresa de quem descobre uma neta perdida.

Carlos teve um lento suspiro. Daí a um instante desciam para o jantar.

Embaixo encontraram, além de Steinbroken e de D. Diogo, o Craft, que viera "pedir as sopas". E em torno àquela mesa, sempre alegre, coberta de flores e de luzes, uma melancolia flutuava nessa tarde, através duma conversa dormente sobre doenças — o Sequeira que tinha reumatismo, o pobre marquês que piorara.

De resto Afonso, no escritório, queixara-se duma forte dor de cabeça, que justificava o seu ar consumido e *pálido*. Carlos, a quem Steinbroken achara "má cara", explicou também que passara uma noite abominável. Então Ega, para desanuviar o jantar, pediu ao amigo Steinbroken as suas impressões sobre o grande orador do sarau da Trindade, o Rufino. O diplomata hesitou. Surpreendera-o bastante saber que o Rufino era um político, um parlamentar... Aqueles gestos, o bocado da camisa a ver-se-lhe no estômago, a pêra, a grenha, as botas não lhe pareciam realmente dum homem de Estado:

— *Mais cependant, cependant... Dans ce genre là, dans le genre sublime, dans le genre de Demosthènes, il m'a paru très fort... Oh, il m'a paru excessivement fort!*

— E você, Craft?

Craft, no sarau, só gostara do Alencar. Ega encolheu

violentamente os ombros. Ora histórias! Nada podia haver mais cômico que a Democracia romântica do Alencar, aquela República meiga e loura, vestida de branco como Ofélia, orando no prado, sob o olhar de Deus... Mas Craft justamente achava tudo isso excelente por ser sincero. O que feria sempre, nas exibições da literatura portuguesa? A escandalosa falta de sinceridade. Ninguém, em verso ou prosa, parecia jamais acreditar naquilo que declamava com ardor, esmurrando o peito. E assim fora na véspera. Nem o Rufino parecia acreditar na influência da Religião; nem o homem da barba bicuda, no heroísmo dos Castros e dos Albuquerques; nem mesmo o poeta dos olhinhos bonitos, na bonitice dos olhinhos... Tudo contrafeito e postiço! Com o Alencar, que diferença! Esse tinha uma fé real no que cantava, na Fraternidade dos povos, no Cristo republicano, na Democracia devota e coroada de estrelas...

— Já deve ser bem velho esse Alencar — observou D. Diogo, que rolava bolinhas de pão entre os longos dedos pálidos.

Carlos, ao lado, emergiu enfim do seu silêncio:

— O Alencar deve ter bons 50 anos.

Ega jurou pelo menos 60. Já em 1836 o Alencar publicava coisas delirantes, e chamava pela morte, no remorso de tantas virgens que seduzira...

— Há que anos, com efeito — murmurou lentamente Afonso —, eu ouvi falar desse homem!

D. Diogo, que levara os lábios ao copo, voltou-se para Carlos:

— O Alencar tem a idade que havia de ter teu pai... Eram íntimos, dessa roda *distinguée* de então. O Alencar ia muito a Arroios com o pobre D. João da Cunha, que Deus haja, e com os outros. Era tudo uma fina flor, e regulavam pela mesma idade... Já nada resta, já nada resta!

Carlos baixara os olhos; todos por acaso emudeceram; um ar de tristeza passou entre as flores e as luzes, como vinda do fundo desse passado, cheio de sepulturas e dores.

— E o pobre Cruges, coitado, que fiasco! — exclamou Ega, para sacudir aquela névoa.

Craft achava o fiasco justo. Para que fora ele dar Beethoven a uma gente educada pela chulice de Offenbach? Mas Ega não admitia esse desdém por Offenbach, uma das mais finas manifestações modernas do ceticismo e da ironia! Steinbroken acusou Offenbach de não saber contraponto. Durante um momento discutiu-se música. Ega acabou por sustentar que nada havia, em arte, tão belo como o fado. E apelou para Afonso, para o despertar.

— Pois não é verdade, sr. Afonso da Maia? V. Ex.ª também é como eu, um dos fiéis ao fado, à nossa grande criação nacional.

— Sim, com efeito — murmurou o velho, levando a mão à testa como a justificar o seu modo desinteressado e murcho. — Há muita poesia no fado...

Craft, porém, atacava o fado, as *malagueñas*, as *peteneras* — toda essa música meridional, que lhe parecia apenas um garganteado gemebundo, prolongado infinitamente, em *ais* de esterilidade e de preguiça. Ele, por exemplo, ouvira uma noite uma *malagueña,* uma dessas famosas *malagueñas,* cantada em perfeito estilo por uma senhora de Málaga. Era em Madri, em casa dos Villa Rubia. A senhora põe-se ao piano, rosna uma coisa sobre *piedra* e *sepultura,* e rompe a gemer num gemido que não findava: — *ã-ã-ã-ã-ã-ah*... Pois senhores, ele aborrece-se, passa para outra sala, vê jogar todo um *robber* de *whist,* folheia um imenso álbum, discute a guerra carlista com o general Jovellos, e, quando volta, lá estava ainda a senhora, de cravos na trança e olhos no teto, a gemer o mesmo — *ã-ã-ã-ã-ã-ah!*...

Todos riram. Ega protestou com ímpeto, já excitado. O Craft era um seco inglês, educado sobre o chato seio da Economia Política, incapaz de compreender todo o mundo de poesia que podia conter um ai! Mas ele não falava das *malagueñas*. Não estava encarregado de defender a Espanha. Ela possuía, para convencer o Craft e outros britânicos, bastante pilhéria e bastante navalha... A questão era o fado!

— Onde é que você tem ouvido o fado? Aí pelas salas, ao piano... Com efeito, assim, concordo, é chocho. Mas ouça-o você por três ou quatro guitarristas, uma noite, no campo, com uma bela lua no céu... Como nos Olivais este verão, quando o marquês lá levou o *Vira-vira!* Lembras-te, Carlos?...

E estacou, como entalado, no arrependimento daquela memória da *Toca,* que levianamente evocara. Carlos permanecera silencioso, com uma sombra na face. Craft ainda rosnou que, numa linda noite de luar, todos os sons no campo eram bonitos, mesmo o chiar dos sapos. E de novo uma estranha desanimação amoleceu a sala; os escudeiros serviam os doces.

Então, no silêncio, D. Diogo disse pensativamente, com a sua majestade de leão saudoso que relembra um grande passado:

– Uma música também muito *distinguée,* antigamente, eram os *Sinos do mosteiro*. Parecia mesmo que se estavam ouvindo sinos... Já não há disso!

O jantar terminava friamente, Steinbroken voltara àquela falta da família real no sarau, que desde a véspera o inquietava. Ninguém ali se interessava pelo Paço. Depois, D. Diogo surdiu com uma velha fastidiosa história sobre a infanta D. Isabel. Foi um alívio quando o escudeiro trouxe em volta, a larga bacia de prata e o jarro de água perfumada.

Ao fim do café, servido no bilhar, Steinbroken e Craft começaram uma partida "às cinquenta" e a 15 tostões, para interessar. Afonso e D. Diogo tinham recolhido ao escritório. Ega enterrara-se no fundo duma poltrona, com o *Figaro*. Mas bem depressa deixou escorregar a folha no tapete, cerrou os olhos. Então Carlos, que passeava pensativamente fumando, olhou um momento o Ega adormecido, e sumiu-se por trás do reposteiro.

Ia à Rua de S. Francisco.

Mas não se apressava, a pé pelo Aterro, abafado num paletó de peles, acabando o charuto. A noite clareara, com um crescente de lua entre farrapos de nuvens brancas, que fugiam sob um norte fino.

Fora nessa tarde, só no seu quarto, que Carlos decidira

ir falar a Maria Eduarda – por um motivo supremo de dignidade e de razão, que ele descobrira e que repetia a si mesmo, incessantemente, para se justificar. Nem ela nem ele eram duas crianças frouxas, necessitando que a crise, mais temerosa da sua vida, lhes fosse resolvida e arranjada pelo Ega ou pelo Vilaça; mas duas pessoas fortes, com o ânimo bastante resoluto, e o juízo bastante seguro, para eles mesmos acharem o caminho, da dignidade e da razão, naquela catástrofe que lhes desmantelava a existência. Por isso, ele, só ele, devia ir à Rua de S. Francisco.

Decerto era terrível tornar a vê-la naquela sala, quente ainda do seu amor, agora que a sabia sua irmã... Mas por que não? Havia acaso ali dois devotos, possuídos da preocupação do demônio, espavoridos pelo pecado em que se tinham atolado, ainda que inconscientemente, ansiosos por irem esconder, no fundo de mosteiros distantes, o horror carnal um do outro? Não! Necessitavam eles acaso pôr imediatamente, entre si, as compridas léguas que vão de Lisboa a Santa Olávia, com receio de cair na antiga fragilidade, se de novo os seus olhos se encontrassem, brilhando com a antiga chama? Não! Ambos tinham em si bastante força para enterrar o coração sob a razão, como sob uma fria e dura pedra, tão completamente, que não lhe sentissem mais nem a revolta nem o choro. E ele podia, desafogadamente, voltar àquela sala, toda quente ainda do seu amor.

De resto, que precisavam apelar para a razão, para a sua coragem de fortes?... Ele não ia revelar bruscamente *toda* a verdade a Maria Eduarda, dizer-lhe um "adeus!" patético, um adeus de teatro, afrontar uma crise de paixão e dor. Pelo contrário! Toda essa tarde, através do seu próprio tormento, procurara ansiosamente um meio de adoçar e graduar, àquela pobre criatura, o horror da revelação que lhe devia. E achara um por fim, bem complicado, bem covarde! Mas quê! Era o único, o único que, por uma preparação lenta, caridosa, lhe pouparia uma dor fulminante e brutal. E esse meio justamente só era praticável indo ele, com toda a frieza, com todo o ânimo, à Rua de S. Francisco.

Por isso ia – e ao longo do Aterro, retardando os passos, resumia, retocava esse plano, ensaiando mesmo consigo, baixo, palavras que lhe diria. Entraria na sala, com um grande ar de pressa, e contava-lhe que um negócio de casa, uma complicação de feitores, o obrigava a partir para Santa Olávia daí a dias. E imediatamente saía, com o pretexto de correr à casa do procurador. Podia mesmo ajuntar – "é um momento, não tardo, até já". Uma coisa o inquietava. Se ela lhe desse um beijo... Decidia então exagerar a sua pressa, conservando o charuto na boca, sem mesmo pousar o chapéu... E saía. Não voltava. Pobre dela, coitada, que ia esperar até tarde, escutando cada rumor de carruagem na rua!... Na noite seguinte abalava para Santa Olávia com o Ega, deixando-lhe a ela uma carta a anunciar que, infelizmente, por causa dum telegrama, se vira forçado a partir nesse comboio. Podia mesmo ajuntar – "volto daqui a dois ou três dias..." E aí estava longe dela para sempre. De Santa Olávia escrevia-lhe logo, dum modo incerto e confuso, falando de documentos de família, inesperadamente descobertos, provando entre eles um parentesco chegado. Tudo isto atrapalhado, curto, "à pressa". Por fim, noutra carta, deixava escapar *toda* a verdade, mandava-lhe a declaração da mãe; e mostrando a necessidade duma separação, enquanto se não esclarecessem todas as dúvidas, pedia-lhe que partisse para Paris. Vilaça ficava encarregado da questão de dinheiro, entregando-lhe logo, para a viagem, trezentas ou quatrocentas libras... Ah! tudo isto era bem complicado, bem covarde! Mas só havia esse meio. E quem, senão ele, o podia tentar com caridade e com tato?

E, entre o tumulto destes pensamentos, de repente achou-se na Travessa da Parreirinha, defronte da casa de Maria. Na sala, através das cortinas, transparecia uma luz dormente. Todo o resto estava apagado – a janela do gabinete estreito onde ela se vestia, a varanda do quarto dela com os vasos de crisântemos.

E, pouco a pouco, aquela fachada muda donde apenas saía, a um canto, uma claridade lânguida de alcova adormecida, foi-o estranhamente penetrando de inquietação e desconfiança.

Era um medo dessa penumbra mole que sentia lá dentro, toda cheia de calor e de perfume, em que havia jasmim. Não entrou; seguira devagar pelo passeio fronteiro, pensando em certos detalhes da casa – o sofá largo e profundo com almofadas de seda, as rendas do toucador, o cortinado branco da cama dela... Depois parou diante da larga barra de claridade, que saía do portão do Grêmio; e foi para lá, maquinalmente, atraído pela simplicidade e segurança daquela entrada, lajeada de pedra, com grossos bicos de gás, sem penumbras e sem perfumes.

Na sala, embaixo, ficou percorrendo, sem os compreender, os telegramas soltos sobre a mesa. Um criado passou, ele pediu *cognac*. Teles da Gama que vinha de dentro assobiando, com as mãos nos bolsos do paletó, deteve-se um momento para lhe perguntar se ia na terça-feira aos Gouvarinhos.

– Talvez – murmurou Carlos.

– Então venha!... Eu ando a arrebanhar gente... São os anos do Charlie, de mais a mais. Cai lá o peso do mundo, e há ceia!

O criado entrou com a bandeja, e Carlos, de pé junto da mesa, remexendo o açúcar no copo, recordava, sem saber por quê, aquela tarde em que a condessa, pondo-lhe uma rosa no casaco, lhe dera o primeiro beijo; revia o sofá onde ela caíra com um rumor de sedas amarrotadas... Como tudo isto era já vago e remoto.

Apenas acabou o *cognac,* saiu. Agora, caminhando rente das casas, não via aquela fachada, que o perturbava com a sua claridade de alcova morrendo nos vidros. O portão ficara cerrado, o gás ardia no patamar. E subiu, sentindo mais, pela escada de pedra, as pancadas do coração que o pousar dos seus passos. Melanie, que veio abrir, disse-lhe que a senhora, um pouco cansada, se fora encostar sobre a roupa – e a sala, com efeito, parecia abandonada por essa noite, com as serpentinas apagadas, o bordado ocioso e enrolado no seu cesto, os livros num frio arranjo orlando a mesa, onde o candeeiro espalhava uma luz tênue, sob o *abat-jour* de renda amarela.

Carlos tirava as luvas, lentamente, retomado de novo por uma inquietação ante aquele recolhimento adormecido. E de repente Rosa correu de dentro, rindo, pulando, com os cabelos soltos nos ombros, os braços abertos para ele. Carlos levantou-a ao ar, dizendo como costumava: "Lá vem a cabrita!..."

Mas então, quando a tinha assim suspensa, batendo os pezinhos, atravessou-o a idéia de que aquela criança era sua sobrinha e tinha o seu nome!... Largou-a, quase a deixou cair – assombrado para ela, como se pela vez primeira visse essa facezinha ebúrnea e fina onde corria o seu sangue...

– Que estás tu a olhar para mim? – murmurou ela, recuando e sorrindo, com as mãozinhas cruzadas atrás das saias que tufavam.

Ele não sabia, parecia-lhe outra Rosa; e à sua perturbação misturava-se uma saudade pela antiga Rosa, a outra, a que era filha de madame MacGren, a quem ele contava histórias de Joana d'Arc, a quem balançava na *Toca* sob as acácias em flor. Ela no entanto sorria mais, com um brilho nos dentinhos miúdos, uma ternura nos belos olhos azuis, vendo-o assim tão grave e tão mudo, pensando que ele ia brincar, fazer "voz de Carlos Magno". Tinha o mesmo sorriso da mãe, com a mesma covinha no queixo. Carlos viu nela, de repente, toda a graça de Maria, todo o encanto de Maria. E arrebatou-a de novo nos braços, tão violentamente, com beijos tão bruscos no cabelo e nas faces que Rosa estrebuchou, assustada e com um grito. Soltou-a logo, num receio de não ter sido casto... Depois, muito sério:

– Onde está a mamã?

Rosa coçava o braço, com a testazinha franzida:

– Apre!... Magoaste-me.

Carlos passou-lhe pelos cabelos a mão que ainda tremia.

– Vá, não sejas piegas, a mamã não gosta. Onde está ela?

A pequena, aplacada, já contente, pulava em redor, agarrando nos pulsos de Carlos, para que ele saltasse também...

– A mamã foi deitar-se... Diz que está muito cansada, depois chama-me a mim preguiçosa... Vá, salta também. Não sejas mono!...

Nesse instante, do corredor, *miss* Sarah chamou:

– *Mademoiselle!*...

Rosa pôs o dedinho na boca cheia de riso:

– Dize-lhe que não estou aqui! A ver... Para a fazer zangar!... Dize!...

Miss Sarah erguera o reposteiro; e descobriu-a logo escondida, sumida por trás de Carlos, na pontinha dos pés, fazendo-se pequenina. Teve um sorriso benévolo, murmurou "*good night, sir*". Depois lembrou que eram quase nove e meia, *mademoiselle* tinha estado um pouco constipada e devia recolher-se. Então Carlos puxou brandamente pelo braço de Rosa, acariciou-a ainda para que ela obedecesse a *miss* Sarah.

Mas Rosa sacudia-o, indignada daquela traição.

– Também nunca fazes nada!... Sensaborão! Pois olha, nem te digo adeus!

Atravessou a sala, amuada, esquivou-se com um repelão à governanta que sorria e lhe estendia a mão, e pelo corredor rompeu num choro despeitado e perro. *Miss* Sarah, risonhamente, desculpou *mademoiselle*. Era a constipação que a tornava impertinente. Mas se fosse diante da mamã não fazia aquilo, não!

– *Good night, sir.*

– *Good night, miss Sarah...*

Só, Carlos errou alguns momentos pela sala. Por fim ergueu o pedaço de tapeçaria que cerrava o estreito gabinete, onde Maria se vestia. Aí na escuridão, um brilho pálido de espelho tremia, batido por um longo raio do candeeiro da rua. Muito de leve, empurrou a porta do quarto.

– Maria!... Estás a dormir?

Não havia luz; mas o mesmo candeeiro da rua, através do transparente erguido, tirava das trevas a brancura vaga do cortinado que envolvia o leito. E foi daí que ela murmurou, mal acordada:

– Entra! Vim-me deitar, estava muito cansada... Que horas são?

Carlos não se movera, ainda com a mão na porta:

– É tarde, e eu preciso sair já a procurar o Vilaça... Vinha dizer-te que tenho talvez de ir a Santa Olávia, além de amanhã, por dois ou três dias...

Um movimento, entre os cortinados, fez ranger o leito.

– Para Santa Olávia?... Ora essa, por quê? E assim de repente... Entra!... Vem cá!

Então Carlos deu um passo no tapete, sem rumor. Ainda sentia o ranger mole do leito. E já todo aquele aroma dela que tão bem conhecia, esparso na sombra tépida, o envolvia, lhe entrava na alma com uma sedução inesperada de carícia nova, que o perturbava estranhamente. Mas ia balbuciando, insistindo na sua pressa de encontrar essa noite o Vilaça.

– É uma maçada, por causa duns feitores, dumas águas...

Tocou no leito; e sentou-se muito à beira, numa fadiga que de repente o enleara, lhe tirava a força para continuar essas invenções de águas e de feitores, como se elas fossem montanhas de ferro a mover.

O grande e belo corpo de Maria, embrulhado num roupão branco de seda, movia-se, espreguiçava-se languidamente, sobre o leito brando.

– Achei-me tão cansada, depois de jantar, veio-me uma preguiça... Mas então partires assim de repente!... Que seca! Dá cá a mão!

Ele tenteava, procurando na brancura da roupa; encontrou um joelho a que percebia a forma e o calor suave, através da seda leve; e ali esqueceu a mão, aberta e frouxa, como morta, num entorpecimento onde toda a vontade e toda a consciência se lhe fundiam, deixando-lhe apenas a sensação daquela pele quente e macia, onde a sua palma pousava. Um suspiro, um pequenino suspiro de criança fugiu dos lábios de Maria, morreu na sombra. Carlos sentiu a quentura de desejo que vinha dela, que o entontecia, terrível como o bafo ardente dum abismo, escancarado na terra a seus pés. Ainda balbuciou: "Não, não..." Mas ela estendeu os braços, envolveu-lhe o pescoço, puxando-o para si, num murmúrio que era como a continuação do suspiro e em que o nome de *querido* sussurrava e tremia. Sem resistência, como um corpo morto que um sopro impele, ele caiu-lhe sobre o seio. Os seus lábios secos acharam-se colados, num beijo aberto que os umedecia. E, de repente, Carlos enlaçou-a furiosamente, esmagando-a e sugando-a, numa paixão e num desespero que fez tremer todo o leito.

A essa hora Ega acordava no bilhar, ainda estirado na poltrona onde o cansaço o prostrara. Bocejando, estremunhado, arrastou os passos até o escritório de Afonso.

Aí ardia um lume alegre, a que o reverendo Bonifácio se deixava torrar, enrolado sobre a pele de urso. Afonso fazia a partida de *whist* com Steinbroken e com o Vilaça; mas tão distraído, tão confuso, que já duas vezes D. Diogo, infeliz e irritado, rosnara que, se a dor de cabeça assim o estonteava, melhor seria findarem! Quando Ega apareceu, o velho levantou os olhos inquietos:

– O Carlos? Saiu?

– Sim, creio que saiu com o Craft – disse o Ega. – Tinham falado em ir ver o marquês.

Vilaça, que baralhava com a sua lentidão meticulosa, deitou também, para o Ega, um olhar curioso e vivo. Mas já D. Diogo batia com os dedos no pano da mesa, resmungando: "Vamos lá, vamos lá... Não se ganha nada em saber dos outros!" Então Ega ficou ali um momento, com bocejos vagos, seguindo o cair lento das cartas. Por fim, mole e secado, decidiu ir ler para a cama, hesitou por diante das estantes, saiu com um velho número do *Panorama*.

Ao outro dia, à hora do almoço, entrou no quarto de Carlos. E ficou pasmado quando o Batista – tristonho desde a véspera, farejando desgosto – lhe disse que Carlos fora para a Tapada, muito cedo, a cavalo...

– Ora essa!... E não deixou ordens nenhumas, não falou em ir para Santa Olávia?...

Batista olhou Ega, espantado:

– Para Santa Olávia!... Não senhor, não falou em semelhante coisa. Mas deixou uma carta para V. Ex.ª ver. Creio que é do sr. marquês. E diz que lá aparecia depois, às seis... Acho que é jantar.

Num bilhete de visita, o marquês, com efeito, lembrava que esse dia era o seu "fausto natalício" e esperava Carlos e Ega às seis para lhe ajudarem a comer a galinha de dieta.

– Bem, lá nos encontraremos – murmurou Ega, descendo para o jardim.

Aquilo parecia-lhe extraordinário! Carlos passeando a cavalo. Carlos jantando com o marquês, como se nada houvesse perturbado a sua vida fácil de rapaz feliz!... Estava agora certo de que ele, na véspera, fora à Rua de S. Francisco. Justos céus! Que se teria lá passado? Subiu, ouvindo a sineta do almoço. O escudeiro anunciou-lhe que o sr. Afonso da Maia tomara uma chávena de chá no quarto e ainda estava recolhido. Todos sumidos! Pela primeira vez, no Ramalhete, Ega almoçou solitariamente na larga mesa, lendo a *Gazeta Ilustrada*.

De tarde, às seis, no quarto do marquês (que tinha o pescoço enrolado numa *boa* de senhora, de pele de marta), encontrou Carlos, o Darque, o Craft, em torno dum rapaz gordo que tocava guitarra, enquanto ao lado o procurador do marquês, um belo homem de barba preta, se batia com o Teles numa partida de damas.

– Viste o avô? – perguntou Carlos, quando o Ega lhe estendeu a mão.

– Não, almocei só.

O jantar, daí a pouco, foi muito divertido, largamente regado com os soberbos vinhos da casa. E ninguém decerto bebeu mais, ninguém riu mais do que Carlos, ressurgido, quase de repente, duma desanimação sombria a uma alegria nervosa – que incomodava o Ega, sentindo nela um timbre falso e como um som de cristal rachado. O próprio Ega, por fim, à sobremesa, se excitou consideravelmente com um esplêndido Porto de 1815. Depois houve um *baccarat* em que Carlos, outra vez sombrio, deitando a cada instante os olhos ao relógio, teve uma sorte triunfante, uma "sorte de cabrão", como a classificou Darque, indignado, ao trocar a sua última nota de vinte mil-réis. À meia-noite, porém, inexoravelmente, o procurador do marquês lembrou as ordens do médico, que marcara esse limite "ao natalício". Foi então um enfiar de paletós, em debandada, por entre os queixumes do Darque e do Craft, que saíam escorridos, sem sequer um troco para o "americano". Fez-se-lhes uma subscrição de caridade, que eles recolheram nos chapéus, rosnando bênçãos aos benfeitores.

Na tipóia que os levava ao Ramalhete, Carlos e Ega permaneceram muito tempo em silêncio, cada um enterrado ao seu canto, fumando. Foi já ao meio do Aterro que Ega pareceu despertar:

— E então por fim?... Sempre vais para Santa Olávia, ou que fazes?

Carlos mexeu-se no escuro da tipóia. Depois, lentamente, como cheio de cansaço:

— Talvez vá amanhã... Ainda não disse nada, ainda não fiz nada... Decidi dar-me quarenta e oito horas para acalmar, para refletir... Não se pode agora falar com este barulho das rodas.

De novo cada um recaiu na sua mudez, ao seu canto.

Em casa, subindo a escadinha forrada de veludo, Carlos declarou-se exausto e com uma intolerável dor de cabeça:

— Amanhã falamos, Ega... Boa-noite, sim?

— Até amanhã.

Alta noite Ega acordou com uma grande sede. Saltara da cama, esvaziara a garrafa no toucador, quando julgou sentir por baixo, no quarto de Carlos, uma porta bater. Escutou. Depois, arrepiado, remergulhou nos lençóis. Mas espertara inteiramente, com uma idéia estranha, insensata, que o assaltara sem motivo, o agitava, lhe fazia palpitar o coração no grande silêncio da noite. Ouviu assim dar três horas. A porta de novo batera, depois uma janela; era decerto o vento que se erguera. Não podia porém readormecer, às voltas, num terrível mal-estar, com aquela idéia cravada na imaginação que o torturava. Então, desesperado, pulou da cama, enfiou um paletó, e em pontas de chinelas, com a mão diante da luz, desceu surdamente ao quarto de Carlos. Na ante-sala parou, tremendo, com o ouvido contra o reposteiro, na esperança de perceber algum calmo rumor de respiração. O silêncio era pesado e pleno. Ousou entrar... A cama estava feita e vazia, Carlos saíra.

Ele ficou a olhar estupidamente para aquela colcha lisa, com a dobra do lençol de renda cuidadosamente entreaberta pelo Batista. E agora não duvidava. Carlos fora findar a noite à Rua de S. Francisco!... Estava lá, dormia lá! E só uma idéia surgia através do seu horror – fugir, safar-se para Celorico, não ser testemunha daquela incomparável infâmia!...

E o dia seguinte, terça-feira, foi desolador para o pobre Ega. Vexado, num terror de encontrar Carlos ou Afonso, levantou-se cedo, esgueirou-se pelas escadas com cautelas de ladrão, foi almoçar ao Tavares. De tarde, na Rua do Ouro, viu passar Carlos, que levava no *break* o Cruges e o Taveira – arrebanhados certamente para ele se não encontrar só à mesa com o avô. Ega jantou melancolicamente no *Universal*. Só entrou no Ramalhete às nove horas, vestir-se para a *soirée* da Gouvarinho, que pela manhã no Loreto parara a carruagem para lhe lembrar "que era a festa do Charlie". E foi já de paletó, de claque na mão, que apareceu enfim na salinha Luís XV, onde Cruges tocava Chopin, e Carlos se instalara numa partida de besigue com o Craft. Vinha saber se os amigos queriam alguma coisa para os nobres condes de Gouvarinho...

– Diverte-te!

– Sê faiscante!

– Eu lá apareço para a ceia! – prometeu Taveira, estirado numa poltrona com o *Figaro*.

Eram duas horas da manhã quando Ega recolheu da *soirée* – onde por fim se divertira numa desesperada *flirtação* com a baronesa de Alvim, que à ceia, depois do *champagne*, vencida por tanta graça e tanta audácia, lhe tinha dado duas rosas. Diante do quarto de Carlos, acendendo a vela, Ega hesitou, mordido por uma curiosidade... Estaria lá? Mas teve vergonha daquela espionagem, e subiu, bem decidido como na véspera a fugir para Celorico. No seu quarto, diante do espelho, pôs cuidadosamente num copo as rosas da Alvim. E começava a despir-se, quando ouviu passos no negro corredor, passos muito lentos, muito pesados, que se adiantavam, findaram à sua porta em suspensão e silêncio. Assustado, gritou: "Que é lá?" A porta rangeu. E apareceu Afonso da Maia, pálido, com um jaquetão sobre a camisa de dormir, e um castiçal onde a vela ia morrendo. Não entrou. Numa voz enrouquecida, que tremia:

– O Carlos? esteve lá?

Ega balbuciou, atarantado, em mangas de camisa. Não sabia... Estivera apenas um momento nos Gouvarinhos... Era provável que Carlos tivesse ido mais tarde com o Taveira, para a ceia.

O velho cerrara os olhos, como se desfalecesse, estendendo a mão para se apoiar. Ega correu para ele:

– Não se aflija, sr. Afonso da Maia!

– Que queres então que faça? Onde está ele? Lá metido, com essa mulher... Escusas de dizer, eu sei, mandei espreitar... Desci a isso, mas quis acabar esta angústia... E esteve lá ontem até de manhã, está lá a dormir neste instante... E foi para este horror que Deus me deixou viver até agora!

Teve um grande gesto de revolta e de dor. De novo os seus passos, mais pesados, mais lentos, se sumiram no corredor.

Ega ficou junto da porta, um momento estarrecido. Depois foi-se despindo devagar, decidido a dizer a Carlos, muito simplesmente, ao outro dia, antes de partir para Celorico, que a sua infâmia estava matando o avô, e o forçava a ele, seu melhor amigo, a fugir para a não testemunhar por mais tempo.

Mal acordou, puxou a mala para o meio do quarto, atirou para cima da cama, às braçadas, a roupa que ia emalar. E durante meia hora, em mangas de camisa, lidou nesta tarefa, misturando, aos seus pensamentos de cólera, lembranças da *soirée* da véspera, certos olhares da Alvim, certas esperanças que lhe tornavam saudosa a partida. Um alegre sol dourava a varanda. Terminou por abrir a vidraça, respirar, olhar o belo azul de inverno. Lisboa ganhava tanto com aquele tempo! E já Celorico, a quinta, o padre Serafim lhe estendiam de longe a sua sombra na alma. Ao baixar os olhos viu o *dog-cart* de Carlos atrelado com a *Tunante,* que escarvava a calçada animada pelo ar vivo. Era Carlos, decerto, que ia sair cedo – para não se encontrar com ele e com o avô!

Num receio de o não apanhar nesse dia, desceu correndo. Carlos aferrolhara-se na alcova de banho. Ega chamou, o outro não tugiu. Por fim Ega bateu, gritou através da porta, sem esconder a sua irritação:

– Tem a bondade de escutar!... Então partes para Santa Olávia, ou quê?

Depois dum instante, Carlos lançou de lá, entre um rumor de água que caía:

– Não sei... Talvez... Logo te digo...

O outro não se conteve mais:

– É que se não pode ficar assim eternamente... Recebi uma carta de minha mãe... E, se não partes para Santa Olávia, eu vou para Celorico... É absurdo! Já estamos nisto há três dias!

E quase se arrependia já da sua violência, quando a voz de Carlos se arrastou de dentro, humilde e cansada, numa súplica:

– Por quem és, Ega! Tem um bocado de paciência comigo. Eu logo te digo...

Numa daquelas súbitas emoções de nervoso, que o sacudiam, os olhos do Ega umedeceram. Balbuciou logo:

– Bem, bem! Eu falei alto por ser através da porta... Não há pressa!

E fugiu para o quarto, cheio só de compaixão e ternura, com uma grossa lágrima nas pestanas. Sentia agora bem a tortura em que o pobre Carlos se debatera, sob o despotismo duma paixão até aí legítima, e que numa hora amarga se tornava de repente monstruosa, sem nada perder do seu encanto e da sua intensidade... Humano e frágil, ele não pudera estacar naquele violento impulso de amor e de desejo, que o levava como num vendaval! Cedera, cedera, continuara a rolar àqueles braços, que inocentemente o continuavam a chamar. E aí andava agora, aterrado, escorraçado, fugindo ocultamente de casa, passando o dia longe dos seus, numa vadiagem trágica, como um excomungado que receia encontrar olhos puros onde sinta o horror do seu pecado... E ao lado, o pobre Afonso, sabendo tudo, morrendo daquela dor! Podia ele, hóspede querido dos tempos alegres, partir, agora que uma onda de desgraça quebrara sobre essa casa, onde o acolhiam afeições mais largas que na sua própria? Seria ignóbil! Tornou logo a desfazer a mala; e, furioso no seu egoísmo com todas aquelas amarguras que o abalavam, arranjava outra vez a roupa dentro da cômoda, com a mesma cólera com que a desmanchara, rosnando:

– Diabo levem as mulheres, e a vida, e tudo!...

Quando desceu, já vestido, Carlos desaparecera! Mas Batista, tristonho, carrancudo, certo agora de que havia um grande desgosto, deteve-o para lhe murmurar:

– Tinha V. Ex.ª razão... Partimos amanhã para Santa Olávia e levamos roupa para muito tempo... Este inverno começa mal!

Nessa madrugada, às quatro horas, em plena escuridão, Carlos cerrara de manso o portão da Rua de S. Francisco. E, mais pungente, apoderava-se dele, na frialdade da rua, o medo que já o roçara, ao vestir-se na penumbra do quarto, ao lado de Maria adormecida – o medo de voltar ao Ramalhete! Era esse medo que já na véspera o trouxera todo o dia por fora no *dog-cart* findando por jantar lugubremente com o Cruges, escondido num gabinete do Augusto. Era medo do avô, medo do Ega, medo do Vilaça; medo daquela sineta do jantar que os chamava, os juntava; medo do seu quarto, onde a cada momento qualquer deles podia erguer o reposteiro, entrar, cravar os olhos na sua alma e no seu segredo... Tinha agora a certeza *que eles sabiam tudo*. E mesmo que nessa noite fugisse para Santa Olávia, pondo entre si e Maria uma separação tão alta como o muro dum claustro, nunca mais do espírito daqueles homens, que eram os seus amigos melhores, sairiam a memória e a dor da infâmia em que ele se despenhara. A sua vida moral estava estragada... Então, para que partiria – abandonando a paixão, sem que por isso encontrasse a paz? Não seria mais lógico calcar desesperadamente todas as leis humanas e divinas, arrebatar para longe Maria na sua inocência, e para todo o sempre abismar-se nesse crime que se tornara a sua sombria partilha na Terra?

Já assim pensara na véspera. Já assim pensara... Mas antevira então um outro horror, um supremo castigo, a esperá-lo na solidão onde se sepultasse. Já lhe percebera mesmo a aproximação; já noutra noite recebera dele um arrepio; já

311

nessa noite, deitado junto de Maria, que adormecera cansada, o pressentira, apoderando-se dele, com um primeiro frio de agonia.

Era, surgindo do fundo do seu ser, ainda tênue mas já perceptível, uma saciedade, uma repugnância por ela, desde que a sabia do seu sangue!... Uma repugnância material, carnal, à flor da pele, que passava como um arrepio. Fora primeiramente aquele aroma que a envolvia, flutuava entre os cortinados, lhe ficava a ele na pele e no fato, o excitava tanto outrora, o impacientava tanto agora – que ainda na véspera se encharcara em água-de-colônia, para o dissipar. Fora depois aquele corpo dela, adorado sempre como um mármore ideal, que de repente lhe aparecera, como era na sua realidade, forte demais, musculoso, de grossos membros de amazona bárbara, com todas as belezas copiosas do animal de prazer. Nos seus cabelos dum lustre tão macio, sentia agora inesperadamente uma rudeza de juba. O seus movimentos na cama, ainda nessa noite, o tinham assustado como se fossem os de uma fera, lenta e ciosa, que se estirava para o devorar... Quando os seus braços o enlaçavam, o esmagavam contra os seus rijos peitos túmidos de seiva, ainda decerto lhe punham nas veias uma chama que era toda bestial. Mas, apenas o último suspiro lhe morria nos lábios, aí começava insensivelmente a recuar para a borda do colchão, com um susto estranho; e imóvel, encolhido na roupa, perdido no fundo duma infinita tristeza, esquecia-se pensando numa outra vida que podia ter, longe dali, numa casa simples, toda aberta ao sol, com sua mulher, legitimamente sua, flor de graça doméstica, pequenina, tímida, pudica, que não soltasse aqueles gritos lascivos, e não usasse esse aroma tão quente! E desgraçadamente agora já não duvidava... Se partisse com ela, seria para bem cedo se debater no indizível horror de um nojo físico. E que lhe restaria então, morta a paixão que fora a desculpa do crime, ligado para sempre a uma mulher que o enojava – e que era... Só lhe restava matar-se!

Mas, tendo por um só dia dormido com ela, na plena consciência da consangüinidade que os separava, poderia recomeçar a vida tranqüilamente? Ainda que possuísse frieza e força para apagar dentro de si essa memória, ela não morreria no coração do avô e do seu amigo. Aquele ascoroso segredo ficaria entre eles, estragando, maculando tudo. A existência de doravante só lhe oferecia intolerável amargor... Que fazer, santo Deus, que fazer! Ah, se alguém o pudesse aconselhar, o pudesse consolar! Quando chegou à porta de casa, o seu desejo único era atirar-se aos pés dum padre, aos pés dum santo, abrir-lhe as misérias do seu coração, implorar-lhe a doçura da sua misericórdia! Mas ai! onde havia um santo?

Defronte do Ramalhete os candeeiros ainda ardiam. Abriu de leve a porta. Pé ante pé, subiu as escadas ensurdecidas pelo veludo cor de cereja. No patamar tateava, procurava a vela, quando, através do reposteiro entreaberto, avistou uma claridade que se movia no fundo do quarto. Nervoso, recuou, parou no recanto. O clarão chegava, crescendo; passos lentos, pesados, pisavam surdamente o tapete; a luz surgiu, e com ela o avô em mangas de camisa, lívido, mudo, grande, espectral. Carlos não se moveu, sufocado; e os dois olhos do velho, vermelhos, esgazeados, cheios de horror, caíram sobre ele, ficaram sobre ele, varando-o até as profundidades da alma, lendo lá o seu segredo. Depois, sem uma palavra, com a cabeça branca a tremer, Afonso atravessou o patamar, onde a luz sobre o veludo espalhava um tom de sangue; e os seus passos perderam-se no interior da casa, lentos, abafados, cada vez mais sumidos, como se fossem os derradeiros que devesse dar na vida!

Carlos entrou no quarto às escuras, tropeçou num sofá. E ali se deixou cair, com a cabeça enterrada nos braços, sem pensar, sem sentir, vendo o velho lívido passar, repassar diante dele como um longo fantasma, com a luz avermelhada na mão. Pouco a pouco foi-o tomando um cansaço, uma inércia, uma infinita lassidão da vontade, onde um desejo apenas transparecia, se alongava – o desejo de interminavelmente repousar algures numa grande mudez e numa grande treva... Assim escorregou ao pensamento da morte. Ela seria a perfeita cura, o asilo seguro. Por que não iria ao seu encontro? Alguns grãos de láudano nessa noite e penetrava na absoluta paz...

Ficou muito tempo embebendo-se nesta idéia, que lhe dava alívio e consolo, como se, escorraçado por uma tormenta ruidosa, visse diante dos seus passos abrir-se uma porta, donde saíssem calor e silêncio. Um rumor, o chilrear de um pássaro na janela, fez-lhe sentir o sol e o dia. Ergueu-se, despiu-se muito devagar, numa imensa moleza. E mergulhou na cama, enterrou a cabeça no travesseiro para recair na doçura daquela inércia, que era um antegosto da morte, e não sentir mais nas horas que lhe restavam nenhuma luz, nenhuma coisa da Terra.

O sol ia alto, um barulho passou, o Batista rompeu pelo quarto:
– Oh sr. D. Carlos, oh meu menino! O avô achou-se mal no jardim, não dá acordo!...

Carlos pulou do leito, enfiando um paletó que agarrara. Na antecâmara a governanta, debruçada no corrimão, gritava, aflita: "Adiante, homem de Deus, ao pé da padaria, o sr. dr. Azevedo!" E um moço que corria, com que esbarrou no corredor, atirou, sem parar:
– Ao fundo, ao pé da cascata, sr. D. Carlos, na mesa de pedra!...

Afonso da Maia lá estava, nesse recanto do quintal, sob os ramos do cedro, sentado no banco de cortiça, tombado por sobre a tosca mesa, com a face caída entre os braços. O chapéu desabado rolara para o chão; nas costas, com a gola erguida, conservava o seu velho capote azul. Em volta, nas folhas das camélias, nas aléias arcadas, refulgia, cor de ouro, o sol fino de inverno. Por entre as conchas da cascata, o fio de água punha o seu choro lento.

Arrebatadamente, Carlos levantara-lhe a face, já rígida, cor de cera, com os olhos cerrados, e um fio de sangue aos cantos da longa barba de neve. Depois caiu de joelhos no chão úmido, sacudia-lhe as mãos, murmurando: "Oh avô! Oh avô!" Correu ao tanque, borrifou-o de água:
– Chamem alguém! Chamem alguém!

Outra vez lhe palpava o coração... Mas estava morto. Estava morto, já frio, aquele corpo que, mais velho que o século, resistira tão formidavelmente, como um grande roble, aos anos e aos vendavais. Ali morrera solitariamente, já o sol ia alto, naquela tosca mesa de pedra onde deixara pender a cabeça cansada.

Quando Carlos se ergueu, Ega aparecia, esguedelhado, embrulhado no *robe-de-chambre*. Carlos abraçou-se nele, tremendo todo, num choro despedaçado. Os criados em redor olhavam, aterrados. E a governanta, como tonta, entre as ruas de roseiras, gemia com as mãos na cabeça: "Ai o meu rico senhor, ai o meu rico senhor!"

Mas o porteiro, esbaforido, chegava com o médico, o dr. Azevedo, que felizmente encontrara na rua. Era um rapaz, apenas saído da Escola, magrinho e nervoso, com as pontas do bigode muito frisadas. Deu em redor, atarantadamente, um cumprimento aos criados, ao Ega e a Carlos, que procurava serenar com a face lavada de lágrimas. Depois, tendo descalçado a luva, estudou todo o corpo de Afonso com uma lentidão, uma minuciosidade que exagerava, à medida que sentia em volta mais ansiosos, e atentos nele, todos aqueles olhos umedecidos. Por fim, diante de Carlos, passando nervosamente os dedos no bigode, murmurou termos técnicos... De resto, dizia, já o colega se teria compenetrado de que tudo infelizmente findara. Ele sentia das veras da alma o desgosto... Se para alguma coisa fosse necessário, com o máximo prazer...

– Muito agradecido a V. Ex.ª, – balbuciou Carlos.

Ega, em chinelas, deu alguns passos com o sr. dr. Azevedo, para lhe indicar a porta do jardim.

Carlos, no entanto, ficara defronte do velho, sem chorar, perdido apenas no espanto daquele brusco fim! Imagens do avô, do avô vivo e forte, cachimbando ao canto do fogão, regando de manhã as roseiras, passavam-lhe na alma, em tropel, deixando-lha cada vez mais dorida e negra... E era então um desejo de findar também, encostar-se como ele àquela mesa de pedra, e sem outro esforço, nenhuma outra dor da vida, cair como ele na sempiterna paz. Uma réstia de sol, entre os ramos grossos do cedro, batia a face morta de Afonso. No silêncio os pássaros, um momento espantados, tinham recomeçado a chalrar. Ega veio a Carlos, tocou-lhe no braço:

– É necessário levá-lo para cima.

Carlos beijou a mão fria que pendia. E, devagar, com os beiços a tremer, levantou o avô pelos ombros carinhosamente. Batista correra a ajudar; Ega, embaraçado no seu largo roupão, segurava os pés do velho. Através do jardim, do terraço cheio de sol, do escritório onde a sua poltrona esperava diante do lume aceso, foram-no transportando num silêncio só quebrado pelos passos dos criados, que corriam a abrir as portas, acudiam quando Carlos, na sua perturbação, ou o Ega fraquejavam sob o peso do grande corpo. A governanta já estava no quarto de Afonso com uma colcha de seda para estender na singela cama de ferro, sem cortinado. E ali o depuseram, enfim, sobre as ramagens claras bordadas na seda azul.

Ega acendera dois castiçais de prata; a governanta, de joelhos à beira do leito, esfiava o rosário; e Mr. Antoine, com o seu barrete branco de cozinheiro na mão, ficara à porta, junto dum cesto que trouxera, cheio de camélias e palmas de estufa. Carlos, no entanto, movendo-se pelo quarto, com longos soluços que o sacudiam, voltava a cada instante, numa derradeira e absurda esperança, palpar as mãos ou o coração do velho. Com o jaquetão de veludilho, os seus grossos sapatos brancos, Afonso parecia mais forte e maior, na sua rigidez, sobre o leito estreito; entre o cabelo de neve cortado à escovinha e a longa barba desleixada, a pele ganhara um tom de marfim velho, onde as rugas tomavam a dureza de entalhaduras a cinzel; as pálpebras engelhadas, de pestanas brancas, pousavam com a consolada serenidade de quem enfim descansa; e ao deitarem-no, uma das mãos ficara-lhe aberta e posta sobre o coração, na simples e natural atitude de quem tanto pelo coração vivera!

Carlos perdia-se nesta contemplação dolorosa. E o seu desespero era que o avô assim tivesse partido para sempre, sem que entre eles houvesse um adeus, uma doce palavra trocada. Nada! Apenas aquele olhar angustiado, quando passara com a vela acesa na mão. Já então ele ia andando para a morte. O avô sabia tudo, disso morrera! E esta certeza sem cessar lhe batia na alma, com uma longa pancada repetida e lúgubre. O avô sabia tudo, disso morrera!

Ega veio com um gesto indicar-lhe o estado em que estavam – ele de *robe-de-chambre,* Carlos com o paletó sobre a camisa de dormir:

– É necessário descer, é necessário vestir-nos.

Carlos balbuciou:

– Sim, vamo-nos vestir...

Mas não se arredava. Ega levou-o brandamente pelo braço. Ele caminhava como um sonâmbulo, passando o lenço devagar pela testa e pela barba. E de repente, no corredor, apertando desesperadamente as mãos, outra vez coberto de lágrimas, num agoniado desabafo de toda a sua culpa:

– Ega, meu querido Ega! O avô viu-me esta manhã quando entrei! E passou, não me disse nada... Sabia tudo, foi isso que o matou!...

Ega arrastou-o, consolou-o, repelindo tal idéia. Que tolice! O avô tinha quase 80 anos, e uma doença de coração... Desde a volta de Santa Olávia, quantas vezes eles tinham falado nisso, aterrados! Era absurdo ir agora fazer-se mais desgraçado, com semelhante imaginação!

Carlos murmurou, devagar, como para si mesmo, com os olhos postos no chão:

– Não! É estranho, não me faço mais desgraçado! Aceito isto como um castigo... Quero que seja um castigo... E sinto-me só muito pequeno, muito humilde diante de quem assim me castiga. Esta manhã pensava em matar-me. E agora não! É o meu castigo viver, esmagado para sempre... O que me custa é que ele não me tivesse dito *adeus!*

De novo as lágrimas lhe correram, mas lentas, mansamente, sem desespero. Ega levou-o para o quarto, como uma criança. E assim o deixou a um canto do sofá, com o lenço sobre a face, num choro contínuo e quieto, que lhe ia lavando, aliviando o coração, de todas as angústias confusas e sem nome, que nesses dias derradeiros o traziam sufocado.

Ao meio-dia, em cima, Ega acabava de vestir-se, quando Vilaça lhe rompeu pelo quarto de braços abertos.

– Então como foi isto, como foi isto?

Batista mandara-o chamar pelo trintanário, mas o rapazola pouco lhe soubera contar. Agora embaixo o pobre Carlos abraçara-o, coitadinho, lavado em lágrimas, sem poder dizer nada, pedindo-lhe só para se entender em tudo com o Ega... E ali estava.

– Mas como foi, como foi, assim de repente?...

Ega contou, brevemente, como tinham encontrado Afonso de manhã no jardim, tombado para cima da mesa de pedra. Viera o dr. Azevedo, mas tudo acabara!

Vilaça levou as mãos à cabeça:

– Uma coisa assim! Creia o amigo! Foi essa mulher, essa mulher que aí apareceu, que o matou! Nunca foi o mesmo depois daquele abalo! Não foi mais nada! Foi isso!

Ega murmurava, deitando maquinalmente água-de-colônia no lenço:

– Sim, talvez, esse abalo, e 80 anos, e poucas cautelas, e uma doença de coração.

Falaram então do enterro, que devia ser simples como convinha àquele homem simples. Para depositar o corpo, enquanto não fosse trasladado para Santa Olávia, Ega lembrara-se do jazigo do marquês.

Vilaça coçava o queixo, hesitando:

– Eu também tenho um jazigo. Foi o próprio sr. Afonso da Maia que o mandou erguer para meu pai, que Deus haja... Ora parece-me que por uns dias ficava lá perfeitamente. Assim não se pedia a ninguém, e eu tinha nisso muita honra...

Ega concordou. Depois fixaram outros detalhes de convite, de hora, de chave do caixão. Por fim Vilaça, olhando o relógio, ergueu-se com um grande suspiro:

– Bem, vou dar esses tristes passos! E cá apareço logo, que o quero ver pela última vez, quando o tiverem vestido. Quem me havia de dizer! Ainda anteontem a jogar com ele... Até lhe ganhei três mil-réis, coitadinho!

Uma onda de saudade sufocou-o, fugiu com o lenço nos olhos.

Quando Ega desceu, Carlos, todo de luto, estava sentado

à escrivaninha, diante duma folha de papel. Imediatamente ergueu-se, arrojou a pena.

– Não posso!... Escreve-lhe tu aí, a ela, duas palavras.

Em silêncio, Ega tomou a pena, redigiu um bilhete muito curto. Dizia: "Minha senhora. O sr. Afonso da Maia morreu esta madrugada, de repente, com uma apoplexia. V. Ex.ª compreende que, neste momento, Carlos nada mais pode do que pedir-me para eu transmitir a V. Ex.ª esta desgraçada notícia. Creia-me etc." Não o leu a Carlos. E como Batista entrava nesse momento, todo de preto, com o almoço numa bandeja, Ega pediu-lhe para mandar o trintanário com aquele bilhete à Rua de S. Francisco. Batista segredou sobre o ombro do Ega:

– É bom não esquecer as fardas de luto para os criados...
– O sr. Vilaça já sabe.

Tomaram chá à pressa em cima do tabuleiro. Depois Ega escreveu bilhetes a D. Diogo e ao Sequeira, os mais velhos amigos de Afonso; e davam duas horas quando chegaram os homens com o caixão, para amortalhar o corpo. Mas Carlos não permitiu que mãos mercenárias tocassem no avô. Foi ele e o Ega, ajudados pelo Batista, que, corajosamente, recalcando a emoção sob o dever, o lavaram, o vestiram, o depuseram dentro do grande cofre de carvalho, forrado de cetim claro, onde Carlos colocou uma miniatura de sua avó Runa. À tarde, com o auxílio de Vilaça, que voltara "para dar o último olhar ao patrão", desceram-no ao escritório, que Ega não quisera alterar nem ornar, e que, com os damascos escarlates, as estantes lavradas, os livros juncando a carteira de pau-preto, conservava a sua feição austera de paz estudiosa. Somente, para depor o caixão, tinham juntado duas largas mesas, recobertas por um pano de veludo negro que havia na casa, com as armas bordadas a ouro. Por cima, o Cristo de Rubens abria os braços, sobre a vermelhidão do poente. Aos lados ardiam doze castiçais de prata. Largas palmas de estufa cruzavam-se à cabeceira do esquife, entre ramos de camélias. E Ega acendeu um pouco de incenso em dois perfumadores de bronze.

À noite, o primeiro dos velhos amigos a aparecer foi D. Diogo, solene, de casaca. Encostado ao Ega, aterrado diante do caixão, só pôde murmurar: "E tinha menos sete meses que eu!" O marquês veio já tarde, abafado em mantas, trazendo um grande cesto de flores. Craft e o Cruges nada sabiam, tinham-se encontrado na rampa de Santos; e receberam a primeira surpresa ao ver fechado o portão do Ramalhete. O último a chegar foi o Sequeira, que passara o dia na quinta, e se abraçou em Carlos, depois no Craft ao acaso, entontecido, com uma lágrima nos olhos injetados, balbuciando:

"Foi-se o companheiro de muitos anos. Também não tardo!..." E a noite de vigília e pêsames começou, lenta e silenciosa. As doze chamas das velas ardiam, muito altas, numa solenidade funerária. Os amigos trocavam algum murmúrio abafado, com as cadeiras chegadas. Pouco a pouco, o calor, o aroma do incenso, a exalação das flores forçaram o Batista a abrir uma das janelas do terraço. O céu estava cheio de estrelas. Um vento fino sussurrava nas ramagens do jardim.

Já tarde Sequeira, que não se movera duma poltrona, com os braços cruzados, teve uma tontura. Ega levou-o à sala de jantar, a reconfortá-lo com um cálice de *cognac*. Havia lá uma ceia fria, com vinhos e doces. E Craft veio também – com o Taveira, que soubera a desgraça na redação da *Tarde,* e correra quase sem jantar. Tomando um pouco de Bordéus, um *sandwich,* Sequeira reanimava-se, lembrava o passado, os tempos brilhantes, quando Afonso e ele eram novos. Mas emudeceu vendo aparecer Carlos, pálido e vagaroso como um sonâmbulo, que balbuciou: "Tomem alguma coisa, sim tomem alguma coisa..."

Mexeu num prato, deu uma volta à mesa, saiu. Assim vagamente foi até a antecâmara, onde todos os candelabros ardiam. Uma figura esguia e negra surgiu da escada. Dois braços enlaçaram-no. Era o Alencar.

– Nunca vim cá nos dias felizes, aqui estou na hora triste!

E o poeta seguiu pelo corredor, em pontas de pés, como pela nave dum templo.

Carlos, no entanto, deu ainda alguns passos pela antecâmara. Ao canto dum divã ficara um grande cesto com uma coroa de flores, sobre que pousava uma carta. Reconheceu a letra de Maria. Não lhe tocou, recolheu ao escritório. Alencar, diante do caixão, com a mão pousada no ombro do Ega, murmurava: "Foi-se uma alma de herói!"

As velas iam-se consumindo. Um cansaço pesava. Batista fez servir café no bilhar. E aí, apenas recebeu a sua chávena, Alencar, cercado do Cruges, do Taveira, do Vilaça, rompeu a falar também do passado, dos tempos brilhantes de Arroios, dos rapazes ardentes de então:

– Vejam vocês, filhos, se se encontra ainda uma gente como estes Maias, almas de leões, generosos, valentes!... Tudo parece ir morrendo neste desgraçado país!... Foi-se a faísca, foi-se a paixão... Afonso da Maia! Parece que o estou a ver, à janela do palácio em Benfica, com a sua grande gravata de cetim, aquela cara nobre de português de outrora... E lá vai! E o meu pobre Pedro também... Caramba, até se me faz a alma negra!

Os olhos enevoaram-se-lhe, deu um imenso sorvo ao *cognac*.

Ega, depois de beber um gole de café, voltara ao escritório, onde o cheiro de incenso espalhava uma melancolia de capela. D. Diogo, estirado no sofá, ressonava; Sequeira, defronte, dormitava também, descaído sobre os braços cruzados, com todo o sangue na face. Ega despertou-os de leve. Os dois velhos amigos, depois dum abraço a Carlos, partiram na mesma carruagem, com os charutos acesos. Os outros, pouco a pouco, iam também abraçar Carlos, enfiavam os paletós. O último a sair foi Alencar, que, no pátio, beijou o Ega, num impulso de emoção, lamentando ainda o passado, os companheiros desaparecidos:

– O que me vale agora são vocês, rapazes, a gente nova. Não me deitem à margem! Senão, caramba, quando quiser fazer uma visita, tenho de ir ao cemitério. Adeus, não apanhes frio!

O enterro foi ao outro dia, à uma hora. O Ega, o marquês, o Craft, o Sequeira levaram o caixão até à porta, seguidos pelo grupo de amigos, onde destacava o conde de Gouvarinho, soleníssimo, de grã-cruz. O conde de Steinbroken, com o seu secretário, trazia na mão uma coroa de violetas. Na calçada estreita os trens apertavam-se numa longa fila que subia, se perdia pelas outras ruas, pelas travessas; em todas as janelas do bairro se apinhava gente; os polícias berravam com os cocheiros. Por fim o carro, muito simples, rodou, seguido por duas carruagens da casa, vazias, com as lanternas recobertas de longos véus de crepe que pendiam. Atrás, um a um, desfilaram os trens da Companhia com os convidados, que abotoavam os casacos, corriam os vidros contra a friagem do dia enevoado. O Darque e o Vargas iam no mesmo *coupé*. O correio do Gouvarinho passou choutando na sua pileca branca. E, sobre a rua deserta, cerrou-se finalmente para um grande luto o portão do Ramalhete.

Quando o Ega voltou do cemitério, encontrou Carlos no quarto, rasgando papéis, enquanto o Batista, atarefado, de joelhos no tapete, fechava uma mala de couro. E como Ega, pálido e arrepiado de frio, esfregava as mãos, Carlos fechou a gaveta cheia de cartas, lembrou que fossem para *o fumoir*, onde havia lume.

Apenas lá entraram, Carlos correu o reposteiro, olhou para o Ega:

– Tens dúvida em lhe ir falar, a ela?
– Não. Para quê?... Para lhe dizer o quê?
– Tudo.

Ega rolou uma poltrona para junto da chaminé, despertou as brasas. E Carlos, ao lado, prosseguiu devagar, olhando o lume:

– Além disso, desejo que ela parta, que parta já para Paris... Seria absurdo ficar em Lisboa... Enquanto se não liquidar o que lhe pertence, há de se lhe estabelecer uma mesada, uma larga mesada... Vilaça vem daqui a bocado para falar desses detalhes... Em todo o caso, amanhã, para ela partir, levas-lhe quinhentas libras.

Ega murmurou:

– Talvez para essas questões de dinheiro fosse melhor ir lá o Vilaça...

– Não, pelo amor de Deus! Para que se há de fazer corar a pobre criatura diante do Vilaça?

Houve um silêncio. Ambos olhavam a chama clara que bailava.

– Custa-te muito, não é verdade, meu pobre Ega?...

— Não... Começo a estar embotado. É fechar os olhos, tragar mais essa má hora, e depois descansar. Quando voltas tu de Santa Olávia?

Carlos não sabia. Contava que Ega, terminada essa missão à Rua de S. Francisco, fosse aborrecer-se uns dias com ele a Santa Olávia. Mais tarde era necessário trasladar para lá o corpo do avô...

— E passado isso, vou viajar... Vou à América, vou ao Japão, vou fazer esta coisa estúpida e sempre eficaz que se chama *distrair*...

Encolheu os ombros, foi devagar até a janela, onde morria palidamente um raio de sol na tarde que clareara. Depois, voltando para o Ega, que de novo remexia os carvões:

— Eu, está claro, não me atrevo a dizer-te que venhas, Ega... Desejava bem, mas não me atrevo!

Ega pousou devagar as tenazes, ergueu-se, abriu os braços para Carlos, comovido:

— Atreve, que diabo... Por que não?

— Então vem!

Carlos pusera nisto toda a sua alma. E, ao abraçar o Ega, corriam-lhe na face duas grandes lágrimas.

Então Ega refletiu. Antes de ir a Santa Olávia, precisava fazer uma romagem à quinta de Celorico. O Oriente era caro. Urgia pois arrancar à mãe algumas letras de crédito... E como Carlos pretendia ter "bastante para o luxo de ambos", Ega atalhou muito sério:

— Não, não! Minha mãe também é rica. Uma viagem à América e ao Japão são formas de educação. E a mamã tem o dever de completar a minha educação. O que aceito, sim, é uma das tuas malas de couro...

Quando nessa noite, acompanhados pelo Vilaça, Carlos e Ega chegaram à estação de Santa Apolônia, o comboio ia partir. Carlos mal teve tempo de saltar para o seu compartimento reservado, enquanto Batista, abraçado às mantas de viagem, empurrado pelo guarda, se içava desesperadamente para outra carruagem, entre os protestos dos sujeitos que a atulhavam. O trem imediatamente rolou. Carlos debruçou-se à portinhola, gritando ao Ega – "Manda um telegrama amanhã a dizer o que houve!"

Recolhendo ao Ramalhete com o Vilaça, que ia nessa noite coligir e selar os papéis de Afonso da Maia, Ega falou logo nas quinhentas libras que ele devia entregar na manhã seguinte a Maria Eduarda. Vilaça recebera, com efeito, essa ordem de Carlos. Mas francamente, entre amigos, não lhe parecia excessiva a soma, para uma jornada? Além disso Carlos falara em estabelecer a essa senhora uma mesada de quatro mil francos, 160 libras! Não achava também exagerado? Para uma mulher, uma simples mulher...

Ega lembrou que essa simples mulher tinha direito legal a muito mais...

– Sim, sim – resmungou o procurador. – Mas tudo isso de legalidade tem ainda de ser muito estudado. Não falemos nisso. Eu não gosto de falar nisso!...

Depois, como Ega aludia à fortuna que deixava Afonso da Maia, Vilaça deu detalhes. Era decerto uma das boas casas de Portugal. Só o que viera da herança de Sebastião da Maia representava bem 15 contos de renda. As propriedades do Alentejo, com os trabalhos que lá fizera o pai dele, Vilaça, tinham triplicado de valor. Santa Olávia era uma despesa. Mas as quintas ao pé de Lamego, um condado.

– Há muito dinheiro! – exclamou ele com satisfação, batendo no joelho do Ega. – E isto, amigo, digam lá o que disserem, sempre consola de tudo.

– Consola de muito, com efeito.

Ao entrar no Ramalhete, Ega sentia uma longa saudade, pensando no lar feliz e amável que ali houvera e que, para sempre, se apagara. Na antecâmara, os seus passos já lhe pareceram soar tristemente, como os que se dão numa casa abandonada. Ainda errava um vago cheiro de incenso e de fenol. No lustre do corredor havia uma luz só e dormente.

– Já anda aqui um ar de ruína, Vilaça.

– Ruinazinha bem confortável, todavia! – murmurou o procurador, dando um olhar às tapeçarias e aos divãs, e esfregando as mãos, arrepiado da friagem da noite.

Entraram no escritório de Afonso, onde durante um momento se ficaram aquecendo ao lume. O relógio Luís XV bateu finalmente as nove horas – depois a toada argentina do seu minueto vibrou um instante e morreu. Vilaça preparou-se para começar a sua tarefa. Ega declarou que ia para o quarto arranjar também a sua papelada, fazer a limpeza final de dois anos de mocidade...

Subiu. E pousara apenas a luz sobre a cômoda, quando sentiu ao fundo, no silêncio do corredor, um gemido longo, desolado, duma tristeza infinita. Um terror arrepiou-lhe os cabelos. Aquilo arrastava-se, gemia no escuro, para o lado dos aposentos de Afonso da Maia. Por fim, refletindo que toda a casa estava acordada, cheia de criados e de luzes, Ega ousou dar alguns passos no corredor, com o castiçal na mão trêmula.

Era o gato! Era o reverendo Bonifácio, que, diante do quarto de Afonso, arranhando a porta fechada, miava doloridamente. Ega escorraçou-o, furioso. O pobre Bonifácio fugiu, obeso e lento, com a cauda fofa a roçar o chão; mas voltou logo e esgatanhando a porta, roçando-se pelas pernas do Ega, recomeçou a miar, num lamento agudo, saudoso como o duma dor humana, chorando o dono perdido que o acariciava no colo e que não tornara a aparecer.

Ega correu ao escritório a pedir ao Vilaça que dormisse essa noite no Ramalhete. O procurador acedeu, impressionado com aquele horror do gato a chorar. Deixara o montão de papéis sobre a mesa, voltara a aquecer os pés ao lume dormente. E voltando-se para o Ega, que se sentara, ainda todo pálido, no sofá bordado a matiz, antigo lugar de D. Diogo, murmurou devagar, gravemente:

– Há três anos, quando o sr. Afonso me encomendou aqui as primeiras obras, lembrei-lhe eu que, segundo uma antiga lenda, eram sempre fatais aos Maias as paredes do Ramalhete. O sr. Afonso da Maia riu de agouros e lendas... Pois fatais foram!

No dia seguinte, levando os papéis da Monforte e o dinheiro em letras e libras que Vilaça lhe entregara à porta do

Banco de Portugal, Ega, com o coração aos pulos, mas decidido a ser forte, a afrontar a crise serenamente, subiu ao primeiro andar da Rua de S. Francisco. O Domingos, de gravata preta, movendo-se em pontas de pés, abriu o reposteiro da sala. E Ega pousara apenas sobre o sofá a velha caixa de charutos da Monforte, quando Maria Eduarda entrou, pálida, toda coberta de negro, estendendo-lhe as mãos ambas.

— Então Carlos?

Ega balbuciou:

— Como V. Ex.ª pode imaginar, num momento destes... Foi horrível, assim de surpresa...

Uma lágrima tremeu nos olhos pisados de Maria. Ela não conhecia o sr. Afonso da Maia, nem sequer o vira nunca. Mas sofria realmente por sentir bem o sofrimento de Carlos... O que aquele rapaz estremecia o avô!

— Foi de repente, não?

Ega retardou-se em longos detalhes. Agradeceu a coroa que ela mandara. Contou os gemidos, a aflição do pobre Bonifácio...

— E Carlos? — repetiu ela.

— Carlos foi para Santa Olávia, minha senhora.

Ela apertou as mãos, numa surpresa que a acabrunhava. Para Santa Olávia! E sem um bilhete, sem uma palavra?... Um terror empalidecia-a mais, diante daquela partida tão arrebatada, quase parecida com um abandono. Terminou por murmurar, com um ar de resignação e de confiança que não sentia:

— Sim, com efeito, neste momento não se pensa nos outros...

Duas lágrimas corriam-lhe devagar pela face. E diante desta dor, tão humilde e tão muda, Ega ficou desconcertado. Durante um instante, com os dedos trêmulos no bigode, viu Maria chorar em silêncio. Por fim ergueu-se, foi à janela, voltou, abriu os braços diante dela numa aflição:

— Não, não é isso, minha querida senhora! Há outra coisa, há ainda outra coisa! Têm sido para nós dias terríveis! Têm sido dias de angústia...

Outra coisa!?... Ela esperava, com os olhos largos sobre o Ega, a alma toda suspensa.

Ega respirou fortemente:

– V. Ex.ª lembra-se dum Guimarães, que vive em Paris, um tio do Dâmaso?

Maria, espantada, moveu lentamente a cabeça.

– Esse Guimarães era muito conhecido da mãe de V. Ex.ª, não é verdade?

Ela teve o mesmo movimento breve e mudo. Mas o pobre Ega hesitava ainda, com a face arrepanhada e branca, num embaraço que o dilacerava:

– Eu falo em tudo isto, minha senhora, porque Carlos assim me pediu... Deus sabe o que me custa!... E é horrível, nem sei por onde hei de começar...

Ela juntou as mãos, numa súplica, numa angústia:

– Pelo amor de Deus!

E nesse instante, muito sossegadamente, Rosa erguia uma ponta do reposteiro, com *Niniche* ao lado e a sua boneca nos braços. A mãe teve um grito impaciente:

– Vai lá para dentro! Deixa-me!

Assustada, a pequena não se moveu mais, com os lindos olhos de repente cheios de água. O reposteiro caiu, do fundo do corredor veio um grande choro magoado.

Então Ega teve só um desejo, o desesperado desejo de findar.

– V. Ex.ª conhece a letra de sua mãe, não é verdade?... Pois bem! Eu trago aqui uma declaração dela a seu respeito... Esse Guimarães é que tinha este documento, com outros papéis que ela lhe entregou em 71, nas vésperas da guerra... Ele conservou-os até agora, e queria restituí-los, mas não sabia onde V. Ex.ª vivia. Viu-a há dias numa carruagem, comigo e com o Carlos... Foi ao pé do Aterro, V. Ex.ª deve lembrar-se, defronte do alfaiate, quando vínhamos da *Toca*... Pois bem! O Guimarães veio imediatamente ao procurador dos Maias, deu-lhe esses papéis, para que os entregasse a V. Ex.ª... E, nas primeiras palavras que disse, imagine o assombro de todos, quando se entreviu que V. Ex.ª era parenta de Carlos, e parenta muito chegada.

Atabalhoara esta história de pé, quase dum fôlego, com bruscos gestos de nervoso. Ela mal compreendia, lívida, num indefinido terror. Só pôde murmurar muito debilmente: "Mas..." E de novo emudeceu, assombrada, devorando os movimentos do Ega que, debruçado sobre o sofá, desembrulhava a tremer a caixa de charutos da Monforte. Por fim voltou para ela com um papel na mão, atropelando as palavras numa debandada:

– A mãe de V. Ex.ª nunca lhe disse... Havia um motivo muito grave... Ela tinha fugido de Lisboa, fugido ao marido... Digo isto assim brutalmente, perdoe-me V. Ex.ª, mas não é o momento de atenuar as coisas... Aqui está! V. Ex.ª conhece a letra de sua mãe. E dela esta letra, não é verdade?

– É! – exclamou Maria, indo arrebatar o papel.

– Perdão! – gritou Ega, retirando-lho violentamente. – Eu sou um estranho! E V. Ex.ª não se pode inteirar de tudo isto, enquanto eu não sair daqui.

Fora uma inspiração providencial, que o salvava de testemunhar o choque terrível, o horror das coisas que ela ia saber. E insistiu. Deixava-lhe ali todos os papéis que eram de sua mãe. Ela leria, quando ele saísse, compreenderia a realidade atroz... Depois, tirando do bolso os dois pesados rolos de libras, o sobrescrito que continha a letra sobre Paris, pôs tudo em cima da mesa, com a declaração da Monforte.

– Agora só mais duas palavras. Carlos pensa que o que V. Ex.ª deve fazer já é partir para Paris. V. Ex.ª tem direito, como sua filha há de ter, a uma parte da fortuna desta família dos Maias, que agora é a sua... Neste maço que lhe deixo está uma letra sobre Paris para as despesas imediatas... O procurador de Carlos tomou já um vagão-salão. Quando V. Ex.ª decidir partir, peço-lhe que mande um recado no Ramalhete, para eu estar na *gare*... Creio que é tudo. E agora devo deixá-la...

Agarrara rapidamente o chapéu, veio tomar-lhe a mão inerte e fria:

– Tudo é uma fatalidade! V. Ex.ª é nova, ainda lhe resta muita coisa na vida, tem a sua filha a consolá-la de tudo... Nem lhe sei dizer mais nada!

Sufocado, beijou-lhe a mão que ela lhe abandonou, sem

consciência e sem voz, de pé, direita no seu negro luto, com a lividez parada dum mármore. E fugiu.

– Ao telégrafo! – gritou embaixo ao cocheiro.

Foi só na Rua do Ouro que começou a serenar, tirando o chapéu, respirando largamente. E ia então repetindo a si mesmo todas as consolações que se poderiam dar a Maria Eduarda: era nova e formosa; o seu pecado fora inconsciente; o tempo acalma toda a dor; e em breve, já resignada, encontrar-se-ia com uma família séria, uma larga fortuna, nesse amável Paris, onde uns lindos olhos, com algumas notas de mil francos, têm sempre um reinado seguro...

– É uma situação de viúva bonita e rica – terminou ele por dizer alto no *coupé*. – Há pior na vida.

Ao sair do telégrafo despediu a tipóia. Por aquela luz consoladora do dia de inverno, recolheu a pé para o Ramalhete, a escrever a longa carta que prometera a Carlos. Vilaça já lá estava instalado, com um boné de veludilho na cabeça, emaçando ainda os papéis de Afonso, liquidando as contas dos criados. Jantaram tarde. E fumavam junto do lume, na sala Luiz XV, quando o escudeiro veio dizer que uma senhora, embaixo, numa carruagem, procurava o sr. Ega. Foi um terror. Imaginaram logo Maria, alguma resolução desesperada. Vilaça ainda teve a esperança de ela trazer alguma nova revelação, que tudo mudasse, salvasse da "bolada"... Ega desceu a tremer. Era Melanie numa tipóia de praça, abafada numa grande *ulster*, com uma carta de *madame*.

À luz da lanterna Ega abriu o envelope, que trazia apenas um cartão branco, com estas palavras a lápis: "Decidi partir amanhã para Paris".

Ega recalcou a curiosidade de saber como estava a senhora. Galgou logo as escadas; e seguido de Vilaça, que ficara na antecâmara à espreita, correu ao escritório de Afonso, a escrever a Maria. Num papel tarjado de luto dizia-lhe (além de detalhes sobre bagagens) que o vagão-salão estava tomado até Paris, e que ele teria a honra de a ver em Santa Apolônia. Depois, ao fazer o sobrescrito, ficou com a pena no ar, num embaraço. Devia pôr *"Madame* MacGren" ou "D. Maria

Eduarda da Maia"? Vilaça achava preferível o antigo nome, porque ela legalmente ainda não era Maia. Mas, dizia o Ega atrapalhado, também já não era MacGren...

— Acabou-se! Vai sem nome. Imagina-se que foi esquecimento...

Levou assim a carta, dentro do sobrescrito em branco. Melanie guardou-a no regalo. E, debruçada à portinhola, entristecendo a voz, desejou saber, da parte de *madame*, onde estava enterrado o avô do senhor...

Ega ficou com o monóculo sobre ela, sem sentir bem se aquela curiosidade de Maria era indiscreta ou tocante. Por fim deu uma indicação. Era nos Prazeres, à direita, ao fundo, onde havia um anjo com uma tocha. O melhor seria perguntar ao guarda pelo jazigo dos srs. Vilaças.

— *Merci, monsieur, bien le bonsoir.*
— *Bonsoir, Melanie!*

No dia seguinte, na estação de Santa Apolônia, Ega, que viera cedo com o Vilaça, acabava de despachar a sua bagagem para o Douro, quando avistou Maria que entrava trazendo Rosa pela mão. Vinha toda envolta numa grande peliça escura, com um véu dobrado, espesso como uma máscara; e a mesma gaze de luto escondia o rostozinho da pequena fazendo-lhe um laço sobre a touca. *Miss* Sarah, numa *ulster* clara de quadrados, sobraçava um maço de livros. Atrás o Domingos, com os olhos muito vermelhos, segurava um rolo de mantas, ao lado de Melanie carregada de preto, que levava *Niniche* ao colo. Ega correu para Maria Eduarda, conduziu-a pelo braço, em silêncio, ao vagão-salão, que tinha todas as cortinas cerradas. Junto do estribo ela tirou devagar a luva. E, muda, estendeu-lhe a mão.

— Ainda nos vemos no Entroncamento — murmurou Ega. — Eu sigo também para o Norte.

Alguns sujeitos pararam, com curiosidade, ao ver sumir-se naquela carruagem de luxo, fechada, misteriosa, uma senhora que parecia tão bela, de ar tão triste, coberta de negro. E, apenas Ega fechou a portinhola, o Neves, o da *Tarde* e do Tribunal de Contas, rompeu de entre um rancho, arrebatou-lhe o braço com sofreguidão:

– Quem é?

Ega arrastou-o pela plataforma, para lhe deixar cair no ouvido, já muito adiante, tragicamente:

– Cleópatra!

O político, furioso, ficou rosnando: "Que asno!..." Ega abalara. Junto do seu compartimento Vilaça esperava, ainda deslumbrado com aquela figura de Maria Eduarda, tão melancólica e nobre. Nunca a vira antes. E parecia-lhe uma rainha de romance.

– Acredite o amigo, fez-me impressão! Caramba, bela mulher! Dá-nos uma bolada, mas é uma soberba praça!

O comboio partiu. O Domingos ficara choramingando com um lenço de cores sobre a face. E o Neves, o conselheiro do Tribunal de Contas, ainda furioso, vendo o Ega à portinhola, atirou-lhe de lado, disfarçadamente, um gesto obsceno.

No Entroncamento, Ega veio bater nos vidros do salão, que se conservava fechado e mudo. Foi Maria que abriu. Rosa dormia. *Miss* Sarah lia a um canto, com a cabeça numa almofada. E *Niniche* assustada ladrou.

– Quer tomar alguma coisa, minha senhora?

– Não, obrigada...

Ficaram calados, enquanto Ega, com o pé no estribo, tirava lentamente a charuteira. Na estação mal alumiada passavam saloios, devagar, abafados em mantas. Um guarda rolava uma carreta de fardos. Adiante a máquina resfolegava na sombra. E dois sujeitos rondavam em frente do salão, com olhares curiosos e já lânguidos para aquela magnífica mulher, tão grave e sombria, envolta na sua peliça negra.

– Vai para o Porto? – murmurou ela.

– Para Santa Olávia...

– Ah!

Então Ega balbuciou com os beiços a tremer:

– Adeus!

Ela apertou-lhe a mão com muita força, em silêncio, sufocada.

Ega atravessou, devagar, por entre soldados de capote enrolado a tiracolo, que corriam a beber à cantina. À porta do bufete voltou-se ainda, ergueu o chapéu. Ela, de pé, moveu de leve o braço num lento adeus. E foi assim que ele, pela derradeira vez na vida, viu Maria Eduarda, grande, muda, toda negra na claridade, à portinhola daquele vagão que para sempre a levava.

VIII

SEMANAS DEPOIS, nos primeiros dias do ano-novo, a *Gazeta Ilustrada* trazia na sua coluna do *High-life* esta notícia: "O distinto e brilhante *sportman*, o sr. Carlos da Maia, e o nosso amigo e colaborador João da Ega partiram ontem para Londres, de onde seguirão em breve para a América do Norte, devendo daí prolongar a sua interessante viagem até o Japão. Numerosos amigos foram a bordo do *Tamar* despedir-se dos simpáticos *touristes*. Vimos entre outros os srs. ministro da Finlândia e seu secretário, o marquês de Sousela, conde de Gouvarinho, visconde de Darque, Guilherme Craft, Teles da Gama, Cruges, Taveira, Vilaça, general Sequeira, o glorioso poeta Tomás de Alencar, etc., etc. O nosso amigo e colaborador João da Ega fez-nos, no último *shake-hands,* a promessa de nos mandar algumas cartas com as suas impressões do Japão, esse delicioso país de onde nos vêm o sol e a moda. É uma boa nova para todos os que prezam a observação e o espírito. *Au revoir!"*

Depois destas linhas afetuosas (em que o Alencar colaborara), as primeiras notícias dos "viajantes" vieram numa carta do Ega para o Vilaça, de Nova Iorque. Era curta, toda de negócios. Mas ele ajuntava um pós-escrito com o título de *Informações gerais para os amigos.* Contava aí a medonha travessia desde Liverpool, a persistente tristeza de Carlos, e Nova Iorque coberta de neve sob um sol rutilante. E acrescentava ainda: "Está-se apossando de nós a embriaguez das viagens, decididos a trilhar este estreito Universo até que *cansem as nossas tristezas.* Planeamos ir a Pequim, passar a Grande Muralha, atravessar a Ásia Central, o oásis de Merv,

Khiva, e penetrar na Rússia; daí, pela Armênia e pela Síria, descer ao Egito a retemperar-nos no sagrado Nilo; subir depois a Atenas, lançar sobre a Acrópole uma saudação a Minerva; passar a Nápoles; dar um olhar à Argélia e ao Marrocos; e cair enfim ao comprido em Santa Olávia lá para os meados de 79, a descansar os membros fatigados. Não escrevinho mais porque é tarde, e vamos à Ópera ver a Patti no *Barbeiro*. Larga distribuição de abraços a todos os amigos queridos".

Vilaça copiou este parágrafo, e trazia-o na carteira para mostrar aos fiéis amigos do Ramalhete. Todos aprovaram, com admiração, tão belas, aventurosas jornadas. Só Cruges, aterrado com aquela vastidão do Universo, murmurou tristemente: "Não voltam cá!"

Mas, passado ano e meio, num lindo dia de março, Ega reapareceu no Chiado. E foi uma sensação! Vinha esplêndido, mais forte, mais trigueiro, soberbo de *verve,* num alto apuro de *toilette;* cheio de histórias e de aventuras do Oriente, não tolerando nada em arte ou poesia que não fosse do Japão ou da China, e anunciando um grande livro, o "seu livro", sob este título grave de crônica heróica – *Jornadas da Ásia*.

– E Carlos?...

– Magnífico! Instalado em Paris, num delicioso apartamento dos Campos Elísios, fazendo a vida larga dum príncipe artista da Renascença...

Ao Vilaça, porém, que sabia os segredos, Ega confessou que Carlos ficara ainda *abalado*. Vivia, ria, governava o seu *phaeton* no Bois, mas lá no fundo do seu coração permanecia, pesada e negra, a memória da "semana terrível".

– Todavia os anos vão passando, Vilaça – acrescentou ele. – E com os anos, a não ser a China, tudo na Terra passa...

E esse ano passou. Gente nasceu, gente morreu. Searas amadureceram, arvoredos murcharam. Outros anos passaram.

Nos fins de 1886, Carlos veio fazer o Natal perto de Sevilha, à casa dum amigo seu de Paris, o marquês de Vila Medina. E dessa propriedade dos Vila Medina, chamada *La Soledad,* escreveu para Lisboa ao Ega anunciando que, depois dum exílio de quase dez anos, resolvera vir ao velho Portugal, ver as árvores de Santa Olávia e as maravilhas da Avenida. De resto tinha uma formidável nova, que assombraria o bom Ega; e se ele já ardia em curiosidade, que viesse ao seu encontro com o Vilaça, comer o porco a Santa Olávia.

– Vai casar! – pensou Ega.

Havia três anos (desde a sua última estada em Paris) que ele não via Carlos. Infelizmente não pôde correr a Santa Olávia, retido num quarto do *Braganza* com uma angina, desde uma ceia prodigiosamente divertida com que celebrara no Silva a noite de Reis. Vilaça, porém, levou a Carlos para Santa Olávia uma carta em que o Ega, contando a sua angina, lhe suplicava que se não retardasse com o porco nesses penhascos do Douro, e que voasse à grande capital a trazer a grande nova.

Com efeito, Carlos pouco se demorou em Resende. E numa luminosa e macia manhã de janeiro de 1887, os dois amigos, enfim juntos, almoçavam num salão do *Hotel Braganza,* com as duas janelas abertas para o rio.

Ega, já curado, radiante, numa excitação que não se calmava, alagando-se de café, entalava a cada instante o monóculo para admirar Carlos e sua "imutabilidade".

– Nem uma branca, nem uma ruga, nem uma sombra de fadiga!... Tudo isso é Paris, menino!... Lisboa arrasa. Olha para mim, olha para isto!

Com o dedo magro apontava os dois vincos fundos ao lado do nariz, na face chupada. E o que o aterrava sobretudo era a calva, uma calva que começara há dois anos, alastrara, já reluzia no alto.

– Olha este horror! A ciência para tudo acha um remédio, menos para a calva! Transformam-se as civilizações, a calva fica!... Já tem tons de bola de bilhar, não é verdade?... De que será?

– É a ociosidade – lembrou Carlos rindo.

– A ociosidade!... E tu, então?

De resto, que podia ele fazer neste país?... Quando voltara de França, ultimamente, pensara em entrar na diplomacia. Para isso sempre tivera a *blague;* e agora que a mamã, coitada, lá estava no seu grande jazigo em Celorico, tinha a *massa*. Mas depois refletira. Por fim, em que consistia a diplomacia portuguesa? Numa outra forma da ociosidade, passada no estrangeiro, com o sentimento constante da própria insignificância. Antes o Chiado!

E como Carlos lembrava a política, ocupação dos inúteis, Ega trovejou. A política! Isso tornara-se moralmente e fisicamente nojento, desde que o negócio atacara o constitucionalismo como uma filoxera! Os políticos hoje eram bonecos de engonços, que faziam gestos e tomavam atitudes, porque dois ou três financeiros por trás lhes puxavam pelos cordéis... Ainda assim podiam ser bonecos bem recortados, bem envernizados. Mas qual! Aí é que estava o horror. Não tinham feitio, não tinham maneiras, não se lavavam, não limpavam as unhas... Coisa extraordinária, que em país algum sucedia, nem na Romênia nem na Bulgária! Os três ou quatro salões que em Lisboa recebem todo o mundo, seja quem for, largamente, excluem a maioria dos políticos. E por quê? Porque as *senhoras têm nojo!*

– Olha o Gouvarinho! Vê lá se ele recebe às terças-feiras os seus correligionários...

Carlos que sorria, encantado com aquela veia acerba do Ega, saltou na cadeira:

– É verdade, e a Gouvarinho, a nossa boa Gouvarinho?

Ega, passeando pela sala, deu as novas dos Gouvarinhos. A condessa herdara uns sessenta contos de uma tia excêntrica que vivia a Santa Isabel, tinha agora melhores carruagens, recebia sempre às terças-feiras. Mas sofria uma doença qualquer, grave, no fígado ou no pulmão. Ainda elegante todavia, muito séria, uma terrível flor de *pruderie*. Ele, o Gouvarinho, aí continuava, palrador, escrevinhador, politicote, empertigadote, já grisalho, duas vezes ministro, e coberto de grã-cruzes...

– Tu não os viste em Paris, ultimamente?

– Não. Quando soube fui-lhes deixar bilhetes, mas tinham partido na véspera para Vichy...

A porta abriu-se, um brado cavo ressoou:

– Até que enfim, meu rapaz!

— Oh, Alencar! — gritou Carlos, atirando o charuto.

E foi um infinito abraço, com palmadas arrebatadas pelos ombros, e um beijo ruidoso — o beijo paternal do Alencar, que tremia, comovido. Ega arrastara uma cadeira, berrava pelo escudeiro:

— Que tomas tu, Tomás? *Cognac*? Curaçau? Em todo o caso café! Mais café! Muito forte, para o sr. Alencar!

O poeta, no entanto, abismado na contemplação de Carlos, agarrara-o pelas mãos, com um sorriso largo, que lhe descobria os dentes mais estragados. Achava-o magnífico, varão soberbo, honra da raça... Ah! Paris, com o seu espírito, a sua vida ardente, conserva...

— E Lisboa arrasa! — acudiu Ega. — Já cá tive essa frase. Vá, abanca, aí tens o cafezinho e a bebida!

Mas Carlos agora também contemplava o Alencar. E parecia-lhe mais bonito, mais poético, com a sua grenha inspirada e toda branca, e aquelas rugas fundas na face morena, cavadas como sulcos de carros pela tumultuosa passagem das emoções...

— Estás típico, Alencar! Está a preceito para a gravura e para a estátua!...

O poeta sorria, passando os dedos com complacência pelos longos bigodes românticos, que a idade embranquecera e o cigarro amarelara. Que diabo, algumas compensações havia de ter a velhice!... Em todo o caso o estômago não era mau, e conservava-se, caramba, filhos, um bocado de coração.

— O que não impede, meu Carlos, que isto por cá esteja cada vez pior! Mas acabou-se... A gente queixa-se sempre do seu país, é hábito humano. Já Horácio se queixava. E vocês, inteligências superiores, sabeis bem, filhos, que no tempo de Augusto... Sem falar, é claro, na queda da república, naquele desabamento das velhas instituições... Enfim, deixemos lá os romanos! Que está ali naquela garrafa? Chablis... Não desgosto, no outono, com as ostras. Pois vá lá o Chablis. E à tua chegada, meu Carlos! e à tua, meu João, e que Deus vos dê as glórias que mereceis, meus rapazes!...

Bebeu. Rosnou: "Bom Chablis, *bouquet* fino". E acabou por abancar, ruidosamente, sacudindo para trás a juba branca.

— Este Tomás! – exclamava Ega, pousando-lhe a mão no ombro com carinho. – Não há outro, é único! O bom Deus fê-lo num dia de grande *verve,* e depois quebrou a fôrma.

Ora, histórias! murmurava o poeta radiante. Havia-os tão bons como ele. A humanidade viera toda do mesmo barro, como pretendia a Bíblia – ou do mesmo macaco, como afirmava o Darwin...

– Que, lá essas coisas de evolução, origem das espécies, desenvolvimento da célula, cá para mim... Está claro, o Darwin, o Lamarck, o Spencer, o Cláudio Bernard, o Littré, tudo isso é gente de primeira ordem. Mas acabou-se, irra! Há uns poucos de mil anos que o homem prova, sublimemente, que tem alma!

– Toma o cafezinho, Tomás! – aconselhou o Ega, empurrando-lhe a chávena. – Toma o cafezinho!

– Obrigado!... E é verdade, João, lá dei a tua boneca à pequena. Começou logo a beijá-la, a embalá-la, com aquele profundo instinto de mãe, aquele *quid* divino... É uma sobrinhita minha, meu Carlos. Ficou sem mãe, coitadinha, lá a tenho, lá vou tratando de fazer dela uma mulher... Hás de vê-la. Quero que vocês lá vão jantar um dia, para vos dar umas perdizes à espanhola... Tu demoras-te, Carlos?

– Sim, uma ou duas semanas, para tomar um bom sorvo de ar da pátria.

– Tens razão, meu rapaz! – exclamou o poeta, puxando a garrafa do *cognac.* – Isto ainda não é tão mau como se diz... Olha tu para isso, para esse céu, para esse rio, homem!

– Com efeito, é encantador!

Todos três, durante um momento, pasmaram para a incomparável beleza do rio, vasto, lustroso, sereno, tão azul como o céu, esplendidamente coberto de sol.

– E versos? – exclamou de repente Carlos, voltando-se para o poeta. – Abandonaste a língua divina?

Alencar fez um gesto de desalento. Quem entendia já a língua divina? O novo Portugal só compreendia a língua da libra, da "massa". Agora, filho, tudo eram sindicatos!

– Mas ainda às vezes me passa uma coisa cá por dentro,

o velho homem estremece... Tu não viste nos jornais?... Está claro, não lês cá esses trapos que por aí chamam gazetas... Pois veio aí uma coisita, dedicada aqui ao João. Ora eu ta digo se me lembrar...

Correu a mão aberta pela face escaveirada, lançou a estrofe num tom de lamento:

> Luz d'esperança, luz d'amor,
> Que vento vos desfolhou?
> Que a alma que vos seguia
> Nunca mais vos encontrou!

Carlos murmurou: "Lindo!" Ega murmurou: "Muito fino!" E o poeta, aquecendo, já comovido, esboçou um movimento de asa que foge:

> Minh'alma em tempos doutrora,
> Quando nascia o luar,
> Como um rouxinol que acorda
> Punha-se logo a cantar.
>
> Pensamentos eram flores.
> Que a aragem lenta de maio...

– O sr. Cruges! – anunciou o criado, entreabrindo a porta.

Carlos ergueu os braços. E o maestro, todo abotoado num paletó claro, abandonou-se à efusão de Carlos, balbuciando:

– Eu só ontem é que soube. Queria-te ir esperar, mas não me acordaram...

– Então continua o mesmo desleixo? – exclamava Carlos, alegremente. – Nunca te acordam?

Cruges encolhia os ombros, muito vermelho, acanhado, depois daquela longa separação. E foi Carlos que o obrigou a sentar-se ao lado, enternecido com o seu velho maestro, sempre esguio, com o nariz mais agudo, a grenha caindo mais crespa sobre a gola do paletó.

— E deixa-me dar-te os parabéns! Lá soube pelos jornais o triunfo, a linda ópera-cômica, a *Flor de Sevilha...*

— *De Granada!* — acudiu o maestro. — Sim, uma coisita para aí, não desgostaram.

— Uma beleza! — gritou Alencar, enchendo outro copo de *cognac.* — Uma música toda do Sul, cheia de luz, cheirando a laranjeira... Mas já lhe tenho dito: "Deixa lá a opereta, rapaz, voa mais alto, faze uma grande sinfonia histórica!" Ainda há dias lhe dei uma idéia. A partida de D. Sebastião para a África. Cantos de marinheiros, atabales, o choro do povo, as ondas batendo... Sublime! Qual, põe-se-me lá com castanholas... Enfim, acabou-se, tem muito talento, e é como se fosse meu filho, porque me sujou muita calça!...

Mas o maestro, inquieto, passava os dedos pela grenha. Por fim confessou a Carlos que não se podia demorar, tinha um *rendez-vous...*

— De amor?

— Não... É o Barradas que me anda a tirar o retrato a óleo.

— Com a lira na mão?

— Não — respondeu o maestro, muito sério. — Com a batuta... E estou de casaca.

E desabotoou o paletó, mostrou-se em todo o seu esplendor, com dois corais no peitilho da camisa, e a batuta de marfim metida na abertura do colete.

— Estás magnífico! — afirmou Carlos. — Então outra coisa, vem cá jantar logo. Alencar, tu também, hem? Quero ouvir esses belos versos com sossego... Às seis, em ponto, sem falhar. Tenho um jantarinho à portuguesa que encomendei de manhã, com cozido, arroz de forno, grão-de-bico, etc., para matar saudades...

Alencar lançou um gesto imenso de desdém. Nunca o cozinheiro do *Braganza,* francelhote miserável, estaria à altura desses nobres petiscos do velho Portugal. Enfim, acabou-se. Seria pontual às seis, para uma grande saúde ao seu Carlos!

— Vocês vão sair, rapazes?

Carlos e Ega iam ao Ramalhete visitar o casarão.

O poeta declarou logo que isso era romagem sagrada.

Então ele partia com o maestro. O seu caminho ficava também para o lado do Barradas... Moço de talento, esse Barradas!... Um pouco pardo de cor, tudo por acabar, esborratado, mas uma bela ponta de faísca.

– E teve uma tia, filhos, a Leonor Barradas! Que olhos, que corpo! E não era só o corpo! Era a alma, a poesia, o sacrifício!... Já não há disso, já lá vai tudo. Enfim, acabou-se, às seis!

– Às seis, em ponto, sem falhar!

Alencar e o maestro partiram, depois de se munirem de charutos. E daí a pouco Carlos e Ega seguiam também pela Rua do Tesouro Velho, de braço dado, muito lentamente.

Iam conversando de Paris, de rapazes e de mulheres que o Ega conhecera, havia quatro anos, quando lá passara um tão alegre inverno nos apartamentos de Carlos. E a surpresa do Ega, a cada nome evocado, era o curto brilho, o fim brusco de toda essa mocidade estouvada. A Lucy Gray, morta. A Conrad, morta... E a Maria Blond? Gorda, emburguesada, casada com um fabricante de velas de estearina. O polaco, o louro? Fugido, desaparecido. Mr. de Menant, esse D. Juan? Subprefeito no departamento do Doubs. E o rapaz que morava ao lado, o belga? Arruinado na Bolsa... E outros ainda, mortos, sumidos, afundados no lodo de Paris!

– Pois tudo somado, menino – observou Ega –, esta nossa vidinha de Lisboa, simples, pacata, corredia, é infinitamente preferível.

Estavam no Loreto; e Carlos parara, olhando, reentrando na intimidade daquele velho coração da capital. Nada mudara. A mesma sentinela sonolenta rondava em torno à estátua triste de Camões. Os mesmos reposteiros vermelhos, com brasões eclesiásticos, pendiam nas portas das duas igrejas. O *Hotel Alliance* conservava o mesmo ar mudo e deserto. Um lindo sol dourava o lajedo; batedores de chapéu à faia fustigavam as pilecas; três varinas, de canastra à cabeça, meneavam os quadris, fortes e ágeis na plena luz. A uma esquina, vadios em farrapos fumavam; e na esquina defronte, na Havanesa, fumavam também outros vadios, de sobrecasaca, politicando.

– Isto é horrível, quando se vem de fora! – exclamou

Carlos. – Não é a cidade, é a gente. Uma gente feíssima, encardida, molenga, reles, amarelada, acabrunhada!...

– Todavia Lisboa faz diferença – afirmou Ega, muito sério. – Oh, faz muita diferença! Hás de ver a Avenida... Antes do Ramalhete vamos dar uma volta à Avenida.

Foram descendo o Chiado. Do outro lado, os toldos das lojas estendiam no chão uma sombra forte e dentada. E Carlos reconhecia, encostados às mesmas portas, sujeitos que lá deixara havia dez anos, já assim encostados, já assim melancólicos. Tinham rugas, tinham brancas. Mas lá estacionavam ainda, apagados e murchos, rente das mesmas ombreiras, com colarinhos à moda. Depois, diante da livraria Bertrand, Ega, rindo, tocou no braço de Carlos:

– Olha quem ali está, à porta do Baltreschi!

Era o Dâmaso. O Dâmaso, barrigudo, nédio, mais pesado, de flor ao peito, mamando um grande charuto, e pasmaceando, com o ar regaladamente embrutecido dum ruminante farto e feliz. Ao avistar também os seus dois velhos amigos que desciam, teve um movimento para se esquivar, refugiar-se na confeitaria. Mas, insensivelmente, irresistivelmente, achou-se em frente de Carlos, com a mão aberta e um sorriso na bochecha, que se lhe esbraseara.

– Olá, por cá!... Que grande surpresa!

Carlos abandonou-lhe dois dedos, sorrindo também, indiferente e esquecido.

– É verdade, Dâmaso... Como vai isso?

– Por aqui, nesta sensaboria... E então com demora?

– Umas semanas.

– Estás no Ramalhete?

– No *Braganza*. Mas não te incomodes, eu ando sempre por fora.

– Pois, sim senhor!... Eu também estive em Paris, há três meses, no *Continental*...

– Ah!... Bem, estimei ver-te, até sempre!

– Adeus, rapazes. Tu estás bom, Carlos, estás com boa cara!

– É dos teus olhos, Dâmaso.

E nos olhos do Dâmaso, com efeito, parecia reviver a antiga admiração, arregalados, acompanhando Carlos, estudando-lhe por trás a sobrecasaca, o chapéu, o andar, como no tempo em que o Maia era para ele o tipo supremo do seu querido *chic,* "uma dessas coisas que só se vêem lá fora..."

— Sabes que o nosso Dâmaso casou? — disse o Ega um pouco adiante, travando outra vez do braço de Carlos.

E foi um espanto para Carlos. O quê! O nosso Dâmaso! Casado!?... Sim, casado com uma filha dos condes de Águeda, uma gente arruinada, com um rancho de raparigas. Tinham-lhe impingido a mais nova. E o ótimo Dâmaso, verdadeira sorte grande para aquela distinta família, pagava agora os vestidos das mais velhas.

— É bonita?

— Sim, bonitinha... Faz aí a felicidade dum rapazote simpático, chamado Barroso.

— O quê, o Dâmaso, coitado!...

— Sim, coitado, coitadinho, coitadíssimo... Mas, como vês, imensamente ditoso, até tem engordado com a perfídia!

Carlos parara. Olhava, pasmado, para as varandas extraordinárias dum primeiro andar, recobertas, como em dia de procissão, de sanefas de pano vermelho onde se entrelaçavam monogramas. E ia indagar — quando, de entre um grupo que estacionava ao portal desse prédio festivo, um rapaz de ar estouvado, com a face imberbe cheia de espinhas carnais, atravessou rapidamente a rua para gritar ao Ega, sufocado de riso:

— Se você for depressa ainda a encontra aí abaixo! Corra!

— Quem?

— A Adosinda!... De vestido azul, com plumas brancas no chapéu... Vá depressa... O João Eliseu meteu-lhe a bengala entre as pernas, ia-a fazendo estatelar no chão, foi uma cena... Vá depressa, homem!

Com duas pernadas esguias o rapaz recolheu ao seu rancho — onde todos, já calados, com uma curiosidade de província, examinavam aquele homem de tão alta elegância que acompanhava o Ega, e que nenhum conhecia. E Ega, no entanto, explicava a Carlos as varandas e o grupo:

— São rapazes do *Turf*. É um clube novo, o antigo Jockey da Travessa da Palha. Faz-se lá uma batotinha barata, tudo gente muito simpática... E como vês estão sempre assim preparados, com sanefas e tudo, para se acaso passar por aí o Senhor dos Passos.

Depois, descendo para a Rua Nova do Almada, contou o caso da Adosinda. Fora no Silva, havia duas semanas, estando ele a cear com rapazes depois de S. Carlos, que lhes aparecera essa mulher inverossímil, vestida de vermelho, carregando insensatamente nos *rr*, metendo *rr* em todas as palavras, e perguntando pelo sr. *virrsconde*... Qual *virrsconde*? Ela não sabia bem. *Erra um virrsconde que encontrrárra no Crroliseu.* Senta-se, oferecem-lhe *champagne,* e D. Adosinda começa a revelar-se um ser prodigioso. Falavam de política, do ministério e do *déficit*. D. Adosinda declara logo que conhece muito bem o *déficit;* e que é um belo rapaz... O *déficit* belo rapaz – imensa gargalhada! D. Adosinda zanga-se, exclama que já fora com ele a Sintra, que é um perfeito cavalheiro, e empregado no Banco Inglês... O déficit empregado no Banco Inglês – gritos, uivos, urros! E não cessou esta gargalhada contínua, estrondosa, frenética, até as cinco da manhã, em que D. Adosinda fora rifada e saíra ao Teles!... Noite soberba!

— Com efeito – disse Carlos rindo –, é uma orgia grandiosa, lembra Heliogábalo e o conde de Orsay...

Então Ega defendeu calorosamente a sua orgia. Onde havia melhor, na Europa, em qualquer civilização? Sempre queria ver que se passasse uma noite mais alegre em Paris, na desoladora banalidade do *Grand-Treize,* ou em Londres, naquela correta e maçuda sensaboria do *Bristol*. O que ainda tornava a vida tolerável era de vez em quando uma boa risada. Ora na Europa o homem requintado já não ri, sorri regeladamente, lividamente. Só nós aqui, neste canto do mundo bárbaro, conservamos ainda esse dom supremo, essa coisa bendita e consoladora – a barrigada de riso!...

— Que diabo estás tu a olhar?

Era o consultório, o antigo consultório de Carlos – onde agora, pela tabuleta, parecia existir um pequeno *atelier* de modista. Então bruscamente os dois amigos recaíram nas recordações do passado. Que estúpidas horas Carlos ali arrastara, com a *Revista dos Dois Mundos,* na espera vã dos doentes, cheio ainda de fé nas alegrias do trabalho!... E a manhã em que o Ega lá aparecera com a sua esplêndida peliça, preparando-se para transformar, num só inverno, todo o velho rotineiro Portugal!

– Em que tudo ficou!

– Em que tudo ficou! Mas rimos bastante! Lembras-te daquela noite em que o pobre marquês queria levar ao consultório a Paca, para utilizar enfim o divã, móvel de serralho?...

Carlos teve uma exclamação de saudade. Pobre marquês! Fora uma das suas fortes impressões, nesses últimos anos, aquela morte do marquês, sabida de repente ao almoço, numa banal notícia de jornal!... E através do Rossio, andando mais devagar, recordavam outros desaparecimentos: a D. Maria da Cunha, coitada, que acabara hidrópica; o D. Diogo, casado por fim com a cozinheira; o bom Sequeira, morto uma noite numa tipóia, ao sair dos cavalinhos...

– E outra coisa – perguntou Ega. – Tens visto o Craft em Londres?

– Tenho – disse Carlos. – Arranjou uma casa muito bonita ao pé de Richmond... Mas está muito avelhado, queixa-se muito do fígado. E, desgraçadamente, carrega demais nos álcoois. É uma pena!

Depois perguntou pelo Taveira. Esse lindo moço, contou-o Ega, tinha agora por cima mais dez anos de Secretaria e de Chiado. Mas sempre apurado, já um bocado grisalho, metido continuamente com alguma espanhola, dando bastante a lei em S. Carlos, e murmurando todas as tardes na Havanesa, com um ar doce e contente – "isto é um país perdido!" Enfim, um bom tipozinho de lisboeta fino.

– E a besta do Steinbroken?

– Ministro em Atenas – exclamou Carlos – entre as ruínas clássicas!

E esta idéia do Steinbroken, na velha Grécia, divertiu-os infinitamente. Ega imaginava já o bom Steinbroken, teso nos seus altos colarinhos, afirmando a respeito de Sócrates, com prudência: *"Oh, il est très fort, il est excessivement fort!"* Ou ainda, a propósito da batalha das Termópilas, rosnando, com medo de se comprometer: *"C'est très grave, c'est excessivement grave!"* Valia a pena ir à Grécia para ver!

Subitamente, Ega parou:

– Ora aí tens tu essa Avenida! Hem?... Já não é mau!

Num claro espaço rasgado, onde Carlos deixara o Passeio Público pacato e frondoso, um obelisco, com borrões de bronze no pedestal, erguia um traço cor de açúcar na vibração fina da luz de inverno; e os largos globos dos candeeiros que o cercavam, batidos do sol, brilhavam, transparentes e rutilantes, como grandes bolas de sabão suspensas no ar. Dos dois lados seguiam, em alturas desiguais, os pesados prédios, lisos e aprumados, repintados de fresco, com vasos nas cornijas, onde negrejavam piteiras de zinco, e pátios de pedra, quadrilhados a branco e preto, onde guarda-portões chupavam o cigarro; e aqueles dois hirtos renques, de casas ajanotadas, lembravam a Carlos as famílias que outrora se imobilizavam em filas, dos dois lados do Passeio, depois da missa "da uma", ouvindo a Banda, com casimiras e sedas, no catitismo domingueiro. Todo o lajedo reluzia como cal nova. Aqui e além um arbusto encolhia, na aragem, a sua folhagem pálida e rara. E ao fundo a colina verde, salpicada de árvores, os terrenos de Vale de Pereiro punham um brusco remate campestre àquele curto rompante de luxo barato – que partira para transformar a velha cidade, e estacara logo, com o fôlego curto, entre montões de cascalho.

Mas um ar lavado e largo circulava; o sol dourava a caliça; a divina serenidade do azul sem igual tudo cobria e adoçava. E os dois amigos sentaram-se num banco, junto de uma verdura que orlava a água dum tanque esverdinhada e mole.

Pela sombra passeavam rapazes, aos pares, devagar, com flores na lapela, a calça apurada, luvas claras fortemente pespontadas de negro. Era toda uma geração nova e miúda que Carlos não conhecia. Por vezes Ega murmurava um *olá!*, acenava com a bengala. E eles iam, repassavam, com um arzinho tímido e contrafeito, como mal-acostumados àquele vasto espaço, a tanta luz, ao seu próprio *chic*. Carlos pasmava. Que faziam ali, às horas de trabalho, aqueles moços tristes, de calça esguia? Não havia mulheres. Apenas num banco adiante uma criatura adoentada, de lenço e xale, tomava o sol; e duas matronas, com vidrilhos no mantelete, donas de casa de hóspedes, arejavam um cãozinho felpudo. O que atraía, pois, ali, aquela mocidade pálida? E o que, sobretudo, o espantava eram as botas desses cavalheiros, botas despropositadamente compridas, rompendo para fora da calça colante, com pontas aguçadas e reviradas, como proas de barcos varinos...

– Isto é fantástico, Ega!

Ega esfregava as mãos. Sim, mas precioso! Porque essa simples forma de botas explicava todo o Portugal contemporâneo. Via-se por ali como a coisa era. Tendo abandonado o seu feitio antigo, à D. João VI, que tão bem lhe ficava, este desgraçado Portugal decidira arranjar-se à moderna; mas sem originalidade, sem força, sem caráter para criar um feitio seu, um feitio próprio, manda vir modelos do estrangeiro – modelos de idéias, de calças, de costumes, de leis, de arte, de cozinha... Somente, como lhe falta o sentimento da proporção, e ao mesmo tempo o domina a impaciência de parecer muito moderno e muito civilizado – exagera o modelo, deforma-o, estraga-o até a caricatura. O figurino da bota que veio de fora era levemente estreito na ponta; imediatamente o janota estica-o e aguça-o, até a bico de alfinete. Por seu lado o escritor lê uma página de Goncourt ou de Verlaine, em estilo precioso e cinzelado; imediatamente retorce, emaranha, desengonça a sua pobre frase, até descambar no delirante e no burlesco. Por sua vez, o legislador ouve dizer que lá fora se levanta o nível da instrução; imediatamente põe, no programa dos exames de primeiras letras, a metafísica, a astronomia, a filologia, a egiptologia, a cresmática, a crítica das religiões comparadas, e outros infinitos terrores. E tudo por aí adiante assim, em todas as classes e profissões, desde o orador até o fotógrafo, desde o jurisconsulto até o *sportman*... É o que sucede com os pretos já corrompidos de S. Tomé, que vêem os europeus de lunetas – e imaginam que nisso consiste ser civilizado e ser branco. Que fazem então? Na sua sofreguidão, de progresso e de brancura, acavalam no nariz três ou quatro lunetas, claras, defumadas, até de cor. E assim andam pela cidade, de tanga, de nariz no ar, aos tropeções, no desesperado e angustioso esforço de equilibrarem todos esses vidros – para serem imensamente civilizados e imensamente brancos...

Carlos ria:

– De modo que isto está cada vez pior...

– Medonho! É dum reles, dum postiço! Sobretudo postiço! Já não há nada genuíno neste miserável país, nem mesmo o pão que comemos!

Carlos, recostado no banco, apontou com a bengala num gesto lento:

– Resta aquilo, que é genuíno...

E mostrava os altos da cidade, os velhos outeiros da Graça e da Penha, com o seu casario escorregando pelas encostas ressequidas e tisnadas do sol. No cimo assentavam pesadamente os conventos, as igrejas, as atarracadas vivendas eclesiásticas, lembrando o frade pingue e pachorrento, beatas de mantilha, tardes de procissão, irmandades de opa atulhando os adros, erva-doce juncando as ruas, tremoço e fava-rica apregoada às esquinas, e foguetes no ar em louvor de Jesus. Mais alto ainda, recortando no radiante azul a miséria da sua muralha, era o castelo, sórdido e tarimbeiro, donde outrora, ao som do hino tocado em fagotes, descia a tropa de calça branca a fazer a *bernarda*! E abrigados por ele, no escuro bairro de S. Vicente e da Sé, os palacetes decrépitos, com vistas saudosas para a barra, enormes brasões nas paredes rachadas, onde, entre a maledicência, a devoção e a bisca, arrasta os seus derradeiros dias, caquética e caturra, a velha Lisboa fidalga!

Ega olhou um momento, pensativo:

– Sim, com efeito, é talvez mais genuíno. Mas tão estúpido, tão sebento! Não sabe a gente para onde se há de voltar... E se nos voltamos para nós mesmos, ainda pior!

E de repente bateu no joelho de Carlos, com um brilho na face:

– Espera... Olha quem aí vem!

Era uma vitória, bem-posta e correta, avançando com lentidão e estilo, ao trote estepado de duas éguas inglesas. Mas foi um desapontamento. Vinha lá somente um rapaz muito louro, duma brancura de camélia, com uma penugem no beiço, languidamente recostado. Fez um aceno ao Ega, com um lindo sorriso de virgem. A vitória passou.

– Não conheces?

Carlos procurava, com uma recordação.

– O teu antigo doente! O Charlie!

O outro bateu as mãos. O Charlie! O seu Charlie! Como aquilo o fazia velho!... E era bonitinho!

– Sim, muito bonitinho. Tem aí uma amizade com um velho, anda sempre com um velho... Mas ele vinha decerto com a mãe, estou convencido que ela ficou por aí a passear a pé. Vamos nós ver?

Subiram ao comprido da Avenida, procurando. E quem avistaram logo foi o Eusebiozinho. Parecia mais fúnebre, mais tísico, dando o braço a uma senhora muito forte, muito corada, que estalava num vestido de seda cor de pinhão. Iam devagar, tomando sol. E o Eusébio nem os viu, descaído e molengo, seguindo com as grossas lunetas pretas o marchar lento da sua sombra.

– Aquela aventesma é a mulher – contou Ega. – Depois de várias paixões em lupanares, o nosso Eusébio teve este namoro. O pai da criatura, que é dono dum prego, apanhou-o uma noite na escada com ela a surripiar-lhe uns prazeres... Foi o diabo, obrigaram-no a casar. E desapareceu, não o tornei a ver... Diz que a mulher o derreia à pancada.

– Deus a conserve!

– Amém!

E então Carlos, que recordava a coça no Eusébio, o caso da *Corneta,* quis saber do Palma *Cavalão*. Ainda desonrava o Universo com a sua presença, esse benemérito? Ainda o desonrava, disse o Ega. Somente deixara a literatura, e tornara-se *factotum* do Carneiro, o que fora ministro; levava-lhe a espanhola ao teatro pelo braço; e era um bom empenho em política.

— Ainda há de ser deputado — acrescentou Ega. — E, da forma que as coisas vão, ainda há de ser ministro... E está-se fazendo tarde, Carlinhos. Vamos nós tomar esta tipóia e abalar para o Ramalhete?

Eram quatro horas, o sol curto de inverno tinha já um tom pálido.

Tomaram a tipóia. No Rossio, Alencar que passava, que os viu, parou, sacudiu ardentemente a mão no ar. E então Carlos exclamou, com uma surpresa que já o assaltara essa manhã no *Braganza*:

— Ouve cá, Ega! Tu agora pareces íntimo do Alencar! Que transformação foi essa?

Ega confessou que realmente agora apreciava imensamente o Alencar. Em primeiro lugar, no meio desta Lisboa toda postiça, Alencar permanecia o único português genuíno. Depois, através da contagiosa intrujice, conservava uma honestidade resistente. Além disso havia nele lealdade, bondade, generosidade. O seu comportamento com a sobrinhita era tocante. Tinha mais cortesia, melhores maneiras que os novos. Um bocado de piteirice não lhe ia mal ao seu feitio lírico. E por fim, no estado a que descambara a literatura, a versalhada do Alencar tomava relevo pela correção, pela simplicidade, por um resto de sincera emoção. Em resumo, um bardo infinitamente estimável.

— E aqui tens, tu, Carlinhos, a que nós chegamos! Não há nada, com efeito, que caracterize melhor a pavorosa decadência de Portugal, nos últimos trinta anos, do que este simples fato: tão profundamente tem baixado o caráter e o talento, que de repente o nosso velho Tomás, o homem da *Flor de Martírio*, o Alencar de Alenquer, aparece com as proporções dum Gênio e dum Justo!

Ainda falavam de Portugal e dos seus males, quando a tipóia parou. Com que comoção Carlos avistou a fachada severa do Ramalhete, as janelinhas abrigadas à beira do telhado, o grande ramo de girassóis fazendo painel no lugar do escudo de armas! Ao ruído da carruagem, Vilaça apareceu à porta calçando luvas amarelas. Estava mais gordo o Vilaça – e tudo na sua pessoa, desde o chapéu novo até o castão de prata da bengala, revelava a sua importância como administrador, quase direto senhor durante o longo desterro de Carlos, daquela vasta casa dos Maias. Apresentou logo o jardineiro, um velho, que ali vivia com a mulher e o filho, guardando o casarão deserto. Depois felicitou-se de ver enfim os dois amigos juntos. E ajuntou, batendo com carinho familiar no ombro de Carlos:

– Pois eu, depois de nos separarmos em Santa Apolônia, fui tomar um banho ao Central e não me deitei. Olhe que é uma grande comodidade, o tal *sleeping-car*! Ah, lá isso, em progresso, o nosso Portugal já não está atrás de ninguém!... E V. Ex.ª agora precisa de mim?

– Não, obrigado, Vilaça. Vamos dar uma volta pelas salas... Vá jantar conosco. Às seis! Mas às seis em ponto, que há petiscos especiais.

E os dois amigos atravessaram o peristilo. Ainda lá se conservavam os bancos feudais de carvalho lavrado, solenes como coros de catedral. Em cima, porém, a antecâmara entristecia, toda despida, sem um móvel, sem um estofo, mostrando a cal lascada dos muros. Tapeçarias orientais que pendiam como uma tenda, pratos mouriscos de reflexos de cobre, a estátua da *Friorenta* rindo e arrepiando-se, na sua nudez de mármore, ao meter o pezinho na água – tudo ornava agora os aposentos de Carlos em Paris; e outros caixões apinhavam-se a um canto, prontos a embarcar, levando as melhores faianças da *Toca*. Depois, no amplo corredor, sem tapete, os seus passos soaram como num claustro abandonado. Nos quadros devotos, dum tom mais negro, destacava aqui e além, sob a luz escassa, um ombro descarnado de eremita, a mancha lívida duma caveira. Uma friagem regelava. Ega levantara a gola do paletó.

No salão nobre os móveis de brocado, cor de musgo, estavam embrulhados em lençóis de algodão, como amortalhados, exalando um cheiro de múmia a terebintina e cânfora.

E no chão, na tela de Constable, encostada à parede, a condessa de Runa, erguendo o seu vestido escarlate de caçadora inglesa, parecia ir dar um passo, sair do caixilho dourado, para partir também, consumar a dispersão da sua raça...

– Vamos embora – exclamou Ega. – Isto está lúgubre!...

Mas Carlos, pálido e calado, abriu adiante a porta do bilhar. Aí, que era a maior sala do Ramalhete, tinham sido recentemente acumulados, na confusão das artes e dos séculos, como num armazém de *bric-à-brac,* todos os móveis ricos da *Toca.* Ao fundo, tapando o fogão, dominando tudo na sua majestade arquitetural, erguia-se o famoso armário do tempo da Liga Hanseática, com os seus Martes armados, as portas lavradas, os quatro Evangelistas pregando aos cantos, envoltos nessas roupagens violentas que um vento de profecia parece agitar. E Carlos imediatamente descobriu um desastre na cornija, nos dois faunos que entre troféus agrícolas tocavam ao desafio. Um partira o seu pé de cabra, outro perdera a sua frauta bucólica.

– Que brutos! – exclamou ele furioso, ferido no seu amor da coisa de arte. – Um móvel destes!...

Trepou a uma cadeira, para examinar os estragos. E Ega, no entanto, errava entre os outros móveis, cofres nupciais, contadores espanhóis, bufetes da Renascença italiana, recordando a alegre casa dos Olivais que tinham ornado, as belas noites de cavaco, os jantares, os foguetes atirados em honra de Leônidas... Como tudo passara! De repente deu com o pé numa caixa de chapéu sem tampa, atulhada de coisas velhas – um véu, luvas desirmanadas, uma meia de seda, fitas, flores artificiais. Eram objetos de Maria, achados nalgum canto da *Toca,* para ali atirados, no momento de se esvaziar a casa! E, coisa lamentável, entre estes restos dela, misturados como na promiscuidade de um lixo, aparecia uma chinela de veludo bordada a matiz, uma velha chinela de Afonso da Maia! Ega escondeu a caixa, rapidamente, debaixo dum pedaço solto de tapeçaria. Depois, como Carlos saltava da cadeira, sacudindo as mãos, ainda indignado, Ega apressou aquela peregrinação, que lhe estragava a alegria do dia.

— Vamos ao terraço! Dá-se um olhar ao jardim, e abalamos!

Mas deviam atravessar ainda a memória mais triste, o escritório de Afonso da Maia. A fechadura estava perra. No esforço de abrir, a mão de Carlos tremia. E Ega, comovido também, revia toda a sala tal como outrora, com os seus candeeiros Carcel dando um tom cor-de-rosa, o lume crepitando, o reverendo Bonifácio sobre a pele de urso, e Afonso na sua velha poltrona, de casaco de veludo, sacudindo a cinza do cachimbo contra a palma da mão. A porta cedeu; e toda a emoção de repente findou, na grotesca, absurda surpresa de romperem ambos a espirrar, desesperadamente, sufocados pelo cheiro acre dum pó vago que lhes picava os olhos, os estonteava. Fora o Vilaça, que, seguindo uma receita de almanaque, fizera espalhar às mãos-cheias, sobre os móveis, sobre os lençóis que os resguardavam, camadas espessas de pimenta branca! E estrangulados, sem ver, sob uma névoa de lágrimas, os dois continuavam, um defronte do outro, em espirros aflitivos que os desengonçavam.

Carlos, por fim, conseguiu abrir largamente as duas portadas duma janela. No terraço morria um resto de sol. E, revivendo um pouco ao ar puro, ali ficaram de pé, calados, limpando os olhos, sacudidos ainda por um ou outro espirro retardado.

— Que infernal invenção! — exclamou Carlos, indignado.

Ega, ao fugir com o lenço na face, tropeçara, batera contra o sofá, coçava a canela:

— Estúpida coisa! E que bordoada que eu dei!...

Voltou a olhar para a sala, onde todos os móveis desapareciam sob os largos sudários brancos. E reconheceu que tropeçara na antiga almofada de veludo, do velho Bonifácio. Pobre Bonifácio! Que fora feito dele?

Carlos, que se sentara no parapeito baixo do terraço, entre os vasos sem flor, contou o fim do reverendo Bonifácio. Morrera em Santa Olávia, resignado, e tão obeso, que se não movia. E o Vilaça, com uma idéia poética, a única da sua vida de procurador, mandara-lhe fazer um mausoléu, uma simples pedra de mármore branco, sob uma roseira, debaixo das janelas do quarto do avô.

Ega sentara-se também no parapeito, ambos se esqueceram num silêncio. Embaixo o jardim, bem areado, limpo e frio na sua nudez de inverno, tinha a melancolia de um retiro esquecido, que já ninguém ama; uma ferrugem verde, de umidade, cobria os grossos membros da Vênus Citeréia; o cipreste e o cedro envelheciam juntos, como dois amigos num ermo; e mais lento corria o prantozinho da cascata, esfiado saudosamente, gota a gota, na bacia de mármore. Depois ao fundo, encaixilhada como uma tela marinha nas cantarias dos dois altos prédios, a curta paisagem do Ramalhete, um pedaço de Tejo e monte, tomava naquele fim de tarde um tom mais pensativo e triste; na tira de rio um paquete fechado, preparado para a vaga, ia descendo, desaparecendo logo, como já devorado pelo mar incerto; no alto da colina o moinho parara, transido na larga friagem do ar; e nas janelas das casas, à beira da água, um raio de sol morria, lentamente sumido, esvaído na primeira cinza do crepúsculo, com um resto de esperança numa face que se anuvia.

Então, naquela mudez de soledade e de abandono, Ega, com os olhos para o longe, murmurou devagar:

– Mas tu desse casamento não tinhas a menor indicação, a menor suspeita?

– Nenhuma... Soube-o de repente pela carta dela em Sevilha.

E era esta a formidável nova anunciada por Carlos, a nova que ele logo contara de madrugada ao Ega, depois dos primeiros abraços, em Santa Apolônia. Maria Eduarda ia casar.

Assim o anunciara ela a Carlos numa carta muito simples, que ele recebera na quinta dos Villa Medina. Ia casar. E não parecia ser uma resolução tomada arrebatadamente, sob um impulso do coração; mas antes um propósito lento, longamente amadurecido. Ela aludia nessa carta a ter "pensado muito, refletido muito..." De resto o noivo devia ir perto dos 50 anos. E Carlos, portanto, via ali a união de dois seres desiludidos da vida, maltratados por ela, cansados ou assustados do seu isolamento, que, sentindo um no outro qualidades sérias de coração e de espírito, punham em comum o seu resto de calor, de alegria e de coragem, para afrontar juntos a velhice...

– Que idade tem ela?

Carlos pensava que ela devia ter uns 41 ou 42 anos. Ela dizia na carta "sou apenas mais nova que o meu noivo seis anos e três meses". Ele chamava-se Mr. de Trelain. E era evidentemente um homem de espírito largo, desembaraçado de prejuízos, duma benevolência quase misericordiosa, porque quisera Maria, conhecendo bem os seus erros.

– Sabe tudo? – exclamou Ega, que saltara do parapeito.

– Tudo, não. Ela diz que Mr. de Trelain conhecia do seu passado "todos aqueles erros em que ela caíra inconscientemente". Isto dá a entender que não sabe tudo... Vamos andando, que se faz tarde, e quero ainda ver os meus quartos.

Desceram ao jardim. Um momento seguiram calados, pela aléia onde cresciam outrora as roseiras de Afonso. Sob as duas aléias ainda existia o banco de cortiça; Maria sentara-se ali, na sua visita ao Ramalhete, a atar um ramo de flores que ia levar como relíquia. Ao passar Ega cortou uma pequenina margarida, que ainda floria solitariamente.

– Ela continua a viver em Orleães, não é verdade?

Sim, disse Carlos, vivia ao pé de Orleães, numa quinta que lá comprara, chamada *Les Rosières*. O noivo devia habitar nos arredores algum pequeno *château*. Ela chamava-lhe "vizinho". E era naturalmente um *gentilhomme campagnard*, de família séria, com fortuna...

– Ela só tem o que tu lhe dás, está claro.

– Creio que te mandei contar tudo isso – murmurou Carlos. – Enfim, ela recusou-se a receber parte alguma da sua herança... E o Vilaça arranjou as coisas por meio duma doação que lhe fiz, correspondente a 12 contos de réis de renda...

– É bonito. Ela falava de Rosa na carta?

– Sim, de passagem, que ia bem... Deve estar uma mulher.

– E bem linda!

Iam subindo a escadinha de ferro torneada, que levava do jardim aos quartos de Carlos. Com a mão na porta da vidraça, Ega parou ainda, numa derradeira curiosidade:

– E que efeito te fez isso?

Carlos acendia o charuto. Depois, atirando o fósforo

por cima da varandinha de ferro, onde uma trepadeira se enlaçava:

— Um efeito de conclusão, de absoluto remate. É como se ela morresse, morrendo com ela todo o passado, e agora renascesse sob outra forma. Já não é Maria Eduarda. É *madame* de Trelain, uma senhora francesa. Sob este nome, tudo o que houve fica sumido, enterrado a mil braças, findo para sempre, sem mesmo deixar memória... Foi o efeito que me fez.

— Tu nunca encontraste em Paris o sr. Guimarães?

— Nunca. Naturalmente morreu.

Entraram no quarto. Vilaça, na suposição de Carlos vir para o Ramalhete, mandara-o preparar; e todo ele regelava – com o mármore das cômodas espanejado e vazio, uma vela intata num castiçal solitário, a colcha de fustão vincada de dobras sobre o leito sem cortinados. Carlos pousou o chapéu e a bengala em cima da sua antiga mesa de trabalho. Depois, como dando um resumo:

— E aqui tens tu a vida, meu Ega! Neste quarto, durante noites, sofri a certeza de que tudo no mundo acabara para mim... Pensei em me matar. Pensei em ir para a Trapa. E tudo isto friamente, com uma conclusão lógica. Por fim dez anos passaram, e aqui estou outra vez...

Parou diante do alto espelho suspenso entre as duas colunas de carvalho lavrado, deu um jeito ao bigode, concluiu, sorrindo melancolicamente:

— E mais gordo!

Ega espalhava também pelo quarto um olhar pensativo:

— Lembras-te quando apareci aqui uma noite, numa agonia, vestido de Mefistófeles?

Então Carlos teve um grito. E a Raquel, é verdade! A Raquel? Que era feito da Raquel, esse lírio de Israel?

Ega encolheu os ombros:

— Para aí anda, estuporada...

Carlos murmurou – "coitada!" E foi tudo o que disseram sobre a grande paixão romântica do Ega.

Carlos, no entanto, fora examinar, junto da janela, um quadro que pousava no chão, para ali esquecido e voltado para a parede. Era o retrato do pai, de Pedro da Maia, com as suas luvas de camurça na mão, os grandes olhos árabes na face triste e pálida que o tempo amarelara mais. Colocou-o em cima duma cômoda. E atirando-lhe uma leve sacudidela com o lenço:

– Não há nada que me faça mais pena do que não ter um retrato do avô!... Em todo o caso este sempre o vou levar para Paris.

Então Ega perguntou, do fundo do sofá onde se enterrara, se, nesses últimos anos, ele não tivera a idéia, o vago desejo de voltar para Portugal...

Carlos considerou Ega com espanto. Para quê? Para arrastar os passos tristes desde o Grêmio até a Casa Havanesa? Não! Paris era o único lugar da Terra congênere com o tipo definitivo em que ele se fixara: "o homem rico que vive bem". Passeio a cavalo no Bois; almoço no Bignon; uma volta pelo *boulevard;* uma hora no clube com os jornais; um bocado de florete na sala de armas; à noite a *Comédie Française* ou uma *soirée;* Trouville no verão; alguns tiros às lebres no inverno; e através do ano as mulheres, as corridas, certo interesse pela ciência, o *bric-à-brac,* e uma pouca de *blague.* Nada mais inofensivo, mais nulo, e mais agradável.

– E aqui tens tu uma existência de homem! Em dez anos não me tem sucedido nada, a não ser quando se me quebrou o *phaeton* na estrada de Saint-Cloud... Vim no *Figaro.*

Ega ergueu-se, atirou um gesto desolado:

– Falhamos a vida, menino!

– Creio que sim... Mas todo o mundo mais ou menos a falha. Isto é, falha-se sempre na realidade aquela vida que se planeou com a imaginação. Diz-se: "Vou ser assim, porque a beleza está em ser assim". E nunca se é assim, é-se invariavelmente *assado,* como dizia o pobre marquês. Às vezes melhor, mas sempre diferente.

Ega concordou, com um suspiro mudo, começando a calçar as luvas.

O quarto escurecia no crepúsculo frio e melancólico de inverno. Carlos pôs também o chapéu; e desceram pelas escadas forradas de veludo cor de cereja, onde ainda pendia, com um ar baço de ferrugem, a panóplia de velhas armas. Depois, na rua, Carlos parou, deu um longo olhar ao sombrio casarão, que naquela primeira penumbra tomava um aspecto mais carregado de residência eclesiástica, com as suas paredes severas, a sua fila de janelinhas fechadas, as grades dos postigos térreos cheias de treva, mudo, para sempre desabitado, cobrindo-se já de tons de ruína.

Uma comoção passou-lhe na alma, murmurou, travando do braço do Ega:

– É curioso! Só vivi dois anos nesta casa, e é nela que me parece estar metida a minha vida inteira!

Ega não se admirava. Só ali, no Ramalhete, ele vivera realmente daquilo que dá sabor e relevo à vida – a paixão.

– Muitas outras coisas dão valor à vida... Isso é uma velha idéia de romântico, meu Ega!

– E que somos nós? – exclamou Ega. – Que temos nós sido desde o colégio, desde o exame de latim? Românticos, isto é, indivíduos inferiores que se governam na vida pelo sentimento e não pela razão...

Mas Carlos queria realmente saber se, no fundo, eram mais felizes esses que se dirigiam só pela razão, não se desviando nunca dela, torturando-se para se manter na sua linha inflexível, secos, hirtos, lógicos, sem emoção até o fim...

– Creio que não – disse o Ega. – Por fora, à vista, são desconsoladores. E por dentro, para eles mesmos, são talvez desconsolados. O que prova que neste lindo mundo ou tem de se ser insensato ou sensabor...

– Resumo: não vale a pena viver...

– Depende inteiramente do estômago! – atalhou Ega.

Riram ambos. Depois Carlos, outra vez sério, deu a sua teoria da vida, a teoria definitiva que ele deduzira da experiência e que, agora, o governava. Era o fatalismo muçulmano. Nada desejar e nada recear... Não se abandonar a uma esperança – nem a um desapontamento. Tudo aceitar, o que vem e o que foge, com a tranqüilidade com que se acolhem as naturais mudanças de dias agrestes e de dias suaves. E, nesta placidez, deixar esse pedaço de matéria organizada, que se chama o Eu, ir-se deteriorando e decompondo até reentrar e se perder no infinito Universo... Sobretudo não ter apetites. E, mais que tudo, não ter contrariedades.

Ega, em suma, concordava. Do que ele principalmente se convencera, nesses estreitos anos de vida, era da inutilidade de todo o esforço. Não valia a pena dar um passo para alcançar coisa alguma na Terra, porque tudo se resolve, como já ensinara o sábio do *Eclesiastes*, em desilusão e poeira.

– Se me dissessem que ali embaixo estava uma fortuna como a dos Rothschilds ou a coroa imperial de Carlos V, à minha espera, para serem minhas se eu para lá corresse, eu não apressava o passo... Não! Não saía deste passinho lento, prudente, correto, seguro, que é o único que se deve ter na vida.

– Nem eu! – acudiu Carlos com convicção decisiva.

E ambos retardaram o passo, descendo para a rampa de Santos, como se aquele fosse em verdade o caminho da vida, onde eles, certos de só encontrarem ao fim desilusão e poeira, não devessem jamais avançar senão com lentidão e desdém. Já avistaram o Aterro, a sua longa fila de luzes. De repente Carlos teve um largo gesto de contrariedade:

– Que ferro! E eu que vinha desde Paris com este apetite! Esqueci-me de mandar fazer hoje, para o jantar, um grande prato de paio com ervilhas.

E agora já era tarde, lembrou Ega. Então Carlos, até aí esquecido em memórias do passado e sínteses da existência, pareceu ter inesperadamente consciência da noite que caíra, dos candeeiros acesos. A um bico de gás tirou o relógio. Eram seis e um quarto!

– Oh, diabo!... E eu que disse ao Vilaça e aos rapazes para estarem no *Braganza,* pontualmente, às seis! Não aparecer por aí uma tipóia!...

– Espera! – exclamou Ega. – Lá vem um "americano", ainda o apanhamos.

– Ainda o apanhamos!

Os dois amigos lançaram o passo, largamente. E Carlos,

que arrojara o charuto, ia dizendo na aragem fina e fria que lhes cortava a face:

– Que raiva ter esquecido o paiozinho! Enfim, acabou-se. Ao menos assentamos a teoria definitiva da existência. Com efeito, não vale a pena fazer um esforço, correr com ânsia para coisa alguma...

Ega, ao lado, ajuntava, ofegante, atirando as pernas magras:

– Nem para o amor, nem para a glória, nem para o dinheiro, nem para o poder...

A lanterna vermelha do "americano", ao longe, no escuro, parara. E foi em Carlos e em João da Ega uma esperança, outro esforço:

– Ainda o apanhamos!
– Ainda o apanhamos!

De novo a lanterna deslizou e fugiu. Então, para apanhar o "americano", os dois amigos romperam a correr desesperadamente pela rampa de Santos e pelo Aterro, sob a primeira claridade do luar que subia.

FIM

Eça de Queiroz, vida e obra

Eça de Queiroz nasceu em 25 de novembro de 1845 em Póvoa de Varzim, Portugal, e morreu em Paris em 16 de agosto de 1900. Formado pela Universidade de Coimbra em 1866, dois anos depois estabeleceu-se como advogado em Lisboa. Em 1869, em companhia do Conde de Resende, vai para a Palestina e depois para o Egito, a fim de fazer a reportagem da inauguração do Canal de Suez. Dessa viagem surge a inspiração para *A Relíquia* e *O Egito*. Em 1870 é aprovado em concurso para a carreira diplomática e em 1872 é nomeado cônsul em Havana, Cuba. Em 1884 é transferido para a Inglaterra e em 1888 vai servir em Paris, onde morre em 1900. Eça foi o único romancista português no século XIX a conquistar fama internacional, no nível dos grandes escritores realistas como Flaubert e Zola. Sua herança é enorme, como escritor, e sua obra é definitivamente brilhante. Picaresco, irônico, criticava com sarcasmo e elegância (característica primeira da sua obra) o provincianismo de uma pequena burguesia atormentada por preconceitos e hipocrisias. Escreveu uma vasta obra, onde destacam-se clássicos como *O Crime do Padre Amaro*, *O Primo Basílio*, *Os Maias*, *A Ilustre Casa dos Ramires*, *A Cidade e as Serras* e *Alves & Cia*. Introdutor do realismo na literatura de língua portuguesa, escreveu em uma carta a Teófilo Braga em 1878:

> *É necessário acutilar o mundo, o mundo sentimental, o mundo literário, o mundo agrícola, o mundo supersticioso (...) e destruir as falsas interpretações que lhes dá uma sociedade podre.*

Transitando entre o humor e a tragédia, o grotesco e o drama, Eça de Queiroz criou personagens antológicos; entre sua poderosa galeria de tipos estão personagens transcendentais como o impagável Fradique Mendes, o clássico Jacinto de Thormes de *A Cidade e as Serras*, ou o conselheiro Acácio, personagem que virou jargão popular. Traduzido para quase todas as línguas, Eça de Queiroz, quando da sua morte, mereceu de Émile Zola a seguinte observação: "...um grande romancista. Considero-o superior a Flaubert, que foi, no entanto, o meu mestre..."

Vida e Obra (Cronologia)

1845 – José Maria Eça de Queiroz nasce em Póvoa de Varzim em 25 de novembro, filho do Dr. José Maria Teixeira de Queiroz e de Dona Carolina Augusta Pereira d'Eça. É registrado como "filho natural", já que os pais casam-se somente 4 anos após seu nascimento. Com essa desavença paterna (há controvérsias quanto à razão do afastamento de pai e mãe) é criado inicialmente pela madrinha e ama Ana Joaquina Leal de Barros que morre em 1851. Com a morte da madrinha passa a ser criado pelos avós paternos. Seu avô morre em seguida e a avó Joaquina Teodora de Queiroz (que assumiu sua educação) morre em 1855, deixando em testamento expresso recursos ao pequeno José Maria que garantiram sua subsistência e educação.

1855 – Morte da avó. Ingressa no Colégio da Lapa em Lisboa.

1861 – Matricula-se na Faculdade de Direito do Porto.

1865 – Atua no teatro acadêmico.

1866 – Forma-se em Direito e instala-se em Lisboa na casa dos pais. Começa a colaborar com a *Gazeta de Portugal* em folhetins que mais tarde serão reunidos e publicados sob o título geral de *Prosas Bárbaras*.

1867 – Inicia o ano em Évora onde trabalha como advogado enquanto dirige o jornal político *Distrito de Évora*. Participa do Cenáculo, grupo de intelectuais dirigido por Antero de Quental.

1869 – Aparecem pela primeira vez na imprensa lisboeta os versos do poeta Carlos Fradique Mendes, uma brincadeira inventada por Eça, Antero de Quental e Batalha dos Reis, todos membros do *Cenáculo*. Nesse mesmo ano, em outubro, segue para o Oriente com o Conde de Resende para assistir à inauguração do Canal de Suez. Visita todo o Oriente Médio.

1870 – Chega a Lisboa em janeiro e publica quatro grandes reportagens no *Diário de Notícias* com o título de *De Port Said a Suez*. Com a colaboração de Ramalho Ortigão escreve e publica o romance *O mistério da estrada de Sintra*. Faz exame para Cônsul de Primeira Classe. É aprovado em primeiro lugar, mas não é nomeado. Primeiro número das *Farpas*, folhetim de crítica e literatura escrito por Eça e Ramalho Ortigão. Participa das *Conferências Democráticas* no Cassino de Lisboa (mais tarde proibidas pelo governo), onde faz a conferência *A nova literatura: o Realismo como nova expressão da Arte*.

1872 – É nomeado cônsul de primeira classe em Havana.

1873 – Afasta-se em licença de Havana e parte para os Estados Unidos e Canadá.

1874 – É transferido para Londres.

1875 – Publica *O Crime do Padre Amaro* na *Revista Ocidental*, dirigida por Antero de Quental e Batalha dos Reis.

1876 – Primeira edição em livro do *Crime do Padre Amaro*.

1877 – São publicados no jornal *Actualidade* textos que mais tarde foram reunidos e publicados em livro sob o título de *Cartas de Londres*.

1878 – É transferido para Bristol. Publica *O Primo Basílio*. Manda para seu editor o livro *O Conde de Abranhos*, publicado somente após a sua morte.

1880 – Começa a colaborar na *Gazeta de Notícias* do Rio de Janeiro, colaboração que se estenderia (com interrupções) até 1897. É publicado em livro *O Mandarim* (escrito na França), depois de sair em folhetim (em 12 capítulos) no jornal *Diário de Portugal*.

1885 – Visita Émile Zola em Paris. Pede a mão de Emília de Castro a sua mãe Condessa de Resende.

1886 – Casa com Emília, filha dos condes de Resende.

1887 – Publica *A Relíquia*. Nasce Maria, a primeira filha.

1888 – É nomeado cônsul em Paris. Lança *Os Maias*. Começa a ser publicada a *Correspondência de Fradique Mendes* no jornal *O Repórter*. Nasce seu segundo filho, José Maria.

1889 – Nasce o terceiro filho, Antonio.

1890 – Nasce Alberto, o filho caçula.

1891 – Sai a tradução de Eça do romance de H. R. Haggard, *As Minas de Salomão*.

1897 – Começa a ser publicada desde Paris a *Revista Moderna* onde aparecem os primeiros capítulos de *A Ilustre Casa de Ramires*.

1899 – Eça pronuncia-se contra a condenação de Dreyfus em carta a Domício da Gama.

1900 – Morre em sua casa em Neuilly em 16 de agosto, depois de longa doença. Publicação de edições revistas de *A Ilustre Casa de Ramires* e *Correspondência de Fradique Mendes*.

1901 – Publicação de *A Cidade e as Serras*.

1905 – Publicação de *Cartas da Inglaterra* e *Ecos de Paris*.

1907 – Publicação de *Cartas Familiares* e *Bilhetes de Paris*.

1909 – Publicação de *Notas Contemporâneas*.

1912 – Publicação de *Últimas Páginas*.

1925 – Publicação de *A Capital*, *O Conde de Abranhos*, *Alves & Cia.* e *Correspondência*.

1926 – Publicação de *O Egito*.

1944 – Publicação de *Crônicas de Londres* e *Cartas de Lisboa*.

1945 – Publicação de *Cartas de Eça de Queiroz*.

1948 – Publicação de *Eça de Queiroz entre os seus – Cartas Íntimas*.

1980 – Publicação de *A Tragédia da Rua das Flores*.

Coleção L&PM POCKET

1. Catálogo geral da Coleção
2. Poesias – Fernando Pessoa
3. O livro dos sonetos – org. Sergio Faraco
4. Hamlet – Shakespeare/ trad. Millôr
5. Isadora, frag. autobiográficos – Isadora Duncan
6. Histórias sicilianas – G. Lampedusa
7. O relato de Arthur Gordon Pym – Edgar A. Poe
8. A mulher mais linda da cidade – Bukowski
9. O fim de Montezuma – Hernan Cortez
10. A ninfomania – D. T. Bienville
11. As aventuras de Robinson Crusoé – D. Defoe
12. Histórias de amor – A. Bioy Casares
13. Armadilha mortal – Roberto Arlt
14. Contos de fantasmas – Daniel Defoe
15. Os pintores cubistas – G. Apollinaire
16. A morte de Ivan Ilitch – L. Tolstoi
17. A desobediência civil – D. H. Thoreau
18. Liberdade, liberdade – F. Rangel e M. Fernandes
19. Cem sonetos de amor – Pablo Neruda
20. Mulheres – Eduardo Galeano
21. Cartas a Théo – Van Gogh
23. Don Juan – Molière – Trad. Millôr Fernandes
24. Horla – Guy de Maupassant
25. O caso de Charles Dexter Ward – Lovecraft
26. Vathek – William Beckford
27. Hai-Kais – Millôr Fernandes
28. Adeus, minha adorada – Raymond Chandler
29. Cartas portuguesas – Mariana Alcoforado
30. A mensageira das violetas – Florbela Espanca
31. Espumas flutuantes – Castro Alves
32. Dom Casmurro – Machado de Assis
34. Alves & Cia. – Eça de Queiroz
35. Uma temporada no inferno – A. Rimbaud
36. A corresp. de Fradique Mendes – Eça de Queiroz
38. Antologia poética – Olavo Bilac
39. Rei Lear – W. Shakespeare
40. Memórias póstumas de Brás Cubas – M. de Assis
41. Que loucura! – Woody Allen
42. O duelo – Casanova
44. Gentidades – Darcy Ribeiro
45. Mem. de um Sarg. de Milícias – M. A. de Almeida
46. Os escravos – Castro Alves
47. O desejo pego pelo rabo – Pablo Picasso
48. Os inimigos – Máximo Gorki
49. O colar de veludo – Alexandre Dumas
50. Livro dos bichos – Vários
51. Quincas Borba – Machado de Assis
53. O exército de um homem só – Moacyr Scliar
54. Frankenstein – Mary Shelley
55. Dom Segundo Sombra – Ricardo Güiraldes
56. De vagões e vagabundos – Jack London
57. O homem bicentenário – Isaac Asimov
58. A viuvinha – José de Alencar
60. Últimos poemas – Pablo Neruda
61. A moreninha – Joaquim Manuel de Macedo
62. Cinco minutos – José de Alencar
63. Saber envelhecer e a amizade – Cícero
64. Enquanto a noite não chega – J. Guimarães
65. Tufão – Joseph Conrad
66. Aurélia – Gérard de Nerval
67. I-Juca-Pirama – Gonçalves Dias
68. Fábulas de Esopo
69. Teresa Filósofa – Anônimo do Séc. XVIII
70. Aventuras inéditas de Sherlock Holmes – A. C. Doyle
71. Quintana de bolso – Mario Quintana
72. Antes e depois – Paul Gauguin
73. A morte de Olivier Bécaille – Émile Zola
74. Iracema – José de Alencar
75. Iaiá Garcia – Machado de Assis
76. Utopia – Tomás Morus
77. Sonetos para amar o amor – Camões
78. Carmem – Prosper Mérimée
79. Senhora – José de Alencar
80. Hagar, o horrível 1 – Dik Browne
81. O coração das trevas – Joseph Conrad
82. Um estudo em vermelho – Conan Doyle
83. Todos os sonetos – Augusto dos Anjos
84. A propriedade é um roubo – P.-J. Proudhon
85. Drácula – Bram Stoker
86. O marido complacente – Sade
87. De profundis – Oscar Wilde
88. Sem plumas – Woody Allen
89. Os bruzundangas – Lima Barreto
90. O cão dos Baskervilles – Conan Doyle
91. Paraísos artificiais – Charles Baudelaire
92. Cândido, ou o otimismo – Voltaire
93. Triste fim de Policarpo Quaresma – Lima Barreto
94. Amor de perdição – Camilo Castelo Branco
95. Megera domada – Shakespeare/Millôr
96. O mulato – Aluísio Azevedo
97. O alienista – Machado de Assis
98. O livro dos sonhos – Jack Kerouac
99. Noite na taverna – Álvares de Azevedo
100. Aura – Carlos Fuentes
102. Contos gauchescos e Lendas do sul – Simões Lopes Neto
103. O cortiço – Aluísio Azevedo
104. Marília de Dirceu – T. A. Gonzaga
105. O Primo Basílio – Eça de Queiroz
106. O ateneu – Raul Pompéia
107. Um escândalo na Boêmia – Conan Doyle
108. Contos – Machado de Assis
109. 200 Sonetos – Luis Vaz de Camões
110. O príncipe – Maquiavel
111. A escrava Isaura – Bernardo Guimarães
112. O solteirão nobre – Conan Doyle
114. Shakespeare de A a Z – W. Shakespeare
115. A relíquia – Eça de Queiroz
117. O livro do corpo – Vários

118. **Lira dos 20 anos** – Álvares de Azevedo
119. **Esaú e Jacó** – Machado de Assis
120. **A barcarola** – Pablo Neruda
121. **Os conquistadores** – Júlio Verne
122. **Contos breves** – G. Apollinaire
123. **Taipi** – Herman Melville
124. **Livro dos desaforos** – Org. de S. Faraco
125. **A mão e a luva** – Machado de Assis
126. **Doutor Miragem** – Moacyr Scliar
127. **O penitente** – Isaac B. Singer
128. **Diários da descoberta da América** – C. Colombo
129. **Édipo Rei** – Sófocles
130. **Romeu e Julieta** – William Shakespeare
131. **Hollywood** – Charles Bukowski
132. **Billy the Kid** – Pat Garrett
133. **Cuca fundida** – Woody Allen
134. **O jogador** – Dostoiévski
135. **O livro da selva** – Rudyard Kipling
136. **O vale do terror** – Conan Doyle
137. **Dançar tango em Porto Alegre** – S. Faraco
138. **O gaúcho** – Carlos Reverbel
139. **A volta ao mundo em oitenta dias** – J. Verne
140. **O livro dos esnobes** – W. M. Thackeray
141. **Amor & morte em Poodle Springs** – Raymond Chandler & R. Parker
142. **As aventuras de David Balfour** – Stevenson
143. **Alice no país das maravilhas** – Lewis Carroll
144. **A ressurreição** – Machado de Assis
145. **Inimigos, uma história de amor** – I. Singer
146. **O Guarani** – José de Alencar
147. **Cidade e as serras** – Eça de Queiroz
148. **Eu e outras poesias** – Augusto dos Anjos
149. **A mulher de trinta anos** – Balzac
150. **Pomba enamorada** – Lygia F. Telles
151. **Contos fluminenses** – Machado de Assis
152. **Antes de Adão** – Jack London
153. **Intervalo amoroso** – A. Romano de Sant'Anna
154. **Memorial de Aires** – Machado de Assis
155. **Naufrágios e comentários** – Cabeza de Vaca
156. **Ubirajara** – José de Alencar
157. **Textos anarquistas** – Bakunin
158. **O pirotécnico Zacarias** – Murilo Rubião
159. **Amor de salvação** – Camilo Castelo Branco
160. **O gaúcho** – José de Alencar
161. **O Livro das maravilhas** – Marco Polo
162. **Inocência** – Visconde de Taunay
163. **Helena** – Machado de Assis
164. **Uma estação de amor** – Horácio Quiroga
165. **Poesia reunida** – Martha Medeiros
166. **Memórias de Sherlock Holmes** – Conan Doyle
167. **A vida de Mozart** – Stendhal
168. **O primeiro terço** – Neal Cassady
169. **O mandarim** – Eça de Queiroz
170. **Um espinho de marfim** – Marina Colasanti
171. **A ilustre Casa de Ramires** – Eça de Queiroz
172. **Lucíola** – José de Alencar
173. **Antígona** – Sófocles – trad. Donaldo Schüler
174. **Otelo** – William Shakespeare
175. **Antologia** – Gregório de Matos
176. **A liberdade de imprensa** – Karl Marx
177. **Casa de pensão** – Aluísio Azevedo
178. **São Manuel Bueno, Mártir** – Unamuno
179. **Primaveras** – Casimiro de Abreu
180. **O noviço** – Martins Pena
181. **O sertanejo** – José de Alencar
182. **Eurico, o presbítero** – Alexandre Herculano
183. **O signo dos quatro** – Conan Doyle
184. **Sete anos no Tibet** – Heinrich Harrer
185. **Vagamundo** – Eduardo Galeano
186. **De repente acidentes** – Carl Solomon
187. **As minas de Salomão** – Rider Haggar
188. **Uivo** – Allen Ginsberg
189. **A ciclista solitária** – Conan Doyle
190. **Os seis bustos de Napoleão** – Conan Doyle
191. **Cortejo do divino** – Nelida Piñon
192. **Cassino Royale** – Ian Fleming
193. **Viva e deixe morrer** – Ian Fleming
194. **Os crimes do amor** – Marques de Sade
195. **Besame Mucho** – Mário Prata
196. **Tuareg** – Alberto Vázquez-Figueroa
197. **O longo adeus** – Raymond Chandler
198. **Os diamantes são eternos** – Ian Fleming
199. **Notas de um velho safado** – C. Bukowski
200. **111 ais** – Dalton Trevisan
201. **O nariz** – Nicolai Gogol
202. **O capote** – Nicolai Gogol
203. **Macbeth** – William Shakespeare
204. **Heráclito** – Donaldo Schüler
205. **Você deve desistir, Osvaldo** – Cyro Martins
206. **Memórias de Garibaldi** – A. Dumas
207. **A arte da guerra** – Sun Tzu
208. **Fragmentos** – Caio Fernando Abreu
209. **Festa no castelo** – Moacyr Scliar
210. **O grande deflorador** – Dalton Trevisan
211. **Corto Maltese na Etiópia** – Hugo Pratt
212. **Homem do princípio ao fim** – Millôr Fernandes
213. **Aline e seus dois namorados** – A. Iturrusgarai
214. **A juba do leão** – Sir Arthur Conan Doyle
215. **Assassino metido a esperto** – R. Chandler
216. **Confissões de um comedor de ópio** – T. De Quincey
217. **Os sofrimentos do jovem Werther** – Goethe
218. **Fedra** – Racine – Trad. Millôr Fernandes
219. **O vampiro de Sussex** – Conan Doyle
220. **Sonho de uma noite de verão** – Shakespeare
221. **Dias e noites de amor e de guerra** – Galeano
222. **O Profeta** – Khalil Gibran
223. **Flávia, cabeça, tronco e membros** – M. Fernandes
224. **Guia da ópera** – Jeanne Suhamy
225. **Macário** – Álvares de Azevedo
226. **Etiqueta na Prática** – Celia Ribeiro
227. **Manifesto do partido comunista** – Marx & Engels
228. **Poemas** – Millôr Fernandes
229. **Um inimigo do povo** – Henrik Ibsen
230. **O paraíso destruído** – Frei B. de las Casas
231. **O gato no escuro** – Josué Guimarães
232. **O mágico de Oz** – L. Frank Baum

233. Armas no Cyrano's – Raymond Chandler
234. Max e os felinos – Moacyr Scliar
235. Nos céus de Paris – Alcy Cheuiche
236. Os bandoleiros – Schiller
237. A primeira coisa que eu botei na boca – Deonísio da Silva
238. As aventuras de Simbad, o marújo
239. O retrato de Dorian Gray – Oscar Wilde
240. A carteira de meu tio – J. Manuel de Macedo
241. A luneta mágica – J. Manuel de Macedo
242. A metamorfose – Kafka
243. A flecha de ouro – Joseph Conrad
244. A ilha do tesouro – R. L. Stevenson
245. Marx - Vida & Obra – José A. Giannotti
246. Gênesis
247. Unidos para sempre – Ruth Rendell
248. A arte de amar – Ovídio
249. O sono eterno – Raymond Chandler
250. Novas receitas do Anonymous Gourmet – J.A.P.M.
251. A nova catacumba – Conan Doyle
252. O Dr. Negro – Sir Arthur Conan Doyle
253. Os voluntários – Moacyr Scliar
254. A bela adormecida – Irmãos Grimm
255. O príncipe sapo – Irmãos Grimm
256. Confissões e Memórias – H. Heine
257. Viva o Alegrete – Sergio Faraco
258. Vou estar esperando – R. Chandler
259. A senhora Beate e seu filho – Schnitzler
260. O ovo apunhalado – Caio Fernando Abreu
261. O ciclo das águas – Moacyr Scliar
262. Millôr Definitivo – Millôr Fernandes
264. Viagem ao centro da terra – Júlio Verne
265. A dama do lago – Raymond Chandler
266. Caninos brancos – Jack London
267. O médico e o monstro – R. L. Stevenson
268. A tempestade – William Shakespeare
269. Assassinatos na rua Morgue – E. Allan Poe
270. 99 corruíras nanicas – Dalton Trevisan
271. Broquéis – Cruz e Sousa
272. Mês de cães danados – Moacyr Scliar
273. Anarquistas – vol. 1 – A idéia – G. Woodcock
274. Anarquistas – vol. 2 – O movimento – G. Woodcock
275. Pai e filho, filho e pai – Moacyr Scliar
276. As aventuras de Tom Sawyer – Mark Twain
277. Muito barulho por nada – W. Shakespeare
278. Elogio à Loucura – Erasmo
279. Autobiografia de Alice B. Toklas – G. Stein
280. O chamado da floresta – J. London
281. Uma agulha para o diabo – Ruth Rendell
282. Verdes vales do fim do mundo – A. Bivar
283. Ovelhas negras – Caio Fernando Abreu
284. O fantasma de Canterville – O. Wilde
285. Receitas de Yayá Ribeiro – Celia Ribeiro
286. A galinha degolada – H. Quiroga
287. O último adeus de Sherlock Holmes – A.C. Doyle
288. A. Gourmet em Histórias de cama & mesa – J. A. Pinheiro Machado
289. Topless – Martha Medeiros
290. Mais receitas do Anonymous Gourmet – J. A. Pinheiro Machado
291. Origens do discurso democrático – D. Schüler
292. Humor politicamente incorreto – Nani
293. O teatro do bem e do mal – E. Galeano
294. Garibaldi & Manoela – J. Guimarães
295. 10 dias que abalaram o mundo – John Reed
296. Numa fria – Charles Bukowski
297. Poesia de Florbela Espanca vol. 1
298. Poesia de Florbela Espanca vol. 2
299. Escreva certo – É. Oliveira e M. E. Bernd
300. O vermelho e o negro – Stendhal
301. Ecce homo – Friedrich Nietzsche
302. Comer bem, sem culpa – Dr. Fernando Lucchese, A. Gourmet e Iotti
303. O livro de Cesário Verde – Cesário Verde
304. O reino das cebolas – C. Moscovich
305. 100 receitas de macarrão – S. Lancellotti
306. 160 receitas de molhos – S. Lancellotti
307. 100 receitas light – H. e Â. Tonetto
308. 100 receitas de sobremesas – Celia Ribeiro
309. Mais de 100 dicas de churrasco – Leon Diziekaniak
310. 100 receitas de acompanhamentos – C. Cabeda
311. Honra ou vendetta – S. Lancellotti
312. A alma do homem sob o socialismo – Oscar Wilde
313. Tudo sobre Yôga – Mestre De Rose
314. Os varões assinalados – Tabajara Ruas
315. Édipo em Colono – Sófocles
316. Lisístrata – Aristófanes/ trad. Millôr
317. Sonhos de Bunker Hill – John Fante
318. Os deuses de Raquel – Moacyr Scliar
319. O colosso de Marússia – Henry Miller
320. As eruditas – Molière/ trad. Millôr
321. Radicci 1 – Iotti
322. Os Sete contra Tebas – Ésquilo
323. Brasil Terra à Vista – Eduardo Bueno
324. Radicci 2 – Iotti
325. Júlio César – William Shakespeare
326. A carta de Pero Vaz de Caminha
327. Cozinha Clássica – Sílvio Lancellotti
328. Madame Bovary – Gustave Flaubert
329. Dicionário do viajante insólito – M. Sliar
330. O capitão saiu para o almoço... – Bukowski
331. A carta roubada – Edgar Allan Poe
332. É tarde para saber – Josué Guimarães
333. O livro de bolso da Astrologia – Maggy Harrissonx e Mellina Li
334. 1933 foi um ano ruim – John Fante
335. 100 receitas de arroz – Aninha Comas
336. Guia prático do Português correto – vol. 1 – Cláudio Moreno
337. Bartleby, o escriturário – H. Melville
338. Enterrem meu coração na curva do rio – Dee Brown
339. Um conto de Natal – Charles Dickens
340. Cozinha sem segredos – J. A. P. Machado
341. A dama das Camélias – A. Dumas Filho

342. **Alimentação saudável** – H. e Â. Tonetto
343. **Continhos galantes** – Dalton Trevisan
344. **A Divina Comédia** – Dante Alighieri
345. **A Dupla Sertanojo** – Santiago
346. **Cavalos do amanhecer** – Mario Arregui
347. **Biografia de Vincent van Gogh por sua cunhada** – Jo van Gogh-Bonger
348. **Radicci 3** – Iotti
349. **Nada de novo no front** – E. M. Remarque
350. **A hora dos assassinos** – Henry Miller
351. **Flush - Memórias de um cão** – Virginia Woolf
352. **A guerra no Bom Fim** – M. Scliar
353.(1). **O caso Saint-Fiacre** – Simenon
354.(2). **Morte na alta sociedade** – Simenon
355.(3). **O cão amarelo** – Simenon
356.(4). **Maigret e o homem do banco** – Simenon
357. **As uvas e o vento** – Pablo Neruda
358. **On the road** – Jack Kerouac
359. **O coração amarelo** – Pablo Neruda
360. **Livro das perguntas** – Pablo Neruda
361. **Noite de Reis** – William Shakespeare
362. **Manual de Ecologia** – vol.1 – J. Lutzenberger
363. **O mais longo dos dias** – Cornelius Ryan
364. **Foi bom prá você?** – Nani
365. **Crepusculário** – Pablo Neruda
366. **A comédia dos erros** – Shakespeare
367.(5). **A primeira investigação de Maigret** – Simenon
368.(6). **As férias de Maigret** – Simenon
369. **Mate-me por favor (vol.1)** – L. McNeil
370. **Mate-me por favor (vol.2)** – L. McNeil
371. **Carta ao pai** – Kafka
372. **Os Vagabundos iluminados** – J. Kerouac
373.(7). **O enforcado** – Simenon
374.(8). **A fúria de Maigret** – Simenon
375. **Vargas, uma biografia política** – H. Silva
376. **Poesia reunida (vol.1)** – A. R. de Sant'Anna
377. **Poesia reunida (vol.2)** – A. R. de Sant'Anna
378. **Alice no país do espelho** – Lewis Carroll
379. **Residência na Terra 1** – Pablo Neruda
380. **Residência na Terra 2** – Pablo Neruda
381. **Terceira Residência** – Pablo Neruda
382. **O delírio amoroso** – Bocage
383. **Futebol ao sol e à sombra** – E. Galeano
384.(9). **O porto das brumas** – Simenon
385.(10). **Maigret e seu morto** – Simenon
386. **Radicci 4** – Iotti
387. **Boas maneiras & sucesso nos negócios** – Celia Ribeiro
388. **Uma história Farroupilha** – M. Scliar
389. **Na mesa ninguém envelhece** – J. A. P. Machado
390. **200 receitas inéditas do Anonymous Gourmet** – J. A. Pinheiro Machado
391. **Guia prático do Português correto – vol.2** – Cláudio Moreno
392. **Breviário das terras do Brasil** – Luis A.de Assis Brasil
393. **Cantos Cerimoniais** – Pablo Neruda
394. **Jardim de Inverno** – Pablo Neruda
395. **Antonio e Cleópatra** – William Shakespeare
396. **Tróia** – Cláudio Moreno
397. **Meu tio matou um cara** – Jorge Furtado
398. **O anatomista** – Federico Andahazi
399. **As viagens de Gulliver** – Jonathan Swift
400. **Dom Quixote – v.1** – Miguel de Cervantes
401. **Dom Quixote – v.2** – Miguel de Cervantes
402. **Sozinho no Pólo Norte** – Thomas Brandolin
403. **Matadouro Cinco** – Kurt Vonnegut
404. **Delta de Vênus** – Anaïs Nins
405. **Hagar 2** – Dick Browne
406. **É grave Doutor?** – Nani
407. **Orai pornô** – Nani
408.(11). **Maigret em Nova York** – Simenon
409.(12). **O assassino sem rosto** – Simenon
410.(13). **O mistério das jóias roubadas** – Simenon
411. **A irmãzinha** – Raymond Chandler
412. **Três contos** – Gustave Flaubert
413. **De ratos e homens** – John Steinbeck
414. **Lazarilho de Tormes**
415. **Triângulo das águas** – Caio Fernando Abreu
416. **100 receitas de carnes** – Sílvio Lancellotti
417. **Histórias de robôs: volume 1** – Isaac Asimov
418. **Histórias de robôs: volume 2** – Isaac Asimov
419. **Histórias de robôs: volume 3** – Isaac Asimov
420. **O país dos centauros** – Tabajara Ruas
421. **A república de Anita** – Tabajara Ruas
422. **A carga dos lanceiros** – Tabajara Ruas
423. **Um amigo de Kafka** – Isaac Singer
424. **As alegres matronas de Windsor** – Shakespeare
425. **Amor e exílio** – Isaac Bashevis Singer
426. **Use & abuse do seu signo** – Marília Fiorillo e Marylou Simonsen
427. **Pigmaleão** – Bernard Shaw
428. **As fenícias** – Eurípides
429. **Everest** – Thomaz Brandolin
430. **A arte de furtar** – Anônimo do séc. XVI
431. **Billy Bud** – Herman Melville
432. **A rosa separada** – Pablo Neruda
433. **Elegia** – Pablo Neruda
434. **A garota de Cassidy** – David Goodis
435. **Como fazer a guerra: máximas de Napoleão**
436. **Antologia poética** – Emily Dickinson
437. **Gracias por el fuego** – Mario Benedetti
438. **O sofá** – Crébillon Fils
439. **O 'Martin Fierro'** – Jorge Luis Borges
440. **Trabalhos de amor perdidos** – W. Shakespeare
441. **O melhor de Hagar 3** – Dik Browne
442. **Os Maias (volume1)** – Eça de Queiroz
443. **Os Maias (volume2)** – Eça de Queiroz

Coleção **L&PM** POCKET / SAÚDE

1. **Pílulas para viver melhor** – Dr. Lucchese
2. **Pílulas para prolongar a juventude** – Dr. Lucchese
3. **Desembarcando o Diabetes** – Dr. Lucchese
4. **Desembarcando o Sedentarismo** – Dr. Fernando Lucchese e Cláudio Castro
5. **Desembarcando a Hipertensão** – Dr. Lucchese